驾行中东17国

（插图本）

刘武◎著

中国发展出版社

图书在版编目（CIP）数据

驾行中东17国（插图本）/ 刘武著. —北京：中国发展出版社，2011.6

ISBN 978-7-80234-665-9

Ⅰ. ①驾… Ⅱ. ①刘… Ⅲ. ①游记—作品集—中国—当代 Ⅳ. ①I267.4

中国版本图书馆CIP数据核字(2011)第057256号

书　　名：驾行中东17国（插图本）
著作责任者：刘　武
出 版 发 行：中国发展出版社
（北京市西城区百万庄大街16号8层　100037）
标 准 书 号：ISBN 978-7-80234-665-9
经　销　者：各地新华书店
印　刷　者：北京广益印刷有限公司
开　　本：787×1092mm　1/16
印　　张：14
字　　数：308千字
版　　次：2011 年 6月第 1 版
印　　次：2011 年 6 月第 1 次印刷
定　　价：35.00元

联 系 电 话：（010）68990646　68990692
购 书 热 线：（010）68990682　68990686
网　　址：http://www.develpress.com.cn
电 子 邮 件：10561295@qq.com

品味中东电影五味

对中东的印象，来自三部电影：《卡萨布兰卡》，《德黑兰43年》，《星球大战》。读刘武老弟的新作《驾行中东17国》，首先汲汲以求的，仍是希望看到这三部影片里的中东如今如何了。满足了这个渴望，便以为此书值得一读。人们愿意关注的，总是那些曾经投注过情感的人和事。

先进入卡萨布兰卡，这座摩洛哥港口城市所以名声显赫，正来自那部二战时期拍摄的同名影片。那里有一家里克咖啡馆，他往昔的情人伊丽莎走进来，听到了那首曾经纽结二人情感的歌曲：《时光流转》。那时的伊丽莎已是地下党领导人维克多的妻子。

这个俗套的三角关系以及他们在情感困境中的纠缠与抉择，竟然感动我们到如今。而《驾行中东17国》竟能引领我们重温昔日流转的时光。原来，也是一位美国人，居然在这部影片的原产地，开了同样一家里克咖啡馆，恢复了影片中的所有陈设。而两位主演——早已告别人世的英格丽·褒曼和亨弗莱·鲍嘉——人们同样能看到他们：每天晚上，从6点开始，咖啡馆便开始放映这部电影。刘武老弟且将《时光流转》的歌词翻译成五言诗："甜吻在卡城，转眼人无踪。时光任流逝，爱你情更真。"里克咖啡馆里的咖啡从此有了中国味道。

伊朗首都同样是老电影《德黑兰43年》的故事背景，但刘武引领我们进入这座城市，却要告知我们更多事情。影片情节是以安德列为首的情报人员粉碎德国特工策划暗杀罗斯福、邱吉尔和斯大林三巨头的行动，此后的世界，进入了冷战时期。但今日德黑兰却因为伊朗核问题又一次让全世界的目光在这里聚焦。"这个古老的国家又开始续写它新的历史"。刘武通过对中国驻伊朗大使刘振堂的采访，要告诉我们的是：伊朗是世界文明的摇篮，是东地中海地区及西方文明的发源地，也是世界上最早把国王头像刻在硬币上的国家，是东西方交流和近代文明交往的重要通道，是世界油库，是苏伊士运河开通后的战略要地。在电视上，人们几乎每天都能看到伊朗新闻。而刘武在伊朗的见闻，却能引领我们穿越现实，发思古之悠情，感受它历史中的沉重与辉煌。

我原是"星战迷"，自然对《星球大战》的外景地、突尼斯南部的奇特风光最感兴趣。刘武老弟从利比亚的的黎波里开车，经过祖瓦拉后沿着崎岖的山路，来到这片影迷们在影片中早已谙熟的圣地，将当年的取景点，一一指给我们细看。神秘的达度尼星球的产地原来真如影片中一样：地势起伏不平，寸草不生，宛如月球表面。而天行者卢克的家就坐落在这里。英美大片在突尼斯的拍摄，给这个国家的旅游业带来可观收益，而这个中东国家的历史，竟也与西方殖民息息相关。从公元前146年到公元439年，罗马帝国统治突尼斯近600年。罗马人在这里建起埃尔·杰姆竞技场，高36米，有500个门，可容纳4万人，法国著名作家莫泊桑曾到这里观光，说它是"世界美妙绝伦的斗兽场"，可媲美罗马竞技场。有趣的是当地人的态度。时过境迁，突尼斯人并未赋予历史太多的沉重，"它是一种象征和说明，它意味着我们这座城市非常古老。"如此而

已。不像我们中国人，同样的事情，总要先声讨殖民主义的罪恶，然后才说到它的附加文明。

刘武老弟在中东走了17国，与电影相关的国家，其实很少；他的见闻，涉及中东的方方面面，读来全都饶有兴趣。人们喜欢旅游，游记却十分难写，因为写得让读者爱看，并不容易，需要有记者的敏锐，文学家的手法，艺术家的感觉，最好还要有些哲学家的思辨，思想家的见识，这些货色，一应俱全，庶几可以一边行走，一边指点江山，激扬文字，这等功夫，确是十分了得。好在刘武曾经是新闻记者中的好手，文学评论界的专家，写过小说，拍过电影，这部中东作品中的插图是他亲手画的，每一章节之间，还鼓捣出了几首“阿拉伯之旅诗抄”。这么多的才能融会贯通，用来书写游记，文字自然好看，文章自然有料，见识自然不凡，读来蔚然可观，必能开卷有益。

2011年3月20日

推荐人简介

（张建伟：著名记者，作家，电视剧《走向共和》、《锦衣卫》、《杨贵妃秘史》编剧）

听他对我们说

三个月跑十七个国家，日夜兼程，跑马观花，有趣极了。

于是集成了一本书，文字简洁，节奏很快，可称中东十七国速览。读下来很有快感。

而且恰逢其时。正是中东弥漫着茉莉花的芬芳，突尼斯、埃及瞬间易帜；多国部队干预利比亚；卡扎菲命运未卜；也门、约旦、巴林等国纷纷酝酿民主转型……刘武推出了这部有趣的书。

读者太想知道那片陌生的国度曾经是什么样？正在发生什么事情？比如说，刘武注意到了利比亚的绿色。

绿色国旗、绿色帽饰、绿色衣裙、绿色会见厅、绿色清真寺汇集成了绿色的海洋。刘武对利比亚人喜欢绿色的解释之一是，利比亚人97%的人信奉伊斯兰教。

可是中东其他伊斯兰国家给出的基本色调却是：白色，黑色。原因何在?

我猜想，利比亚沉浸在绿色的海洋里，可能与卡扎菲的偏好有关?

卡扎菲革命后，生产了“绿宝书”。“绿宝书”在利比亚的地位，几乎与《古兰经》并驾齐驱。。

卡扎菲专制生产了“绿宝书”、“绿海洋”。

卡扎菲的绿色却绽放出了茉莉花。

还有很多有趣的地方有趣的故事。

北非突尼斯迦太基古城，今天成了茉莉花革命的发源地，阿里贪腐，落荒而逃，推到了阿拉伯国家民主化浪潮的多米诺骨牌；卡萨布兰卡，因《北非谍影》而成名的魅力城市；埃及阿斯旺水坝、金字塔，苏丹、伊朗、叙利亚、黎巴嫩这些国际关系里的是非之地……

阳光卫视“阿拉伯之旅”走访中东十七国，本来也曾邀请我加入，因为时间的原因而放弃，很是遗憾。

刘武曾是我《中国青年报》的同事。他的书写出来，当然要读。

有趣的是，一趟跑下来，刘武的《后记》却给了我们一个很突兀的人生感悟：

1. 简单生活；2. 心存感谢；3. 从容度日；4. 平淡是真。

为什么会这样？你慢慢听他对我们说。

2010年3月30日于北京双泉堡

推荐人简介

（卢跃刚：著名记者，报告文学作家，《大国寡民》、《在底层》、《以人民的名义》作者）

遥远的阿拉伯

连续3个多月驾车奔驰在沙漠、山地，每天驾行500公里以上，有时超负荷驾车行驶十五、六个小时，有时在两国关口等上大半天甚至整天，在军人、警察或保镖荷枪实弹保护下，穿过苏丹、埃及、利比亚、突尼斯、阿尔及利亚、黎巴嫩等国的动荡和不安全地区，这种经历不是谁都会有的，也不是随便一个人都能经受得了的。

一个人如果出国游玩，第一个月会很新鲜、好奇、放松，非常闲适快乐；第二个月则会疲倦、困乏、巴不得行程尽快结束；到第三个月，旅游会变得难以忍受，苦闷、郁闷、思念亲人，身心怠惰。要是这趟行程像上面说的那么累、那么紧张，还加上吃不到你喜欢吃的中餐，比如3个月只能吃烤鸡肉或牛羊肉加大饼、奶酪，好多人大概半途就会打退堂鼓。

我那遥远的阿拉伯之旅就是这么过来的。辛苦、危险、艰难一点都不少，但对我来说却是一种难得的体验和经历。

其实在此之前，我已经经历过一次3个多月的磨砺，驾车行走中国周边几个南亚及东南亚国家。那年

我到巴基斯坦的第二天，就在拿着AK47的警察陪同下，驾车穿过白沙瓦和著名的开伯尔山口，到与阿富汗接壤的Torkham关口接人。那里地势非常险要，道路多是盘山公路，两旁秃秃的高山壁立，汽车就像在弯曲的钢丝上行驶。这一地区不仅是从阿富汗进入巴基斯坦的必由之路，而且接近巴控克什米尔地区，多年来一直处在紧张气氛之中。我一边害怕遭遇恐怖袭击，一边担心危险的山道上行驶会出现什么意外，那种心境一般出国游玩的人绝不会有过。

不过有了那3个多月的睦邻旅行经历后，接下来同样长时间的阿拉伯之旅就轻松多了。事实上，走访阿拉伯国家的想法和计划也是在那趟睦邻之旅中形成的，只是没有想到那么快就成了现实。

说到之所以有这么两次长距离驾车到国外游历的事，还得说到我的3位传奇朋友，他们年龄都比我大，去的国家都比我多，当然经历也更加丰富。一个是大个子郑鸣，哈尔滨人，当兵出身，去过南极、北极、南美、北美，获过“范长江新闻奖”，不抽烟，基本不喝酒，喜欢拍电视纪录片，“睦邻之旅”和“阿拉伯之旅”的想法最早就由他提出，并一手实施，他担任了这两次活动的总导演，车队中永远开先导车；另一个是老大哥叶研，俗称“老叶”，湖北人，瘦高个，额头发亮，头发稀少，有着标准而富于磁性的男中音，他是又抽烟又喝酒，还喜欢大块吃肉。他是我当年在报社的老领导、老哥们，也去过南极、北极、南美、北美，也获过“范长江新闻奖”，他在两次活动中都担任总领队，行车时一般喜欢坐在尾车压阵；还有一位是钟政勤，俗称“阿钟”，绰号“旅游钟”，他是香港人，个子不高，普通话不算标准，不抽烟喝酒，但酷爱咖啡，每天至少喝两三杯咖啡。从23岁开始他就独自背包环游世界，一走就是六年，后来在香港电台长期主持《旅游乐园》，他去过150多个国家和地区，自称去过全世界的每一个角落，从“千禧之旅”到“两极之旅”，再到我们这次“阿拉伯之旅”，他都担任总向导，每到一地，他都先收护照，先领房卡，几乎每次我们都住在同一个房间，一路上与我结下了“同房”之情。

这三个牛人有个共同点，都是要命的理想主义者，从来不在乎身上有多少钱，住什么规格的房子，在别人面前摆什么派。他们都是性情中人，胆大心细，敢于幻想，敢于冒险，有他们领路，我一路上心里都特别踏实。

有时我想，就像《纳尼亚传奇》中的四个孩子进入魔衣橱一样，我的“阿拉伯之旅”就是一次“纳尼亚历险”，充满未知、新奇、意外、惊险等感受。想象一下，每天清晨在晨祷的喇叭声中惊醒，呼吸着带有奶酪、香料、水烟或牛羊味的燥热空气，看着身穿长袍的阿拉伯男人和包着头巾或蒙着脸的阿拉伯女人从身边飘过，听到人们相互之间用阿拉伯语问好，那绝对是一种全新的、令人着迷的体验。

有些地方，大家去得太多；有些游记，不过是千篇一律；有些风景，大家过分熟悉；当然，还有的游历，过于凌乱，没有明确的主题和方向。我去的中东、北非这17个国家都是伊斯兰会议组织（Organizationof Islamic Conference，简称OIC）成员国，大致有着共同的宗教信仰、民俗风情，这么一次畅游过来，相信能给大家提供一点常识和感悟。

坦率地说，我不是那种刻意想去冒险获得惊人消息的人，也不是那种刻意想找热点事件来爆料的人，相比那些成天在战争前线或危险地区穿梭的人，我是自愧不如。我之所以想去那些热点地区采访，一方面是想看看那里的人们享有的常态生活；另一方面则是想亲身感受阿拉伯和伊斯兰文化的魅力。

少年时，我知道明代有个牛人带着庞大的船队七下西洋，青年时，我又知道有个

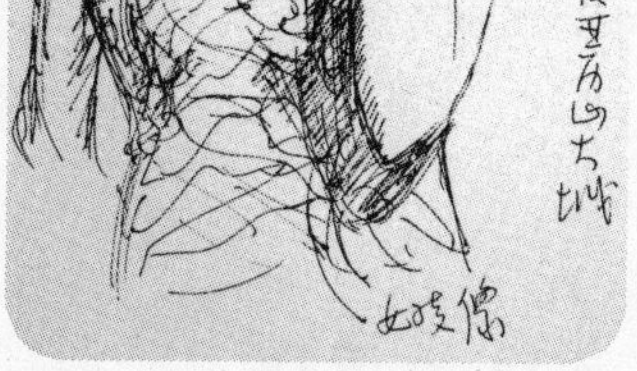

也很牛的西洋人从欧洲跑到中国，当然还有那个传说中带着猴子西行取经的和尚。远行异域，跨国巡游，的确是有点让人想入非非，交感神经兴奋，肾上腺素上升。

殊不知有一天，我也踏上了这条远行的路。此书即将出版之时，得知埃及、突尼斯、沙特、巴林、叙利亚及利比亚等国处于动荡混乱之中，让我不禁担忧起我在那些国家遇到的朋友的命运，那些国家都给我留下了美好、深刻的印象，我祈愿真主和上苍保佑那里的人民和土地，我期望再有机会平静、安然地去那里旅行、生活。

2011年3月15日

四海之内，皆兄弟也。君子何患乎无兄弟？

——《论语·颜渊》

走得勤的人，比活得长的人见识广。

——阿拉伯谚语

信徒们，去寻求知识吧，哪怕远到中国！

——先知穆罕默德

Contents 目录

▸ 阿联酋签证

▸ 阿曼签证

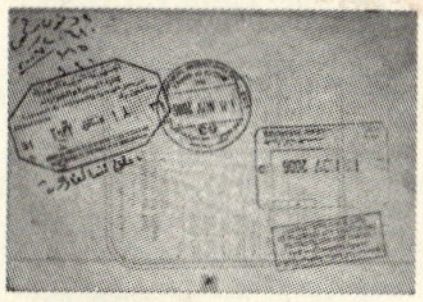

▸ 巴林签证

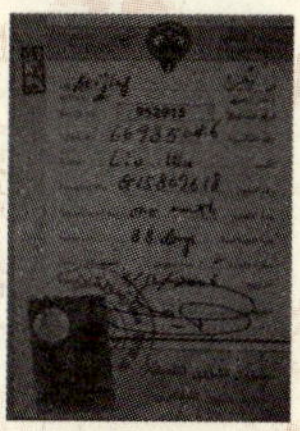

▸ 科威特签证

▸ 卡塔尔签证

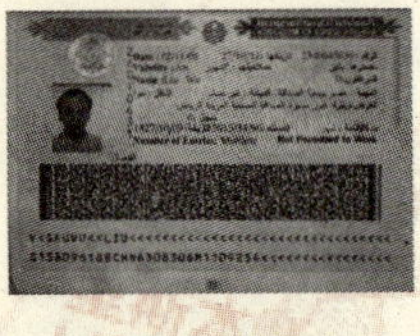

▶ 沙特阿拉伯签证

▶ 苏丹签证

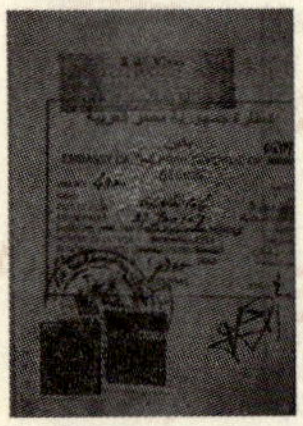

▶ 埃及签证

▶ 利比亚签证

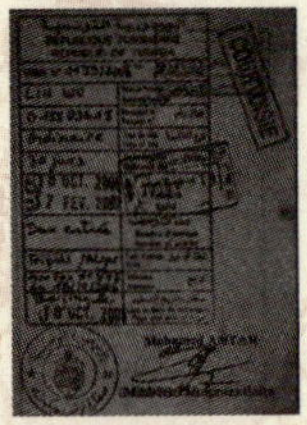

▶ 突尼斯签证

▶ 阿尔及利亚签证

▶ 摩洛哥签证

▶ 约旦签证

▶ 叙利亚签证

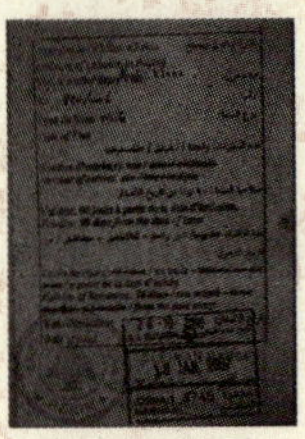

▶ 黎巴嫩签证

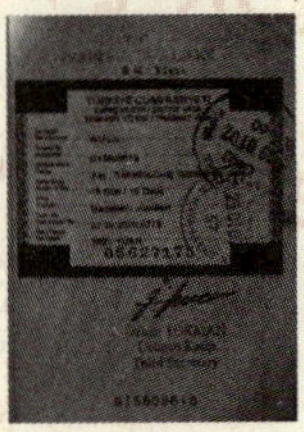

▶ 土耳其签证

▶ 伊朗签证

第一章

沙漠上的魔幻之城

▶ 阿联酋签证

如果有人现在跟你说，有一趟奇幻的旅程将带你穿过阿拉伯半岛、红海和北非的海岸线，你会放下自己手头所有的工作欣然前往吗？波斯湾、阿拉伯半岛、撒哈拉沙漠、神秘的驼队、高高的金字塔、穿着长袍的阿拉伯人、波斯地毯和银器、阿拉伯水烟和红茶等等，这些在《一千零一夜》、《英国病人》、《撒哈拉》、《阿拉伯的劳伦斯》等电影中出现过的情景将会一一呈现在眼前，你宁愿错过吗？

1 被迪拜的豪奢震惊

我的这趟奇幻旅程就这么开始了。

不过，我更愿意把它看做一次“心的旅行”。像电影《走出非洲》中的女主人公卡伦说的那样，心的旅行没有限制。我带着自己的心走进阿拉伯世界，让它去体味这片土地上的神奇和梦幻。

从北京到阿拉伯联合酋长国的海滨城市迪拜约6100多公里，空中飞行时间为8个多小时。酋长，这是个多么土著、多么原始的字眼，可以想像一下，这些酋长联合组成一个国家会是什么样子。阿联酋，这就是酋长联合组成的国家，那些身穿白色长袍的宗教领袖或国家领导人，原本就是一个个部落的首领。按照古老的方法，这些首领们坐在一起，经过商讨或讨价还价，最后一致同意把各自的部落组合在一起，形成一个更大的部落——阿联酋国。

出乎我意料的是，有那么多中国人去阿联酋。波音超大的机舱中坐满了前往迪拜的中国公民，几乎看不到身穿长袍的阿拉伯人，惟一同行的阿曼驻中国大使坐在公务舱中。北京的十一月有些反常，气温一直没有降下来多少，11月8号这天，北京的最高气温是16℃，我居然可以穿着短袖T恤办理登机手续，并登上中国南方航空公司的CZ331飞机。飞机原定傍晚5点20起飞，但稍微有些晚点。5点40分，就像时空隧道中的穿梭机一样，飞机带着我前往神秘的阿拉伯半岛。

飞机下降高度后，舷窗外星星点点的灯火几乎是瞬间转换成灯海！继而川流不息的车流、鳞次栉比的楼宇、蓝宝石般的泳池映进舷窗。迪拜之夜，给一个远道而来的人一份更多的神奇和神秘。

第二天一早去港口保税区提车时，才发现迪拜的拥堵情况比北京更厉害。当地时间早晨8点刚过，迪拜的主要街道就被各种豪华、顶级的好车堵得严严实实。来这里之前了解到迪拜的人均汽车拥有量排名世界前位，也知道迪拜的马路又宽又好。可眼下一看，首尾不见的大小车辆在双向10车道的高等级公路还是走走停停，任你什么奔驰、宝马、卡宴、保时捷统统低速行驶，淡蓝色的晨雾中弥漫着浓烈的汽车尾气，这座号称世界上最年轻、最富有、最奢华的城市就这样开始了它新的一天。

当天下午，我先去参加由迪拜社会青年部举办的发车仪式，这个活动特地选择在过去的老王宫“遗产村”举办。

当迪拜的20多名童子军身着沙丘色队服，一丝不苟地吹着铜管乐列队入场时，整个仪式立刻平添了一

份庄严和肃穆的气氛。乐队指挥是个吨位够大、心宽体胖的中年男人，他的那身制服绝对需要量身定制。走进活动场地没多久，他就热得满头大汗，衣服都渗出汗渍来。不过，当我问他参加这一活动的心情时，他表示非常开心、快乐。他告诉我为了这次活动，他与童子军们提前排练了好多遍，并专门找了中国的乐曲《茉莉花》进行演练。

在欢迎仪式上，迪拜社会青年与文化局长穆罕默德、中国驻迪拜总领事高有祯等出席，并接受了我的专访。高总领事说，中阿友谊源远流长，从张骞出使西域、郑和下西洋，到伊本·白图泰游历中国，他们都为中阿友谊写下了辉煌的历史篇章。最后，他代表中国驻迪拜总领馆和当地华侨华人，祝我们在漫长的采访中顺利完成任务。

迪拜社会青年与文化局长穆罕默德表示，阿联酋与中国的友好关系是阿拉伯与中国友好关系的一部分，选择迪拜作为“中阿友好万里行”活动的第一站，有利于两国人民进一步加深相互了解。

参加仪式的还有300多名在迪拜施工、经商的中国公司员工和商人代表，看着中国同胞与身穿白色长袍的阿拉伯朋友称兄道弟、亲密交流的情景，听着人们用英语、阿拉伯语交流，看着人们用各自发明的手语比划着，我发现“兄弟”这个词的使用频率最高。是啊，“兄弟”这个词最能涵盖中国与阿拉伯乃至伊斯兰世界的情谊。《论语·颜渊》里“四海之内皆兄弟”和《古兰经》里“天下穆斯林是兄弟”的描述中，“兄弟”概念所包涵的内容和信息是何等的丰富多彩啊。

当天的欢庆活动一直延续到晚上，“遗产村”内的阿拉伯民间艺人欢乐地敲起牛皮鼓、舞动木杆，有节奏地跳起阿拉伯舞来。我们也情不自禁地围上去，与这些民间艺人们一同起舞，大家跳得全身大汗淋漓，欢乐的鼓声、笑声和叫声回响在“遗产村”上空。

那天夜晚，等跳完舞，大家一起来到距“遗产村”不远的迪拜湾旁，登上两条游船，欣赏迪拜的夜景。璀璨的灯光倒映在波光粼粼的水中，游船从水面上轻轻滑过，搅乱了那些灯影，让我感觉天地浑融，一时有不知是在天上还是在水上的感觉。

阿拉伯传说中最诱人的故事就是发现宝藏，从“阿里巴巴与七十大盗”到“辛巴达七海传奇”，无一不是讲述人们获得从天而降的财富带来生活变化的故事。迪拜仿佛就是这种故事的现实版。1833年，当今迪拜统治者马克图姆家族的先人率领一支大约800人的部落在迪拜湾河口居住下来，很快这里就成了茫茫沙漠中贝都因人与渔人、商人进行贸易的交汇点。从“遗产村”保留的遗迹来看，那时的迪拜还是一个十分贫穷落后的蛮荒之地，酋长的王宫不过是用泥沙堆砌起来的低矮小城堡，堡内沙地上的帐篷、木屋等构成了今天看上去极为简陋的、艰难的生存环境。

到19世纪末20世纪初，迪拜开始成为繁华的港口。在靠近迪拜湾一侧的老城区德伊勒出现了整个波斯湾地区最大的商业区，这里先后建起了350多家店铺，外地游客和商人云集。迪拜湾宽100多米、长约10余公里，像一条河流将迪拜分为东西两个部分，东部是老城区德伊勒，西部是新城区柏迪拜。到20世纪30年代，迪拜的人口已增加到2万，其中四分之一都是外来人口。进入1966年后，迪拜开始走上巨变的道路，石油的发现、开采迅速改变了一切，20世纪70年代，迪拜成为阿联酋的第二大酋长国，彻底摆脱了英国殖民统治。从80年代开始，迪拜集中了阿联酋70%左右的非石油贸易，赢得阿联酋“贸易之都”的美誉。如今，迪拜已成为阿联酋的金融、经济、贸易中心，也是整个中东地区的商业、旅游中心，这里的人口已达140多万，其中80%为外国人，来自150多个国家。现在的迪拜什么都要世界上最好的，最好的汽车、最好的房子、最好的酒店、最好的服务等等。

从迪拜湾上岸后，我没有走多远就到达了香料街和黄金街，这是一条狭窄幽长的小巷，敞开的香料一袋袋整整齐齐地摆在路边，小贩在货摊旁热情地招揽生意。阿拉伯人生性喜爱香料，香料可入药，可用作调味品，女人还拿它来熏衣，用途很广。香料街的隔壁就是著名的黄金街，走进这里，相信所有的MM都会心跳加速，延绵几条街的市场里，一家又一家的金店挤挤挨挨，一尘不染的橱窗里挂满了手镯、项链、戒指等饰品，成色从18K到22K、24K，以克计价，不收设计费和工艺费。最令人动心的是这里的金店汇集了世界各地的款式，让人眼花缭乱，只叹自己口袋里的银子太少。在这样黄金满地的世界里，给人黄金廉价的错觉。当地人习惯配带粗大的金链，以显示自己的经济水平，因此黄金街上从白天到黑夜总是人满为患。在黄金街的街角边，还有一些展卖日常生活用品的小贩，他们也是从其他国家来到迪拜淘金的商人。一位从阿富汗来到迪拜的商贩穆罕默德·赛伊向我说起了他的经历。

他说：“我是从阿富汗到这里经商的，已经干了四年，我主要卖的还是阿富汗的东西，这些货物都是从阿富汗进口来的，我觉得迪拜是个非常开放的城市，这里让我不仅有安全感，而且还能自由地经商。”

迪拜让人瞠目结舌的地方很多，除了黄金街上那些耀眼的金光外，外形酷似帆船的世界顶级酒店自然也是迪拜最值得炫耀的地方。那座号称7星级的伯吉酒店也叫“阿拉伯塔”，酒店外面的停车场上满是超豪华轿车，我们破天荒地开着中国的越野车鱼贯而入，停泊在这些超豪华轿车旁，然

可爱的阿拉伯老人

▶ 帆船酒店内景

▶ 伊本——白图泰购物中心的透明穹顶

后在向导带领下进入曾经在照片上看到的这座酒店大堂。这时我才体会到什么叫做金碧辉煌，什么叫美仑美奂，什么叫叹为观止。据说这座酒店最豪华的780平方米的总统套房也是金灿灿的，客房面积从170平方米到780平方米不等，最低房价也要900美元，最高的总统套房则要18000美元。总统套房在第25层，家具是镀金的，还设有一个电影院，两间卧室，两间起居室，一个餐厅，出入有专用电梯。

这家超级酒店是在迪拜王储提议下，由知名企业家阿尔·马克吐姆投资兴建的，这座56层321米高、顶层能停直升机的酒店建造在一个填海而成的人工岛上，造型如巨大的满帆，气宇轩昂，乘风破浪，在海洋与沙漠的交相辉映下，其海市蜃楼般的景致如梦如幻。在建设之初，为保证酒店的稳固，共有250根基桩被打到海下40米深处。在它刚刚建成时，就被世界许多媒体誉为“最完美的豪华饭店”，其豪华程度远在七星之上。酒店四周全是“天体浴场”，来自世界各地的成功人士在这个初冬时节从容地享受着阿拉伯湾的阳光、沙滩和碧水，仿佛这个世界上只有奢华，没有贫困；只有安逸、没有战乱。

平时，这座酒店并不对外人开放，一般只有入住者才能进入酒店。而游客们如果想进酒店参观，必须掏几十美元的咖啡钱，才能到酒店的一、二楼看上两眼。

以摩洛哥著名旅行家伊本·白图泰的名字命名的购物中心，则是迪拜带给人们的又一大惊喜。从外观看，这是一座约30层楼高的银灰色弧形建筑，占地约50万平方米，由“中国”、“印度”、“埃及”、“波斯”、“突尼斯”及“安达卢西亚”等六栋风格迥异而又彼此相连的建筑组成。超大的购物空间内贯穿着那位著名旅行家的游历行程，让人在购物的同时领略到应接不暇的异国风情。整个购物中心共有275家零售商店、一家大型超级市场，以及营业面积超过3800平方米的餐饮区，和一家拥有21个放映厅的超大影城，影城内有一个巨屏影院，这也是阿联酋地区的第一家超大影城。由于当地政府大力推行低进口税及无销售税政策，迪拜一直被誉为物美价廉的购物天堂。这座购物中心内世界名牌云集，很多产品甚至比原产地还要便宜不少，吸引了世界各地的游客专程来访。

购物中心内最令人惊奇和激动的地方是号称“世界第一室内滑雪场”的迪拜滑雪场，从来没有见过雪的迪拜人找到了避暑和游乐的好地方。这家滑雪场占地22500平方米，用600吨白雪铺就，先进的温控设备保证白天雪场的温度在摄氏零下1度左右，到晚上则降到摄氏零下9度。滑雪场内分为冰雪公园和滑雪道两个区，有5条不同难度的滑雪道，最长的一条长400米，落差有20多层楼高，达62米，还有一条90米长的滑雪板滑台，整个滑雪场能容纳1500人同时滑雪。

▶ 遗产村内的阿拉伯女人

不过，迪拜毕竟是在沙漠上建起的城市，这里的人对沙漠难免别有一番感情。一天，我开车从迪拜城向东行驶了大约50多公里，就看到道路两旁建有多家简陋的运动沙场，我称之为“冲沙场”，就是说人们在这里运动，就像在海上“冲浪”一样。别看这些地方外表很不起眼，只有长长的围栏和简陋的大门，但许多阿拉伯人都热衷于开着豪华汽车到这里来玩冲沙运动。冲沙场内一般都搭有凉棚，摆放着白色的桌椅，人们可以坐在里面休息、喝着冰凉的饮料观看冲沙者运动。有的冲沙场内还建有绿地，阿拉伯人牵着骆驼让人们游玩。这可不是一项廉价的运动，看看冲沙场外停泊的各种豪华车辆，就不难想像来这里玩的是些什么人，冲沙的消费自然颇为不菲，而给冲沙爱好者带来无限乐趣的就是这种四轮摩托，冲沙者骑在上面很是威风，冲沙车在起伏柔软的沙地上上下游走，会让冲沙者有一种驾驶帆板在波浪上颠簸的快乐感受。

金黄色的沙漠中，冲沙车狂吼着在沙坡上翻越，后轮带起的沙子飘散开，如同溅起的黄色水花。看冲沙者在沙漠中上下翻飞的身影，时隐时现，仿佛这里就是他们尽情释放快乐和激情的地方。黄沙漫漫，车轮滚滚，在这里，海洋变成了耀眼的金色，帆板变做了四轮摩托，平时将身体包裹得十分严实的阿拉伯人放开性情，与黄沙共舞。

更为豪华的是那种陆地巡洋舰式的冲沙车，我忍不住也坐上去感受了一下驾驶的乐趣。这种沙漠“冲浪”运动在这里兴起的时间并不太长，冲沙场地似乎也没有严格要求，反正阿联酋不缺沙地和沙子，只要有足够的坡地和沙丘就行。当地不少人常常带着家人、孩子，来到这里，顶着炎炎烈日观看冲沙表演，感受冲沙带来的快乐。看到我们这几个外国人，有位骑四轮的冲沙爱好者就冲着我们耍开了，他一会儿将车子的两个前轮高高举起，一会儿突然掉头转弯，一会儿侧着车身行驶，玩得极为专业。

迪拜就是这样，它就像在满目黄沙的地方冒出的一片绿洲，也像一个发现宝藏的阿拉伯人，一点也不在乎地向世人炫耀自己的豪华和富贵。

▶ 黄金街上的一家店铺

中国人来抢生意了 2

在阿联酋迪拜的老王宫遗产村举办出发仪式时，当地华人华侨组成了一支人数众多的欢迎团队，展开横幅、手持彩旗兴高采烈地前来助兴。通过与他们交流、了解，我才发现，在这个阿拉伯人聚居的城市里，中国人远比我想像的要多得多。最近几年来，来自中国的风在这里吹得越来越强烈。

目前，中国人主要聚居在迪拜老城区德伊勒的艾尔·穆沙拉街附近，这里已经成了迪拜的“唐人区”。放眼看去，随便就能看到街上行走的华人、建筑物上的汉字、商店里的中国商品。不过，十年前，这里还是一条平静的小街，很少能见到中国人，就是整个迪拜也很少有华人的身影。从1984年中国与阿联酋建交开始，华人到迪拜工作和创业基本上分为3个阶段，第一阶段是建交之初的几年，主要是来访的政府高级官员和参加援外的中国工程公司人员；第二阶段是20世纪90年代，20多家中国地方外贸公司和中小型涉外公司先后在迪拜开设了分支机构和企业；第三阶段从20世纪90年代末期开始，伴随中国进入WTO，外贸体制全面放开后，大量中资企业和商人纷纷抢滩迪拜，这轮热潮一直延续到今天。

位于穆沙拉街上的中国贸易城，是由浙江温州人建起来的。阿联酋中国贸易城商会会长、董事长张小群在1997年底来到迪拜，赶上了中国人到阿联酋淘金的最热阶段。我在采访他时，他回忆说：“我当时是先搞服装批发，觉得很有市场，就从租店铺开始。后来感觉迪拜这里商机很好，是中东物资、货物的集散地、贸易港，各国的客户都非常多，当时就想建一个中国贸易城。”

正如张小群说的一样，迪拜地处波斯湾咽喉要地，是欧亚经济活动的中心。由于加上当地政府的适时引导，迪拜如今已成为中东地区贸易集散中心，其辐射面到达北非、中东、南欧和南亚、西亚等地区，辐射地区人口达15亿之多。此外，迪拜的招商引资政策极为宽松自由，如：无外汇管制、货币自由汇兑、资本和利润可百分之百汇回本国；无需交纳营业税、所得税；实行4%的低税率关税、进出口不实行货物配额限制等，这自然就吸引了各国商人前来投资兴办实业或经商。张小群看准机会，把生意很快做大了。他说：“我从2001年租下这座大楼后，就与温州市劳动局合作建设，把很

生活在迪拜的中国人

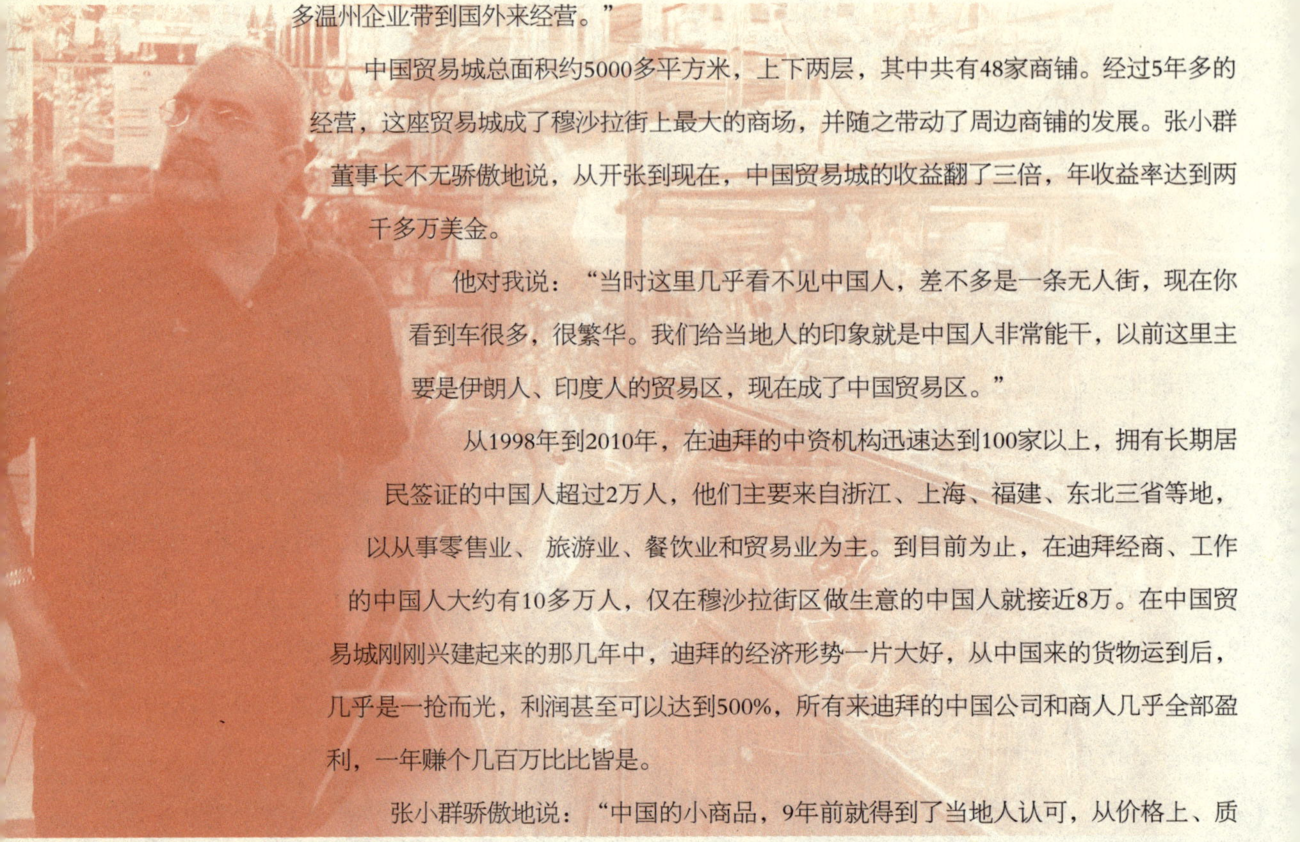

迪拜中国贸易城内一景

多温州企业带到国外来经营。”

中国贸易城总面积约5000多平方米，上下两层，其中共有48家商铺。经过5年多的经营，这座贸易城成了穆沙拉街上最大的商场，并随之带动了周边商铺的发展。张小群董事长不无骄傲地说，从开张到现在，中国贸易城的收益翻了三倍，年收益率达到两千多万美金。

他对我说：“当时这里几乎看不见中国人，差不多是一条无人街，现在你看到车很多，很繁华。我们给当地人的印象就是中国人非常能干，以前这里主要是伊朗人、印度人的贸易区，现在成了中国贸易区。”

从1998年到2010年，在迪拜的中资机构迅速达到100家以上，拥有长期居民签证的中国人超过2万人，他们主要来自浙江、上海、福建、东北三省等地，以从事零售业、 旅游业、餐饮业和贸易业为主。到目前为止，在迪拜经商、工作的中国人大约有10多万人，仅在穆沙拉街区做生意的中国人就接近8万。在中国贸易城刚刚兴建起来的那几年中，迪拜的经济形势一片大好，从中国来的货物运到后，几乎是一抢而光，利润甚至可以达到500%，所有来迪拜的中国公司和商人几乎全部盈利，一年赚个几百万比比皆是。

张小群骄傲地说：“中国的小商品，9年前就得到了当地人认可，从价格上、质量上都有竞争优势，在阿拉伯人心目中，中国商品的地位非常高、非常好。”

不过，随着中国人的大量涌入，房产店铺的成本越来越高，加之世界经济大环境的影响，当初的买方市场逐步转变为卖方市场，商户之间的竞争开始加剧，开店的零售利润从500%直线下降为100%，后来到50%、10%，甚至低于国内的成本价，中国商人之间打开了价格战。张小群说：“原来因为商家较少，竞争上都比较守规矩，但后来中国人多了，相互之间的竞争非常突出，这样老外反而受益了。现在我们都觉得中国人之间不要相互杀价。”

在中国商人展开低价恶性竞争、中国商品信誉和声誉一度下滑的情况下，不少有远见的华商开始自我反思，他们在华人商会的组织、协调下，逐步调整经营战略，努力将被欧美、日本以及印巴商人抢占的商机夺回来。张小群颇有信心地说：“我们现在面临着挑战，所有中国人在这里面临的是价格竞争、互相残杀。现在我们通过相互协调，联合各个商家，准备制定出商会规则，互相调配。”

在迪拜经商的中国人中，浙江和福建的人占60%左右，人数最多，开的店面也最多，超过40家。上海人占20% 左右，他们在迪拜各自为阵，无法集团作战，一部分从事销售、贸易等工作，另一部分人从事不需要大本钱投入的地摊生意。其它20%左右的人员则来自山东和东北三省，他们主要从事劳务、饮食等行业的工作。在中国贸易城开了个小礼品店的王晓虹小姐来自哈尔滨，几年前，她曾在中国贸易城打工，后来积累了一些资金，就在朋友帮助下开了这个特色小店，当上了老板。我特地采访了她，她告诉我说："我这个小店已经开了四年了，里面都是从国内进的商品，当地人很喜欢到这里来买中国礼品。"

王晓虹开的小店面积并不大，约30平方米左右，但各种小商品琳琅满目，造型别致，非常吸引顾客的眼球。据王小姐介绍，开这么一家小店，还是得有点本钱才行。她说："到迪拜做生意，要有7、80万元人民币才能起家，这里租金很贵，在国外干还是很辛苦的，但我又想做自己的事情。"

在开这家小店之前，王晓虹也尝试过做其它生意，但常常碰壁。最后，她发现还是做自己最喜欢的事情最为顺手，就决意开设了这家小店。她说："我到迪拜后，也是一步步走到今天，不断摸索。我发现中国小商品的质量很好，而且我也很喜欢这些小礼品，所以就专门做这方面的生意。"

虽然店面不大，但如今王晓虹经营稳定，收益可观。每天，经常有各种肤色的顾客走进她的小店，被那些物美价廉、造型生动的小礼品所吸引，他们常常兴趣盎然地浏览着这些商品，拿到手里更是爱不释手。王晓虹说，为保证展卖的商品新颖、独特，每年她都会回国内几趟，主要是去一些地方亲自挑货、进货。她说："我每个月要进两、三个货柜，主要从广州、青岛、义乌等地进货，这在中国贸易城里就算很一般的水平了。"

像王晓虹这样敢想敢干、白手起家的东北女孩，在迪拜还是少数。这里，更多的是温州人的天下。在中国贸易城旁边开设的中国鞋城，也是温州人的杰作，他们的商业嗅觉和才干，在迪拜再一次体现得淋漓尽致，与过去以输出劳务和贸易为主不同的是，占迪拜华人约1/5人数的新一代温州商人表现出了更强的适应性。

迪拜的这家中国鞋城面积与中国贸易城相当，有几十家商铺。其中的鞋类企业主要来自浙江和福建，1996年时，迪拜便有中国鞋类供应商12家，8家进出口公司，4家鞋类专业批发店，通常皮鞋类产品的价格为

中国人最难适应的就是这里的文化

每打75美元，最高时价格为每打125美元，当年鞋产品供应还有450万美元缺口，甚至一段时间内产生缺货现象。到2001年，迪拜的中国鞋类企业拥挤到125家，直销店达到65家，有时出现每周一家中国鞋类直销店开业，每周一家中国鞋类直销店倒闭的现象，鞋类开始出现压货滞销现象，累计鞋类压货至少达到200万美元库存。

经过最近几年的竞争、淘汰和调整，目前中国鞋城保持了较为平稳的销售态势，更为合理的价格、更为优质的产品和更为新颖的款式，吸引了众多客商前来选购。我在鞋城采访时，一些顾客就坦诚地说起中国鞋类产品在迪拜经历的风波，也表示曾一度对中国商品产生过爱恨难辨的情感。不过，到现在为止，这些顾客最终还是中国商品的忠实消费者，当地人开玩笑地说：除了老婆之外，家里的东西都是“中国造”。

近两年来，随着中国经济发展日益加速，中国与阿联酋之间的商贸往来也更加频繁，中国商品在迪拜的地位也日益提升。2004年12月，由中阿两国政府合作开发，迪拜海关、港务等部门和中国中东投资贸易促进中心共同组织实施的龙形“中国城”——阿联酋迪拜中国商品分拨中心正式开业。整个中心的造型是一条绵延1.4公里长的彩色巨龙，舞动在迪拜的哈塔大路边。这一项目总投资3亿美金，占地34万平方米，总建筑面积15万平方米，共有4000个商铺、2000个大型停车位，是国际城中唯一集展示厅、商场、餐饮、观光为一体的大型贸易市场，也是迄今为止中国在海湾地区规模最大、档次最高、功能最全的经济贸易区，是辐射欧洲、非洲、亚洲市场最大的商品集散地。

当地人形象地称这座“中国城”为“龙城”，它给企业提供了极为优厚的条件，其建筑全部是钢架结构，设备比北京的赛特还要好，配套公寓的标准也很高，跟北京亚运村差不多。相比较而言，这里店铺的租金也非常便宜，相当于迪拜市内同档次店铺租金的30%。这个分拨中心开业之初，就吸引了近4000家中国商家入驻，年贸易额达到500亿美元。

很多在迪拜经商的华人都会说，这里就像1960年代的香港，充满机会和诱惑。每天，迪拜有5500个集装箱靠岸，每隔3分钟就有一架飞机起落，来自六、七十个国家的采购大军在这里川流不息，周边近50个国家、15亿人口的市场受到迪拜的贸易辐射，整个中东、非洲、南欧的商人都把迪拜当作最重要的中转和采购中心。这两年，许多中国商人特别是浙江商人意识到，谁拥有迪拜，谁就有可能拥有整个中东及非洲的市场，而这一块市场，正是许多中国企业尚未开发和开拓的。我们不难看到，中国的风在迪拜这块热土上，还会继续劲吹，美丽的中国龙还会在海湾边舞动得更欢。

迪拜中国城的标志

第二章

路不拾遗的国家

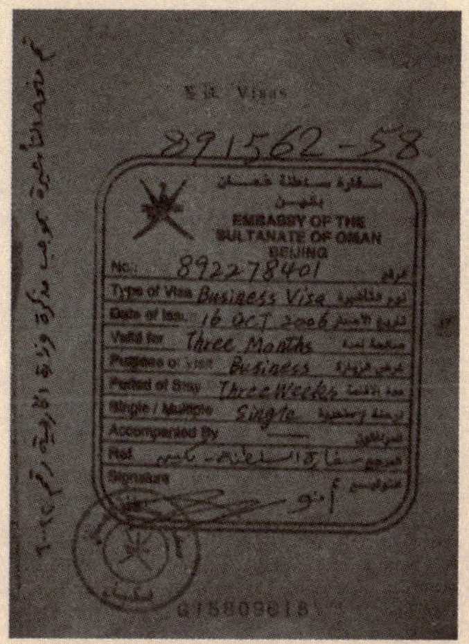

▶ 阿曼签证

2001年5月4日落成的卡布斯大清真寺位于宽阔的苏尔坦·卡布斯大街旁，它占地面积达41.6万平方米，可容纳2万人做礼拜，是阿曼国内最大的清真寺，是北回归线旁边最为豪华、壮观、开放的清真寺。站在苏哈尔古堡上，遥望辽阔、蔚蓝的阿曼湾，我恍惚依然能看到当年的古帆船从这里启航和靠岸。这片浩瀚的海洋从古至今就把遥远的中国和阿曼紧紧联系在一起。

3 郑和的船队曾来过这里

从阿联酋的迪拜前往阿曼，出城后走不多远就看见茫茫沙漠，奔走的骆驼在路边不时出现，一点也不惧怕车辆与行人。从车窗里向外看去，公路就像在望不到边的沙海中飘动的一条灰色绸带，阳光照射下，路面有时会反射出一点波光或热气。接近阿曼边境时，外面的沙漠消失了，变成了灰色的山峦。难以想像的是，这两国的海关之间相距竟有10多公里，我在这之间来回跑了好几趟，颇费了一番周折，到当地时间下午四点多钟，才进入阿曼境内。

阿曼，全称阿曼苏丹国，阿曼的意思是“宁静的土地”，它位于阿拉伯半岛东南部。沿着临海的公路前往首都马斯喀特之前，北部的小城苏哈尔非常值得一看。接近苏哈尔的大道上矗立着一个明显的标志性建筑，上面画着帆船、城堡等代表这个城市特点的图案。

卡布斯大清真寺

苏哈尔是个美丽的海边小城，白色与土黄色的阿拉伯风格建筑矗立在蔚蓝色的大海边，绿草和鲜花点缀其间，颜色鲜艳、纯净，令人陶醉。从18世纪初的赛义德王朝开始，苏哈尔就曾是阿曼的首都，到18世纪末、19世纪初，马斯喀特才以陪都地位出现。在苏哈尔面对大海的街道旁，矗立着一座白色古城堡，如今，这里成了一个小小的博物馆，收藏着苏哈尔古老的历史。阿钟告诉我：“这个博物馆不收门票，也没人盯着，你可以随意进去了解苏哈尔港的历史。”

走进古堡大门，迎面就能看到城墙边摆放的一艘古老木船的船头，高高的桅杆直插蓝天，仿佛它从那里穿墙而过，准备继续行驶。拾级而上，走进古堡中间的城堡内，苏哈尔港古老的历史和风情扑面而来，让人过目难忘。城堡内分为三层，逐层陈列着不少难得、稀罕的文物。火枪、铜器、瓷器、轮船等等实物或模型，很容易将人们带回到那个航海探险的大时代。

阿曼是个历史悠久的文明古国，早在公元前4000多年，当地人就已经掌握了炼铜技术，因此，这里的铜器非常有名，曾畅销到幼发拉底河和底格里斯河流域。公元7至15世纪，阿曼的海上贸易十分发达，他们西到非洲，东到中国。1200多年前，阿曼航海家阿布·奥贝德就曾率领船员驾驶着这种双桅木帆船，从苏哈尔港启程，历时两年到达中国的广州。阿拉伯名著《一千零一夜》中的《辛巴达航海旅行记》据说就取材于他的经历。而中国明朝的航海家郑和也曾率领大型船队两次到达这一地区，并继续南行抵达阿曼的最南端佐法尔，那里距马斯喀特1000多公里，自古以来是乳香和香料的产地和出口地。在苏哈尔的这座古堡内，至今仍陈列着郑和那个年代遗留在这里的中国古瓷器，让人不难想像当年远航而来的中国人与阿曼人在这里友好交往，进行商贸往来的情形。

欣赏完古堡内珍藏的文物后，我沿着狭窄的楼梯继续拾级而上，登上古堡的顶层，高瞻远瞩，纵览苏哈尔城全貌。阿曼全国面积30.7万平方公里，其海岸线便长达1600公里。它扼守着世界上最重要的石油输出通道——波斯湾的霍尔木兹海峡。北邻阿曼湾，东南面对阿拉伯海，依山傍海，具有十分重要的战略意义，波斯湾沿岸各产油国所输出的占世界市场60%的石油，其中大部分经过霍尔木兹海峡和阿曼湾输出。站在苏哈尔古堡上，遥望辽阔、蔚蓝的阿曼湾，我恍惚依然能看到当年的古帆船从这里启航和靠岸。这片浩瀚的海洋从古至今就把遥远的中国和阿曼紧紧联系在一起。

苏哈尔城距首都马斯喀特约200多公里，从这里前往马斯喀特的这条大道绝对是一条美丽的景观大道，双向四车道沿着海岸线延绵远行，两旁绿树成荫，碧草茵茵，很难让人想到这是沙漠地带。每隔十来公里，道路中间必有一个精心构建的大花坛，环岛中央或建有阿拉伯式的亭台，或用花草搭建出景观，或矗立着某个标志性建筑，让人感叹阿曼人的匠心。在进入苏哈尔境内的道路上，还建有一个非常壮观、华美的大门，它有些像一个四方形的小城池，融合了阿拉伯与欧洲的建筑风格，让人感觉就像走进了某个王国。事实上，苏哈尔也确实是当今阿曼国王的出生地，这也许是阿曼人要将这条大道建设得如此宽敞、漂亮的一个原因。而入夜之后，马路中间一个接着一个的灯柱也是一道特别的景观，远远看去，这些灯火连成了一串长长的彩灯。

傍晚刚进马斯喀特城时，还来不及欣赏马斯喀特的夜景，我们乘坐的汽车就在一座清真寺对面突然

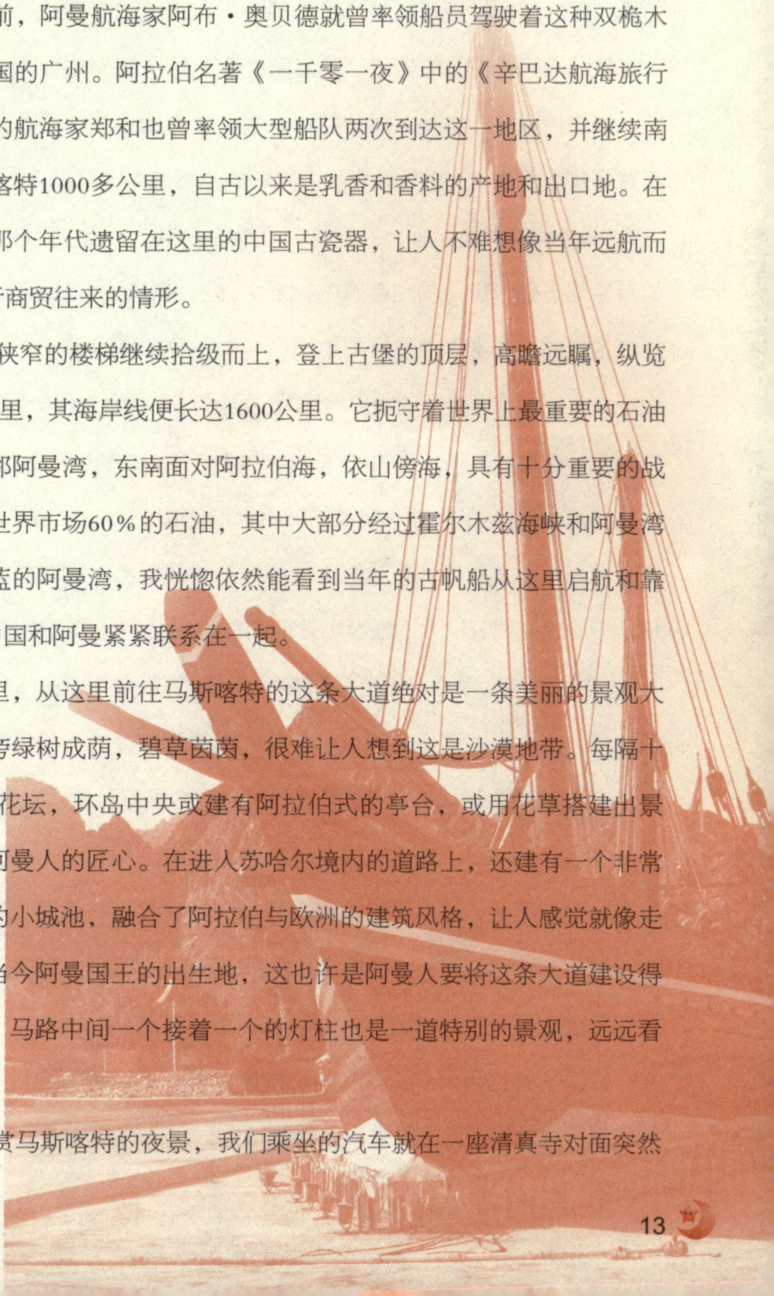

▶ 马斯喀特的路边矗立着古船模型

抛锚，这可忙坏了给我们带路的司机。不过，很快就有热心的阿曼人走过来，询问并给我们提供帮助。其实，这辆车主要是因为电瓶老化，高温下不能启动。阿曼许多车的发动机都装置在车尾，有一位阿曼司机看到我们遇到难题，就二话不说将自己的车掉过头来，给抛锚车的电瓶搭上线，然后点火带动了熄火的车。干完这一切，他又默默地收拾起工具，我好好感谢了他一番，他微笑着表示很高兴帮我们的忙。

马斯喀特是个靠近北回归线的城市，其东部的古城区最具中世纪风情，现在的城市最早从这里发展而来，整个市区沿着海岸线自然伸展，形成狭长的形状。它的东北面就是阿曼湾，从波斯湾经过霍尔木兹海峡驶向阿拉伯海的轮船，都必须经穿过这个狭窄的海湾，站在岸边向阿曼湾远眺，就能看到来来往往远航的轮船。一大早，阿钟就陪着我在海湾边逛了一圈，他对我说："你看，我现在面对的阿曼湾，正对面就是伊朗，这里靠近北回归线，景色真的十分漂亮。"

阿曼湾的清晨别有一番韵味，早晨的太阳从哈杰尔山脉的山峦上冉冉升起，将海水染得通红。巨大的海轮与小船一起停泊在海湾中，形成强烈的对比，鱼鹰在船帮上静静站立着，构成一幅美妙的图画。海浪拍打的岸边堆积着狼藉的垃圾，与眼前这幅美景似乎有些不太协调。沿着海湾建起的旧城几乎没有太多变化，只有几个标志性雕塑和圆顶建筑颇具现代风味。这一带居住的主要是印度、巴基斯坦和孟加拉国人，一大早起来，他们就在街道旁打扫卫生或整理花坛。

马斯喀特是个干净、整洁的城市，清洁工们会定时清洗这些金色的圆顶建筑，他们站在高高的圆顶上，用高压水龙头冲刷着建筑上的污垢，水花四溅，闪烁出碎片般的阳光，就像他们欢乐的心情一样。从他们的动作和表情中不难看出，他们都为自己的这份工作感到非常骄傲。

在这个港湾附近，还有马斯喀特最著名的一个渔市，每天，当地人会从渔船上运来各种海鲜，直接摆上摊，当地人在这里选购自己需要的新鲜海产品，到马斯喀特的游客也会把这里当做感受当地风情的好地方，来这里亲眼一睹阿曼湾边活色生鲜的渔市景象。

马斯喀特给人的新鲜之处当然不只是这些。这座古城位于山地之间的谷地，尽管山上不长寸草，但城内却绿树葱茏，碧草青青，走在街道上，我常常以为是走在东南亚某个美丽的海滨城市。每年的11月18日是阿曼的国庆日，1970年7月23日卡布斯执政后，不仅宣布改国名为阿曼苏丹国，而且将自己的生日作为国庆日。我到马斯喀特的时候，正巧在他们的国庆之前，马斯喀特的街道上到处飘扬着鲜艳的国旗，沿途不时看到很多工人在路边种植花草，这让我亲眼目睹了当地人在干旱、沙化的土地上培育花草的过程。我跟阿钟就上前去询问那些工人，问他们是从哪里来的，怎样在沙土上种草。

▶ 阿曼湾的一处雕塑

这里干活的工人大都来自印度、巴基斯坦，在寸草不生的沙土上种植花草树木，需要耗费很大的财力和精力，据说这里每棵树的培育成本都在几千美元以上，而每棵花草的培育成本也不少于几百美元。这些工人要先挖开松软的沙土，埋上接有喷嘴的水管，并将营养土铺撒在沙土中。

撒完营养土、铺好水管后，工人们需要将一株一株草木精心种在沙土里。这些小草都经过特殊培育，每一株都带着一小团营养土，工人们就像农民插秧一样，要将这些小草小心埋在沙土中，并及时浇灌，这样才能保证小草成活。马斯喀特和阿拉伯许多地区的绿地就是这样建成的。

在马斯喀特生活的绝大多数是阿拉伯人，印度、巴基斯坦等外籍人大都干的是比较辛苦的工作。这里的居民绝大多数信奉伊斯兰教，其中90%属伊巴德教派。2001年5月4日落成的卡布斯大清真寺位于宽阔的苏尔坦·卡布斯大街旁，它占地面积达41.6万平方米，可容纳2万人做礼拜，是阿曼国内最大的清真寺。不过，相对于其它阿拉伯国家中更为宏伟的清真寺而言，卡布斯大清真寺并非以其宏大闻名，令人惊奇的是，这里居然允许妇女进去做礼拜、参观，只要她们用头巾裹住头发、而不必蒙住面孔就行，即使外国女性来这里参观也必须这样。在阿拉伯国家中，这样对女性规矩宽松的大清真寺倒真的是很难看到。

大清真寺内的地面清洁干净，光可照人，一位工作人员细心地擦洗着地面上的污迹，就像精心擦洗自己家中的家具一样。从我走进这里，到最后离去，这位工作人员都一直蹲在酷热的阳光下擦洗着地面，其认真、细致的态度令人感动。

凑巧的是，我去参观的这天，大清真寺内的礼拜堂对外开放，所有礼拜和参观者把鞋脱下来寄存在门外后，就可以走进这个宏大壮丽、金碧辉煌的礼拜堂内参观。礼拜堂内铺设着长长的蓝色地毯，我开始没有注意，站在蓝地毯外的地板上拍照，这时，礼拜堂内的工作人员便友好地提醒我说，参观者必须走在蓝色的地毯上，不能踩到地板。

据了解，礼拜堂内铺设的这块地毯，总重量达21吨，是当今世界上最大的一块地毯。礼拜堂内的其它建筑装饰，也都保持了阿拉伯民族的传统风格，精雕细刻，对称整齐，令人叹为观止。它如今是马斯喀特最具代表性的宗教建筑，也很有可能是北回归线旁边最为豪华、壮观、开放的清真寺。

▶ 他给我倒了一碗阿拉伯红茶

4 富人和穷人的极端生活

直到上个世纪60年代，阿曼的首都马斯喀特还保持着中世纪古老城镇的简朴形状，居民仅有七、八千人，它成为阿曼的首都也是20世纪初的事，此前，苏哈尔、奈兹瓦都曾是阿曼的古都。历史上，马斯喀特有过许多名称。由于这里历来是经销各种香料的地方，因此它最早称为“米斯卡”，意为“香料之地”。后来，又有人称之为“马斯喀图”，意为“打足了气的皮囊”。20世纪初，阿曼的历史学家们在著作中将它写成“马斯卡德”，意为“一张皮革”。后来“马斯卡德”逐渐演变成今天的马斯喀特，在阿拉伯语中，它的意思是“东西飘落的地方”。

沿着阿曼湾的海岸向东南方向行走，古城区的风景就像长卷一样逐渐拉开。这一带依然保留着两座古老的城门和一段城墙，它们依山临海，山势峭拔多姿，与海水相映，蔚为壮观。1508年，葡萄牙殖民者占领这座古城，一直统治到1650年。在这期间，他们先后在附近的山上修建了规模宏大的米拉尼古堡和约雷力古堡，现在这些古堡已对外开放，供人们参观游览。壮丽的阿拉姆皇宫也在山间的僻静之处，并不宽阔的广场上飘扬着各色旗帜，没有多少人在这里游逛。值得一说的是，阿曼人路不拾遗的传统令人非常钦佩，我在皇宫外的广场上参观时，大意中将一件东西落在广场上，几个小时后，等我再度返回这里寻找，那件东西仍然完好无损地搁在我遗忘的位置，没有任何人动过它们。一位在阿曼生活过的朋友甚至告诉我，有位老太太曾经在街边的一棵树下遗忘了一个手袋，三个月后她找回来，那个手袋依然搁在原处。我不知道这个故事是否有些夸张，但按我碰上的那种情况来看，这也未必没有可能。

阿曼是一个高福利、高收入的国家，人民生活水平较高。在马斯喀特，像布斯坦宫这样依山面海的五星级酒店就有5家，其装修装饰都堪称豪华。据当地人介绍，这里也是阿曼皇室成员的“夏宫”，每到炎热的夏天，他们就会就近到这里避暑。从酒店大堂内陈列的皇族使用过的宝石、珠玉和金银首饰等贵重物品，也不难看出这家酒店与皇家非同一般的关系。更让人惊叹的是，市区仅35万多人口的马斯喀特如今已成为一个重要旅游城市，每年接待的游客就达20多万人。人们想在这个古老的小城享受豪华、舒适的顶级生活，根本不是什么难事。

前往布斯坦宫的山间大道上，还摆放着一艘造型古朴的帆船，就像一条鲸鱼搁浅在岸上。这是对阿曼古代历史的一种立体回忆，因为作为阿拉伯半岛上最古老的国家之一，古称“马肯”的阿曼在公元前2000年就广泛展开了海上和陆路贸易活动，并成为阿拉伯半岛的造船中心。通过这种帆船，阿曼人扬帆出海，远渡重洋，将他们生产的香料、矿产运到非洲、南亚等地，并从那些国家带回他们需要的粮食、丝绸、瓷器等产品。

从公元7世纪成为阿拉伯帝国的一部分之后，阿曼先后被葡萄牙人、波斯人和英国人轮番统治，直到1967年，才由前苏丹泰穆尔统一了阿曼全境，建立起马斯喀特和阿曼苏丹国。外国人的长期统治，促使阿曼的外籍人口增多，1993年外籍人口占人口总数的26%，几乎是1/4多的比例。不过，近十多年来，阿曼外籍人口数量有所下降，目前仍有55万多外籍人口生活在这里，占人口总数的23%左右。马斯喀特虽然是首都，但人口并不算多，交通也不拥挤，是阿拉伯半岛上的一大宜居城市。

马斯喀特市区面积50平方公里，由5个区组成。除风格古朴的古城区外，与老城区隔一个山口的芦苇区是商业中心，这里高层建筑鳞次栉比，大型商场连成一片，是马斯喀特最繁华的地区。而临近海滨浴场的丘尔梅区则是著名的旅游区，海边的山地上盖满了白色外墙的小别墅，宽广、宁静的沙滩上，既有裹着头巾的阿拉伯人在欢快地游玩，也有比较开放的外国女孩在骑马奔跑。

密庭艾·卡勃西区是外国使馆和居民住宅区，当地人俗称为“富人区”。这些别墅设计新颖，建筑精细，错落有致，四周有漂亮的走廊，房外有花园，外墙上雕有阿拉伯式花纹图案，在五颜六色的鲜花衬托下，显得美丽而幽静。由于阿拉伯人习惯一个大家庭、十几口人、老少三代居住在一起，因此，这样的大院子别墅很受欢迎。在这里，人们根本见不到那种鸽子窝式的板楼或塔楼。走在这样的别墅区中，让人一点也感觉不到这个城市处在沙漠地区。

在20世纪60年代开采石油之前，阿曼约有40%以上的人口从事农、牧、渔业。这个国家的可耕地仅10万多公顷，已耕地只有6万多公顷，主要种植椰枣、柠檬、香蕉等水果和蔬菜，粮食作物则以小麦、大麦、高粱为主，畜牧业以养牛、养羊等为主，而渔业绝对是阿曼的传统产业，也是阿曼非石油产品出口收入的主要来源之一，自给有余。由于这里的土地归私人所有，因此，拥有土地的庄园主几乎都是比较富有的人家。沿着马斯喀特通往苏哈尔的大道两旁，随处就能看到不少庄园。我随意选择了路旁的一个庄园进去采访，希望借此了解一下阿曼人的庄园生活。

这家庄园里非常安静，也没有人或者狗看门，可以随便出入。听到有人开车进来，一位管家模样的人走出来跟我们打招呼，告诉我说主人不在，并友好地问有什么事需要帮忙。

跟随着管家，我踩着蓬松的沙土，绕过院墙先去庄园的后院察看。令人吃惊的是，这里的一大片土地满目荒芜，寸草不生。据了解，这家庄园总面积约30亩，原来主要种植庄稼、水果等作物，但后来因为水质变化，土地碱化严重，不能再栽种农作物了。

当地华人马忠伟告诉我：“这里因为水质问题没法解决，庄稼都荒芜了，水管也都不能用了。”

显然，以前在沙化的土地上，庄园主是用水管来给植物浇水，但土地碱化后，这些水管也都废弃不用，成了垃圾。据管家介绍，原先种植庄稼时，庄园里有六、七十个工人，但现在只剩下11名工人了。这几年来，庄园主改养牛、羊、鸡，但收成也很一般。我们到饲养牲畜的围栏前察看时，里面只有为数不多的几只牲畜。马忠伟说：“你看，你看，这里就养了这几十头牛羊，估计他们主要靠牛羊买卖生活了。”

给我介绍情况的那位管家来自印度，他在这里已经干了十多年活了，是这里资格最老的雇工。据说，在阿曼工作的印度人大概占三成以上，他们生活在这个富丽堂皇的王国最底层，就像没有纹饰而结实的塔楼基座。有人说，一旦失去这些朴实、粗壮的印度人，阿曼的国民就将永远告别安逸。我所见的这位印度管家的确是靠自己的勤奋肯干赢得了自己的位置，庄园的主人给他包吃包住，他每月约有75里尔的收入，大概相当于1600元人民币。管家的住房虽然不算宽敞，但设备齐全，空调、电视、冰箱，一样都不少。据他介绍，主人原来有3个妻子，20多个子女，现在有一个妻子已经去世，孩子们都在外面工作。马斯喀特郊外的许多农庄都面临着与这家庄园同样的问题，传统的种植业已经无法维持庄园的生存。

离开有些没落的庄园主家后，我又来到马斯喀特的瑟贝区，不用说，看到这里破烂、低矮的房子和没有修整的道路，人们就会猜想到，这是当地的穷人区。一点也不错，相比那些花草鲜美、色彩丰富的富人区，这里的确让人有天壤之别的感觉。跟我一起去的香港旅游家阿钟说：“没错，这里就是穷人区，你看，这里有个小裁缝店，我们进去看看。”

那家小裁缝店的店主名叫阿布杜拉，来自遥远的孟加拉国。他来到阿曼已经18年了，如今妻子和孩子仍然都在孟加拉国生活，阿布杜拉每隔两、三年回家看她们一次。阿布杜拉告诉我们，他的裁缝店面积不到30平方米，每月租金65里尔，约合1300元人民币，阿不杜拉主要给当地的女人缝制衣服，店里挂满了各种色彩鲜艳的女式服装，让人看到阿拉伯妇女并非像外表看到的那样只喜欢穿黑色长袍。

当地华人马忠伟告诉我：“这些衣服主要给女人穿，这些花衣服都是穿在里面的，外面再罩上黑袍。”

阿布杜拉每月收入颇为可观，约有150里尔，约合3000多元人民币。他对自己的工作感到非常满足，他喜欢缝制衣服，觉得当裁缝能显示自己的手艺，虽然他的纯收入并不多，但他每天的活并不少，总是有许多老顾客来光顾他的小店。马忠伟帮他算账说：“去掉房租65个里尔，再去掉50块签证等费用，他每月能剩下50到60个里尔，合人民币1200多块。”

在我采访裁缝时，恰好有一位女顾客前来取衣服，一开始，看到我在拍照或摄像，她就尽量躲避，很不习惯地转过头去。但等我采访完走出裁缝店后，她又主动招呼我回到裁缝店内，给她和阿布杜拉拍了一张合影。从相机的显示屏上看到照片后，她很希望得到这张照片，看得出来，她这一辈子也许很少照过相。在瑟贝的穷人区中，生活的大都是像阿布杜拉这样来自印度、巴基斯坦和孟加拉国的外籍人，他们在简单、朴素的生活中，同样能找到生活的乐趣，感受异国生活的情趣。马斯喀特就是因为有了这些人，才变得如此丰富、生动、多彩。

沿地中海西行

沿着北非的公路西行，
左边是茫茫戈壁和沙漠
右边就是美丽的地中海，
左边一片土黄，
右边一片碧蓝，
公路就像一条飘带，
飘动在两种颜色之间。

在不同的城市和港口，
我一次一次看见地中海，
她的模样也一次次变化，
有时她阳光般明媚，
有时她少妇般慵懒，
有时她顽皮地嬉闹，
有时她娴静地安宁，
有时她阴云满面，
有时她五彩缤纷。
她每种姿态都煞是可爱，
每种面容都极度真实。

我记得停留的那些地方，
亚历山大海岸冷冽的清晨，
马特鲁小城白色的沙滩，
图卜鲁格港内停泊的军舰，
班加西喧嚣的海滨大道，
苏尔特海边悬崖下的激浪，
的黎波里沙滩上的小木屋，

祖瓦拉度假村里的泳池，
加贝斯住房中的红玫瑰，
苏塞海边的古堡和小街，
还有闪电般翻飞的海燕，
翱翔在阿尔及尔海边。

沿着地中海南岸西行，
像展开电影胶片一样，
我慢慢消化着北非的风景，
同时翻看地中海的历史。
腓尼基人、罗马人和阿拉伯人，
都在这里留下他们的痕迹，
残存的古建筑形态各异，
点缀着一望无际的海景。
当年的战火硝烟早已散尽，
金戈铁马不知飘往何处?
只是大海依旧，沙滩依旧，
海浪依然奔涌而来，
日复一日冲刷着海岸。

沿着北非的公路西行，
地中海的风景长卷般拉开，
千年前也曾有美人来过，
享受地中海的浪漫风情。
如今那些度假的游客，
常常簇拥在这些地方，
把曾经荒凉的海岸，
变成了嬉闹游玩的场所。
我只是从她身边经过，
不时欣赏一下她的美丽，
她的罗曼史就像一出戏剧，
让人感叹岁月的变迁。
我并不在乎她与谁相伴，
也不在乎她的性情多变，
那么漫长的路途有她陪伴，
记忆中便又多了一份温馨。

于埃及塞得港

第三章

玩了一回「闪电战」

▶ 巴林签证

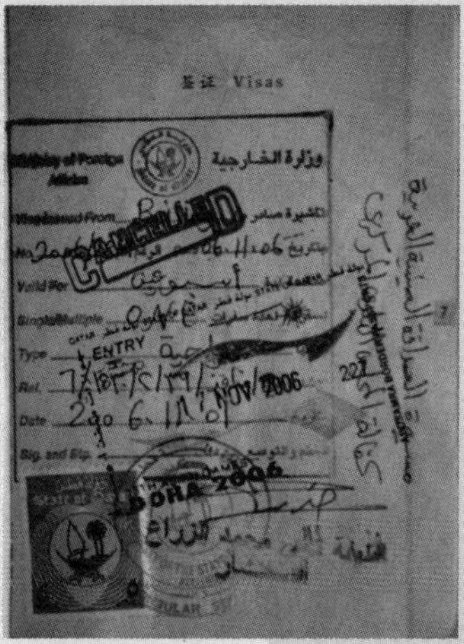

▶ 卡塔尔签证

卡塔尔位于波斯湾西南海岸的卡塔尔半岛上，素有“波斯湾珍珠”的美名，被称为“漂在石油上的国家”，靠卖石油和天然气致富的卡塔尔，人均收入已经超过瑞士而跃居世界第一位，又有“中东阿拉伯国家首富”之称。其首都多哈具有阳光、大海、温暖的气候等自然恩赐，多哈近年来在世界上知名度大幅攀升，其中一个原因是这里建造了一批大型豪华宾馆，引来了诸多国际大型会议到这里举行。中国加入世贸时进行决定性谈判的喜来登酒店就在多哈，史称“多哈会谈”。

巴林，在阿拉伯语中意为“两股水源，两个海”，是阿拉伯国家中唯一由岛屿组成的国家。阿拉伯各国的古籍中多次提到天堂一般的“狄尔蒙岛”，据考证，就是现在的巴林。公元前3000年前后，这里已有原始形态的国家组织——狄尔蒙国。如今的巴林，被誉为“中东的香港”，金融、工业、旅游成为三大经济支柱，它景色秀丽，财富集中，素有“海湾明珠”之称。据说驻巴林的美国海军第五舰队司令部就在巴林王宫附近。巴林的第纳尔太贵，一个第纳尔等于18元多人民币，许多人常常以为英镑是世界上最值钱的钱，其实全世界最值钱的钱在中东：第一值钱的钱在科威特，第二值钱的钱就在巴林。

成立于1996年2月的半岛电视台是一家称得上“传奇”的电视台，它是一家用阿拉伯语24小时不间断播送全球消息和报道的新闻电视台，观众达5000万，卡塔尔为这家电视台投资上亿美元，他们以高薪和享有完全自由的双重许诺从英国BBC广播公司阿拉伯语部挖走一大批记者，堪称一支“泛阿拉伯国际纵队”。这样一个只有67万人口小国的小电视台，居然能够与美国CNN、英国BBC并驾齐驱，并在对阿富汗战争和反恐战争的新闻报道中，迫使CNN与它谈判签订合约，以每分钟2万美元的天价，每天购买数小时半岛电视台报道新闻，这种影响力实在不可小觑。“半岛电视台”的中文名称其实是误译，阿拉伯语中的Al Jazeera本应译为“岛屿”，这家电视台真的是“身在半岛，胸怀天下”了。

走近半岛电视台 5

从阿曼回到阿联酋迪拜后，我翻行李才发现手机和相机的充电器不见了，到处找都没有，当时估计遗失在阿曼了，郁闷了一晚上。

这之后，我便打电话给当地华人老王，询问他是否有时间带我去附近的商店购买新的充电器或手机，据他说，这里的手机极为便宜，最普通的只需二、三百元人民币，因为迪拜和沙迦的商品一概免税。我的心因此稍微放松了一些，这样至少不会耽误我的工作。

从酒店的5楼准备下楼时，我无意中摁错了按钮，电梯变成了上行，一直上到11层。电梯门打开后，进来的却是带我去阿曼的马忠伟，我问他是否有时间陪我去商店买充电器，他问为什么，我将缘由一说，他便说他的车里有一个黑色塑料兜，里面有一个充电器和一盒名片。我说这正是我苦苦寻找的东西啊，怎么就忘在老马的车后尾箱里，而且这几天一直没有发现。我几乎抑制不住自己激动的心情，快乐地拥抱了一下老马，然后紧跟他来到酒店外面，从他车里拿到了我失而复得的充电器。

回到房间跟阿钟说起这一经过，阿钟便笑着说：是你的东西，怎么也跑不了；不是你的东西，到手了也要飞。短短的大半天，我就体味了一次从失落到寻找，再到意外获得的过程。生活就是这样颇具强烈的戏剧性。

11月16日中午，我们终于出发，先直奔阿布扎比，前往阿联酋与沙特阿拉伯边境，办理过关手续。整个手续磨磨蹭蹭一直到凌晨才办完，进入沙特阿拉伯已是第二天清晨，看到旭日东升。

沙特的道路还算不错，柏油路在沙漠里延伸，这里的高速路不用架桥，也不用设卡，两条车道中间的隔离带就是沙漠，相距很远，绝对不会出现两车相向相撞的情况。即使司机开车跑偏，也只会陷到沙漠中。

进入沙特后，郑鸣率队前往首都利雅得，我与老叶等一起奔赴卡塔尔，中午到达卡塔尔首都多哈。当时的多哈像个大工地，到处都在盖楼、修路。

卡塔尔位于波斯湾西南海岸的卡塔尔半岛上，素有“波斯湾珍珠”的美名，三面临海，面积仅1.14万平方公里。1882年英国人入侵卡塔尔，1916年强迫卡塔尔酋长接受奴役性条约，使卡塔尔成为英国的“保护国”。

这是个年轻的国家，1971年9月1日宣布独立。目前卡塔尔人口达67万多，人口规模略相当于北京的望京小区，其中不足1/3的人是本国人，其它人主要来自印度、巴基斯坦、伊朗、埃及、也门、苏丹等阿拉伯国家，80%以上的人口生活在首都多哈。多哈是波斯湾著名的港口，它像中国的深圳一样，原先是个以打捞鱼虾为主的贫穷落后的小城镇，房屋都是用土坯、珊瑚石建造的，也有用椰枣树叶覆盖的茅屋。近40年来，随着卡塔尔石油工业和天然气的发展，便迅速成为繁荣新兴的现代化城市。

多哈给我的感觉就是“新”，很多街道、建筑都令人眼前一亮。滨海大街CORNICHE长约 8 公里，是多哈最漂亮的大道，也是多哈市民主要休闲、健身的地方。面临海湾的街旁栽满了阿拉伯橡胶树和加利树，大道中间建有宽阔的绿地，种植着绿茵茵的草坪、常年盛开的鲜花和高大的椰枣树。富丽堂皇的卡塔尔埃米尔宫就座落在海滨大道的一侧，精雕细镂，金碧辉煌。大道中部那座名叫贝达的街心公园中，矗立着很多体现海湾阿拉伯国家传统风俗的艺术雕塑，据说在这里经常举行大型的露天庆典活动。

中午在一家华人餐馆吃完饭后，沿着滨海大街，我特意开车去了多哈第15届亚运会的主场馆，那腰线型设计的圣火台和圆锥状的装饰，都极富创意，新颖别致。天蓝色的穹顶、白色的建筑、灰色的路面和碧绿的草地，都用极具感染力的色块呈现在我眼前。

由于多哈亚运会的举办，多哈还被誉为海湾地区的“体育之城”，当地在郊区建有7座大型体育场，式样各异，向人们展示着现代建筑之精美。

事实上，我注意到多哈新城区的建筑布局十分讲究，大部分建筑都不重样，幢幢楼房掩映在绿荫之中，青翠的芭蕉树齐整如一，令人赏心悦目。这里的居民住宅多为庭院式建筑，小巧玲珑曲径幽深，院墙上青藤攀缘、鲜花怒放，院内芳草如茵、喷泉不绝，显得古朴而典雅。

不过，最让我感到有意思的是，我顺道去看了看著名的卡塔尔半岛电视台。令我意想不到的是，这家电视台位于多哈郊外，建筑面积似乎也不算太大，除了高耸的发射塔外，整体建筑仅有两层楼的高度，外墙以灰色调和乳黄色调为主。半岛电视台的标志显著地置放在正门上方，让人从老远的地方就能一眼辨认出来。

倘若以中国人的眼光来看，如此大名鼎鼎的半岛电视台，模样却有点小气，搁在中国，这电视台怎么也得起几十层楼，还得放市内最值钱的地段，怎么也不会撂到荒郊野外。

唯一能体现出半岛电视台重要性的是，它不仅有围墙，而且还有铁丝网，这网还不止一层，是两层。其中一层高高的电网靠近围墙，另一层铁丝网距围墙大约100米左右，中间是一片荒地。

半岛电视台是一个24小时连续播出新闻的阿拉伯电视台，该台总部的员工超过750人，其中约30%是女性，技术人员占大多数，而且几乎全是阿拉伯人，另外，该台在包括中国在内的30个国家建立了自己的记者站，有近180人为国外分社或记者站工作，其中许多人有国外留学背景。

当地人告诉我，在海湾地区，无论走到哪里，只要有阿拉伯人在看电视新闻，大都是在看半岛电视

▶ 前往卡塔尔的沙漠公路

台的新闻节目，其全球范围内有着至少5000万忠实观众，它在阿拉伯的地区影响力已经远远超过了所有的美国新闻网。

说起这家电视台，我还听说一件轶事。学阿拉伯语的朋友告诉我，据说半岛电视台北京分社的人对这个中译名很不以为然，曾想要求中国有关方面把"半岛电视台"的名字改过来。显然，当初中国人认为这家电视台位处阿拉伯半岛，名字应该有半岛特色。

离开半岛电视台后，我们前往中国驻卡塔尔大使馆，采访了李建英大使。这里的使馆是一座漂亮的二层小楼，院门口没有人站岗，小楼稍带阿拉伯建筑风格，感觉相当质朴。李建英大使说："海湾国家和中东地区，国内人觉得是热点地区，战乱频繁，但实际上海湾6国还是比较稳定的，经济发展很快。若按照平均日产77.6万桶石油计算，卡塔尔拥有的估计高达257亿桶的探明石油储量能够持续开采90年，而卡塔尔拥有的巨大天然气储量足够支持该国的天然气生产200多年。卡塔尔的北方气田是世界上最大的非伴生天然气田，卡塔尔北方气田估计拥有902万亿立方英尺的天然气储量，相当于1620亿桶石油，卡塔尔政府还承诺将设法找到更多的新石油储量。到2012年，卡塔尔将成为液化天然气第一生产国和第一出口国，能源领域有很大合作潜力和前景。"

我以前听说过，卡塔尔被称为"漂在石油上的国家"，有统计说，靠卖石油和天然气致富的卡塔尔，人均收入已经超过瑞士而跃居世界第一位。卡塔尔人均国内生产总值高达3万美元，这一平均数包括收入很少的外籍人，实际上卡塔尔国民的收入还要高。因此，卡塔尔又有"中东阿拉伯国家首富"之称。据统计，卡塔尔全国有30多万辆汽车，平均两人有一辆车。卡塔尔人给外界留下的印象绝对是衣食无忧、腰缠万贯。在这里，人们常说：一个人是否有钱，主要看他是否拥有豪华别墅、高档汽车、门前有多少绿树以及每年多少次出境旅游。

谈到中国与卡塔尔的经济交往，李建英大使介绍了其中的一些情况。他说："中水电、中港湾、中建等公司在卡塔尔承接了不少项目，仅承包合同金额就高达12亿美元。深圳华为集团在卡塔尔参与了电信局固定网络建设，多哈亚运会之前，他们就派了60多人到多哈亚运村参加通讯网络服务。"

小小的多哈虽然没有中国城，没有唐人街，但却有几家中国餐馆。据了解，在多哈居住的中国人有1000多，我去吃饭的那家餐馆是福建人开的。当地的餐饮，以牛肉、鸡肉、烤鱼为多，蔬菜很值钱，平均一个菜大约要花一百多元人民币，味道我却很不习惯。相比阿联酋迪拜的中国餐馆，这里的限制明显严格得多。

匆匆在多哈一瞥后，我继续开车从卡塔尔进入沙特，穿过沙特阿拉伯夜色中的小城，当地时间晚上12点多到达与巴林接壤的边境。奇妙的是，进入巴林之前天上下起了小雨，这在干燥的沙漠地区可是非常难得。

6 半夜穿过巴林海关

从沙特进入巴林，要穿过巴林跨海大桥。由于是深夜经过这里，我看不清大桥的外形，只感觉这桥很长很长，等到第二天从巴林返回沙特时，我才在大桥的另一端好好端详了它一番。

这座桥名叫法赫德国王大桥，全长25公里，两端是长长的引桥，中间部分是一段拱桥，桥面由沥青和混凝土铺设而成，上下4个车道，两侧还有人行道。这座大桥建于1986年，它为推进巴林旅游业的发展起了很大的作用，2004年有人统计，当年通过这座大桥抵达巴林的人数约为1200万，而经由巴林国际机场到达的人数则只有200万左右。到我经过这座大桥的时候，有统计说通过这座桥往来于沙特和巴林的总人数已达到1亿左右。我就把自己当做第一亿零一个过桥人吧。

过完大桥，进入巴林海关时，当地时间已是1点多钟，在这里，我见到了中国驻巴林使馆官员与巴林的有关官员。让我感动的是，他们一直在海关等候我们，有他们帮忙，入关非常顺利，基本上不用我们操心。

接待我们的巴林企业家协会办公室主任阿里等人带我们进入巴林首都麦纳麦。虽是深夜，但我全无睡意，仍然细细观察着这座沉睡的城市。夜晚的麦纳麦看起来漂亮、整洁和现代，到处闪烁着亮丽的灯光，老城区虽然多是二层高的小楼，但乳白色的外墙、整齐的小道、明亮的路灯再加上徐徐吹来的海风，让人感觉非常温馨、惬意。中国驻巴林使馆的官员对我说，现在是巴林最舒服的季节，也是巴林的旅游旺季。如果是夏天到巴林来，那就会热得不堪忍受。

他们带着我们到了一座酒店，等安排好我们的住宿后，时间已是凌晨两点左右，到早晨起来，我在巴林睡了不到四个小时。

巴林，在阿拉伯语中意为“两股水源，两个海”，是阿拉伯国家中唯一由岛屿组成的国家。阿拉伯各国的古籍中多次提到天堂一般的“狄尔蒙岛”，据考证，就是现在的巴林。由于岛上有丰沛的泉水、葱茂的绿洲和盛产珍珠蚌的浅海滩，因此吸引了大陆居民来这座岛上定居。公元前三千年前后，这里已有原始形态的国家组织——狄尔蒙国。

此后，这个岛国经历了多次的野蛮毁灭和顽强重建，几乎是一次又一次地被夷为平地，又一次次地恢复生机，成为地中海的贸易中心。到后来，巴林成了一个不起眼的阿拉伯酋长国，开始臣服于阿曼苏丹国，后来沦为葡萄牙、英国的殖民地，直到1971年8月14日才得获独立，改巴林酋长国名为巴林国。

▸ 巴林王宫

▶ 巴林王宫的外墙很有特色

▶ 巴林王宫一角

如今的巴林，被誉为“中东的香港”，金融、工业、旅游成为三大经济支柱，它景色秀丽，财富集中，素有“海湾明珠”之称。这个岛国面积仅662平方公里，相当于北京一个区县大小，人口约46.6万，阿拉伯人约占60%。首都麦纳麦市位于波斯湾中段、巴林岛的东北角，人口20多万，占巴林总人口将近一半。

伊斯兰编年史上提到麦纳麦至少可追溯到1345年，1521年这里由葡萄牙人统治，1602年起由波斯人统治，从1783年开始则一直由阿拉伯埃米尔家族统治，期间曾有数度中断。直到1958年麦纳麦才被宣布为自由港，后来成为独立的巴林首都。

一早起来吃完早餐后，我才走出酒店细细打量这个城市。酒店门前的双向马路平缓干净，没有多少车辆驶过，路中间的隔离带中种植稀疏的植物，路边高高的棕榈树在海风中摇曳。这附近似乎没有什么高层建筑，酒店也不过五六层。倒是酒店对面围墙中的建筑让我些许有点好奇，那里面像是一个花园，圆顶的建筑具有鲜明的阿拉伯风格，让人感觉像是清真寺或博物馆。那长长的围墙更是修筑得相当讲究，每个柱子上都有一个圆形的灯罩，而墙面上则是镂空的阿拉伯风格空窗。

我着迷地在那里拍了不少照片，等遛到前面的一座大门前时，门口的一个警卫示意我不能拍照，并要求我删掉已经拍好的照片。我很纳闷为什么不能拍照，警卫告诉我这里是巴林王宫，据说驻巴林的美国海军第五舰队司令部也在附近。我只好装模作样给那个警卫删了两张照片，然后躲开他的视线，到别的地方拍摄。

阿里本来说好七点半来接我们，但差不多两个多小时候后再到，这对阿拉伯人来说习以为常，我们戏称这是“阿拉伯时间”。为了了解普通巴林人的生活，阿里特意带我们到他女朋友家去做客。他女友的父亲是巴林一所小学校长，52岁的校长哈桑·本·阿里·多尔斯热情地迎接我们说：“我代表巴林居民欢迎你们，巴林居民热情好客，希望你们常来。我们巴林很小，是阿拉伯国家，但汇集了阿拉伯国家的特色，对中国人来访都很友好。”

多尔斯先生自我介绍说，他本人一直从事教育工作，先当教师，后来负责教务，当过校长助理，在大学获得认证后任校长。他的家庭有8个成员，夫人也是教师，三个男孩和三个女孩都在学校学习，从小学生到大学生他家里都有。

他说：“我领导的小学根据巴林的教育体制设置了11门功课，其中有伊斯兰文化、阿拉伯语言文学、音乐、体育等等，也有计算机教学和手工艺课。手工艺课主要教传统手工艺设计。”

据了解，巴林人年均收入1万美元左右，这里的文盲率为4.9%，15至25岁青年受教育率达99%，是中东海湾地区受教育程度最高的国家。1919年，巴林成立了第一所教授自然科学的学校。巴林教育部负责免费教育，孩子们从小学开始免费上学，直到大学也只交一点钱，教育基本免费。此外，巴林的学生也到其他国家留学，世界各国都有巴林留学生。

作为一校之长，多尔斯先生可说是全能教师。说到手工艺设计，他向我们展示了他的作品，他拿出自己雕刻的古兰经经文，然后展示了小女儿的画像、孩子们的奖状。与此同时，他还有许多艺术收藏品，像客厅的装饰用的就是日本绘画和壁画，连加湿器也买的是带工艺装饰的。他家里还陈列了多种阿拉伯椰枣，展示了主人对自己乡土的热爱。

聊起阿拉伯特产，多尔斯先生特意让家人端上来阿拉伯甜食。阿拉伯人日常的肉食以牛羊为主，主食常见的是烤馕。甜食是他们喜爱的食品之一，极具特色，大盘里琳琅满目的水果，则是舶来品。

据介绍，巴林的市面上充满了欧、美、日进口的奢侈品。按当地习俗，商家喜欢用咖啡代替饮酒，一般宴会多在家中。外国人在巴林首都麦纳麦购物，看到价码牌，一般都有某种超爽的感觉，这里的价格表往往都标着某某只需几个第纳尔，像巴林专卖店的品牌冰激凌只要1个第纳尔，某4星级酒店也只要30多第纳尔一晚。

其实，这只是很多人的一个错觉，并非巴林的物价便宜，关键是巴林的第纳尔太贵，一个第纳尔等于18元多人民币，在外面吃一串烤青椒都要18元人民币，一串烤肉就要70元人民币，那30多第纳尔一晚的酒店，折合成人民币就得600多元，这还便宜吗？许多人常常以为英镑是世界上最值钱的钱，其实全世界最值钱的钱在中东，第一值钱的钱在科威特，第二值钱的钱就在巴林。

多尔斯先生的家庭虽不奢华，但很殷实，他们的厨房清洁整齐，冰箱、微波炉等应有尽有。他还特意拿起一个瓷杯，告诉我们说这是中国产品。他说："在巴林，中国商品很多，相当多的东西来自中国。中巴交往最近几年比较频繁，我们欢迎中国人到巴林来旅游，不光看建筑和自然风光，而且要进入我们的家庭看看，了解了解我们的生活。"

阿里的女友是多尔斯先生的大女儿，阿里告诉我们，他们与中国对外友好协会有着经常性的联络，和中阿友协也常来常往，巴林企业家协会为帮助中国企业到巴林开拓业务也做了许多有益的工作。

近年来，巴林开始向多元化经济发展，建立了炼油、石化及铝制品工业，同时大力发展金融业，成为海湾地区银行和金融中心。巴林经济的一大显著特点就是金融业发达，这里享有中东地区金融服务中心的美誉。目前，有360多家国际和地区金融服务机构在巴林设立办事处，各国银行在巴林的总资产高达869亿多美元。到2008年，巴林股市共有上市公司51家，市值201亿美元，成交额约21亿美元。顺便说一句，1995年2月那个宣告破产的巴林银行跟巴林王国并没有什么关系，那家具有233年历史、在全球范围内掌管270多亿英镑的银行其实是一家英国银行。

在巴林闪电般地转了一圈后，阿里送我们开车离开巴林，也许是入关时有当地官员接应，这次出关便出奇地顺利，不到15分钟就让我们通过关口。我再度开车走上巴林跨海大桥，然后直奔科威特。

捎带说一句，进入2011年2月，原本宁静、富有的巴林也罕见地屡屡出现了街头示威事件，让这一富产石油的地区尝到了动荡的滋味。我有时想，阿里和他女友是否也会受这一事件影响呢？

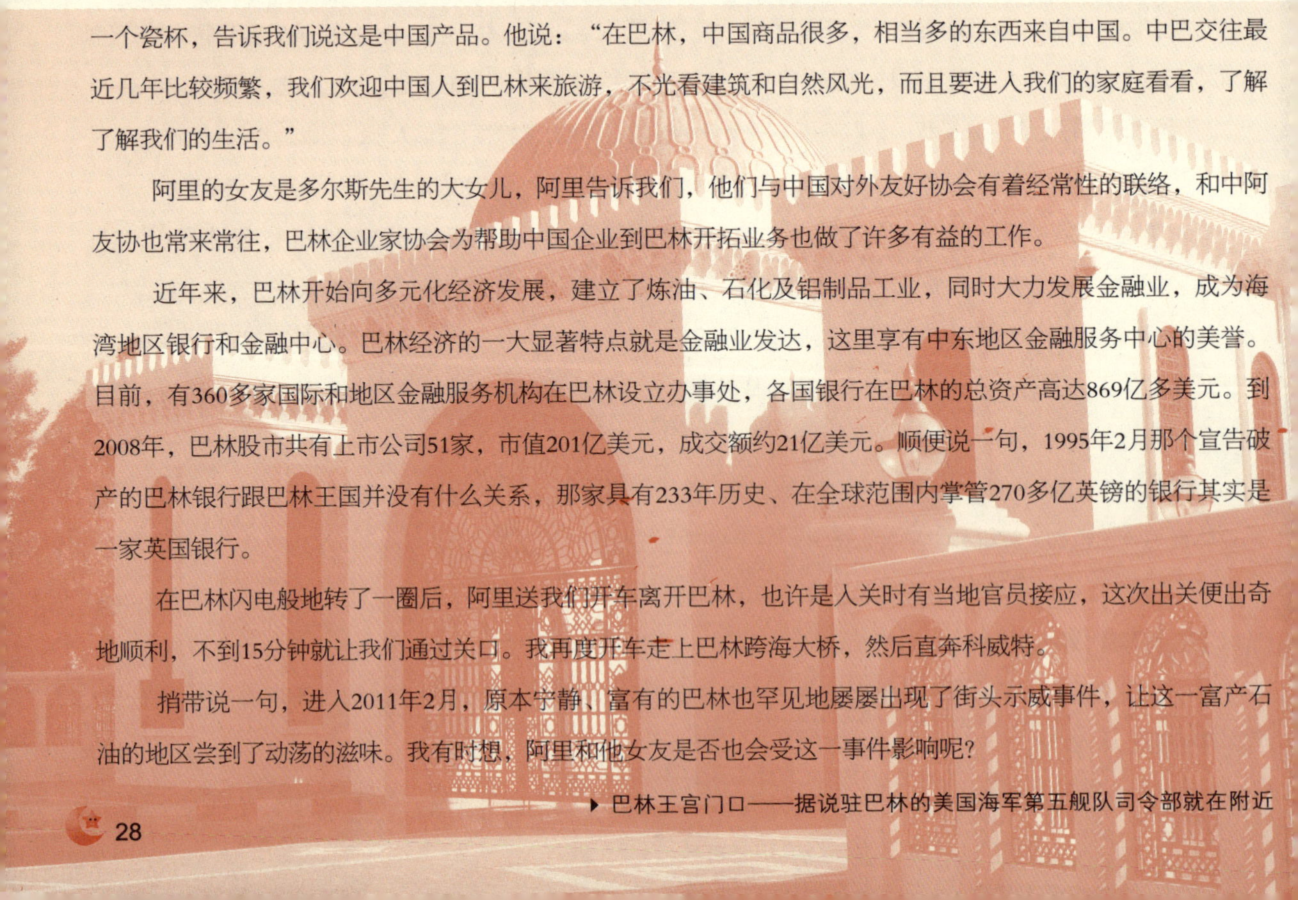

▶ 巴林王宫门口——据说驻巴林的美国海军第五舰队司令部就在附近

第四章

享受

亲王盛情接待

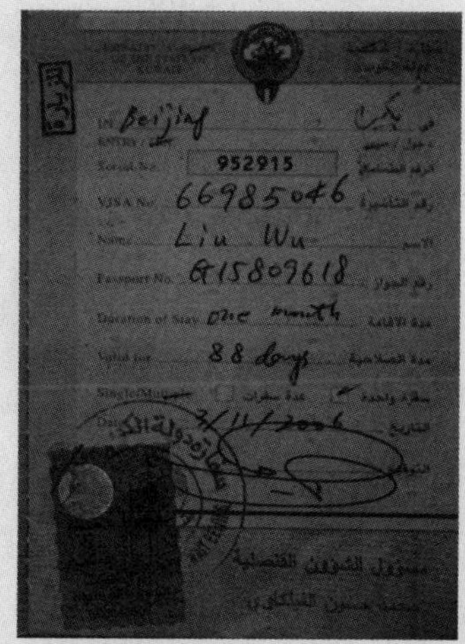

▶ 科威特签证

科威特亲王塔拉勒·法赫德要会见我们，这可是让我意料未及的事。他是亚奥理事会前任主席老法赫德亲王（1990年，在抗击伊拉克入侵科威特的战斗中，法赫德亲王不幸牺牲。）的儿子，现任亚奥理事会主席艾哈迈德亲王的兄弟，同时，他也是科威特国家青年与体育总局副局长、科威特奥委会主席兼卡迪西亚体育俱乐部主席，自己也是个足球迷。

科威特水塔的建设，充分展现了科威特人将现实与梦幻融为一体的能力。科威特人还喜欢用帆形建筑来装饰城市，因为，在发现石油以前，这里的居民主要以捕鱼和放牧为生。在海湾地区，科威特是第一个与中国建交的海湾国家。

▸ 亲王邀我们看的就是这场比赛

7 亲王请我们看球赛

11月18日，我们越过巴林跨海大桥再度进入沙特阿拉伯，然后，北上向科威特前进。在没有当地向导带领的情况下，我只好凭借地图和路牌寻找方向，尽管沙特阿拉伯的沙漠公路又直又宽，但我还是有些担心错过了转向科威特的道路。就在我们停下车到路边一家孤零零的住户那里打听路线时，一位路过这里的司机热心地让我们开车跟着他，他将一直把我们送到转向科威特的大路口。

遇到这么热心的阿拉伯人，真是让我感到格外惊喜，这位司机告诉我，他本来就是科威特人，现在正在沙特做生意，听说我们几个人要去他的祖国去采访，他自然乐于帮助。接下来，我们就轻松地紧跟着他的车，一路畅行向北奔驰。

这位司机热心地带我们走了一个多小时，直到一条右拐的直路上，他停下车告诉我顺着这条大道一直往前开就是进入科威特的关口。为了感谢他的热心帮助，我送给他一件印着“中阿友好”字样的汗衫和一份手册作为纪念。拿着这份礼物，这位司机高兴地说：“China, Brother!”（中国，兄弟！）

还没有进入科威特，我就从这位科威特“老乡”那里感受到科威特人的热情。顺着他指点的道路，我们加速前进，到达科威特边境的努瓦伊卜口岸已经是下午五点多钟，中国驻科威特使馆的工作人员、新华社驻科威特记者和科威特青年体育部的有关官员早在边境迎候我们，科威特的官员安排专人帮我们办理入关手续。

从关口到首都科威特城约100多公里，接着我们又开了一个多小时车，穿过沙漠，直到暮色降临后才终于进入科威特城，那时，科威特城用灯火辉煌的夜色和微暖的晚风迎来了我们。

初来乍到，风尘未洗，中国驻科威特使馆工作人员就透露说，科威特亲王塔拉勒·法赫德要会见我们，这可是让我意料未及的事。

见到塔拉勒·法赫德亲王之前，我们先去在亚洲排名前十位的体育俱乐部卡迪西亚俱乐部参观，在这里幸会了几位教体操、乒乓球的中国教练，现场观看了他们对学生的指导。

接下来，我们见到了塔拉勒·法赫德亲王，他穿着阿拉伯传统服装，笑容可掬，与我们一一握手。在这里见到亲王，尤其是王室嫡系亲王，是件很不容易的事。塔拉勒·法赫德亲王对我们这些远道而来的中国朋友表示热烈欢迎。他说：“科威特与中国两国政府和人民之间有着悠久的良好关系，两国在文化和体育方面的交流已有近30年的历史，希望通过你们的介绍，把科威特的美好面貌展现在友好的中国观众面前。”

作为那次活动的领队，我热忱地感谢了塔拉勒·法赫德亲王的接见，并特意表示说："中国人民对塔拉勒亲王的父亲老法赫德亲王，以及哥哥艾哈迈德亲王都十分熟悉和敬佩，亲王的一家为中科体育交往，为中科友谊发展，都做出了很大贡献，尤其是在支持中国申办1990年北京亚运会和2008年北京奥运会的过程中，两代亲王都给予了重要的帮助，对此中国人民是不会忘记的。"

当天一起参加会见的还有中国驻科威特大使吴久洪，他特意介绍了法赫德亲王一家与中国之间的友好关系，他告诉我说："法赫德亲王是中国人民的老朋友，1990年，在抗击伊拉克入侵科威特的战斗中，法赫德亲王不幸牺牲。他和他的儿子艾哈迈德亲王、塔拉勒亲王对中国的体育事业都给予了很大的支持，为中国申办亚运会和奥运会做了很多工作，相当感人。"

会见中，塔拉勒亲王表示他正在继续从事他父亲的未竟之业。他表示要是时间充足的话，我们可以在科威特采访到许多有价值的东西。他微笑着说："像传统的赛骆驼会、斋月的活动等，都非常有意思，希望你们能有时间去采访拍摄。"

会见结束后，塔拉勒亲王、吴久洪大使等与我们一起合影留念。第二天，科威特第二大报《政治报》就详细报道了塔拉勒亲王会见我们的消息，并刊登了这张合影。有意思的是，后来我们在中东的好几个国家开车出入境时，一碰上有人为难我们，我们就拿着这张报纸给海关官员看看，他们立马对我们另眼相看，有的请我们到室内休息，有的请我们喝咖啡，然后办理过关手续更是特事特办。我们开玩笑说，这可是享受了王室待遇。

让我感觉亲切的是，塔拉勒亲王还盛情邀请我们第二天晚上一起观看卡迪西亚俱乐部的一场足球赛，我在科威特注意到，在建设各种具有更现代、更大型的观光、文化、商业、体育等设施上，科威特是不惜财力的，尤其在足球这种体育运动上，科威特人更是倾注了更大的热情。从1939年正式沦为英国的保护国开始，直到1961年6月独立之后，各种政治、战争等因素的干扰，却从来没有影响科威特人对足球的热爱。第二天晚上，我们专程去一家体育场观看了科威特国内的一场足球联赛。

当时，场内的比赛已经开始，进入球场后，我发现酷爱足球的塔拉勒亲王居然就坐在绿茵场边，不时为自己的球员鼓劲、加油，当卡迪西亚俱乐部球员奋力攻门时，塔拉勒亲王甚至会激动地站起来高声呼喊。一个亲王不是坐在看台上，而是坐在球场边看球，简直让人觉得有些不可思议。而他看球时并非正襟危坐，而是像普通球迷一样坐立不安，手舞足蹈，这更是让人难以想象。可这就是塔拉勒亲王，没有人觉得亲王这样有什么不好。

据了解，科威特足协成立于1952年，科威特独立一年后他们就加入了国际足联。从上个世纪70年代开始，科威特足球队在亚洲曾属于强队，尤其在海湾地区更是当仁不让。在海湾地区国家组织的海湾杯足球赛中，科威特在15届杯赛取得了9个冠军，这是最令科威特人自豪的地方，而无论当地球迷还是足协也对海湾杯情有独

▶ 科威特的标志

束。科威特队还曾7次晋级亚洲杯决赛圈，从1974年第一次冲击世界杯开始，8年后成功打进西班牙世界杯决赛圈，遗憾的是未能晋级。此后，在东西亚诸强纷纷崛起的情况下，科威特队却每况愈下，再也没有能进军世界杯决赛圈。在国际足联公布的最新一期世界各国、地区排名中，科威特足球排名在40多位，位居亚洲第7位。尽管如此，科威特人还是狂热迷恋足球，不因排名先后或晋级位置，失去对足球的爱好。

当晚我观看的这场球赛，卡迪西亚俱乐部队最终以1比0获胜，这让塔拉勒亲王倍加高兴。当他退场时，他再度与我们相见，又再次一一握手，并高兴地对我说："你们给球队带来了好运，下次我还邀请你们来观看比赛。"

而在足球场外，狂热的球迷们也久久不愿离去，他们敲着鼓点，摇晃着各种颜色的旗帜，为球队的明星们欢呼。我就混杂在这些欢乐的人群中，再度感受了科威特人持续、奔放的热情。

那天塔拉勒亲王会见我们后，科威特国家青年与体育总局设宴款待我们，我与青体总局的负责人互赠礼物，然后大家享受了一顿融合阿拉伯风味和西餐风味的大餐。

了解科威特的人都知道，当地人喜欢慷慨解囊款待来客。以前，远方的客人到来后，主人三天之内既不问客人姓名，也不介绍自己的姓名，他们用这种方式表示主人的慷慨和热情。一般来说，如今请外宾，他们一般选在大饭店内，而对亲近要好的朋友，则请到家里，吃具有科威特民族特色的传统饭菜。

科威特人似火的热情犹如他们所处的环境一样，即使是最冷的冬天，也很少能让人感到寒意。面积仅为17818平方公里的科威特，比面积为16808平方公里的北京大不了多少，从纬度上看，它与上海都处在北纬30度附近，这个地处波斯湾顶头西北部的国家，不仅地理位置十分优越，而且石油储量极为丰厚。延绵213公里的海岸线虽然给科威特带来了充足的水资源，但遗憾的是，这里淡水极少，植被稀疏，热带沙漠气候影响着人们的生活和心态。中国驻科威特大使吴久洪特地跟我说起过他个人在科威特生活的感受。他说："科威特的人口仅有100多万，但这里的人都非常热情，我在科威特生活这几年感到非常愉快。"

作为沙漠之国的科威特，年平均降水量仅25到177毫米，当地人喝水主要依赖进口。1907年大旱时，当地人主要靠一种名叫"布姆"的工具远到伊拉克的阿拉伯河里汲水，再用毛驴拉着羊皮水袋沿街叫卖。石油开发后，科威特建起了6座大型海水淡化厂，生产的淡水足够居民生活用水和工业用水。此外，科威特城全市还建有30多座锥形贮水塔，他们聪明地把贮水塔与旅游观光巧妙地结合起来，使这些水塔成了科威特的象征。这其中堪称科威特名胜和标志的建筑，就是坐落在海滨大道边，与埃米尔王宫仅一街之隔的科威特塔。

我到塔下仰头瞻望高塔，这里是国外游客的必游之地。这3座塔建于1977年，1979年3月1日全部落成。其中两座主塔分别高187米和147米，另一个照明塔高113米，每个球形储水塔能储水100万加仑，结构奇特、雄劲的塔体像长剑一样稳稳支撑着几个巨型圆球，塔尖直插云端。1990年，伊拉克军队入侵科威特时，科威特塔也

卡迪西亚俱乐部内的拳击馆

在劫难逃，其中两个球形建筑上的玻璃全被打碎，所有设施被洗劫一空。战后，科威特政府花了10万第纳尔，约合200多万元人民币，用了一年时间，才让科威特塔恢复原貌。如今，这座水塔上既有观景台，也有旋转餐厅。非常凑巧的是，我在塔下遇见一位在旋转餐厅工作的中国人，他给我介绍了一下旋转餐厅的情况。

他说：“我几年前来到科威特后，就在这上面工作。整个餐厅的直径大约30多米，在那里工作感觉非常特别，非常棒。”

科威特水塔的建设，充分展现了科威特人将现实与梦幻融为一体的能力。如果人们细心观察，还会发现，科威特人还喜欢用帆形建筑来装饰城市，因为，在发现石油以前，这里的居民主要以捕鱼和放牧为生，因此不难想像，坐落在海湾大道旁的科威特科技馆外，为什么要建一个帆形建筑。这座全新设施的科技馆是海湾地区最现代化的科普中心，始建于1996年，到2000年落成并对外开放。每天，都有成千上万的学生来到这里参观、游玩，他们灿烂的笑脸，会让人再度感受到科威特人的阳光和热情。

我去科技馆参观的那天，就遇到一群热情的学生，面对我的询问，他们兴高采烈地抢着说：Hello，我来自伊朗，我来自印度，我来自埃及，我特别喜欢这里，欢迎你来到科威特来。那一张张不同肤色的笑脸让人真的非常难忘。

科威特科技馆占地面积达28.5万平方米，里面设有科普大厅、水族馆、陆地生物馆、全景电影厅和各种娱乐服务设施等，其现代化程度非常高，不少展品呈现出奇特的视觉效果，让人大为惊叹。来到这里参观的学生、孩子，都感觉津津有味，流连忘返。

除极具现代风味的科技馆外，紧邻海湾大道的还有科威特最大的综合性商场“沙里市场”，当地人称为“东方市场”，这是一座集购物、餐饮、娱乐于一体的综合建筑，面对着海湾中停泊的一排排豪华游艇，让人感觉这似乎并非在沙漠地区，而是在浪漫、悠闲的欧洲或者美丽、开阔的澳洲。许多到过科威特的人都说，科威特城的确不太像一座阿拉伯国家的城市，它似乎更西化，更有沙漠地区少有的某种魅力。在面积如此庞大、商品如此丰富的综合市场正中，他们还制作了一个具有象征性、观赏性、现代性的饰品，也许是要用它来提升人气或凝聚财富。

顺便说一句，我在科威特入住的那家五星级饭店，也是塔拉勒亲王亲自吩咐安排的。房间豪华宽敞得让人难以想象，我甚至感觉有点过于奢侈；而早餐则在顶楼，面对辽阔的海滨，各种美食丰富诱人，让你恨不得敞开肚皮饕餮一顿。没错，这就是我难得享受的一次“王室待遇”。

卡迪西亚俱乐部外景

8 她嫁给了科威特人

11月19日上午，中国驻科威特使馆及科威特华人代表上百人，在科威特大水塔下的草坪上，举行了隆重而热烈的欢迎仪式，中国驻科威特大使吴久洪、武官郑锦来以及科威特华侨华人协会会长董泰康先生等都对我带领的摄影队分队表示了热烈欢迎，并高度评价了这次活动的意义。

中国驻科威特大使吴久洪说："我们把欢迎仪式安排在大水塔下，这是非常有意义的，因为这座水塔是科威特的象征，我代表使馆的所有人欢迎你们到来，希望你们尽量多地将科威特华人的生活情况介绍给国内的朋友。"

董泰康先生则代表科威特华人联合会欢迎我们，他说："一听说有国内的亲人来到科威特，我们这些在科威特的华人一下都聚集到一起来，可见大家是多么重视这件事。"

当地华人热情地向我们送上美丽的鲜花，我们一起在高耸、壮观的科威特水塔下合影留念。接下来，我采访了许多华人，他们纷纷向我介绍他们在科威特生活的感受，以及他们对祖国的思念。

在欢迎仪式现场，大家对我们开到科威特的两款中国车产生了浓厚的兴趣，他们详细询问了国产车的性能、价格和操纵感，吴久洪大使干脆坐上其中一辆轿车，驾驶小车在科威特大塔下兜了一圈，当我询问他驾驶国产车的感受时，吴大使高兴地称赞说："驾国产车的感觉很好，现在有不少中国车在阿拉伯国家销售，希望他们将来也卖到科威特来，我们会全力支持中国的国产车开拓国外市场。"

很久没有开过国产车的郑锦来武官特别对越野车抱有浓厚的兴趣，他也坐上我们开来的越野车，兴致勃勃跑上一圈。他说："在这里开上国产车，感觉很不一样，非常激动，真没想到你们能将国产车开到这么远的地方来，我也希望中国车能有广阔的国际市场。"

科威特是个外侨占多数的国家，目前科威特籍人口近90万，占总人数的38%，外籍侨民超过140万，占全国人口的62%。这些外国侨民中主要有巴勒斯坦人、埃及人，其余为印度、伊朗、巴基斯坦和其他阿拉伯人。当地的居民95%信奉伊斯兰教，其中约70%属逊尼派，30%为什叶派。华侨华人在这其中占的比例较少，上个世纪90年代末，科威特的华人仅有200人左右，近年来华人人数有所增加。从1971年3月22日与中国建交后，科威特就和中国一直保持着十分友好的关系。

中科友好不仅体现在两国的政治、外交、经济等方面，也表现在两国人民的生活、婚姻上。在科威特的华人中，像杨爱萍那样嫁给科威特人的女子是少而又少，这个跨国婚姻的家庭，是中科友好的生动写照。像众多科威特人一样，杨爱萍家有两栋楼房、一个大大的游泳池，家里的空间很大，祖孙三代住在一起。我们一进她的家门，就受到了杨女士和她公公的热情接待，遗憾的是，当晚她的科威特丈夫没有在家，但杨女士的两个孩子和几个亲属的孩子增添了家里热闹的气氛，学会了不少中文的孩子抢着向我们问好说："叔叔好！"

我去采访杨爱萍的前一天，正好是她与丈夫结婚的纪念日，她的丈夫买了一大束鲜花送给她，这些鲜花摆在客厅的桌子上分外醒目。杨爱萍满脸笑意地说："挺巧的，我们刚刚过完结婚纪念日，你看，这是我丈夫送给我的鲜花，还非常鲜艳。"

杨爱萍是河南人，她的丈夫是一位医生，在中国留学时，他与杨爱萍相识并决定生活在一起。说起嫁到科威特的浪漫经历，杨爱萍充满了幸福和快乐感。她说，其实最感到震惊的是她的婆婆，儿子娶了个中国妻子让人觉得有些不可思议。

杨爱萍回忆说："他的母亲听说儿子要娶一个中国女人，确实非常震惊，一开始怎么样都不能接受我。那我就需要克服风俗、信仰等带来的阻碍，与科威特人好好融合在一起。"

虽然有文化、风俗、地域上的差异，但杨爱萍逐渐感觉自己与这个阿拉伯人的家庭并没有太多隔阂。她的丈夫也非常能理解她，并不强求她信奉伊斯兰教，也不限制她外出工作。如今，杨爱萍在科威特一家美国人开办的英语学校工作，回家则相夫教子，感到非常快乐和满足。她告诉我说："我的丈夫受过西式教育，头脑非常开放，按照阿拉伯人的传统，一个男人可以娶四个妻子，可他只娶了我这一个外国人。而且他也不要求我围头巾，也不用进清真寺。当然，这也与科威特这个国家比较西化有关。"

虽然物质和情感生活非常满足，但杨爱萍仍然非常思念自己的祖国和家乡。她丈夫本来希望她加入科威特国籍，但杨爱萍表示还是愿意保留中国国籍。平时，她还经常观看CCTV、阳光卫视等中国电视节目，从中了解国内的发展变化情况。她说："我很喜欢阳光卫视，喜欢杨澜的节目，还经常上杨澜的博客浏览。我真没想到自己也会上你们的电视节目，希望国内的观众朋友通过我的经历，能对科威特这个国家有更多了解。"

▶ 与科威特华人欢聚在大水塔下

像杨爱萍这样来到科威特的华人毕竟是少数，更多的人是通过找到工作、经商、学习等方面的机会才来到科威特的。近年来，科威特的体育事业发展迅猛

▶ 中国教练在上课

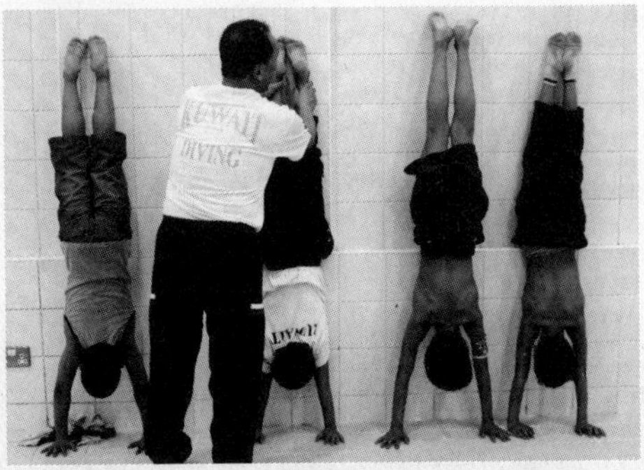

异常，他们建设了多家大型体育俱乐部，这些综合性的俱乐部，除了在设施上投入大量资金外，也重金聘请了众多国外教练执教。据了解，现在科威特国家体操队的总教练王平，就是1993年受聘而来的，近10年来，科威特国家体操队赢得了各种国际和地区赛事的150多枚奖牌，其中金牌就有50多块，中国教练的成绩受到了科威特政府和人民的交口称赞。在当地华人举办的欢迎活动中，我就随机采访了几位受聘到这里任教的中国体操教练和跳水教练，他们中的很多人都曾在中国国家队担任教练，他们告诉我说，科威特这个国家对体育非常重视，舍得在体育活动上投资，因此，科威特的体育活动场地非常多，设备非常先进，他们这些外国教练的待遇也非常高。除了足球等运动外，在体操、游泳和乒乓球这些运动项目上，也有很多科威特人参加。不过，唯一不同的是，他们培训的运动员都是男孩。由于宗教信仰和风俗的原因，科威特的女孩一般不参与这些体育项目。

在参观卡迪西亚体育俱乐部的跳水馆时，我就看到3位中国教练正在指导孩子们倒立、练习弹跳等，教练们细心指导，孩子们认真学习，气氛非常融洽。面对我的采访，孩子们则纷纷夸奖自己的教练说："我们的教练非常好，非常棒，跟他在一起练习就跟玩一样，特别有意思。"

1996年，科威特的众多华人在董泰康先生倡议、组织下，成立了科威特华侨华人协会。董先生的家成了协会办公室和接待处，经常接待当地华人和来自祖国的亲人。他家的一面墙上贴满了照片，记录了这些年来他领导的科威特华侨华人协会的工作情况。在接受我的采访时，董泰康先生说："科威特的华人不算太多，十多年前就更少了，最近几年到这里打工、经商的人才多起来。整体说来，在科威特的华人生活状况都不错，因为这个国家非常富裕，科威特人每年有三分之一的时间都到国外旅游、生活，国王隔三差五还给老百姓发钱，前些日子每人就发了500多美元。我在科威特生活那么多年，也遭遇过战争、危机，但总的感觉还是非常好。"

董泰康先生在科威特工作、生活已将近20年，那时，他也是因为一个偶然的机会来到科威特，克服了气候、环境、风俗等带来的困难后，他不仅爱上了科威特，而且成了这里的华人领袖。他回忆说："我原来在江西一家光学仪器厂做了10年设备，20世纪80年代初，开始与外贸打交道。1984年春季广交会上，我遇到了太太的表妹，她将我引荐给她经营家具的爸爸，当时，他们在全世界拥有20多家分公司，可许多香港雇员都不愿去中东市场，因为阿拉伯国家不能喝酒，又没有夜生活。这样，老板看我外语流利，又有外贸经验，就让我到迪拜负责他们的生意。1989 年，我又被派往科威特的家具店当经理，而且开始做自己的老本行机械贸易。好在那时候还算年轻，经过一段时间的适应过程，我很快适应了这里的生活和风俗习惯，很快融入了这个社会。应该说，与科威特人做生意还是很容易的，他们非常诚实、坦率，只要相互之间信任和真诚，生意自然不成问题。

▶ 科威特的早晨

我最大的感触就是再没有什么比诚和信更能让你在这里立稳脚了，这既是从商之道，也是为人之本。”

近年来，董泰康与科威特人合作，从中国引进技术和设备，在科威特城郊外合作兴建了迷拉调控设备厂，主要生产合金电线杆、线缆和燃气罐。董先生特意带我们去参观这家工厂，我注意到，在厂房内安装的设备上，不难看到写有中国字的标牌，科威特厂方主管也详细向我介绍了产品的使用和生产过程，并对中国的设备和技术大加称赞说：“从中国进口的这些设备非常实用，性能很好。”

这家工厂生产的合金电线杆，目前主要出口到伊拉克，帮助伊拉克重建。据说，伊拉克南部城市巴士拉沿线的公路两旁，使用的都是他们生产的合金电线杆。科威特厂方主管表示，他们的产品目前供不应求，很受伊拉克人欢迎。在厂里，他们还聘请了几位来自中国的技术人员，指导工人操纵设备，并进行设备维护。我在采访时恰好碰上两位中国技术员，他们告诉我，他们已经在这里工作一年多了，主要是对当地工人进行技术指导，在这里生活得很好，希望家里人放心。

据董泰康先生介绍，科威特民族工业基础相当薄弱，其配套性比中国西部地区还差，普通加工设备、中小成套设备都需中国从国内派人安装、调试，并需要培训当地工人，除销售外，客户需要的几乎是一条龙的服务，这使中国的机电设备等产品在科威特拥有大量市场。据悉，科中贸易原来预测要到2010年达到20亿美元，但2006年就已接近25亿美元。

董先生说：“中国商品在科威特很受欢迎，原因有很多，一是价格便宜，二是样式齐全，三是质量可靠。尤其是各种小商品，更是受到科威特人的喜欢，你想想，科威特这个国家除了石油外，可以说几乎什么都不生产，什么都靠进口，价廉物美的商品在这里当然非常有市场。”

中国驻科威特大使吴久洪也告诉我：“现在哈尔滨、上海、深圳都有不少企业在科威特经营，这其中就有不少商贸公司，主要从事外贸进出口业务，大量从中国进口各种日用商品。不用说，中国商品在科威特的市场前景让人十分看好。”

捎带说一句，2007年6月中旬“第四届世界华侨华人社团联谊大会”在北京举办时，董泰康先生一回国就跟我联系上，请我跟他见面，聊了聊科威特华人的最新情况，并送给我一本由他们协会制作的刊物，里面就有我们到科威特采访的图片和消息。

随着中国经济的飞速发展和对外贸易合作的加强，如今科威特的华人不仅越来越多，而且发展前景也日益看好，虽然这里气候干燥、炎热，风俗习惯不同，但他们都不约而同地爱上了海湾边的这个美丽国家，他们与科威特的阿拉伯人携手合作，正在为中科友好写下新的一页篇章。

董泰康先生（右3）在家设宴招待我们

邂逅汉谟拉比

注：伊朗国家博物馆中藏有汉谟拉比法典的复制品，其真迹收藏在法国卢浮宫。1901年，法国的考古学家J.D.Morgan在苏萨发现了这块石碑，便直接送到了卢浮宫博物馆。不久，法国政府复制了这块石碑送给伊朗。这块石碑原先位于巴比伦的一座神庙，公元前1160年后，被统治巴比伦的埃兰王S.Nahhunte带到了苏萨。多年前，我去法国卢浮宫时，因为匆忙没有来得及一睹汉谟拉比法典的真容，但这次能在伊朗看到这块石碑，欣喜和意外之情胜过看到真迹了。

在大学的历史书上，
就曾熟读你的名字，
这世界上的第一部法典，
从此铭刻在我心中，
如同情人的名字，
任何时候都不会忘记。
我未曾想过，
有一天会与你邂逅，
而今在博物馆中，
你已久久等待我的来临。
我内心的激动无人知晓，
狂喜的心情难以形容，
虽然这并非当年真迹，
但也是古碑情景再现，
我只能上下打量你，
细读那些看不懂的文字，
轻轻抚摸你一下，
好像能感受你的体温。

曾经神圣的铭文，
如今已经成为天书，
曾经掌控天下的宝典，
现在仅仅供人观赏。
想起中国武林中的秘籍，
总是让人疯狂追寻，
不知这块权威的石碑，
当年是否也让人抓狂。
巴比伦时代的律令，
都写在你的身上，
多少冒犯法典的人们，
都曾就范于你的威严，
就像那些无知的狂徒，
落败在武林高手之下。
数千年后尘埃落定，
如同宗师归隐山林，
你默然栖身博物馆中，
没有人知道你在等谁。

于德黑兰

▶ 我在黎以边境的战争废墟上

▶ 出发前我与陈平（中）、郑鸣（右7）、叶研（右6）及其它队友合影

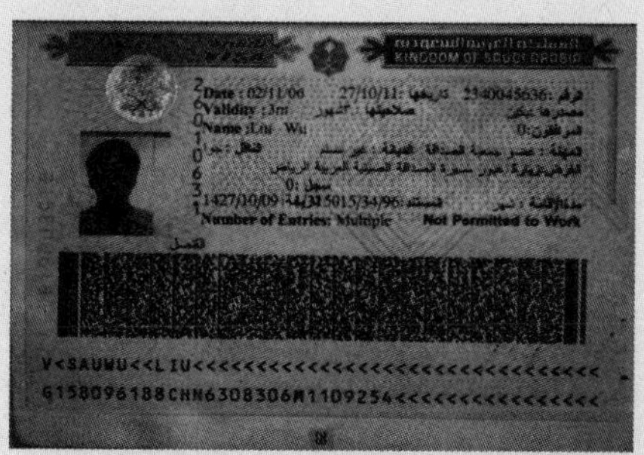

▶ 沙特阿拉伯签证

第五章

横跨

沙特阿拉伯沙漠

利雅得在阿拉伯语中的意思是“花园”，传闻它附近有一片绿洲，有广阔的椰枣林和清泉。在沙特，沙漠约占全国面积的一半，“沙特阿拉伯”一词在阿拉伯语中的意思就是“幸福的沙漠”。这里是伊斯兰教的发源地，圣地麦加只对穆斯林开放。吉达位于红海之滨，被誉为“红海的新娘”，是沙特阿拉伯第二大城市，距麦加约75公里。在传说中它是“婆婆”的意思，世界上第一个女人夏娃，伊斯兰教称作哈娃，她的墓地据说就在吉达，吉达有“夏都”之称。这里是世界各国穆斯林进入麦加朝觐的交通要道和主要门户。

9 领队说错了一句话

11月20日从科威特出关进入沙特海关时，刊登了我们与科威特亲王合影的那张报纸就发挥了它的作用，海关人员看到报纸后，热情地请我们到办公室内喝咖啡聊天，办完手续后就客客气气送我们上车出发。

从巴林前往科威特时，我们曾经过沙特东部城市达曼，这是沙特东海岸最大的商港和全国第二大港，人口才10多万，不过，匆匆忙忙没有来得及细看。这次从科威特返回沙特，因为要赶往首都利雅得，我们只好从达曼城外掠过，驱车直奔利雅得。

在沙漠公路上开车，感觉相当舒爽，几乎可以闭着眼睛跑。我把油门顶到180公里多，那车好像跑得还不够快。在这样的“高速公路”上跑，根本不用担心是否撞车，唯一有可能的就是自己跑偏窜到公路外的沙漠里。

离利雅得不远时，太阳西下，沙漠里的夕阳充满说不出的魅力。我们停下车稍稍休息，拍了些夕阳晚景，尽情呼吸了一会儿沙漠地带清新的空气，然后继续向前驶去。

进入利雅得时，料想不到的是，这里下起了瓢泼大雨，到处积水。眼看车窗外的很多沙特人并不打伞或躲雨，而是任由大雨淋到身上，我想大概是这地方本来就干旱少雨，赶上这样的倾盆大雨，他们想乐都来不及，哪里还会躲闪呢？

▸ 夕阳下的沙漠公路

当时天色已黑，我们对利雅得的道路也是一抹黑，便在附近的一家家乐福店外等候，等了40多分钟，眼看接我们的人也赶不过来，就打了一辆车领道，开到约定好的酒店。当地接待我们的是苏莱曼先生，他是沙特阿拉伯一家社团组织成员，看上去约莫40来岁，他为人谦和，办事细心，对我们安全驾到表示欢迎。接着他领着我们来到另一家酒店，参加由当地青年会举办的一个招待晚会。

沙特方面的来人个个都穿得非常正式，但清一色是男性。在沙特，我很少能看到女性，即使看到女性，也一律戴着头巾，穿着黑袍，沙特人称之为“阿巴雅”（ABAYA）。在中东各国中，沙特的宗教戒律是最严厉的，他们不仅对本国女性要求长袖长裙，长度需遮盖手腕及脚面，对外国女士也不能例外，甚至女性外交人员也不能破例。我们这次活动中随行的一名女翻译和女队员，进入沙特前就不得不买了“阿巴雅”，把自己穿得滴水不漏才安全进入了沙特。

当晚的晚宴是在一条长桌上展开的，沙特方面的人坐一边，我们十几个队员坐一边，面对面，眼瞪眼，桌中央照例放着一摞摞外焦里嫩的阿拉伯大饼，每个人面前摆放的餐盘上，陆陆续续端上来鲜红的西红柿色拉、又咸又酸又爽口的橄榄、嫩绿的酸黄瓜条、切得碎碎的拌茴香、阿拉伯传统美味“霍姆斯”酱、青翠欲滴的生菜、酸葡萄叶裹肉馅等食物。而杯子里没有酒和饮料，只有凉白水。

问题就出在这杯水上。一开始，沙特方面的朋友简单说了几句欢迎的话，然后轮到我们的领队老叶来答谢。要说老叶本身是个很严谨、慎重的人，相关阿拉伯国家的书籍他看得最多，一路上他也非常在意小心，生怕违反阿拉伯国家的戒律，可这次他还是犯了个小错。快结束答谢词时，为感谢沙特朋友的接待，他端起一杯水说：“就让我们以水代酒，碰杯感谢各位。”

他这杯子刚举起，当时，沙特的朋友就插嘴说：“我知道你们的好意，你们也都是有知识和见识的人，但在我们沙特，碰杯的方式是不允许的，因为这会让人联想起喝酒的举动。这不符合我们的宗教要义。”

老叶略略有些尴尬，立刻放下水杯，改口说：“那我们就用掌声表示感谢吧！”于是我们就“哗啦啦”拍起手来。

其实，我们都知道沙特的禁忌很多，所有餐馆和饭店都不准供应酒类饮料。据说饮酒者如果被抓，要当众鞭打80下，或者监禁6个月到1年，另外还要处以罚款。如果发现继续饮酒，将处以更严厉的惩罚。购买酒、私酿酒或酒后开车者，均要处以重刑。不过，我们都没想到与酒相关的一些动作、言词也会受到限制。

我在那里听说过这么一个小故事，有位到沙特的外国人穿着一件T恤，T恤背后印着一只可爱、别致的小酒瓶，他在沙特的朋友就劝他说：“你这件衣服可不能穿出门，穆塔瓦要找你麻烦的。”穆塔瓦是宗教警察的意思，其全称是“促进道德暨防止恶习委员会”。那老外不明其意，他的朋友解释道：“你衣服上的酒瓶子千万别让穆塔瓦看见！”那老外这才恍然大悟。

更甚的是，据说沙特的宗教警察对各种象征西方情人节的商品也大加禁止，他们要求商家在2月14日前后不要展示红玫瑰，所以当地花店在情人节期间不会卖红玫瑰，这时商家往往连货都不敢进。

或许是刑罚严厉，加上穆塔瓦监督严格，以及沙特人信教的缘故，沙特社会治安良好，一般很少有偷

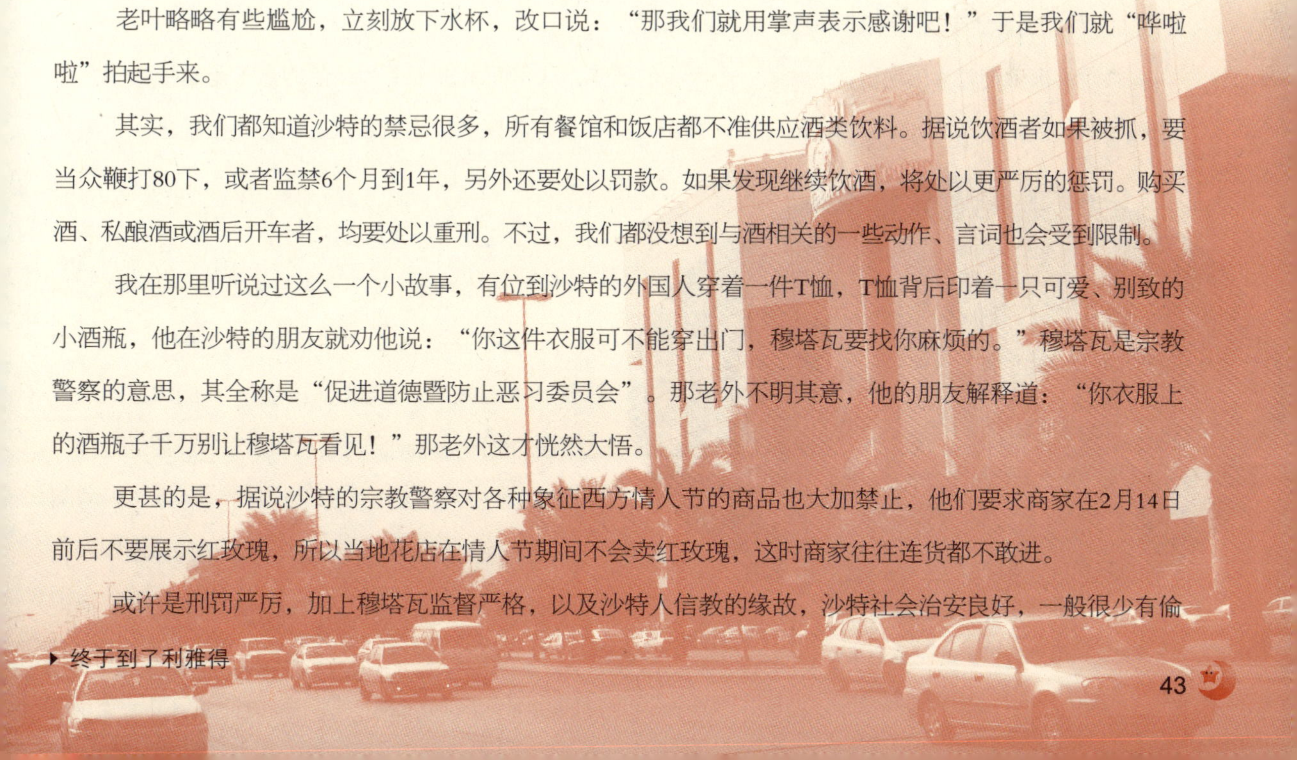

▶ 终于到了利雅得

盗现象。我注意到，在自由市场上，不论是卖食品、手表、日用品，还是卖金银首饰的商店和摊贩，都是把货物敞开摆放。店主暂时离开或净身沐浴作礼拜，也从不打烊或收摊，一般只是放下布帘或在货物上盖上一块布。没人会乘机作案，更不会有人抢劫。

第二天一早，我才稍稍看清了利雅得的外貌。这个城市早在1818年被定为沙特阿拉伯王国的首都，据说当时选择将首都建在沙漠中心，是为了防止外族侵入，以为建在沙漠中心最安全。那时，利雅得还是一座简陋而不发达的城市，四周建有很多带碉堡的城墙，房屋用土坯和泥巴建造，道路狭窄不平。从20世纪30年代以来，由于大量的石油收入和交通的日益发展，利雅得的城市建设才得到迅速发展。

利雅得在阿拉伯语中的意思是“花园”，传闻它附近有一片绿洲，有广阔的椰枣林和清泉。我在开车赴利雅得途中，也曾惊奇地发现路边有大片的水景，那水域非常大，看去有好几公里远，水中芳草摇曳，波光粼粼，周边拉着铁丝网保护。搁在中国，大概便会有开发商来建水景别墅，或搞水上乐园，但在沙特那一片水景就搁在沙漠里，周边没有任何建筑，也没有人来这里游玩。

经过几十年建设，利雅得已成为阿拉伯半岛最现代化的城市。原来市内寸草不生的丘陵荒无人烟，如今已绿树成荫，一幢幢宫殿式的漂亮建筑掩映在树林之中，政府大楼、高层公寓、豪华的宫殿、巨型商场、宽阔的街道、多层立交桥、漂亮的公园、高高的宣礼塔遍布全市，真正堪称“人造绿洲”。

轻松转了转利雅得后，我们计划当天继续开车向西，直奔吉达港。苏莱曼先生说好时间来跟我们道别，但那个时间过去两个小时了，还没有见到苏莱曼的影子。那时，我们都坦然地说：“啊，这是阿拉伯时间。”我们也不会有人去给苏莱曼先生打电话催他。

终于，苏莱曼先生出现了，他拿着一个大大的纸兜，从里面拿出一个个绿色的盒子赠送给我们，那盒子中是一个胸徽，图案就是沙特的国旗。接着，我们便与苏莱曼拥抱着告别，阿钟还给他来了个美式军礼。

前往吉达的道路，比我们从达曼到利雅得要复杂很多。沙特的地势西高东低，西部是希贾兹——阿西尔高原，其南段的希贾兹山脉，海拔高达3000米以上，中部是纳季德高原，东部则是平原，我们的目的地吉达所在的红海沿岸地区是宽约70公里的红海低地。

在沙特，沙漠约占全国面积的一半，“沙特阿拉伯”一词在阿拉伯语中的意思就是“幸福的沙漠”。这里是伊斯兰教的发源地，我们前往吉达时就经过伊斯兰教圣地麦

▶ 看上去很美的阿拉伯美食

他们友好地跟我打招呼

加，但这里只对穆斯林开放，非穆斯林一律谢绝入内，我们只好不加思考地前往吉达。

早在公元7世纪，伊斯兰教创始人穆罕默德的继承者便建立了阿拉伯帝国，那时，穆罕默德的弟子就曾远涉重洋到中国传播伊斯兰教。公元8世纪，阿拉伯帝国进入鼎盛时期，版图横跨欧、亚、非三洲。到公元15世纪，明朝著名的航海家郑和下西洋时就到过沙特，在他之后，阿拉伯帝国被奥斯曼帝国统治。

从利雅得到吉达，当中居然有两段山路，其中一段的景观颇有些美国中西部山地的味道，路边矗立着陡峭巨大的山石；而另一段接近吉达港的山路却弯道多多，忽高忽低，那时天色渐黑，不知是因为开车疲劳，还是路况复杂，也许几方面的因素都有，我的队友开的一辆车差点与前面的车相撞，让人惊出一身冷汗。这当然并非我们路途最险的一次经历，后来还会遭遇更麻烦的事情。

直到灯火阑珊时，我们才抵达吉达港，入住一家漂亮的酒店，它的名字叫卡萨布兰卡。

吉达被誉为“红海的新娘”，在传说中它是“婆婆”的意思，世界上第一个女人夏娃，伊斯兰教称作哈娃，她的墓地据说就在吉达，这也许能进一步证实那个传说。

吉达还是沙特的夏都和外交首都，国王、王室成员和政府各部大臣每年夏天均在吉达办公，在此期间的重大国事活动也都在这里进行。吉达的市区面积1200平方公里，人口300多万，其中外籍人口约占三分之一，这里是世界各国穆斯林进入麦加朝觐的交通要道和主要门户。这个城市的建筑也已白色为主，一般的楼房只有两三层，市内最高的建筑自然还是高耸的宣礼塔。

到达吉达的第二天一早，我们就开车直奔吉达港口。吉达伊斯兰港是中东地区历史最为悠久的港口之一，已有1300多年的历史，它也是该地区最大的港口之一，拥有现代化的引航和装卸设备，有157条航线通往世界各地。我们去的是吉达港的客轮码头，这里有一个可容纳3000人的旅客大厅，有定期班轮开往埃及、苏丹等邻近国家。目前，吉达港的年吞吐量在2000万吨左右，客流量在95万人次。沙特50%的进口货物、70%的进口食品都经过这个港口进入。我们在那里将车辆交给当地的海关工作人员，由他们负责装船运送渡过红海，我们则准备登船前往非洲的苏丹。

▸ 在约旦杰拉什遗址上感悟历史与人生

▸ 我与郑鸣（右2）、阿钟（右1）、叶研（前中）及队友在约旦瓦迪拉姆沙漠

▶ 苏丹签证

红海上观看日出，是大家最感兴奋的事情，当金黄色的太阳从一望无垠的海面上冉冉升起时，人们的脸上洋溢着璀璨的光辉，也许他们中有人会想到当年摩西带人渡过红海的情景。阳光下的红海会变幻出很多种不同的色彩，它通常是蓝绿色的，但由于海中的红藻会发生季节性的大量繁殖，使整个海水变成红褐色，有时连天空、海岸都映得红艳艳的，因而得名红海。大约2000万年前，阿拉伯半岛与非洲分开，诞生了这片海域。长约2000多公里的红海，像一条张着大嘴的鳄鱼，斜卧在两个大陆之间。埃及的苏伊士运河开通后，红海便成为印度洋与地中海之间的重要国际航线，欧、亚、非三个大陆间的黄金水道，它使原来绕过好望角的航线缩短了9000公里。

10 军车一路护送我们

我在港口的候船室等待了两个多小时，还吃了一份快餐，才登上了开往苏丹港的铁达马尼号船。这是一艘有些破旧的船，船舷、栏杆、梯子等地方到处能看见剥裂的漆皮和铁锈，我走下窄窄的扶梯，通过狭窄的过道，走进休息的船舱，那里面只有一个窗口能看到外面，两张上下床并列一边，就像当年的大学生宿舍。

下午，铁达马尼号船缓缓离开阿拉伯半岛，从红海开始驶向非洲。这艘客货混装的轮船来自苏丹，乘坐这艘船的绝大多数都是面孔黝黑的苏丹人。尽管是冬季，又在海上，但船上依然比较温暖，苏丹人大都只穿一件长长的白袍。到了夜晚，红海上的风虽然有些凉，但他们中的很多人就睡在甲板上，随便盖些东西过夜。他们对中国人非常友好，见到我就友好地招手、问好，他们很喜欢我给他们拍照，有的人还热情地与我交谈，简单介绍苏丹的风俗和特色。

吉达港与苏丹港之间的这种客货混装船，每周在红海上往返三趟，是苏丹人和沙特阿拉伯人相互交往、通商的重要交通工具。吉达港距苏丹港260公里，船运大约17个小时，有些漫长的航程中，乘客们有的相互聊天，有的听收音机，有的看看报纸，也有人凭栏观看海景。红海上观看日出，是大家最感兴奋的事情，第二天一大早，我就爬起来跑到甲板上，却不料已经有很多人不顾寒冷，倚靠在栏杆边，等待太阳从东方出现。当金黄色的太阳从一望无垠的海面上冉冉升起时，人们的脸上洋溢着璀璨的光辉，也许他们中有人会想到当年摩西带人渡过红海的情景。

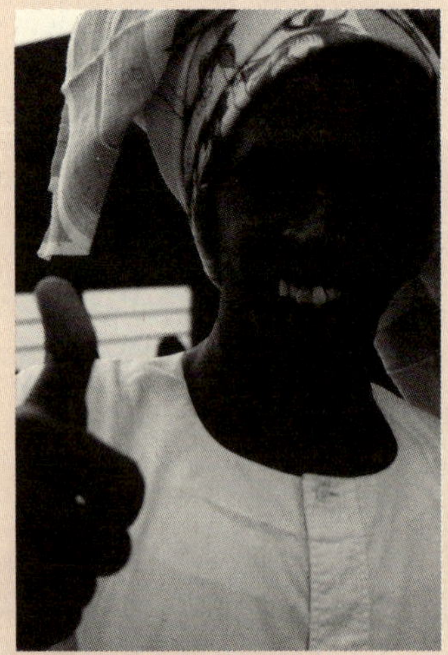

▶ 他说中国人好

早在公元前20世纪，红海就是古埃及人的重要商路，公元前10世纪，它成为东西方海上的贸易通道。1869年，埃及的苏伊士运河开通后，红海便成为印度洋与地中海之间的重要国际航线，欧、亚、非三个大陆间的黄金水道，它使原来绕过好望角的航线缩短了9000公里。

我乘坐的这艘轮船的船长穆罕默德·埃德姆先生有着几十年航海经验，我有幸走进他的驾驶舱跟他聊天，他感到非常高兴，并坦言很少有中国人坐他的船渡过红海。

埃德姆船长曾经到南斯拉夫、斯洛文尼亚等地工作，他详细向我介绍了这艘船的运营情况、航行线路，以及驾驶舱内的设备使用方法。他告诉我说，苏丹与中国有着长期友好交往的历史，从小他就知道古老的中国，而且非常喜

▶ 我们踏上了非洲大陆

欢中国人，他说：“我希望有一天能到中国看看，从毛泽东时代开始，我就幻想能驾驶一艘船到中国去。”

第二天上午10点多，铁达马尼号船缓缓驶进苏丹港，非洲大陆静静地展现在我面前，渐渐变得清晰、真实起来。这一天恰好是感恩节，当轮船靠岸后，我收拾起行李走出船舱，踏上了苏丹的土地，也是非洲的土地，那一刻，我感觉那片土地像火一样滚烫。

我和同伴受到了苏丹港所在的红海州主要领导和港口负责人的欢迎，他们伸出结实有力且黑黑的手来与我们亲切地握在一起，在这里，我们如沐春风，受到了当地最高规格的欢迎，我们所有人员和车辆的过关手续一概免检，由海关直接办理好。等我们驾驶的车辆从轮船上开到陆地上后，热心的苏丹人请我们走进港口的贵宾接待室中，送上饮料、水果和食物，当地官员还举办了一个简短的欢迎仪式，赠送给我们每个人一件独具民族特点的苏丹坎肩，我当即就把坎肩穿在身上，似乎直接能感受到苏丹人带给我的热情。那一会儿功夫，我完全忘记了海上颠簸的疲劳，被苏丹人火热的情谊深深打动。

当晚，在美丽的苏丹港湾边，当地官员和群众在露天搭起花架，摆上简陋的地毯和桌椅，举行了隆重、盛大的欢迎仪式，载歌载舞热烈欢迎我们。附近的很多群众跑来围观，密密麻麻站在一旁看新奇。活动中，红海州主要领导、有关使节和接待方代表发表了热情洋溢的欢迎词，他们表示苏丹是非洲大陆上对中国最为友好的国家之一，也是最早与中国建立外交关系的非洲国家，中国与苏丹的友谊从毛泽东时代就已经奠定了牢固的基础。

欢迎仪式上，最让我难忘的是当地人表演的具有浓郁苏丹民族风味的音乐和舞蹈。苏丹黑人酷爱舞蹈，虽然苏丹也属阿拉伯国家，全国约70%的人信奉伊斯兰教，但在歌舞表演上却更具非洲特色，音乐和舞姿更有原始、古朴的魅力。在表达爱与恨、喜与悲等感情，或在求雨、婚丧等活动中，苏丹人都离不开舞蹈。他们每个部落的舞蹈都有各自的特色，人们往往根据当时的情景，伴着简单的音乐和鼓点，即兴合着击掌声、歌声和喊声，跳出或舒缓、或粗犷、或激昂、或悲伤的各种舞姿。当晚表演的是柏柏尔族中的贝加族人，这个部落的男人喜欢在腰带上插上两把弯刀，以表示自己的力量和尊严。在舞蹈时，两个身穿白色长袍加小马褂的黑人就挥舞着弯刀，轻松自如地表演出弯腰、蹲地等许多难度系数颇高的舞蹈动作，赢得大家满堂喝彩。

当晚，我住在苏丹港附近的一个营地，那营地位于一片荒野中，房子其实是几幢用简装版拼搭的工棚，里面摆放着好几张铁床，床上只有床垫床单。据说苏丹人睡觉是不盖东西的，他们长长的袍子就是被子。这些工棚中用的都是那种老式的窗式空调，早就破烂得不成样子，但居然还能制冷，发出的轰鸣声就像战斗机一样。

我忙了一天，累得像一滩泥，沾上床就睡着了，根本没想要盖什么，要枕什么。半夜里，我忽然感觉身上奇痒无比，便幡然醒来，一看，自己身上露着肉的地方，都让蚊子叮了个遍，当时那个难受啊，简直无从说起。我只好赶紧拿出风油精，逮着胳膊、腿抹了个遍，心里想好在来非洲前就已经打了好些防疫针，不然，这

▶ 苏丹港的古要塞

▶ 苏丹的民居

么毒的蚊子咬这么多疙瘩，肯定免不了得疟疾或什么要命的病。

那会儿功夫，我怎么也睡不着了，听着其它人酣睡中此起彼伏的鼾声，我心想还不如到外面走走，凉快凉快。推开门走到野地里，空调的噪声被抛在身后，深夜的非洲大陆如此静谧，温度还算舒适，我抬起头来，无意中发现天上的星星竟然无比亮丽和密集，犹如满盘子砂金闪烁着耀眼的光芒。更令我惊讶的是，朝地平线看去，这些星星都与地面连接起来，恍如一口镶满钻石的大锅扣在我的头顶。

凯伦·布里克森在她的名著《走出非洲》中曾这样描写过非洲的夜空："夜空清澈、宁静，繁星璀璨，一派晴朗气象。赤道地带的星空比北国的夜空更加丰富多彩，夜晚在户外的时间多，观察的自然也多。……在非洲，夜间行车美极了，灿烂的星光下驾驶汽车真是种享受。"游走在非洲的野外，呼吸着有些温热的空气，想着曾经的那些美妙经历，我感觉被星星包围的感觉实在非常奇异。第二天，我跟同伴们说起这种感受，劝说他们不妨也半夜起来去看看星空。过了一天，便有一位朋友跟我说："昨天晚上我起来去看了星星，真的就像你说的一样。"

苏丹人的热情恰如苏丹火热的气候，据说盛夏时，这里的气温高达摄氏50度以上，把鸡蛋放在阳光下的沙滩上，几分钟就晒熟了；如果不带手套开汽车，手都会被烫出泡来。因此，这个非洲面积最大的国家也素有"世界火炉"之称。苏丹的国名在阿拉伯语中意为"黑人的国家"，1956年1月1日苏丹独立后成立共和国，后称苏丹民主共和国，1985年12月改名为"苏丹共和国"。早在1906至1909年，在被英国和埃及共同管制期间，苏丹港就开始建设，取代了因珊瑚礁扩展而废弃的萨瓦金港。它是苏丹唯一的海港，有"国家门户"之称。由于它地处红海中部，扼红海通往地中海的航运要冲，在交通与战略上具有重要的地理位置，因此，自古至今，这里都是兵家必争之地。

在苏丹港附近的一个古要塞中，依然陈列着当年驻守在这里的苏丹战士用过的一些武器和生活用品，十九世纪末，造船工人的儿子穆罕默德·艾哈迈德曾自称"安拉派来的救世主马赫迪"揭竿而起，号召当地人民举起反帝反殖民的旗帜，参加拯救苏丹的"圣战"，建立独立的国家。这些在殖民者手中使用过的洋枪洋炮就曾见证了这段光荣的历史。

我从崎岖不平的土路上开着车来到这个要塞，看到用泥土抟砖砌起来的低矮城墙、简陋房屋，整个要塞并不大，不到一个足球场大小，在那个主要使用冷兵器的时代，这个小院子可以囤上三、四百个人，抵挡一阵子敌人的侵略。我走进陈列室，看到里面陈列着当时苏丹人缴获的的土炮、土枪，还有日常用的弓箭、图腾、坛坛罐罐等物品。

如今的苏丹港有14个主要码头泊位，可停靠 3.5万吨级油轮，港区拥有现代化的仓库、码头和装卸设备，全国有90%以上的进出口货物经这里运往世界各地，年吞吐能力380万吨，但仍不能满足进出口货运的需要，在棉花出口季节，运力矛盾尤为突出。为此，从2006年开始，苏丹港加紧扩建粮运码头，我到码头采访时，意外发现了正在这里干活的几个中国工人，我上前一打听，才知道他们全都来自广东，在这里帮助苏丹人修建码头。领队的谭队长向我介绍了这个码头的基本情况，他说："我们正在建设的是苏丹港新集装箱码头，这是2006年6月签订的项目，金额1.1亿美元，主要是建造两个7万吨级的集装箱码头及港口疏浚。这是苏丹港扩建的重要组成部分，一定程度上能缓解苏丹港滞港这一严重问题。"

谭队长带的这支队伍有100多人，他们已经在这里工作了将近一年，谭队长表示别的都好适应，最难适应的就是当地夏天的气候。他说："这里8月份最热，气温高达60多度，那汗就从脸上哗哗往下流，特别难以适应。"

不过，在这里干活的这些工人都表示，苏丹人对中国人非常友好，让他们心里充满了非洲温热的阳光，感受十分温暖。谭队长说："苏丹人很好，对我们不错，他们对中国人特别友好，这是从毛泽东时代打下的良好基础。"

傍晚，我们离开苏丹港，驾驶着汽车驶上了通往首都喀土穆的道路，穿行在苏丹中部草原和丘陵间杂着的沙漠地带。一路上，非洲殊异的热带风景扑面而来，低矮的树丛、广漠的戈壁、当地人居住的典型的圆型尖顶土房，还有如同天然雕塑园一般的路边乱石，组成神态各异的石雕群像。苏丹南北长达2250公里，从北纬4°一直到北纬22°，大体分为三种地形：北部是占全国面积30%的沙漠地区，中部是干旱少雨的草原丘陵地区，而南部则是沼泽和热带雨林地区。由于苏丹中南部的安全形势较为严峻，当地政府特意委派众多军人手握枪支，开着敞篷吉普，前面开路，后面压阵，严密保护我们。我们沿途到达一个任何主要城市前，当地主要领导都会来到郊外，站立在路旁迎接车队，送上清凉的芒果汁、可乐或矿泉水等，并举行隆重、热烈的仪式欢迎我们，让大家一路感受到苏丹人对中国人的热情。

在到达瓦德迈达尼市之前，当地人在一个不知名的小村庄让我尽情领略了一番独具非洲风情的民族舞蹈。浓荫密集的芒果树下，一群美丽、可爱的苏丹少女戴着花冠，敲起手鼓跳起了热情曼妙的舞蹈，周围围观的群众也随着鼓点的节奏欢笑、鼓掌，黝黑的脸上洋溢着热情与好奇。看着这些孩子的欢歌热舞，每个人都会感觉到生命也在律动。富有节奏的音乐中，仿佛他们的天性得到了释放。许多孩子将美丽的花冠送给我们，邀请大家走到欢乐的芒果树下一起跳舞，一起沉浸在欢乐中。她们纯朴的眼睛是如此澄澈透明，她们坦诚的微笑是那样无拘无束，非洲女孩自然质朴、别具一格的美丽让人非常难忘。她们的热情真的像火一样，能够融化冰川和岩石一样冰冷坚硬的人心。

接下来，经过19个小时连续疲劳的驾驶，我和同伴们终于抵达了青尼罗河下游左岸杰济拉省的首府瓦德迈达尼。到达这里后，当地的省长、副省长等亲自出面，热情接见了我们，省长还当即接受了我的专访，他兴奋地说："苏丹是最早与中国建立外交关系的非洲国家，中非合作论坛后，中苏关系发展良好，目前中国已有不少工程技术人员在帮助苏丹开采、提炼石油，我们愿意把这方面的资源提供给中国。"

苏丹人带来的热情还在延续，后来我和同伴们继续前往首都喀土穆和边境小城瓦迪哈勒法时，都一直在感受着苏丹人火热的友情，那种热情就像非洲火辣辣的阳光一样，不容分说，无法阻拦，让人从里到外都感觉要燃烧起来。

▶ 在夏季气温60℃的烈日下的"苏丹港古要塞"

11 汽车三度陷入沙漠中

11月25日，我从瓦德迈达尼北上，终于到达苏丹的首都喀土穆。这个非洲面积最大国家的首都，位处青、白尼罗河交汇处，这两条河水一青一白，两河汇合前的河床中央有个名叫“土堤”的小岛，将青尼罗河一分为二，南边的水流在小岛南侧与白尼罗河相遇后向前流去，又在小岛北端同另一股水流汇合，青白尼罗河由此合二为一，成为尼罗河向北流往埃及。它们汇合时泾渭分明，水色互不相混，犹如两条玉带平行奔流，堪称喀土穆一大景观。由于这段河流形似大象鼻子，喀土穆也因此得名。其城市地形与中国武汉颇为相像，由喀土穆、北喀土穆和恩图曼三镇组成，三镇之间有桥相连。

喀土穆最初是一个小渔村，1822年成为埃及兵营，次年成为埃属苏丹首府。1834年，土耳其奥斯曼帝国占领苏丹后，定都喀土穆。1898年起成为英、埃属苏丹首府，1956年苏丹独立后定为首都。这个非洲大国虽然与中国相隔遥远，但却有着密切的关系。早在1885年1月26日，当地的马赫迪领导的起义军攻下呼克姆达里亚宫后，就将镇压中国太平天国革命的刽子手、当时的英国总督戈登用长矛刺死在楼梯台阶上，帮中国人报了个深仇大恨。在独立3年后的1959年，苏丹就与中国建交，成为最早与中国建立外交关系的非洲国家之一。

我到达喀土穆后的第二天，再次感受到了苏丹人异乎寻常的热情和友谊。当天，在6个小时内，我与队友们连续参加了四个隆重热烈、而且规格很高的欢迎仪式，其欢迎的频度有些超乎想像。上午，在北喀土穆市一个临时搭起的大帐篷下，当地活泼可爱的孩子为我们这些远道而来的客人跳起了欢乐的舞蹈，并献上了礼物。北喀土穆市市长和当地有关领导亲切接见了我们，这位市长说：“我们的孩子得知有中国朋友来了，都恨不得把最好的歌声和舞蹈献给你们，希望你们把苏丹人民的友谊和热情带回到中国去。”

接着，在苏中友好协会安排下，我们

▸ 我们要过这条河前往瓦迪哈勒法

又专程来到20世纪70年代中国援建的苏丹友谊宫参观，它位于喀土穆市中心青尼罗河南岸的总统府大道上，是中苏友好的象征。它是1964年周恩来总理访问苏丹后，中国无偿援助的工程项目之一。在苏丹，这座面积达2.47万平方米的非洲第三大国际会议中心相当于北京的人民大会堂，是总统办公、政府召开会议、接待外宾及举行庆祝活动的重要场所。整个建筑不仅整体造型是中国风格，连建造材料也都是从中国运去的。在友谊宫内的会议室里，苏中友好协会会长热情接待了我们，他说："在这个象征苏中友谊的建筑中迎接你们，我感到非常骄傲和兴奋，虽然你们的行程安排得非常紧张和匆忙，但我还是希望你们拍下更多画面，采访更多内容，提供给中国观众。"

友谊宫外矗立着一座造型奇特的建筑，如同一个站立的蛋壳，这是利比亚政府援建的利比亚大厦。早在10多年前，联合国的统计资料就显示，苏丹是世界上最不发达的国家之一。虽然有不少国家援助过苏丹，但却很少有一个国家像中国这样，不附带任何政治条件地无偿援助他们。中国与苏丹的经贸合作始于20世纪70年代，除了友谊宫会议中心外，当时中国还曾无偿地帮助苏丹修建了罕图布大桥、迈一格公路和恩图曼友谊医院等多项标志性建筑。1981年两国之间展开工程劳务合作，中方承建了港口、房建、水利、电力、道路和桥梁等工程项目。1995年，苏中两国拓展了桥梁建筑和医疗卫生领域的合作，并在两国共同努力下，开展能源合作，建立起原油勘探开发、输油管线、炼油、石化上下游一体的新兴石油工业体系。进入21世纪后，在中国技术、资金援助下，喀土穆建起了第一座炼油厂，中国人用不到10个月的时间，为苏丹修建了1600公里输油管线，苏丹从石油进口国一下子变成了石油输出国。此外，中国在苏丹还进行了麦洛维水坝及电力等能源领域大项目的投资和建设，并在铁路和农业方面保持着经常性的合作。目前，中国已成为苏丹的第一大贸易伙伴，中苏两国贸易额逐年增长，由1997年进出口总额1.3亿美元，猛增到2002年的15.5亿美元。2005年，苏丹与中国的双边贸易额更是达到39亿美元，同比增长55%，增幅居非洲国家之首。2007年，更成为双方的"深化合作年"，两国在桥梁、水电、卫生等十几个项目上都有新的突破。

显然，因为中国与苏丹之间具有这种长期特殊的友情，我们的到来也受到了苏丹议会的重视，他们也举办了特别仪式欢迎我们到访。在苏丹议会的接见大厅中，他们摆上苏丹特有的甜果、饮料，请我们品尝。据当地有关官员介绍，这个隆重的欢迎仪式是苏丹议会会长临时决定举办的，他们得知我们来到喀土

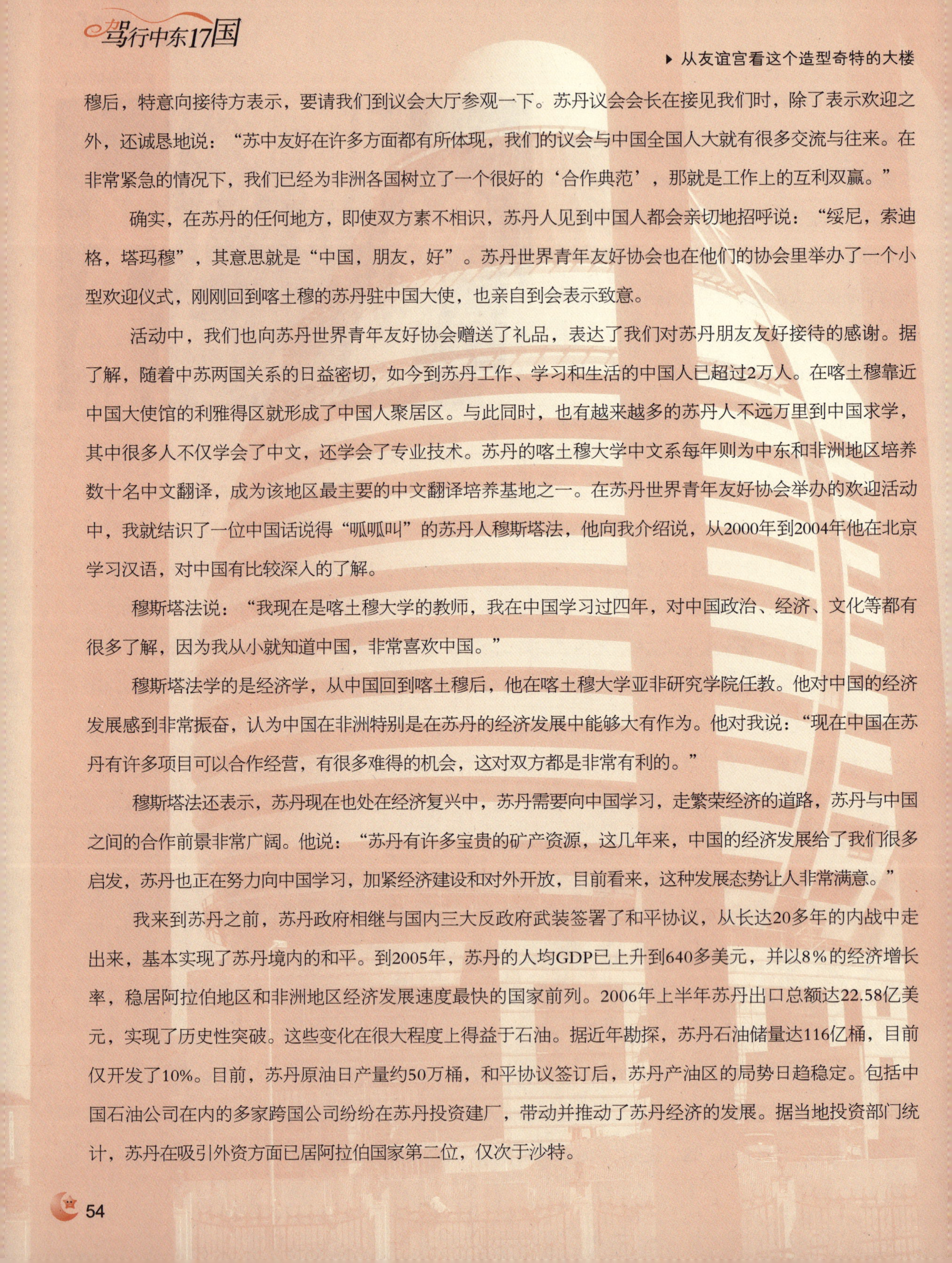

▶ 从友谊宫看这个造型奇特的大楼

穆后，特意向接待方表示，要请我们到议会大厅参观一下。苏丹议会会长在接见我们时，除了表示欢迎之外，还诚恳地说：“苏中友好在许多方面都有所体现，我们的议会与中国全国人大就有很多交流与往来。在非常紧急的情况下，我们已经为非洲各国树立了一个很好的‘合作典范’，那就是工作上的互利双赢。”

确实，在苏丹的任何地方，即使双方素不相识，苏丹人见到中国人都会亲切地招呼说：“绥尼，索迪格，塔玛穆”，其意思就是“中国，朋友，好”。苏丹世界青年友好协会也在他们的协会里举办了一个小型欢迎仪式，刚刚回到喀土穆的苏丹驻中国大使，也亲自到会表示致意。

活动中，我们也向苏丹世界青年友好协会赠送了礼品，表达了我们对苏丹朋友友好接待的感谢。据了解，随着中苏两国关系的日益密切，如今到苏丹工作、学习和生活的中国人已超过2万人。在喀土穆靠近中国大使馆的利雅得区就形成了中国人聚居区。与此同时，也有越来越多的苏丹人不远万里到中国求学，其中很多人不仅学会了中文，还学会了专业技术。苏丹的喀土穆大学中文系每年则为中东和非洲地区培养数十名中文翻译，成为该地区最主要的中文翻译培养基地之一。在苏丹世界青年友好协会举办的欢迎活动中，我就结识了一位中国话说得“呱呱叫”的苏丹人穆斯塔法，他向我介绍说，从2000年到2004年他在北京学习汉语，对中国有比较深入的了解。

穆斯塔法说：“我现在是喀土穆大学的教师，我在中国学习过四年，对中国政治、经济、文化等都有很多了解，因为我从小就知道中国，非常喜欢中国。”

穆斯塔法学的是经济学，从中国回到喀土穆后，他在喀土穆大学亚非研究学院任教。他对中国的经济发展感到非常振奋，认为中国在非洲特别是在苏丹的经济发展中能够大有作为。他对我说：“现在中国在苏丹有许多项目可以合作经营，有很多难得的机会，这对双方都是非常有利的。”

穆斯塔法还表示，苏丹现在也处在经济复兴中，苏丹需要向中国学习，走繁荣经济的道路，苏丹与中国之间的合作前景非常广阔。他说：“苏丹有许多宝贵的矿产资源，这几年来，中国的经济发展给了我们很多启发，苏丹也正在努力向中国学习，加紧经济建设和对外开放，目前看来，这种发展态势让人非常满意。”

我来到苏丹之前，苏丹政府相继与国内三大反政府武装签署了和平协议，从长达20多年的内战中走出来，基本实现了苏丹境内的和平。到2005年，苏丹的人均GDP已上升到640多美元，并以8%的经济增长率，稳居阿拉伯地区和非洲地区经济发展速度最快的国家前列。2006年上半年苏丹出口总额达22.58亿美元，实现了历史性突破。这些变化在很大程度上得益于石油。据近年勘探，苏丹石油储量达116亿桶，目前仅开发了10%。目前，苏丹原油日产量约50万桶，和平协议签订后，苏丹产油区的局势日趋稳定。包括中国石油公司在内的多家跨国公司纷纷在苏丹投资建厂，带动并推动了苏丹经济的发展。据当地投资部门统计，苏丹在吸引外资方面已居阿拉伯国家第二位，仅次于沙特。

结束在喀土穆的采访后，我们着手穿过苏丹西北部的沙漠地区前往边境城市瓦迪哈勒法。由于通往瓦迪哈勒法的路都是沙漠道路，小轿车根本无法行驶，只有越野车才能经受住考验，而且那还需要富有经验的向导和驾驶员。

虽然喀土穆市内建有6座跨越尼罗河的大桥，但在通往北部沙漠的道路上，经过这条大河只能乘坐人车共享的渡轮。平静的河水从眼前静静流淌而过，当地人早已习惯了这种缓慢悠然的生活方式，他们好奇地看着我们这些匆匆过客，不知道我们从哪里来，到哪里去。就像一阵风从他们身边吹过一样，他们不会猜想风的来历。其实，这种平静和安宁只存在于苏丹北部，由于苏丹的内部矛盾由来已久，而且非常复杂，想在短时间内完全化解并不现实，各项和平协议并不能立即实施。就在我们进入苏丹的11月份，苏丹政府军与前反政府武装苏丹人民解放军的士兵再次爆发了冲突，150多人被打死。为了保证我们的车辆和人身安全，苏丹有关方面安排了几位经验丰富的保安人员全程陪同我们北上。

前往瓦迪哈勒法的道路，艰难得远远超出我的想像。起初，我们还行走在尼罗河附近的沙地上，路边不时能看到非洲沙漠上特有的灌木和乔木，甚至会穿过一些简单的村落。行驶在这样的道路上，车与车之间必须相隔相当长的距离，每辆车后掀起的沙尘，常常会完全遮挡后一辆车上司机的视线，即使在阳光明媚的白天，司机也常常看不清前面的道路。这里的道路除了满是沙尘的路外，就是搓板路了，无论哪种道路，都是对驾驶技术和耐力的一种考验。在经过努比亚人的村落阿布里后，我在途中休息时，忽然从一块极为普通的路牌上有了新的发现。原来，这块路牌上贴有一个圆形的标记，上面标明我们现在走的这条道路，是开罗到南非开普敦汽车拉力赛的线路。

苏丹北部是努比亚人居住生活的地方，我所途经的北部城镇栋古拉，在历史上是一个重要的商站，是北部地区牲畜、皮革、椰枣、谷物的集散地。古栋古拉城遗址在6到14世纪时曾是基督教王国穆库拉的都城。不过，行色匆匆的我们几乎都没有时间拍摄这些地方。为了尽快赶到瓦迪哈勒法，赶上前往埃及阿斯旺的固定船期，我们只有昼夜兼程，穿过荒无人烟的沙漠。夜晚在沙漠上行车更是极大的考验，在两个晚上的长途行驶中，我开的那辆两驱越野车和另一辆汽车先后三度陷入沙坑中，被流沙托底，最严重的一次是车辆一侧的两条轮胎同时爆胎，必须立即更换轮胎，才能继续行进。幸好担任保卫和护送工作的苏丹保安人员具有丰富的沙地行车经验，每当车辆出现状况时，他们都会迅疾返回，拿出拖车的钢丝绳，将陷在流沙中的车辆顺利拖出来。

经过两夜两天的艰难行驶，我们终于抵达苏丹北部边境小城瓦迪哈勒法，并从这里乘船穿过纳赛尔水库前往埃及南部城市阿斯旺。临别之前，一路护送我们的苏丹保安人员依依不舍表达了他内心的感受。这个表情严肃、体型魁梧的保安说：“真的很舍不得你们，我喜欢中国，喜欢你们这些勇敢的小伙子们！”

▶ 这地方没有路了，或者说哪里都是路

金字塔

我有些不敢相信，
那么一片乱糟糟的房子后面，
矗立的便是金字塔。
它像一堆废弃的砖头，
堆积在灰头土脸的开罗，
骆驼昂着头走过，
随便给它拍个照，
它的主人便伸手要钱，
因为这是在金字塔前。

金字塔的确是金字招牌，
神奇的历史让它光耀千年，
或许法老仍在施展魔法，
石头变金子就在眼前。
狮身人面像虽已残缺，
神秘笑容背后暗藏玄机，
脚手架下人流如潮，
斯芬克司的谜底何处追寻？

光影下塔身色彩变幻莫测，
但石块的底色总是一样，
汽车甲虫般爬过塔边，
游人走来如同蚂蚁，
庞大的尖塔不时听到惊叹声，
历经风雨它习惯了沉默。
有人问那些巨石从哪里运来，
有人说它是外星人建造，
还有人问法老的坟墓有多少宝藏，
也有人说塔中墓道暗藏杀机。

它本来只是法老的坟墓，
但这堆石头已被人神化，
埃及人说它是摇钱树，
摆在那里就能招财进宝。
他们也只是伸手要钱，
私下给钱就能随便参观。
有多少人能领悟它的魅力，
有多少人能看懂它的神奇？
多数人不过匆忙拍张照片，
回家说我曾到此一游！

于开罗

第七章

沿着尼罗河

北行

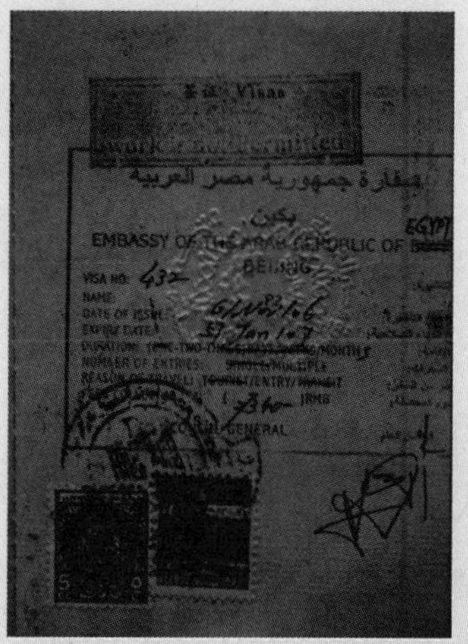

▶ 埃及签证

说到埃及，很多人马上想到的就是开罗和金字塔，但古埃及最神秘的历史其实藏在卢克索。这座古城在埃及的地位相当于中国的西安，古称底比斯，是诗人荷马笔下的“百门之都”，距现在已有4000多年。当时，这座城市跨尼罗河中游两岸，据称有100个城门，是世界上最大城市。它以尼罗河为界分成两部分，

一半给生者，另一半给死者。这个帝国维持了1500多年，到公元前88年，这座充满魅力的城市被毁，留下了无数残垣断壁的神庙和陵墓。这是个给人们留下了太多想像空间的地方，包括所有中王国和新王国时期法老的传说，或者整个古埃及的兴衰史，都浓缩在这片方圆十几公里的土地上。卢克索的秘密都袒露在那些早已荒废的神庙和陵墓中，只要人们读懂那些沉默不语的石头，一切奥秘自然可以迎刃而解——“古埃及的历史除了写在莎草纸上外，更多地是刻在这些石头上。

被萨达特总统称为“堪与法老时代金字塔并列的埃及世纪性工程”的阿斯旺大坝是全世界最大的一座水坝。相当于大金字塔的17倍，它所使用的花岗岩也比胡夫金字塔用的多。据说是为了纪念埃及与前苏联的友谊而建的，最初修建大坝时，埃及找美国请求援助被拒绝，于是转而同苏联合作。阿斯旺大坝装有13台水轮发电机组，年发电100亿度，因此埃及是世界上为数不多的几个不缺电能的国家之一。阿斯旺还有许多古老的记忆，但它们都潜藏在深深的纳赛尔水库中，或许永远不会有人寻找到它们。

在公元前259年几乎与亚历山大灯塔同时兴建的还有著名的亚历山大图书馆，那也是建筑师索斯查图斯的杰作。据说当初建这座超大图书馆唯一的目的就是“收集全世界的书”，实现“世界知识总汇”的梦想，金字塔、亚历山大灯塔，埃及的这两大奇观都因其相伴而生的古老文化，具有了长久的生命力，一直影响到今天。

▶ 卖明信片的小孩

阿斯旺的古老记忆 12

我在瓦迪哈勒法坐的那条船名叫Sagalnaam号，这条船不大，到处锈迹斑斑，船上多是黑人，他们随意倚靠在栏杆上，好奇地看着我们这些“外国人”，姿态和神采特有造型感。

从苏丹向北去埃及，陆路上的通道是不开放的，只有一条沿尼罗河的水路。这条水路上没有滚装船，人与车只能分开走，这条水路也不属于国际通道，因此外国游客不多，来来往往的主要是两国边境居民和小商小贩。

纳赛尔水库是1958至1970年建造横截尼罗河的阿斯旺水坝而形成，长度约550公里，其命名是为纪念埃及独立后的第一位总统纳赛尔。严格来说，埃及境内占83%的水面部分是 “纳赛尔水库”，而苏丹境内的部分则被称为“努比亚水库”，整个水库最阔的部分在北回归线附近，达35公里，水库面积达5250平方公里，储水量为157立方公里。

晚霞升起时，到了祈祷的时刻。船上的人除了我们外都是穆斯林，没有人号召，也没有什么信号，他们几乎同时跪下来面朝同一个方向祈祷。

在苏丹的那段水面上行走时，手机没有一点信号。早上起床后，船上的服务员送来早餐，是半块大饼加奶酪、果酱，我又喝了昨晚送来的一瓶芒果汁，感觉很爽。吃完早餐走到船舷边，才发觉手机有了信号，是埃及电讯的网络。显然，船已进入埃及境内，嗖嗖的凉风吹得人有些兴奋，放眼看两岸风景，都是光秃秃的小山，水色湛蓝，阳光明媚。

上午10点多，岸边上的阿斯旺码头越来越清晰，埃及海关和边境检查站也就在眼前，很快，我就踏上了埃及的土地。过了海关后，我坐上中巴车，经过阿斯旺大坝，来到阿斯旺城内的菲莱宾馆，这里面对尼罗河，有些像上海的外滩，但没有那么繁华。尼罗河上白帆片片，游船如织。河的两岸停满了豪华游轮，游轮一般都是三到四层的客舱，顶上有露天游泳池、酒吧、健身器材等，穿着比基尼的女人和光着上身的男人就在游轮上的游泳池边或躺或坐或站，享受着这里温热的阳光。看到这一景象，我立马想起阿加沙·克里斯蒂笔下的尼罗河，她的《尼罗河上的惨案》以及大侦探波洛形象，早已深入很多中国人的心中。我站在酒店的阳台上，遥望尼罗河北去，看到蓝色的河边长满绿色的棕榈树，树的那一边则是黄色的沙漠。吃完中饭后，我又走到街道上，沿着尼罗河岸向上游走了很长一段路程，一直走到一座耸立着两个高塔的基督教堂前。

这一路随意的散步，我发现这里的埃及人对你热情，是因为他们想要做你的生意。我给他们拍照后，他们就会要我坐他们的马车、买他们的东西。但在苏丹我不会遇到这种情况，苏丹人的热情就是热情，我给他们拍照片，他们会非常配合，然后夸奖我拍得好，向我竖起大拇指，从来不会要求我买他们的东西或坐他们的驴车。

阿斯旺古称阿莱方庭，在阿拉伯语里，阿斯旺是“开朗”的意思；在希腊语中，它的意思是“大象”，这可能是因为这里古代是北非象牙贸易的集市；在科普特语里，阿斯旺的意思是“市场”，说明过去这里有兴盛、发达的商业。历史上，它的确是埃及南部通往努比亚的门户，水运和骆驼商队的交汇点。在古埃及时代，它曾是与苏丹、埃塞俄比亚进行贸易的中心。

那天是11月的最后一天，第二天早上6点多起来，天色早就亮了，太阳也早出来了。已经进入12月，尼罗河上依然阳光充沛，温暖宜人，像夏天一样充满热情。这里日照充足，常年少雨，据说是埃及最炎热的地方。夏天气温高达40到50摄氏度，强烈、灼热的阳光令人难以忍受，即使每年的11月至次年3月的“冬季”时节，气温降下来也在30摄氏度上下。

虽然前一天刚从阿斯旺大坝经过，但我还是迫切地想到大坝上走走，看看这座被萨达特总统称为“堪与法老时代金字塔并列的埃及世纪性工程”。

坦率说，阿斯旺大坝从观感上没有什么神秘、浪漫的感觉，但它毕竟是个传奇，难怪到阿斯旺的游客一般都不会放弃这个景点。我走近大坝，先看到的就是一个砖红色的高大建筑物，我看它像五把倒立的石刀，尖峰朝上，中间似乎用一个圆腰带联结刀刃。据说它是为了纪念埃及与前苏联的友谊而建的，最初修建大坝时，埃及找美国请求援助被拒绝，于是转而同苏联合作。

这座大坝兴建之前，阿斯旺在1898年至1902年建造了另一座大坝，也叫低坝，它距城里不到6公里，坝高53米，长2152米，水库蓄水53亿立方米，功率34.5万千瓦，灌溉农田57万公顷。

到上个世纪60年代，低坝已经不够用了，埃及政府便决定在其上游6公里处修建现在的大坝，这样，从1960年开始，纳塞尔总统在苏联贷款及技术协助下，用了35000名埃及工人，苦干10年后，于1971年建成了当时是全世界最大的一座水坝。这座水坝主体长3600米，高110米，耗资约10亿美元，使用建筑材料4300万立方米，相当于大金字塔的17倍，它所使用的花岗岩也比胡夫金字塔用得多。

我走上大坝观看，大坝上是一条双向车道，加人行道约10来米宽。坝上有卫兵看守，大坝一边是我们乘船走过的纳赛尔水库，另一边是坝内的变电站和电网。我注意到，大坝上还矗立着两块大牌子，上面用截面图和文字介绍了大坝的结构和工期。

阿斯旺大坝是埃及现代化的起点，当时它是世界第二大人工湖，每年可提供740亿吨稳定可靠的灌溉用水，从根本上消除水患和干旱，保证尼罗河下游农田用水，使上埃及尼罗河谷地区农作物由一年一季改为一年两季或三季收成。20世纪80年代尼罗河流域曾发生严重干旱，苏丹及埃塞俄比亚发生大饥荒，但埃及却因有阿斯旺大坝而幸免于难。

另外阿斯旺大坝装有13台水轮发电机组，年发电100亿度，输出电压经升压达50万伏，不仅供开罗及尼罗河三角洲地区用电，还可提供其它阿拉伯国家使用，因此埃及是世界上为数不多的几个不缺电能的国家之一。后来，我从阿斯旺前往开罗，发现公路两旁照明灯的电杆比其他国家的密度大一倍，而且通夜释放光明，就感叹这个国家真的毫不吝惜电力。

阿斯旺大坝虽然抬高了库内水位，但纳赛尔水库却将十几座古埃及神庙淹没在湖底。从1960～1980年，联合国教科文组织向世界各国发出拯救努比亚的呼吁，许多国家响应，专家们进行了40多次大规模的挽救古迹活动，24个国家的考古学者组成考察团实地勘察了受湖水威胁的地域，22座庙宇经过测定方位和计算，拆散后化整为零转移到安全地带，然后以其旧貌重建，这其中就有古埃及文明史上几与金字塔齐名的阿布辛贝勒神庙。联合国为此拨款十亿美金，花了十年时间，将神庙切割成两千多块巨石，搬到纳赛尔湖边一座65米高的小山上，再原样重建。而其他非常珍贵的文化遗产却惨遭灭顶之灾，因为资金或人力有限，只能永远沉寂于尼罗河底了。

菲莱神庙是另一座幸存的神庙，1902年阿斯旺低坝拦截尼罗河水时，菲莱神庙的一部分便被淹没。20世纪60年代在菲莱岛南面筑起高坝后，神庙几乎全部被淹没。为了保护这些珍贵文物不受毁损，从1972年开始，埃及政府在神庙四周筑起围堰，将堰中河水抽干，然后将这组庙宇拆成45000多块石块和100多根石雕柱，在1979年8月到距菲莱岛约1公里处的阿吉勒基亚岛上，按照原样重建。1980年3月10日，菲莱神庙在新址上重新正式开放。

去菲莱神庙需要坐船，我来到入口处，发现这里小商店林立。这些店铺面积虽小，名字却取得十分威武，什么法老商店、拉美西斯商店、图坦卡蒙商店、哈特谢普苏特商店，好像古埃及那些名人都在商店中复活了。总而言之，他们一文广告费没拿就成了小店的代言人。

坐上游船向菲莱神庙驶去，船在神庙外绕了一圈。水面上白鸥或栖息或飞翔，光秃秃的石头从水中露出来，游船便从石块丛中游弋而过。远远看岛上的菲莱神庙，它就像一片没有摆弄完的积木。

走上菲莱岛，恍惚就进入了古埃及的布景之中。这座小岛不大，长仅450米，宽150米，但岛上的神庙却被称为“古埃及国王宝座上的明珠”。这座庙原本叫伊西丝神庙，是为女神伊西丝修建的，伊西丝是古埃及的博爱、快乐和音乐之神，据说她有一万个名字，她不仅掌管生育，还是所有人的庇护神，因而极受古埃及人的尊崇。传说中，她选择了阿斯旺最宁静的一个小岛作为她的主庙栖息之地，巧妙的地理位置也让这座神庙成为全埃及风格最独特、最诗情画意的神庙。

我看到这座神庙虽然小巧，但粗大的柱廊、土黄色的塔楼，以及墙壁上雕刻的壁画，都呈现出鲜明的古埃及艺术风格。神庙门口有两尊石狮，这在埃及卢克索、卡尔纳克及其他古神庙中都没有见到，这是菲莱神庙与古法老时代其他神庙的不同之处。

据考证，这座神庙严格来说，并非正统古埃及人所建，它是由具有希腊、罗马血统的托勒密二世费拉底尤斯国王和法老们——即埃及艳后的家族下令建筑的。托勒密王朝是希腊人的后裔，正因为他们并非埃及本地人，为了表示其统治也是受命于天，因此建筑神庙时在保留古埃及神庙风格的同时，也出现了石狮这种不同风格的东西。

相传祭祀伊西丝女神的宗教仪式持续到公元565年，但到公元后的一段时间，信奉基督教的当地人曾经到这座神庙大肆破坏。菲莱神庙的主体建筑能保留得如此完整，还是多亏了从古至今一直关注和守护着神庙的人。

阿斯旺还有许多古老的记忆，但它们都潜藏在深深的纳赛尔水库中，或许永远不会有人寻找到它们。

13 卢克索的秘密角落

我在阿斯旺仅仅停留了一天，游览完菲莱神庙后，我就带着一个摄影分队前往卢克索，而这一路都有当地的旅游警察荷枪实弹沿途护送。

说到埃及，很多人马上想到的就是开罗和金字塔，但古埃及最神秘的历史其实藏在卢克索。我一到那里，就被那些裸露在小城中的石柱、雕像所吸引，它们尽管沉默无语，却一直在默默诉说着那个时代隐秘的历史。

卢克索紧靠平静的尼罗河畔，位于开罗以南700多公里处，这座古城在埃及的地位相当于中国的西安，古称底比斯，是诗人荷马笔下的“百门之都”。底比斯兴建时，距现在已有4000多年。公元前1570年左右，底比斯人赶走西克索人，以这里为中心重新统一了埃及，建立了一个超级强大的帝国，其领土南接苏丹，北达叙利亚。到公元前1555年的十八王朝时，底比斯进入鼎盛时期，当时，这座城市跨尼罗河中游两岸，据称有100个城门，是世界上最大城市。它以尼罗河为界分成两部分，一半给生者，另一半给死者。尼罗河右岸，也叫东岸，是当时古埃及的宗教、政治中心，建造了众多宏伟的皇宫和神庙；左岸，也叫西岸，是法老们死后的安息之地，今天人们称之为“国王谷”和“皇后谷”，这里修建了几百座王家陵墓。这个帝国维持了1500多年，到公元前88年，这座充满魅力的城市被毁，留下了无数残垣断壁的神庙和陵墓。

这是个给人们留下了太多想像空间的地方，包括所有中王国和新王国时期法老的传说，或者整个古埃及的兴衰史，都浓缩在这片方圆十几公里的土地上。卢克索的秘密都袒露在那些早已荒废的神庙和陵墓中，只要人们读懂那些沉默不语的石头，一切奥秘自然可以迎刃而解。卡尔纳克神庙就是人们读懂卢克索的开始。

卡尔纳克神庙中的雕像

当地的翻译穆罕默德·法莫带着我来到卡尔纳克神庙，他告诉我说：“这是世界上最壮观的古建筑物之一，也是埃及最大的神庙。”

这座神庙又称阿蒙·纳神庙，阿蒙神最初是空气神，后尊为第一创造神，从第11王朝开始，被称为国神。它的外观呈人形，头戴皮制王冠，上插两根长羽毛，手持权杖。后来，它与“纳

▶ 神庙旁时刻警惕的警察

神”合二为一，命名为阿蒙·纳神。当时，在首都底比斯建起的这座神庙，就是古埃及法老们作为崇拜中心献给太阳神、自然神和月亮神的。整个庙宇建筑群规模宏大，仅保存完好的部分占地就达30多公顷，全部用巨石修建。正门的甬道两侧由两排雕塑的伏卧猛兽守卫，人们尚没有走进高达38米的巍峨大门，就会强烈感受到一种威严和肃穆，被神的庄严所震慑。

这个建筑群始建于3000多年前的十七王朝，在此后的1300多年中仍不断增修扩建，其中包括3座雄伟的大神殿、20余座小神殿和10座巍峨的门楼，最高的门楼高达44米，宽131米。在许多神殿的墙壁上，用古埃及文字或图画刻写着各种故事和传说。

穆罕默德·法莫指着其中一面墙壁对我说：“这面墙上的图画据说刻画的就是这座神殿的几个修建者，最早的是艾米诺菲斯三世，后来就是著名的拉美西斯二世，经过他们的反复修筑和扩建，卡尔纳克神庙才形成现在留存下来的这个规模。”

卡尔纳克神庙中最壮观的莫过于那个宽102米、深53米、面积约5000平方米的主殿，它不仅雄伟凝重，而且让人感觉不可思议。看吧，这里矗立着16行共134根巨石圆柱，其中最高的12根，每根高达23米、周长15米，柱顶上可容纳50个人站立，这些石柱上残留着描述太阳神故事的彩绘和古埃及文字。

穆罕默德·法莫介绍说：“古埃及的历史除了写在莎草纸上外，更多地是刻在这些石头上。这些精美的浮雕和鲜艳的彩绘，记载着古埃及的神话传说和当时人们的日常生活。”

据他介绍，一般在晚上，这里还会举办声光表演，观众坐在露天观赏台上，在五彩的聚光灯引导下，观看一座座光影变幻的遗址，解说员在音乐伴奏下，用英语、阿拉伯语讲述埃及的历史和建立各个神殿的法老的生平，让人似乎能再次回到千年前的那个时候，从魅影中看到卡尔纳克神庙的过去。

我穿过这134根圆柱的殿堂，便看到两座高耸入云的方尖碑，这是古埃及人因崇拜太阳神而建的纪念碑，一般常成对地竖立在神庙的入口处，他们认为越高的物体越接近太阳神。建造这些方尖碑的石料大都采自距阿斯旺市区仅两公里的古埃及采石场，这个地区的石质好，颜色多为带有小黑点的玛瑙红，石体光滑润泽，即使在现代也是很奢侈的建筑装饰材料。古埃及人把从阿斯旺开采的石料，通过尼罗河运输到卢克索或开罗，去建造神庙、方尖碑或金字塔。

方尖碑上同样刻满了各种图案和古埃及文字，铭记了古埃及人征战的荣耀。它们高达23米，有3400多年历史，据说重达230吨左右。说起方尖碑，这里还有一段有趣的故事。

穆罕默德·法莫跟我说：“你去过法国吧？法国人曾将其中的一座方尖碑拆走，运到巴黎后原样垒起来，现在那座方尖碑仍然矗立在巴黎的协和广场，正对凯旋门和香榭丽舍大街。”

法莫说到的那座被拆走的方尖碑，原本竖立在卢克索神庙前。1831年，埃及总督穆罕默德·阿里将那块由完整的玫瑰色花岗岩雕琢而成的方尖碑赠送给法国，碑身的古文字记载着古埃及拉美西斯法老的事迹。当初从卢克索到法国巴黎运输这块方尖碑，一路上真是经历了千难万险，可谓大费周折。经过两年半的海上航行后，方尖碑才运抵法国。法国国王路易·菲利普把它当作政治中立的象征立在协和广场上。

卡尔纳克神庙中的这两座方尖碑依然保存完好，但碑身上也略有损伤。它们与整个神庙完全靠巨大的石块垒成，让我感叹和猜想在当时的技术条件下，古埃及人是如何建造如此庞大的建筑的。非常有意思的是，在卡尔纳克神庙内保留的一个土堆和石墙能说明这个问题。

穆罕默德·法莫特意带我去看看这些土堆，他说："这些土堆呈现了古埃及人建造神庙的方法和过程，显然他们是逐渐垒高土层，将石块搬运上来的。"

距卡尔纳克神庙不到1公里的卢克索神庙紧靠尼罗河东岸，是公元前14世纪为阿蒙神的妻子穆特而建，规模要比卡尔纳克神庙小一些，但游人们无论开车、乘马车或坐游轮，都会一眼看到这座宏大的建筑群，它就像一幅画卷展开在尼罗河畔。

穆罕默德·法莫指指点点着眼前的风景对我说："卢克索神庙与尼罗河对岸的国王谷、皇后谷遥遥相对，那里是法老们死后的安息之地，这里是底比斯最活跃的政治、宗教中心。一河之隔，繁华和寂寞泾渭分明，可说是寓意深长。"

卢克索神庙长262米，宽56米，由塔门、庭院、柱厅和诸神殿构成。塔门是神庙的主要入口，塔门两侧原本矗立着6尊拉美西斯二世的巨石雕像，现存3尊，其中靠塔门两侧的两尊雕像高达14米。庭院三面有双排纸草捆扎状的石柱，柱顶呈伞形花序状，十分优美。这里的大部分工程是由第十八朝法老阿蒙诺菲斯三世完成的，围墙外是第十九王朝法老拉美西斯二世时期修建的另一个庭院，从这里可以看到高大的、有浮雕的塔门和当时流行的方尖碑。这座神庙具有令人惊叹的雄伟气势，其中的每一根柱子都代表了法老的威严，人们置身于其中会暂时忘却时间的流逝，被那些难以言说的魔力所慑服。午后的阳光照在神庙的石柱上，呈现出淡黄色的光影。这时的神庙最为好看，亮面与阴面界限分明，神庙沐浴在阳光中，有一种辉煌再度重现的感觉。

卢克索神庙正门的一侧，靠近广场的角落建有一个清真寺，一般人不能随便进去，每个穆斯林进入这里也要填写表格。据说，这座清真寺当初建成时，卢克索神庙尚未发现，清真寺就建在神庙上面。后来，卢克索神庙被发掘出来，这座清真寺却没有挪动位置，仍然位处神庙的一角。当地人萨伊德·哈夫尼热情地向我介绍了清真寺内的情况。他说："清真寺内陈放的是穆斯林长老的遗骨，穆斯林都到这里来膜拜、祷告。"

▶ 法莫讲述石墙上的故事

▸ 卢克索神庙对面是国王谷和女王谷

在哈夫尼带领下，我们获准进入清真寺内，这里面几乎听不到一点声音，所有人都屏住呼吸，蹑手蹑脚行走，肃穆、压抑的气氛让人有些喘不过气来。寺内有人默默祈祷，有人虔诚跪拜，有人静坐沉思。陈放穆斯林长老遗骨的棺木上裹着绿色的绒布，人们在这些棺木前肃立，默念《古兰经》。

由于这座清真寺处在卢克索神庙上方，从寺里面的窗口便可俯瞰到神庙内的景色，游客们走进卢克索神庙后，往往都会抬头看看这座特别的清真寺，导游会向他们介绍这座清真寺隐秘的历史。为了让我更多了解当地穆斯林的风俗，当晚，萨伊德·哈夫尼又带着我摸黑开车近一个小时，到了卢克索附近的一个村庄。这个村里有位德高望重的穆斯林长老在86天前去世，他的遗体就埋葬在当地人住地旁的一个小屋内，小屋中摆放着一具棺木，人们走进来后一般都要绕着棺木走一圈，以示哀悼。当地的村民们把这个地方看得非常神圣，这里一般非穆斯林不能进入，人们走进来则必须脱掉鞋子。也许看我是远道来的外国人，他们居然很大度地让我也走进这个地方转了一圈。

萨伊德·哈夫尼对我说："这位长老很受村里人尊重，这旁边就是他平时讲经布道的屋子，现在大家都认为这里是个非常神圣的地方。"

如此充满神秘、宗教氛围的地方，外国人自然很难探访到。即使在开放的神庙内外，也都有旅游警察守卫。1997年11月，在卢克索旅游区的哈谢普苏特神庙曾发生过恐怖分子袭击并枪杀58名外国游客和4名埃及人的重大事件，从那以后，卢克索地区的安全状况受到当地政府的高度重视。

翻译穆罕默德·法莫告诉我说："虽然卢克索地区曾发生过严重的恐怖事件，但近年来在旅游警察保护下，这里已经变得非常安全、平和，我身后的卢克索神庙就见证了这一切。"

如今的卢克索的确显得异常平和、安宁，在卢克索艺术学校就读的4年级学生阿斯玛·约瑟夫，就常常来到卢克索神庙外，坐在尼罗河边写生。我在神庙外偶然碰到她，跟她闲聊起来，她坦言这里的历史与风景总是令她陶醉。她说："我非常喜欢卢克索神庙，它具有一种无以言说的美。我热爱艺术，希望将来能当个建筑师，卢克索神庙能赋予我很多灵感。"

阿斯玛·约瑟夫同时表示，卢克索现在非常安全，她在这里游览、写生，不会有任何安全上的担心。现在每年都有成千上万的游客前来卢克索感受石柱和方尖碑的魅力，中国游客也与日俱增。在卡尔纳克神庙内，我还巧遇到一位中国游客，她是南京人，名叫李芳艳，目前正在新加坡国立大学学习，她表示埃及的历史和阿拉伯文化让她非常着迷。她说："我是利用假期来这里玩的，卡尔纳克神庙非常壮观，埃及文化非常迷人，我也是到这里才有了深入了解，也越来越觉得这里值得游览。"

卢克索，虽然遗留下来的仅仅是一块块残破的巨石，但这些石块砌成的神庙、石柱、陵墓背后，依然保留着数千年前的诸多神秘、悬念，让世界各地的人们去猜想、回味。

14 他卖中国商品发了财

说过了卢克索的历史，还是再来说说今天的卢克索人，我在这座小城呆了好几天，多少对他们今天的生活有了一些了解。

虽然在古埃及，作为首都的底比斯是个大城市，但今天的卢克索城并不算大，如果是步行的话，不用半个小时就会从小城的东头走到西头。城内的建筑也不算高，街道不算太宽，相当于中国一个小县城的规模。这里，观光游览的马车与汽车等交通工具混杂着穿行在街道上，让这个颇具现代色彩的城市充满着某种古老的韵味。

生活在旅游城市中的卢克索人十分悠闲，经营一家小店，销售一些旅游商品，是很多卢克索人的选择。这里的不少小商店跟中国的店面非常相似，出售的基本上都是当地的旅游纪念品、地毯、民族服饰、艺术品等。在一家名叫“东方地毯”的小店内，老板法伊瑟·赫纳里热情地向我介绍了店内的各种颇具民族风情和古老韵味的地毯、挂毯，并拿起一幅挂毯给我展示开。这位老板告诉我，他店内的地毯、挂毯都是手工制作，这是当地的产品，产地就在距卢克索城25公里远的乡村，绝对正宗。

▸ 这里的小店贩卖历史

赫纳里的祖上就在这里生活，地毯店是他继承下来的祖业。50多岁的他很满意目前的生活状态，他表示自己非常喜欢卢克索，因为他的祖先都曾生活在这里。

除了当地的特产外，这里

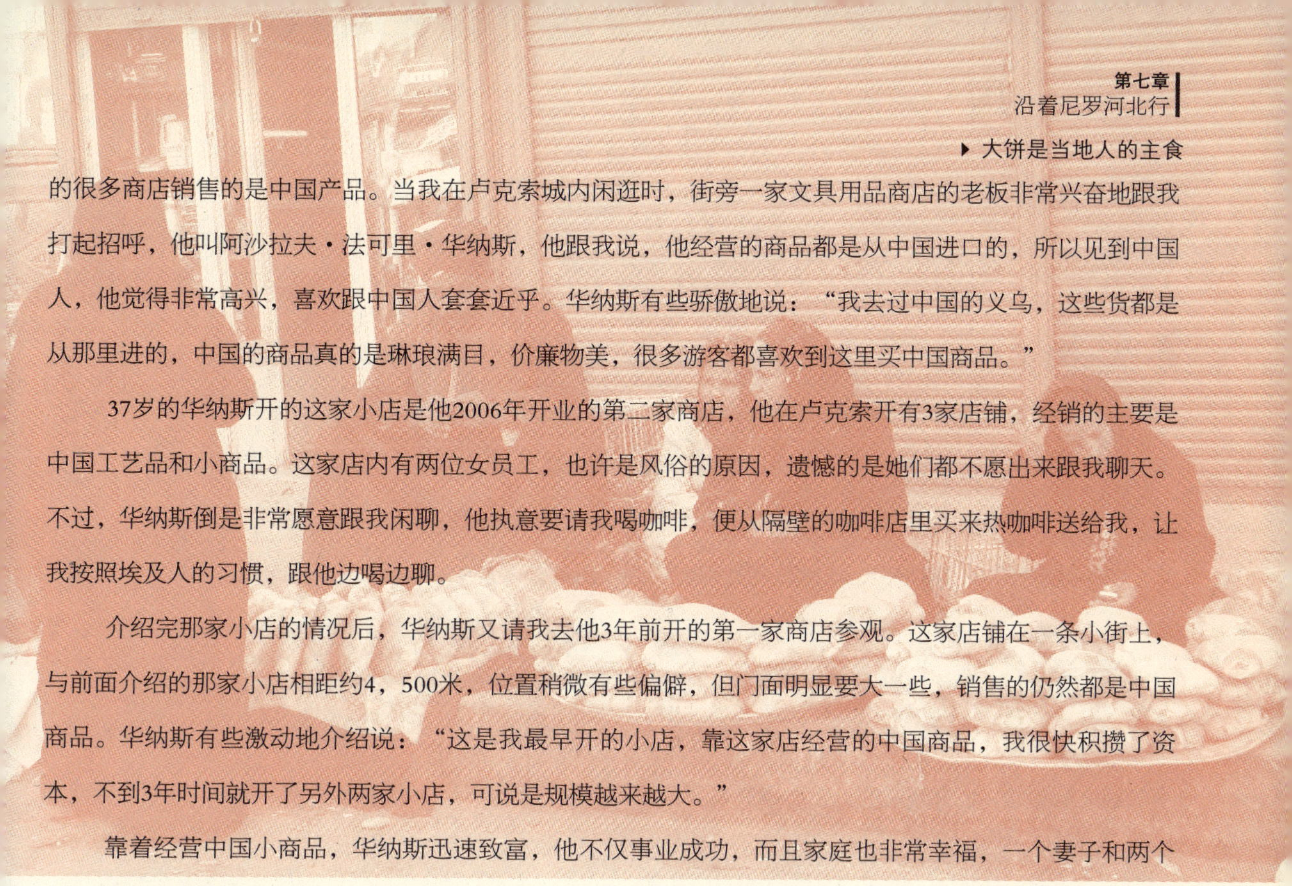

大饼是当地人的主食

的很多商店销售的是中国产品。当我在卢克索城内闲逛时，街旁一家文具用品商店的老板非常兴奋地跟我打起招呼，他叫阿沙拉夫·法可里·华纳斯，他跟我说，他经营的商品都是从中国进口的，所以见到中国人，他觉得非常高兴，喜欢跟中国人套套近乎。华纳斯有些骄傲地说："我去过中国的义乌，这些货都是从那里进的，中国的商品真的是琳琅满目，价廉物美，很多游客都喜欢到这里买中国商品。"

37岁的华纳斯开的这家小店是他2006年开业的第二家商店，他在卢克索开有3家店铺，经销的主要是中国工艺品和小商品。这家店内有两位女员工，也许是风俗的原因，遗憾的是她们都不愿出来跟我聊天。不过，华纳斯倒是非常愿意跟我闲聊，他执意要请我喝咖啡，便从隔壁的咖啡店里买来热咖啡送给我，让我按照埃及人的习惯，跟他边喝边聊。

介绍完那家小店的情况后，华纳斯又请我去他3年前开的第一家商店参观。这家店铺在一条小街上，与前面介绍的那家小店相距约4，500米，位置稍微有些偏僻，但门面明显要大一些，销售的仍然都是中国商品。华纳斯有些激动地介绍说："这是我最早开的小店，靠这家店经营的中国商品，我很快积攒了资本，不到3年时间就开了另外两家小店，可说是规模越来越大。"

靠着经营中国小商品，华纳斯迅速致富，他不仅事业成功，而且家庭也非常幸福，一个妻子和两个孩子让他倍感温馨。他表示会有机会再去中国，不仅扩大中国商品的进口，而且接触更多的中国人，更深入地了解中国及其文化。他非常激动地对我说："我热爱中国，喜欢中国人，中国很伟大，我对中国怀有很深的感情。"

在卢克索这个喧闹而闲适的小城中，像华纳斯这样的小商人非常多，不过，更多的卢克索人却似乎更偏爱那种悠闲的生活。从白天到晚上，卢克索的街道旁随处都能见到坐在那里吸着阿拉伯水烟的人。他们往往三五成群，并排坐在小店门口或路边，一边闲聊，一边津津有味地你一口我一口地传递着水烟壶。

据说，水烟最初见于印度，后在波斯流行，逐渐风靡到阿拉伯世界。不过，早期的水烟是用椰子壳制作的，工艺也很粗糙原始。后来水烟的制造工艺在土耳其得以完善，并由阿拉伯人发展到登峰造极的地步。如今它早已成了阿拉伯国家咖啡馆文化的重要组成部分，甚至逐步流行于世界。人们从这种简单精美的吸烟装置中得到的乐趣简直让人难以置信。 一天晚上，我在卢克索街边就顺便跟几位吸水烟的当地人聊了起来，热心的萨伊德·艾塔瓦和他的伙伴聊起水烟来简直如醉如痴，他们向我详细讲解了阿拉伯水烟的吸用方法。萨伊德·艾塔瓦说："吸水烟要先装上水，接好吸管，将烟末放在这上头，再把烧红的木炭放在烟末上，然后就可以吸了。烟会通过水进行过滤，不会直接吸进身体。"

接着，萨伊德·艾塔瓦又打开烟盒，让我仔细观看，这种黑色的膏状物就是用来吸食的烟膏。这种烟草与普通香烟或雪茄的不同，以前人们食用的一般是从伊朗进口的黑烟草，但黑烟草冲劲大，用前要洗上几遍。现在埃及和巴林产的水果烟草取代了传统的黑烟草。水果烟草由鲜烟草叶、干水果肉和蜂蜜等制成，口感更浓，气味馥郁芬芳。据测算，这种烟草含30%的烟叶和70%的水果和糖浆，烟草劲还是很大，能把人呛得头昏脑涨，不过，幸好长长的水烟管起到了过滤和缓和的作用，让人吸起来颇感陶醉。跟香烟一样，阿拉伯水烟的品种也很多，烟草也论条卖，通常在咖啡馆和超市出售，一小包烟草约为0.5～5美元不等。37岁的艾塔瓦从17岁就开始吸用水烟了，他表示，这是自己平时休闲的一种方式。他笑着说："几个朋友经常一起抽抽水烟，既能增进友谊，活跃气氛，也能解除疲劳。"

在阿拉伯国家的集市里，水烟壶随处都能买到，这些烟壶长0.5～1米不等，价格在8～20美元之间。艾塔瓦自己就开有一个小店，也卖阿拉伯水烟壶。在他的小店门口，他拿出一套全新的阿拉伯水烟壶，告诉我如何拼装。这种水烟壶由壶身、烟碗、烟管和烟嘴4部分组成，每个部分都由专门的工匠精心制作而成，以前甚至用工匠的名字命名。当然，现在烟壶已经变得五花八门，有的都成了艺术品。比如壶身通常用玻璃或钢制成，也有陶瓷的，上面镶嵌着金、银或珊瑚等名贵材料。烟管末端的烟嘴一般则用上等琥珀雕成，以前人们认为琥珀不会携带细菌，但现在普通的烟嘴是木制的或金属的。

萨伊德·艾塔瓦除了会说英语和阿拉伯语外，还会讲德语和法语。他有着一个幸福的家庭，在他店内桌子的玻璃板下，就放着几张家人的照片。他自得其乐地经营着这个小店，与自己的家人一起享受着传统的阿拉伯式休闲生活。他跟我说："我有一个妻子，25岁，还有一个6岁的女儿和一个3岁的儿子。我感到非常满足。"

卢克索城内的居民如此，卢克索城郊外的人们更是享受着田园生活的乐趣。在尼罗河边的一个小村内，当地人萨伊德·哈夫尼曾热情地带着我到他母亲家里做客，村里的孩子们好奇地看着我们，脸上洋溢着欢快、天真的笑容。宽阔的尼罗河静静地从村子边流过，水面没有多少波纹。冬天的河水有些清浅，袒露出两岸长长的河堤，许多漂亮的游船停泊在河岸边，等待旅游旺季到来后，重新游弋在从开罗到阿斯旺的长河上。河边的豪华餐厅这时也没有什么游人光顾，但老板对此却毫不担忧。那个叫卡玛·艾尔·柯迪的老板对我说："冬天是旅游淡季，正好让我们休息一下。在旅游季节，我们根本不用担心客源，那些游船会把世界各地的游客源源不断地送到我们这里，享受尼罗河边的风光。"

其实，卢克索郊外最动人的一幕，还是农田中那些翩翩起舞、悠闲觅食的白色水鸟，而农民就在水鸟的身边劳动着，人与鸟共享水田的和谐画面令人陶醉。正在地里干活的农民塞德很高兴地对我说："我有一个妻子、3个孩子，这一大片地都是我在耕种，那里就是我的家。"

57岁的塞德满脸兴奋地请我去他家看看，当我们踩着田埂走到水田对面的小村时，才了解到这片水田真正的主人是一位名叫阿比·艾尔瓦德的雇主，65岁的他有3个雇工，塞德是其中一位，一直跟他们住在一起。艾尔瓦德很高兴地介绍了自己的情况说："我们家的地是祖传的，这栋房子是十年前开始盖的，后来隔两年盖一点，就盖成了现在这个规模。这个村子有800多口人，一直都是靠种地为生。"

埃及人有趣的是，房子常常只盖一半，不会一下全部盖好，据说这是因为封顶的房子要收房屋税造成的。艾尔瓦德有3个男孩、1个女孩，他说孩子们现在也基本上不再种地，而是开始外出工作或到城里做些生意。艾尔瓦德36岁的儿子努比就主动跟我说："我平时也帮我父亲种地，但主要是在市场里工作，卖卖菜，卖卖粮食，做些小生意吧。"

从古埃及开始，埃及人就在尼罗河边创造了令人惊叹的农业文明。这些在城郊享受着人与水鸟和谐共处生活的人们，如今很多都已经转向城里，眼看卢克索小城如今正在逐步向外扩建，人们真不知道再过几年，这片美丽的水田是否还能存在?

我在卢克索的行程即将结束时，卢克索最高议会主席、当地行政长官萨米尔·法拉芝先生也非常高兴地接受了我的专访，他愉快而幽默地回答了我提出的问题。当我询问他对中国的认识和印象时，他先用英语开了一句玩笑说："现在埃及人的家里除了妻子不是中国的外，其它东西基本上都是中国造了。"

萨米尔先生是中国人民的老朋友，曾多次访问中国，他认为随着埃中友好关系的发展，近年来到卢克索旅游的中国人与日俱增，他们的到来扩大了中国人对埃及历史、文化的了解，也促进了埃及与中国两国人民之间的友好交往。此外，他还谈到了卢克索市近年来的建设成就和未来发展规划，并着重谈到了卢克索历史遗迹的保护问题。他说："这是个非常重要的问题，随着游人日益增多，我们加强了对这些遗迹的保护，现在还有很多地方正在维护、维修，这是个长期的工作。"

最后，我请萨米尔先生为我题个字，他欣然答应，当场用阿拉伯语写下了一句祝福的话，并签上自己的名字。

从卢克索的神庙、古迹那里，人们看到的是埃及古老的历史和灿烂的文化；而从卢克索那些普普通通的商人、农民、官员那里，我们看到的是埃及的今天和明天。

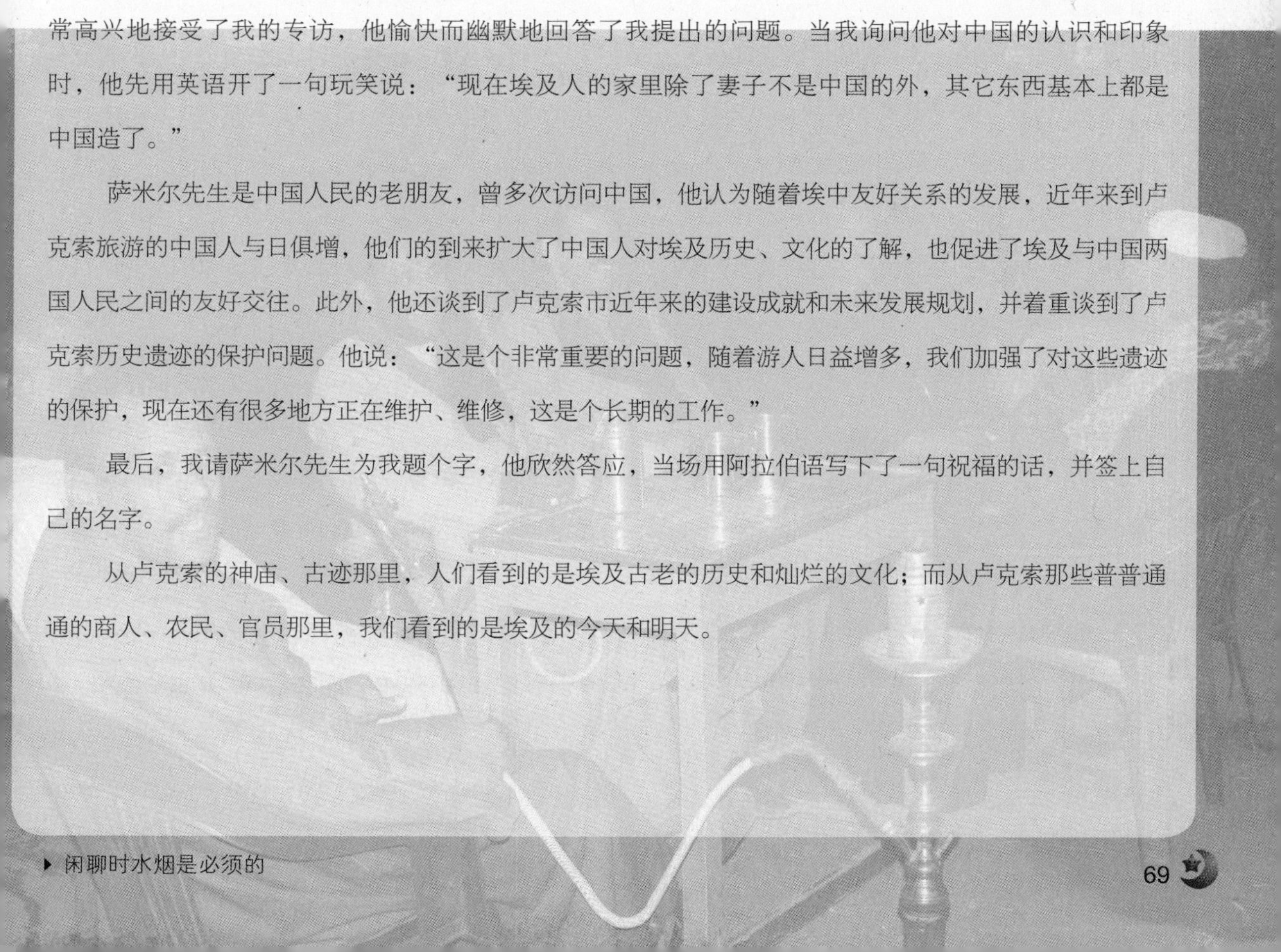

▶ 闲聊时水烟是必须的

15 开车进入了金字塔

12月4日，我从卢克索开车经贝尼苏韦夫去首都开罗，那整个晚上一直赶夜路，从卢克索到贝尼苏韦夫不过600公里，但我们却从傍晚6点多走到早晨7点，足足跑了13个小时，原因是这条道路上关卡极多，每5～10公里就有警察设卡查问车辆，还设有减速带，不到30米的卡口，居然有4到5个高高凸起的减速带，简直有些变态。估计此前当地闯关冲卡的车辆比较多，埃及警察只好想出这种馊主意，显然再好的车辆也跑不起来。这可苦了大家，如此熬夜，有人便差点瞬间失控，把车开到马路沿上去了，颇是危险。

我一口气开了9个多小时车，直到凌晨才困意浓烈，这时离贝尼苏韦夫不到100公里，便换上队友开车，我则沉沉入睡，鼾声四起。快进贝尼苏韦夫城时，我醒了过来，这里天气明显变凉，早晨也没有阳光，雾气浓浓。在卢克索我问过导游，得知贝尼苏韦夫并不像大城市，而只是一个“Big Village”。进城一看，果然不假。而我们入住的Semiramis Hotel更是烂得要死，房顶都开裂了，天花板好像要掉下来。房间只有15平方米左右，卫生间便是在这里面另外搭的一个简易房，家具陈旧得似乎已经发霉，室内的味道自然也好不到哪里去。而室外更是嘈杂，汽车、马车以及许多不知名的东西发出的声音鱼贯而入，火车就在窗前经过，躺在床上能感受到轮轨的颠簸。阿钟笑说这是住进了软卧包厢。

▶ 在金字塔下开车的感觉很不一样

一早上，外面的大喇叭里就传来诵经的声音，那是一种拖长声音、缺乏节奏的呼喊。早餐也很简单，就是煎鸡蛋、大饼和咖啡，也有茶。吃完后我们将所有车辆开到一家中国人与当地人合作开办的汽车修理厂，将车子做了一番检修，并冲洗干净。接着我们开车前往首都开罗，这里距开罗并不远，只有100

多公里，天黑时我们进入开罗，开罗竟然下起了雨。这可真是“贵人出门带风雨”，我到达沙特首都利雅得时，利雅得就下起了大雨；今天到开罗，开罗便也细雨纷飞，良辰美景，让我心情很爽，倍感不错。

世界公认的古代七大奇观中，有两个在埃及，一个是名列七大奇迹之首的吉萨金字塔，另一个就是名列第七位的亚历山大灯塔。有趣的是，这两大奇观都是以塔闻名，堪称双塔奇观。到埃及的人如果不去看看这两个塔，大概会被当作没有到过埃及。

我自然不会错过开罗和亚历山大这两座名城。开罗附近的金字塔在公元前3000年就已存在，可想而知它至少已有5000年历史。其实不用更多描述，几乎全世界的人都知道金字塔和狮身人面像是什么样子，每一部介绍埃及地理、历史、文化或旅游的书籍或纪录片中，都不会缺少对它们的描述。它比首都开罗的历史更为悠久，公元642年，开罗还是尼罗河东岸的一个小村镇。969年，阿拉伯法蒂玛王朝征服埃及，在小镇北面建城定都。据说建城的第一个夜晚，天空出现火星，即战神玛尔斯，这个都城便被命名为开罗，意为征服者或胜利者。到公元13世纪之后，开罗在政治、经济、文化等方面的地位日益重要，1517年它被奥斯曼帝国占领，1789年沦入法国之手，到1801年拿破仑军队被打败后，开罗逐渐成为与伊拉克的巴格达齐名的国际贸易、文化中心。如今，它是非洲最大的城市、重要的国际交通枢纽和世界驰名的历史文化古城。

在开罗城西南面的吉萨区，矗立着世人皆知的3座大金字塔，开罗的许多居民就生活在金字塔附近，随便抬眼就能看到高高的金字塔塔尖。我穿过古城那些弯弯曲曲的小街，与那些肩扛手提、穿街过巷的小贩和在尘土飞扬的泥地上玩耍的孩子们擦肩而过，偶尔抬头四处张望时，却发现自己就身处在金字塔旁。对那些居民来说，金字塔并不是游览的圣地，而只是自己家门口的一片固定不变的风景，许多人从襁褓中就看到它，吃饭时看到它，工作时看到它，走路时看到它，一直到死都能看到它。不过，对世界上其它地方的人们来说，金字塔却像一个朝圣的地方，人们坐船来，乘飞机来，走路来，开车来，都是为了看它一眼，在它面前留一个影，然后就心满意足地离去。

其实，吉萨区共有10座金字塔，但最吸引人注目的还是胡夫金字塔、哈夫拉金字塔和门卡乌拉金字塔，它们是在公元前2600年至公元前2500年这3位法老统治期间建造的，由于金字塔如此高大、神秘，直到今天人们还很容易相信它们是神、巨人或外星人建造的，与此相关的古代传说和现代传奇一直延绵不断。

吉萨金字塔中的胡夫金字塔最为著名，它是这些金字塔中规模最大、建筑水平最高、保存最完好的一座，大约建于公元前2570年，是法老胡夫给自己建造的寝陵。它是一座几乎实心的巨石体，用230万块磨光的石灰岩石砌成，平均每块岩石重约2.5吨。这些巨大的石块接合得非常严密，连张纸都插不进，当初建造时据说曾用了十万名民工。塔内共有三处墓室，第一处原是胡夫的墓室。几年后，工匠们开凿了第二条甬道，建造了第二个墓室，有些人认为这是安葬王后的。第三处墓室，即实际安葬胡夫的地方，人们称它为

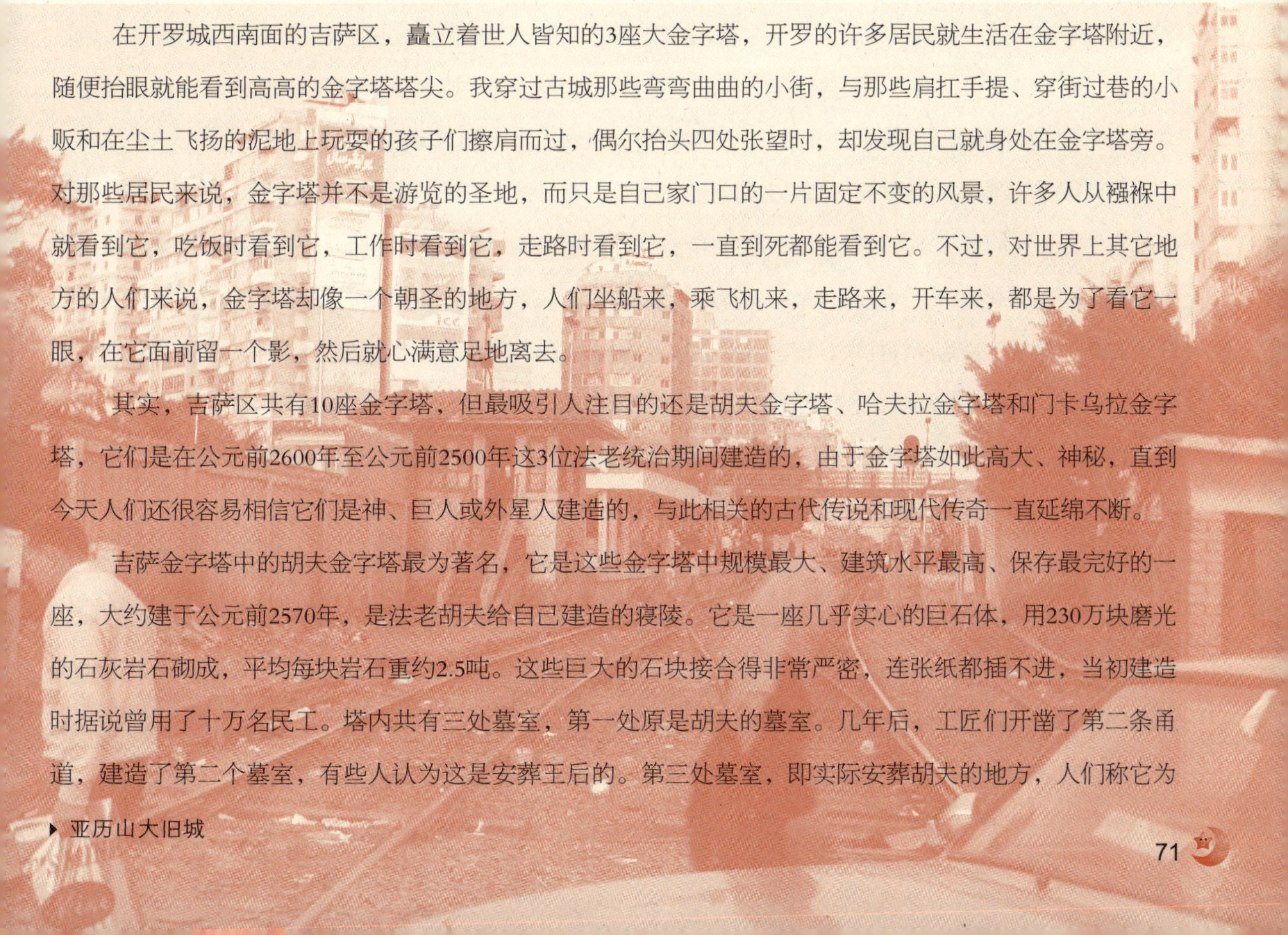

亚历山大旧城

“国王墓室”。这座金字塔原高146.59米，相当于40层楼，由于几千年的风化剥蚀，目前高为138米；其四周底边分别长达220米。数千年以来，胡夫金字塔一直是地球上最高的建筑物，人们干脆就称它为“大金字塔”。

我与同伴们开车进入金字塔群中，从金字塔身边绕行、欣赏这些巨塔之后，又驱车到了沙漠中，远远眺望那几座闻名天下的古建筑。

从寸草不生、遍地黄沙的平野上遥看这些古埃及法老的石砌陵墓，不仅依然能感受到它们宏伟的气势，也能想像墓主昔日的威仪。在变幻不定的阳光下，金字塔像变色龙一样，也不时变换着自己的色彩。有时它灰蒙蒙的，像几块黑金遗落在沙漠上；有时它金光四溢，就像珍奇的金块一样让人抚手称奇。驱车从沙漠里行走时，背景中的金字塔就仿佛是一座闪亮的灯塔，引领着车队在不会迷航的沙洲中前行。

与金字塔同样神秘并难以解释的，还有距胡夫金字塔约370米远的巨大守护神“斯芬克司狮身人面像”，它是世界上最“长寿”的雕像，迄今已有4600多岁了。埃及人称之为“撒斯布”或“那赫”，阿拉伯语的意思是“恐怖之父”，它身长73米，高达21米多，脸足有5米宽。传说，埃及第四王朝法老哈夫拉为使自己的形象万古流传，便下令让能工巧匠按照自己的样子，将一块含有贝壳之类杂质的巨石雕成了这个身体像狮子的卧像。它雄伟壮观，表情肃穆，凝视远方。公元前15世纪，古埃及法老图特摩斯四世在年轻时曾做过一个梦，梦中斯芬克司告诉他，自己不喜欢被埋葬在沙土中。图特摩斯当上国王后，就下令将斯芬克司身上的沙土清除，然后把他的梦记录在斯芬克司前脚的石头上，保留至今。

狮身人面像原本头戴皇冠，额头上套着圣蛇浮雕，颏下留着长须，脖子上围着项圈，但经过几千年来风吹雨打、沙土掩埋以及人为的破坏，已经千疮百孔，其颈部、胸部腐蚀得尤其厉害。雕像的鼻部缺损的一大块，据说是拿破仑士兵侵略埃及时打掉的，但实际上是被中世纪朝圣的伊斯兰苏菲派教徒砸掉的。而雕像的胡子也早已脱落成好几块，现在保存在埃及博物馆中。至于圣蛇浮雕则在1818年被英籍意大利人卡菲里亚在雕像下掘出来，献给了英国伦敦的大不列颠博物馆。

古埃及的另一大奇观便是亚历山大灯塔，它位于埃及最大的海港、第二大城市亚历山大。亚历山大古称“阿荔散”，其阿拉伯语名为伊斯堪达利亚，至今已有2000多年历史，从建成到公元641年，它一直是埃及的首都。公元前332年，希腊马其顿国王亚历山大一世征服埃及后，在北临地中海的尼罗河三角洲上建立了这座以自己名字命名的都城。此后他继续挥师东进，打败了赫赫有名的波斯帝国，先后在西亚、东亚、北非各地建立了数十座以亚历山大命名的城市，不过这其中只有埃及的亚历山大城最负盛名。而亚历山大灯塔更是为这座美丽的海滨城市挣足了名声。

我到亚历山大城后，就住在地中海边的一家酒店，从那里远远地就能眺望到亚历山大灯塔的身影。沿着海滨一直向西行走，就来到了这座久负盛名的古迹。

我现在看到的这座灯塔，实际上是在城区外按原样复制的，昔日亚历山大城的那颗“明珠”，其实早已沉沦海底几百年了。它位于法罗斯岛上，人们因此也称它为“法罗斯灯塔”。它的建造出于这样一个悲伤的故事，公元前280年一个月黑风高的秋夜，一艘喜气洋洋的帆船载满埃及的皇亲国戚和从欧洲娶来的新娘，在驶入亚历山大港时，不幸触礁沉没，船上的人全部葬身鱼腹。当时，埃及朝野上下极度震惊，国王托勒密二世遂下令在港口入口修建导航灯塔。经过40年努力，到公元前290年，一座雄伟壮观的灯塔竖立在法罗斯岛东端距岛岸7米处的礁石上。

从今天复制的这座城堡，人们依然能想像当年那个灯塔的模样。其设计者是希腊建筑师索斯查图斯，当时，亚历山大灯塔以135米的高度当之无愧地成为那时世界上最高的建筑物。整个灯塔的面积约930平方米，其塔楼共有三层：第一层是方形建筑，高60米，里面有300多个大小不等的房间；第二层是八角形建筑，高15米；第三层是圆形建筑，上面用8根8米高的石柱围绕着圆顶灯楼，灯楼上矗立着8米高的海神波赛冬的青铜立像。一位阿拉伯旅行家在笔记中这样记载说：“在灯塔的顶端，白天用一面镜子反射日光，晚上用火光引导船只。”据说塔上的灯光在56公里外的海面上都能看到。

如今的城堡变成了一座融合欧洲与阿拉伯风格的建筑，主体城堡为四方形，四角都建有圆柱形的炮楼，造型上既整体统一，又变化多样。它的前身亚历山大灯塔在1500年中，一直在暗夜中为水手们指引着进港的路线。公元7世纪迁都开罗后，那座灯塔开始失修，公元10世纪和14世纪的三次大地震将整座灯塔彻底摧毁。1480年，灯塔遗址的大理石块更被改用来兴建碉堡。过了一个世纪后，埃及国王玛姆路克为保卫埃及海岸线，抵抗外来侵略，下令在灯塔原址上修建了一座城堡，并以他本人的名字命名。

埃及独立后，这座城堡改成了航海博物馆。城堡正门的广场上陈列着一些古老的兵器，其中有19世纪点火发射的大炮，它会使人想起1882年7月11日在这座城堡里发生的一场战斗，当时英国舰队入侵亚历山大，埃及军队在这里进行了英勇的抵抗。城堡里和城堡上有许多迷宫似的通道，用方砖砌出的八边形天井，生铁制成作为安全用的格窗等，城堡靠海的地方能看到大块水泥砖堆成的防浪堤、城堡下钓鱼的渔人、一浪追着一浪的

亚历山大灯塔

波涛和远处海面上的轮船。成千上万来自世界各地的人们来到这里，试图寻找世界七大奇观中的一景，感受那种奇观带来的惊喜和意外。

一位俄罗斯游客对我说："这里非常美丽，虽然灯塔已经没有了，但它仍是一个奇迹。"

另一位塞维里亚游客告诉我："我曾在书本上读到过亚历山大灯塔，现在能亲身来到这里看到它，感觉非常满足和快乐。"

在公元前259年几乎与亚历山大灯塔同时兴建的还有著名的亚历山大图书馆，那也是建筑师索斯查图斯的杰作。当时，亚历山大图书馆以藏书丰富著称，据说当时尽管有战乱，其馆藏书仍达到54000卷。据说当初建这座超大图书馆唯一的目的就是"收集全世界的书"，实现"世界知识总汇"的梦想，所以当时的国王甚至下令搜查每一艘进入亚历山大港口的船只，只要发现图书，不论国籍，马上归入亚历山大图书馆。

不过，那座享有"世界上最好的学校"美名的图书馆最终在公元五世纪毁于两场大火。千百年来，人们幻想复原这座文化圣殿。1989年，埃及政府为此向世界公开招标，由联合国开发计划署提供财政援助，举办建筑设计比赛，世界各地共有650多个建筑设计小组提交了图纸。1995年新亚历山大图书馆动工修建，经过6年建设，耗资两亿多美元的这座大型图书馆在2002年10月16日隆重开馆，正式向世人展开它那宽阔而又丰富的知识怀抱。

这座新图书馆距亚历山大灯塔不远，一古一新两座建筑靠着海湾遥遥相对，风格绝然不同。我来到这座新图书馆外，看到隔着一条马路就是亚历山大大学，校内的大学生们纷纷来到亚历山大图书馆中，从知识的宝库中汲取营养。

由挪威建筑师设计的这座图书馆绝对现代、前卫，其主体建筑呈圆柱形，顶部是半圆形穹体，具有很强的视觉冲击力。整个建筑最具特色的是其面向地中海的一面，由航空钢化玻璃构成的倾斜屋顶斜插入地面，没入环绕着图书馆的大水池中。图书馆的外墙上镌刻着各国文字作为装饰，其中硕大的汉字让来到这里的中国人感到非常亲切。这座图书馆占地总面积达8．5万平方米，包括会议中心、科学馆、天象馆和信息研究学校等。开馆之初，馆中典藏有20万卷图书，根据规划设计，馆藏量最大可达到800万卷、4000种期刊、5万卷视听资料、5万本珍本或孤本以及5万卷地图。

我在图书馆外随机采访了几位亚历山大大学的学生，一位大学生说："我经常来这里看书、找资料，感觉非常方便。"另一位大学生说："这是一座非常漂亮的建筑，我非常喜欢它，也为它感到自豪。"

金字塔、亚历山大灯塔，埃及的这两大奇观都因其相伴而生的古老文化，具有了长久的生命力，一直影响到今天。

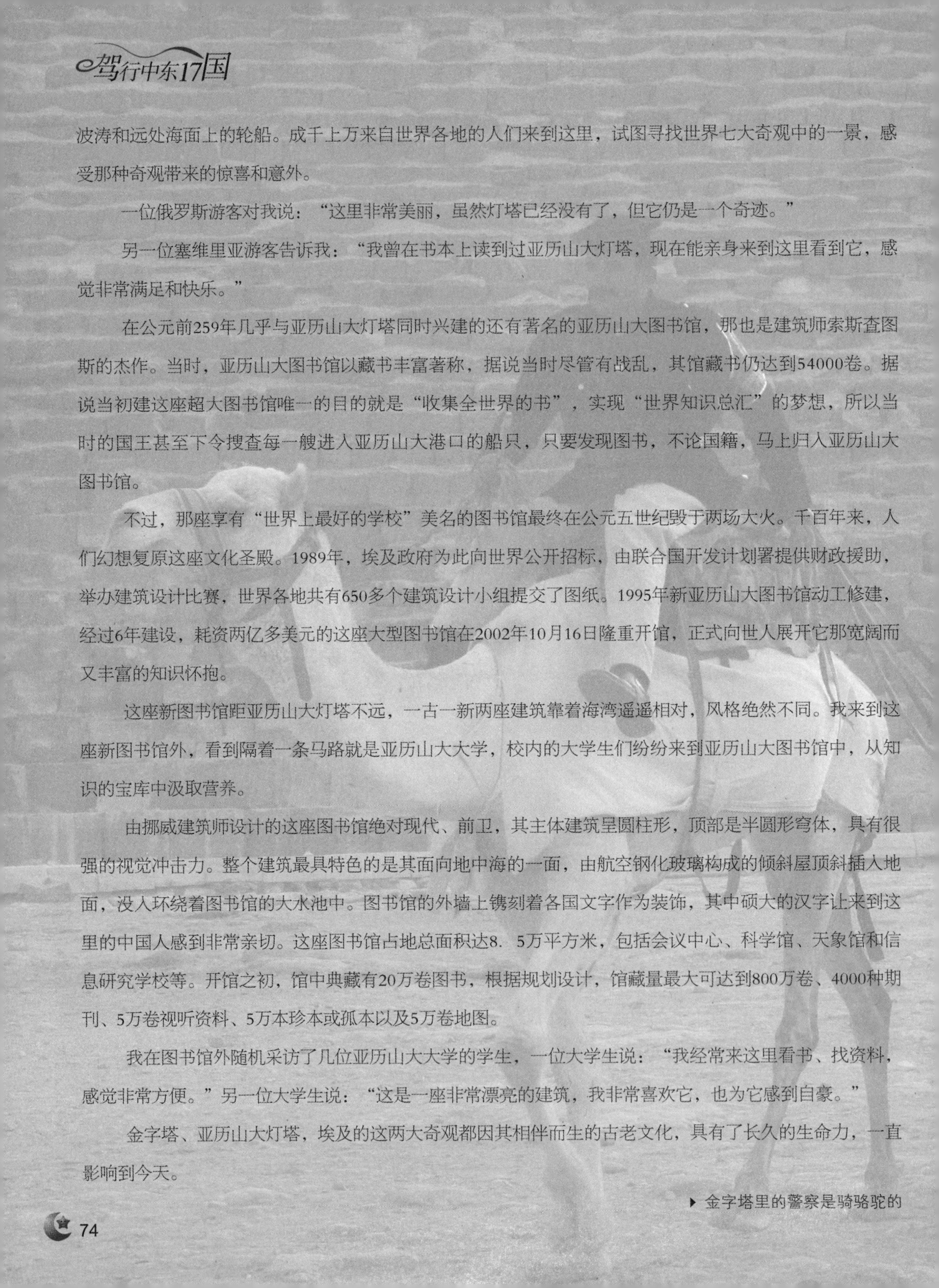

▶ 金字塔里的警察是骑骆驼的

塞德港有过的好日子 16

从开罗向北行驶240多公里，我终于来到了苏伊士运河北端的塞德港。塞得港是埃及第二大港，也是世界最大的转运港之一。很多人认为，它是埃及最美丽的海滨城市，也是埃及人夏天的度假胜地，它兼有城市、港口和运河三种特色，这在世界上十分少见。这座城市气候温和，植被茂盛，风景幽雅，空气清新，市区繁华，交通便利，是非洲地区一个集旅游、观光、度假、贸易、投资为一体的理想之地，每天吸引着来自世界各地的大量客人。城内众多的旧式建筑上每层都有宽大的阳台，我从自己所住的酒店内爬上楼顶，向北能看到湛蓝的地中海，往东可以看到船运繁忙的苏伊士运河，这一切使这座城市显得格外与众不同。

当然，塞德港最与众不同的地方，是因为它位处非洲和亚洲、地中海和红海的交接处，地跨两大洲，在这一个城市就能看到欧亚非三个大洲，这在世界上可说是绝无仅有。在靠近地中海和苏伊士运河的岸边，就有一个用石块修建的圆柱状地标建筑，作为这一象征矗立在那里，这个象征物北面的凹处隐约刻着1894几个字，大概就是修建它的年代。

站在这个白色的地标建筑前，虽然我仍是站在非洲大陆上，但我的北面就是地中海，正对欧洲大陆，我的东面则是亚洲大陆。同时看到欧亚非三大洲，这种感受还是有些奇特和异样。

塞得港建在地中海与苏伊士运河口之间由人工填海形成的半岛上，1859年，当时的埃及总督穆罕默德·塞德为开凿苏伊士运河，下令修建了这座港口城市。这其中还有一个有趣的故事。

据我所知，苏伊士运河开始动工时，当时的总督向法国订购了一座巨型塑像，命名为“亚细亚之光”，准备立在运河边的塞得港。后来奥托曼政府认为它太过昂贵而放弃了，于是法兰西第三共和国政府就将这座塑像作为礼物送给美国，立在纽约的曼哈顿岛上，这就是著名的“自由女神”。

在圆柱地标对面街道的围墙上，还镶嵌着一组铜版浮雕，这些浮雕分别描述了塞得港各个重要历史年代的情景，从法老时代到苏伊士运河的开挖，地标建筑的落成、再到埃及人从英国人手中夺回苏伊士运河的管辖权，以及围绕运河展开的三次中东战争，还有苏伊士运河关闭8年后，萨达特总统于1975年再度开通运河通航，和现任总统穆巴拉克时代塞德港发展的图画，内容非常丰富。后来，我又走进塞德港军事博物馆内，看到馆内更是以大量实物、图片或资料十分详尽、生动地展示了塞德港的建成、苏伊士运河的开凿和围绕运河展开的几次战争过程。

在博物馆内，陪同我的英文翻译艾哈默德·亚希站在一幅油画前向我介绍说："这是一幅描绘苏伊士运河设计的油画，画中的这个人物就是苏伊士运河的设计者，法国工程师费里迪南·特利希普斯。"

埃及人开凿苏伊士运河的梦想由来已久，早在公元前20世纪或前19世纪，古埃及第12王朝的法老塞索斯特里斯三世当政时期，从尼罗河支流上的扎加济格附近，经大苦湖、小苦湖到苏伊士，开凿了一条间接沟通地中海与红海的古苏伊士运河，这条运河后来因泥沙淤积失修而废弃。约在公元前6世纪，古埃及第21王朝尼科二世也曾着手开凿连接地中海和红海的运河，直到公元前250年前后才完成。后来还是由于泥沙淤积，运河需要经常疏浚，且时通时断，到公元775年加利夫时期，这条运河也最终被废弃了。进入19世纪后，人们又开始研究直接连通地中海和红海的运河方案。鉴于运河两端水位差不大，因此采用了不设船闸的海平面运河方案。1854年法国工程师费里迪南·特利希普斯获得了开凿运河的特许权，两年后，他所在的苏伊士运河公司取得运河建成后使用99年的权利。1859年4月，法国人投资正式开挖苏伊士运河，十年建设中，累计有10万埃及民工在这里丧生。1869年11月苏伊士运河全部竣工通航，大大缩短了东西方航程，与绕道非洲好望角相比，从欧洲大西洋沿岸各国到印度洋缩短了5500至8000公里；从地中海各国到印度洋缩短了8千至1万公里；对黑海沿岸来说，则缩短了12000公里，这条运河从此成了国际航运中一条具有重要战略意义的海运航道。

当时，苏伊士运河全长173公里，河面平均宽度135米，平均深度13米。其中24%的河段是将提姆萨湖、大苦湖和小苦湖挖深作为航道，其余部分则是开挖陆地而成。整条运河基本上是单行航道，只在距塞得港 55公里的巴拉、小苦湖附近的卡布里特和大苦湖中有三处航道加宽段为双航道，用来错船。每条船舶通过运河的时间平均为15小时，如今，这条运河每年承担着全世界14%的海运贸易。

繁忙的苏伊士运河每年征收的船舶通行费，是埃及除旅游、侨汇之外最重要的财政收入。不过，在运河开通之初，由于英国收买了苏伊士运河公司40％的股票，英法两国共同掌握运河经营权，垄断了该公司96%的股份，每年的巨额利润都由他们获得。从1882年开始，英国在苏伊士运河地区建立了海外最大的军事基地，驻扎了将近十万军队。第二次世界大战后，埃及人民为要求收回苏伊士运河主权，进行了不懈的斗争。1954年10月，英国被迫同意将占领军在1956年6月13日前完全撤离埃及领土。1956年7月26日，埃及政府宣布运河国有化，由此爆发了英、法、以三国入侵埃及的战争。

在塞德港军事博物馆内，艾哈默德·亚希指着里面陈列的物品告诉我："这是围绕苏伊士运河进行的

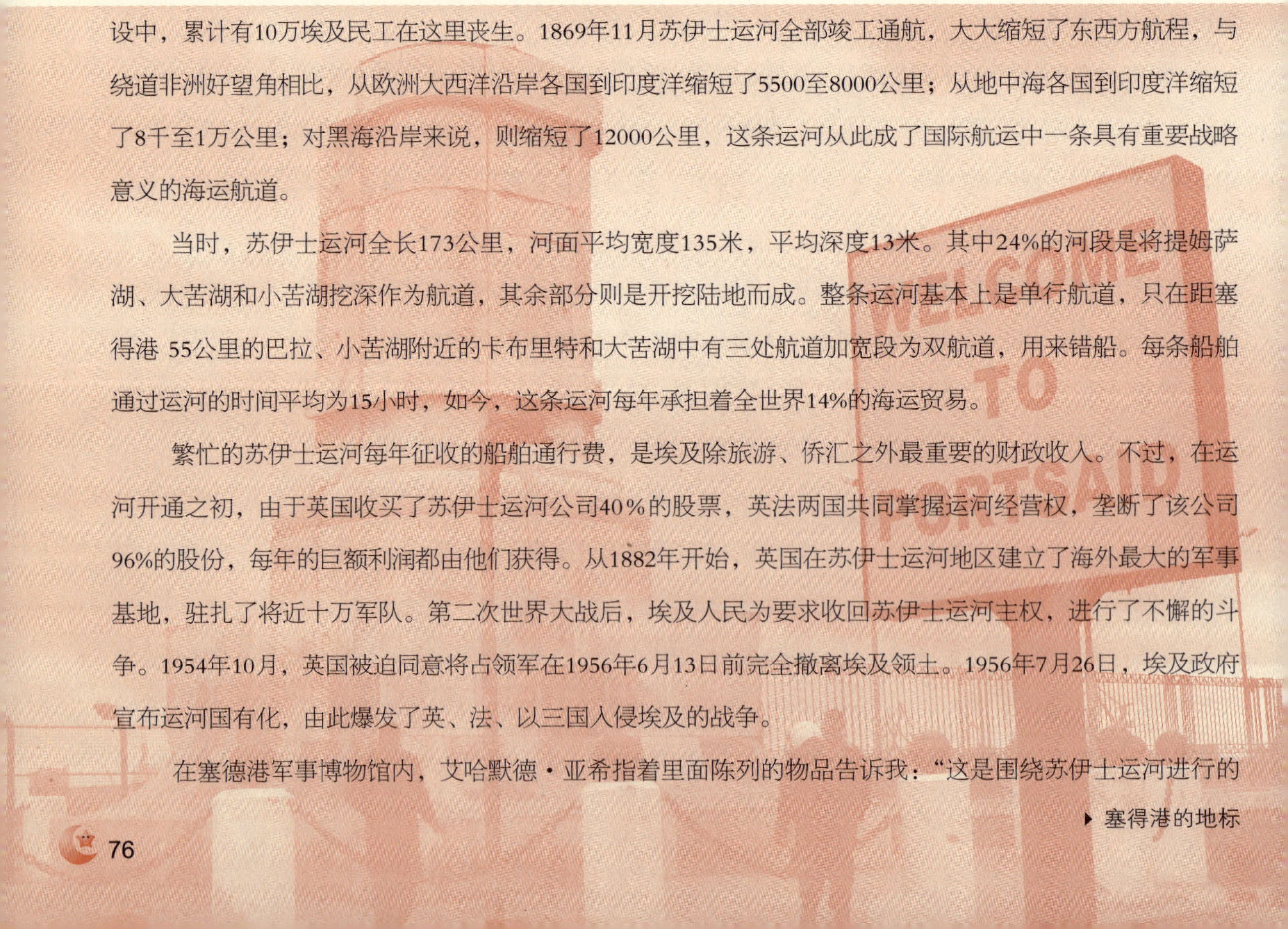

▶ 塞得港的地标

苏伊士运河

几次战争的模型和示意图，在连续多次的战争中，塞德港遭到严重破坏，这里的军民同入侵的敌人展开了惨烈的巷战和阵地战。”

继1956年与英、法等国开战后，1967年6月至1975年6月，埃及与以色列又连续进行了三次中东战争，致使苏伊士运河封闭停航达8年之久。那天，我一走进塞德港军事博物馆内，就亲眼看到露天陈列的以色列坦克、加农炮等各种武器，这正是在那几次中东战争中缴获的。在草地上，埃及古代勇士和现代战士的塑像并肩挺立，展现出埃及人从古至今不屈不挠的战斗精神。当年的那几场战争最终使塞得港成为一座英雄的城市，在历次中东战争中，她都作出了巨大牺牲，平民伤亡惨重。埃及已故总统纳赛尔对这座城市的评价是：塞得港贡献了自己，拯救了整个埃及。

如果说埃及人为争得苏伊士运河主权进行的战斗，奏响的是塞德港自由交响曲的第一乐章，那么1975年6月苏伊士运河重新开启后，塞德港成为埃及政府特许的自由贸易区后，就奏响了塞德港自由交响曲的第二乐章。从1976至1985年，埃及政府耗资约20亿美元对苏伊士运河进行大规模扩建，使运河的通航能力显著增加。经过两个阶段扩建后，苏伊士运河长度达195公里，最大宽度达365米，航行水域扩大到5000平方米，通航船只的吃水深度增至23.5米，能通过载重量达26万吨、空载70万吨的油船。这样，通过运河的船舶数量和吨位均显著增加。

与此同时，为弥补塞得港人民在历次中东战争中作出的牺牲，当时的埃及总统萨达特特批塞得港从1976年开始建立“自由港”，商品可以自由进出口，进口货物免征关税，只是在出塞得港时，要加征10%的购买税。如此一来，塞得港成了“埃及改革开放的窗口”，据统计，在20世纪80年代最兴旺的时候，每年约有700万人来这里购物，其繁华热闹可以想像。

我走到苏伊士运河边的渡口，对岸便是福德港，每天这里有免费渡轮来往于苏伊士运河东西两岸。当初塞得港成为自由港后，这里每天都是人声鼎沸、车水马龙，其热闹程度就相当于中国当年深圳的沙头角。

那是一段让塞德港人无比怀念的好时光，那时候，人们甚至都无法在大街上穿行，整个城市成了个露天大集市，人们尽情购买着各种价廉物美的商品。很多人甚至在人行道上席地而坐，休息、吃饭。据说，有人穿着裤衩、汗衫去塞得港，回来时身上又是毛衣又是棉裤，全身鼓鼓囊囊的，热得满头大汗，因为衣

风情绰约塞得港

塞得港军事博物馆内的雕塑

服穿在身上就不用在离港时交纳10%的购买税了。

也正是在这个时候，1980年10月25日，苏伊士运河下第一条隧道通车，大大缩短了往返运河两岸所需时间。这条隧道位处苏伊士以北17公里处，加上两边进口长达5. 9公里，隧道本身长1.64公里，隧道内路宽7.5米，来往车辆往返并行，每小时可通过2000辆汽车，它从苏伊士运河下将亚洲和非洲大陆连通起来。

到2001年10月9日，苏伊士运河上又飞架起以埃及总统穆巴拉克名字命名的“和平大桥”，这座大桥距塞得港不到50公里，是苏伊士运河上修建的第一座现代化公路大桥，整个工程历时4年，耗资近2亿美元。

进入90年代后，由于中东地区铺设了大量输油管道，同时公路和铁路发展迅速，致使苏伊士运河面临着过往船只、特别是运油船逐年减少的局面，埃及对运河上过往船只收取的过境费收入也开始下降。1993年2月，埃及再度决定拓宽和加深苏伊士运河，以增加外汇收入。这项工程于当年底完工，运河加宽了30米，加深了1至17米。1996年7月，苏伊士运河管理局又决定进一步增加运河深度，以吸引更多大型油轮和货轮通过苏伊士运河，确保运河带来的巨额收入不会下降。

此时，塞德港实行的自由贸易政策也带来了很多问题，由于放得太开太快，缺乏相应的配套措施，整个塞得港逐渐成为外国消费品的仓库和倾销基地，不仅造成大量外汇流失，埃及民族工业也一直无法振兴。2002年初，埃及政府决定在随后5年内逐步取消塞德港的自由港地位，将它变为以生产成衣为主的工业区。这个决定一出之后，塞得港的贸易额迅速下降，即使是在购物狂潮的斋月期间，整个城市也门庭冷落。

我在塞德港的商街中走过许多次，这里看上去很像中国广东的商街，不过很多商铺都关上了大门，商街中的行人零零落落。2007年是埃及政府决定取消塞德港自由港地位的最后一年，很显然这里已经风光不再。

虽然塞德港自由交响曲的第二乐章已经结束，塞德港的华彩乐段只剩下袅袅余音，但塞德港与苏伊士运河一起奏响的音乐还在高昂地延续。据苏伊士运河管理局的统计报告显示，这条运河从1975年6月重新启用到2000年6月的25年中，共为埃及征收船只过境税达300亿美元，这一数额是运河自1869年11月建成启用到1969年6月因中东战争关闭的98年间船只过境费收入总和的6倍。进入21世纪后，运河带来的收入依然上涨不止，2002年7月1日至2003年6月30日的财政年度里，苏伊士运河收入高达23. 08亿美元，而最近两年，运河收入更是继续屡创自1869年开通以来的新高。

苏伊士和塞德，传奇的运河、传奇的港口，亚非欧三大洲在这里携手，留下了永恒、欢快而自由的旋律。

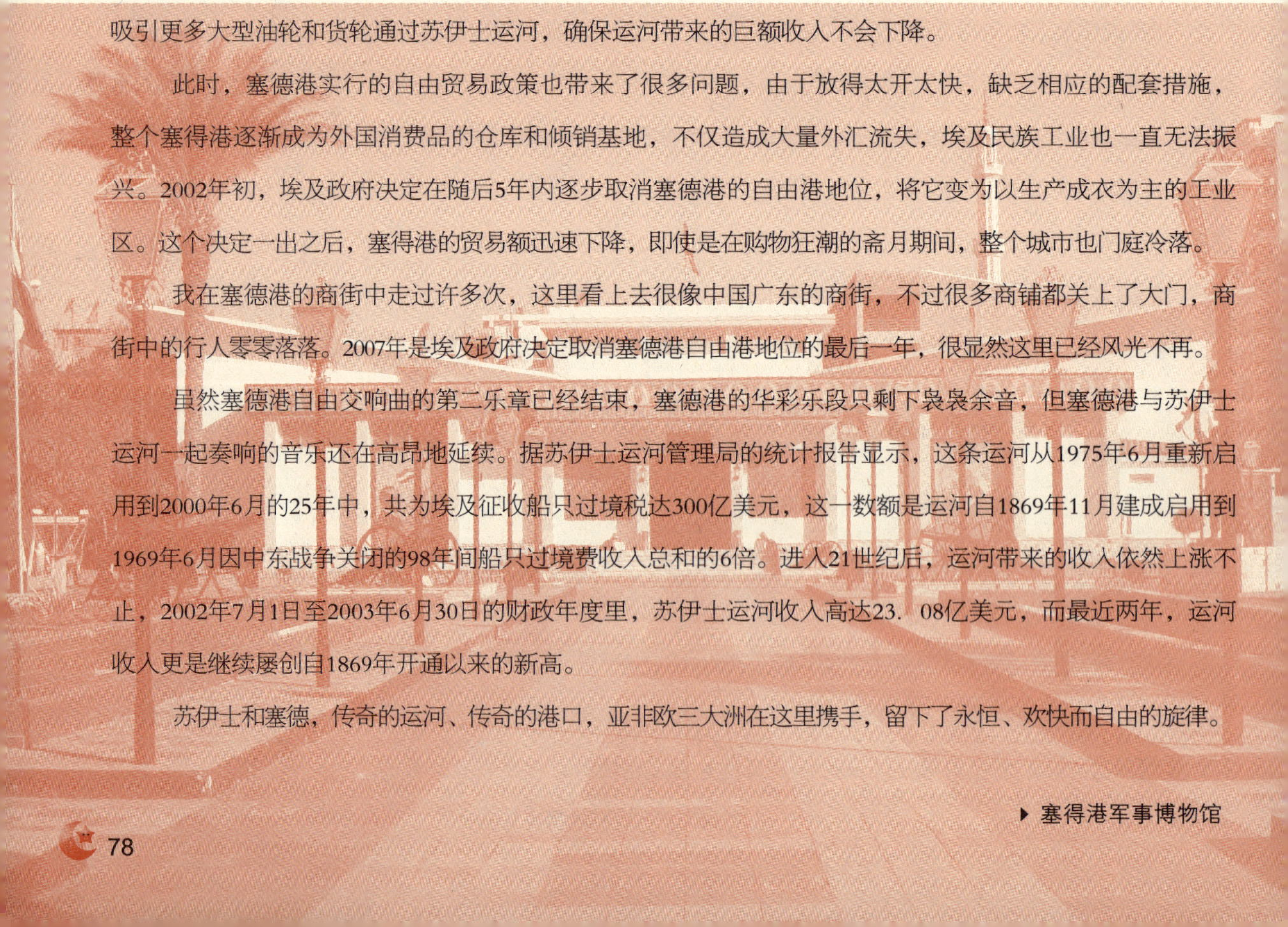

塞得港军事博物馆

第八章

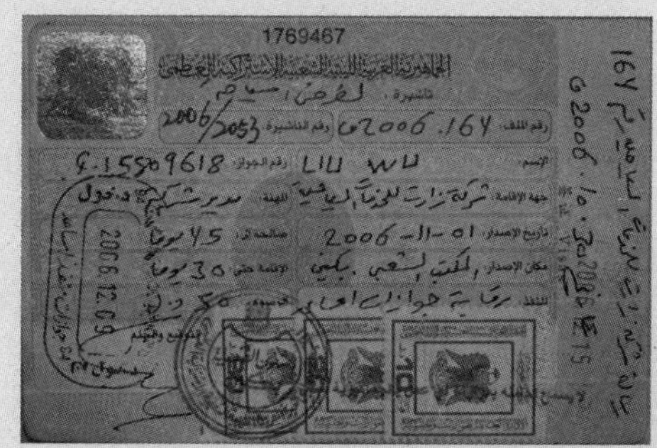
1769467
LIU WU

▶ 利比亚签证

在保镖带领下

行走

利比亚是个充满神秘色彩、让人难以捉摸的国家，利比亚的色彩其实非常简单、醒目，其中最突出的色彩就是砖红色和草绿色。

利比亚人对绿色情有独钟，他们把绿色看成是革命、胜利和吉祥的象征。利比亚人对绿色别具一格的爱好，与被称为“沙漠之鹰”的卡扎菲密切相关。1976至1979年，卡扎菲陆续发表了3册家喻户晓

的《绿皮书》。此外，由于卡扎菲从小生活在沙漠地区，所以对象征生命的绿色有着特殊的情感。于是，象征革命、吉祥和胜利的绿色便成了利比亚的标志和流行色。利比亚人喜欢绿色的另一个原因，那就是因为利比亚全国97%以上的居民信奉伊斯兰教，绿色是清真寺中最普遍的颜色。这些清真寺都用醒目的绿色作为装饰。

惨烈的北非之战遗留下的砖红色陵园在高旷辽阔、云飞云转的天空下显得庄严、肃敬，它跟利比亚的土地、沙漠一样，整体色彩是如此地庄重、浑厚，让人记忆深刻，过目难忘。砖红色还是古老历史的一种象征。塞布拉塔古罗马遗址，便用这种灿烂的色彩让人感到震撼。塞布拉塔还是存在时间短暂的努米底亚王国的一部分，1982年，根据世界文化遗产遴选标准，塞布拉塔遗址区被列入《世界遗产名录》。在夕阳的余晖下，整个遗址中残留的石头上反射出砖红的色泽，华丽、耀眼，恍惚罗马帝国的辉煌依旧。

▸ 班加西的清晨

利比亚的流行色 17

对许多人来说，利比亚是个充满神秘色彩、让人难以捉摸的国家，不过，如果人们有机会来到这里，就不难发现利比亚的色彩其实非常简单、醒目，如同中国人熟悉的张艺谋的电影一样，总是保持着完整的块状原色。这其中最突出的色彩就是砖红色和草绿色。

我是从埃及西北部的萨卢姆关口开车进入利比亚的。2011年3月初，利比亚局势动荡，中国政府派人从利比亚撤走华人，其中很多人就是从这个关口离开利比亚进入埃及后回国的。

这里的海拔陡然升高了100多米，明显进入了高原地区。当然，利比亚高原是相对地势比较低矮的北部沿海平原说的，其南部和中部大部分地区的平均海拔只有500米左右，95%以上的土地是撒哈拉沙漠的一部分以及半沙漠地区，因此利比亚也素有“沙漠之国”的称号。我开车经过的东北部绿山区最高海拔达872米，而利比亚国内最高的山峰贝泰峰则高达2286米。

在萨卢姆过关、入关花了整整半个上午和一个下午时间，傍晚天黑了才进入利比亚。迎接我们的是33岁的霍利多先生，中等个子，爱说爱笑，据说他是利比亚安全部门的人，专门负责照顾我们的行程，算是我们利比亚之行的“保镖”。

走进利比亚的第一站，我们到达距萨卢姆边境约130多公里的港口城市图卜鲁格，图卜鲁格的市长在酒店亲自迎接我们的到来，两个可爱的孩子给领队老叶献上了鲜花。图卜鲁格市市长说：“非常高兴在这里接待你们，估计你们过关耽误了不少时间，一路非常辛苦，希望你们能在图卜鲁格好好休息，并接受我们热情的款待。”

按照利比亚人接待贵客的方式，盛情的当地人送上利比亚蜜枣和鲜奶让我们品尝，这种沙漠上生长的蜜枣含糖量很高，味道非常甜美，真的有让人甜到心头的感受；而浓厚清香的鲜奶更是纯净、鲜美，喝到嘴里满口奶香，浸人心脾，让人恍惚从舌头到肺腑都能品尝到利比亚人的热情。

图卜鲁格是利比亚唯一的天然海港，人口不到20万，现在有食品、酿酒等工业生产基地和航空站。从埃及到利比亚首都的黎波里的沿海干线公路从这里经过，其战略位置非常重要。1911年，图卜鲁格曾被意大利占领，作为向南军事行动的基地。第二次世界大战中，这里更是兵家必争之地，英军与德军在这里展开了残酷的激战。

在图卜鲁格城外的一片空地上，有一个肃穆的陵园，这里便埋葬着在二战期间牺牲的盟军将士的尸骨。陵园红褐色方砖修建的大门上方，刻着“1939－1945图卜鲁格战争陵园”几个大字。我走进陵园中，看到上千个低矮的墓碑静静矗立在阵雨过后的阳光下，显得十分醒目，令人肃然起敬。每个墓碑正面都镌刻着一个十字架，有的镌刻着牺牲者的姓名、职务、国籍等字样，而那些无名烈士的墓碑上只简单地刻写着“1939－1945战争期间的一个战士”几个字。沿着陵园正中的道路我向前走去，接近尽头的地方迎面立着一块扁长的石碑，上面刻着几个大字：“他们的名字永存于世”。绕过这块石碑继续前行，我看到陵墓尽头矗立着一个石头制作的十字架，十字架正中悬挂着一柄长剑，象征着正义与勇气。每个来到这里的人都会拾级而上，在十字架下为那些死去的英雄们默默祈祷，遥想他们当年的苦战和牺牲。

在二战期间，图卜鲁格对德军来说，是良好的补给基地。对英军来说，这里是通往埃及的要塞。英德双方，为此志在必得。这个要塞的防御工事是意大利军构筑的，十分坚固。英中东军总司令韦维尔率6个步兵旅、4个炮兵团、2个反坦克团共36000人坚守在这里。1941年4月11日，德军的“沙漠之狐”隆美尔率不到英军一半的兵力包围了图卜鲁格并发起进攻。一场恶战在这里拉开帷幕。这场来回拉锯的争夺战一直持续到1942年下半年，1942年6月17日，隆美尔的部队再度进抵图卜鲁格要塞前，三天后他们从东南面向要塞发起突然进攻，最后攻占了图卜鲁格港及城镇。6月21日，3.3万英国守军向隆美尔投降，第二天，51岁的隆美尔被擢升为德国陆军元帅，达到他一生中最辉煌的顶点。不过，这年8月4日，英国首相丘吉尔便亲赴开罗改组了英军中东司令部，由蒙哥马利元帅接任英国第8集团军司令，9月初，英德两大名将蒙哥马利与隆美尔就在图卜鲁格这一带展开决战，这场惨烈的北非之战最终以英军击退德军的进攻而告结束。

如今，这砖红色的陵园中就静静地躺着在这些战争中牺牲的英雄，他们来自很多国家，许多人连姓名都没有留下，他们就长眠在这片陌生的土地上。在高旷辽阔、云飞云转的天空下，这片砖红色的陵墓显得如此庄严、肃静，它跟利比亚的土地、沙漠一样，整体色彩是如此地庄重、浑厚，让人记忆深刻，过目难忘。

在利比亚，这种砖红色还是古老历史的一种象征。距利比亚首都的黎波里以东60公里处的塞布拉塔古罗马遗址，便用这种灿烂的色彩再次让我感到震撼。这里曾是腓尼基人的贸易站，他们在这里建立过非洲内陆商品加工基地，将其作为非洲内陆商品输出出口。在罗马帝国之前，塞布拉塔还是存在时间短暂的努米底亚王国的一部分，到公元2～3世纪，塞布拉塔才被并入罗马版图。这个充满独特的乡野气息和海洋气息的地方，成了连接北非和来自加达梅斯沙漠商队的必经之路。

如今的塞布拉塔仍然保存着2000多年前遗留下来的建筑废墟，那些废弃的基石、石柱和石块四散在蔚蓝的地中海边，仅凭这些石块散落的面积，我一点不难想像当年塞布拉塔这个小城的庞大规模，以及它的繁华和热闹。据考证，这里主要的建筑物大都建于公元 2 到 3 世纪，这时正是塞布拉塔城的鼎盛时期。面向地中海建设的那座露天大剧场显然是这些建筑中的杰作，它一共有三层，每层都用巨大的圆柱支撑，剧场内还饰有乳白色和砖红色的大理石浮雕。它的舞台背靠大海，廊柱与门楣间透露出地中海和天空的色彩，而半圆形的观众席则面向大海，让观众能在居高临下欣赏舞台表演的同时，感受大海和天幕间自然的色彩变幻。如今，这座剧场已被意大利考古学家们按原样基本修复，每年夏季，当地人都会在这里举行盛大的文艺表演。站在这个独特的舞台上高歌一曲，美妙的旋律回荡在剧场内，人们恍惚又能再度回到2000多年前，想像当年的盛景。

公元6世纪，拜占庭人在塞布拉塔城东面修起城墙，城市规模开始大大缩小，城内居民也渐渐减少。等阿拉伯人占领北非后，塞布拉塔便逐渐被遗弃，慢慢被黄沙所覆盖。随着时间流逝，尤其是由于海风和海浪的影响，海边的很多建筑则逐渐被海水剥蚀、风化，最后渐渐消失。1982年，根据世界文化遗产遴选标准，塞布拉塔遗址区被列入《世界遗产名录》。在夕阳的余晖下，整个遗址中残留的石头上反射出砖红的色泽，华丽、耀眼，恍惚罗马帝国的辉煌依旧。

除了这醒目、灿烂的砖红色外，利比亚最引人注目的色彩便是草绿色了。我从图卜鲁格向的黎波里前行时，一路沿地中海南岸行驶，放眼望去，窗外如同展开一幅地中海长卷，让人渐入佳境。尤其从山岭上向下经过海边的德尔纳城时，更是犹如乐曲进入了高潮段落，让人兴奋。接下来，驱车进入绿山区，我便恍如走进了利比亚的春天，满眼一片绿色。耕地、果树、草地，在蓝天白云下显得尤为美丽。要知道，那是一年中的冬季啊!

按自然环境来说，利比亚是个缺少绿色的国家，其可耕地面积约370万公顷，约占全国总面积的1.2%，水浇地不到1%。占农业人口一半以上的牧民和半牧民，也仅拥有牧场850万公顷左右。但是，利比亚的乡村小镇以及城市中的大街小巷一年四季却都是“绿”意盎然，随处可见绿色。小到标语、国旗，大到汽车、候车亭、各种建筑外观，都是以绿色为主色调。这是因为利比亚人对绿色情有独钟，他们把绿色看成是革命、胜利和吉祥的象征。当我们途经贝达这个小城休息时，我就注意到这个小城所有的门窗都刷有绿漆，公交站的候车厅也是绿色的，在我们午餐的酒店旁则矗立着一个绿色的石碑，碑上似乎顶着一个绿色的大碗。在它旁边的石柱上便悬挂着利比亚最高领导人卡扎菲戴着墨镜的画像。据说，利比亚人对绿色别具一格的爱好，与被称为“沙漠之鹰”的卡扎菲密切相关。1976至1979年，卡扎菲陆续发表了3册家喻户晓的《绿皮书》。此外，由于卡扎菲从小生活在沙漠地区，所以对象征生命的绿色有着特殊的情感。于是，象征革命、吉祥和胜利的绿色便成了利比亚的标志和流行色。

作为领导人的卡扎菲经常喜欢在印有绿色植物图案的“贝都因式”帐篷里会见外国领导人。而每年9

月，利比亚各界群众就会从全国各地汇聚到首都的黎波里的绿色广场举行隆重集会，那时，广场上绿色国旗迎风招展，狂欢的人们头戴绿色帽饰，身着绿色衣裙，绿浪翻滚的游行队伍涌动在广场周边的大街小巷上，景象十分壮观。

在充满绿色调的会见厅中，利比亚专管外事的副总理、利比亚总人民大会外交事务秘书苏莱曼·艾尔·沙胡米先生特意接见了我们。据介绍，沙胡米先生是卡扎菲手下的第三位重要人物，据说卡扎菲政府中的官员都不设官职，一律称为“秘书”。他对我们说：“我到过中国，对中国有着非常深刻的印象，我相信，通过你们的采访，一定会加深利比亚与中国两国之间的友好交往，促进相互之间的了解与合作。”

利比亚人喜欢绿色的另一个原因，那就是因为利比亚全国97%以上的居民信奉伊斯兰教，在这里，阿拉伯人占83.8%，埃及人和突尼斯人占6.9%，柏柏尔人占5.2%，绿色是清真寺中最普遍的颜色。不同的是，利比亚的清真寺从里到外大都用绿色作为装饰，寺内的地毯都采用大面积的绿色，让人感觉如同走在碧绿如茵的草地上。

利比亚首都的黎波里旧城区保存着众多具有浓厚阿拉伯传统风格和特色的清真寺，这其中有创建于公元10世纪、重建于17世纪的最古老的查梅勒清真寺，有始建于1736年的最著名的卡拉曼利清真寺，还有建于1883年的最大的古尔吉清真寺。无一例外的是，这些清真寺都用醒目的绿色作为装饰。

穿过的黎波里古老街区的小巷和街道，人们不难在斑驳陆离的色彩中，看到这个国家的流行色。从1992年到2004年，利比亚曾受到国际社会长达13年的经济制裁和孤立，在石油生产和运输能力遭到严重打击的同时，利比亚由于没有遭受国外游客成群的侵扰，反倒让其自然美景和历史遗迹很少受到破坏。当制裁取消后，重新回到国际社会的利比亚，也渴望以其绿色环保的形象吸引国外游客，2007年9月，利比亚领导人卡扎菲的儿子就发起了一个生态旅游项目，试图让利比亚走上环保道路，从而摆脱外界一向认可的神秘、难以捉摸的印象。而利比亚政府的领导人也热情地向中国人民发出邀请：“欢迎中国朋友到利比亚观光、旅游，欢迎中国商人到利比亚投资建厂、开中餐馆。利比亚的大门特别为友好的中国朋友敞开。”

后来我从摩洛哥再度回到利比亚，仍然是霍利多先生护送我们。接触多了就发现他比较饶舌，喜欢喋喋不休，闲聊中还得知他尚未结婚，但人很热情，也非常热心，我与同伴前往突尼斯、阿尔及利亚时，他每天都要给我们的女翻译打个电话，询问我们的情形，向我们问好，最后他又一直送我们到萨卢姆出关。今年，利比亚局势大乱，我不知道霍利多先生会怎么样……

▶ 地中海边的古罗马剧场

走过卡扎菲的故乡 18

12月9日，我们从塞卢姆进入利比亚时，过关、入关之所以花了很长时间，除了当地人办事效率低之外，还有一个原因是需要换车牌。利比亚的车牌比中国的宽而短，一般是白底绿字，上面一行阿拉伯文，下面就是几个简单的数字。其中有一块的车号是9465，我开玩笑说这谐音是“就是刘武”，这牌子就搁我开的车上吧，顺便我还拿着这块车牌拍了个照片，以验明正身。

塞卢姆关口距班加西约500公里，途经图卜鲁格和贝达。第二天赶到贝达时已经快下午2点了，4位地方官员前来接待我们，在一一握手后，领头的官员幽默地说：“我知道你们都很饿了，赶紧去吃饭吧，我们的欢迎仪式到此结束。”大家哈哈一笑，走进餐厅就餐。

这顿饭让我第一次喝到了颇具当地风味的利比亚汤，这种汤叫Sherba，看上去有点像罗宋汤，里面有豆子、土豆等东西，味道有些特别，十分可口。听保镖霍利多说，这是利比亚的一道名菜，甚至国宴也会上这道菜。我觉得它的地位大概相当于中国的西红柿鸡蛋汤，非常普遍，而且一般人都会做。

虽然一般人认为阿拉伯人不吃辛辣的东西，但我发现大蒜似乎不包括在禁食名单中，基本上我走过的这些国家都能吃到大蒜，不过他们很少像中国北方人那样一瓣瓣生吃。利比亚人在做汤时也习惯加些大蒜片，据说他们也把大蒜当“仙丹”，用来预防疾病。

利比亚的饮食与北非其它阿拉伯国家没有太大的区别，但它融合了阿拉伯和地中海的烹饪风格，而且有些方面还深受意大利影响，一般酒店菜单上会有意大利食品，像意大利通心粉之类。按照伊斯兰教法规定，利比亚的绝大多数人也不喝酒、不吃猪肉，那些他们认为外形丑陋和不洁

▶ 班加西的一座纪念碑

的东西，如螃蟹、海参、虾或已死的动物等，也都是不能上桌入口的。他们的肉食以鸡、鸭、牛、羊等为主，据说最名贵的是烤全羊，羊肉在北非所有的国家中都是比较贵的，在利比亚一只活羊能卖到100多美元。我们后来在距首都的黎波里130多公里的一家山庄吃了一顿饭，上来的烤羊排绝对是美味至极，羊肉极其鲜嫩香酥，没有任何膻味，放进嘴里稍微咀嚼就会融化下去。那是我这次阿拉伯之行中吃过的最棒的羊肉。

此外，利比亚的茶也比较有特色，当地人喜欢在茶中加入薄荷、白糖或柠檬，有时甚至加点花生，认为这样可以解渴提神。想象一下薄荷有些冰凉的滋味，再加点甜味或酸味，掩盖着茶的涩味，这就是利比亚茶。

离开小城贝达，我们继续开车前往班加西，那时路程还有130多公里，途中经过一座山涧大桥，相当漂亮、壮观。那山涧深不见底，两边山势陡峭，一桥飞渡将两山连接起来，好似某部惊险电影中的外景。如果赶上山间浓雾缭绕，开车走过这座大桥，恍然间便有云中漫步的感受。继续西行，沿途依然是绿色迷人，红土地与多姿多彩的云彩让人眩目。

到达班加西已是6点多钟，我们入住地中海边的一家酒店。我发现这个饭店跟欧洲的不少酒店一样，电梯很小，只能坐4个人，最糟糕的是，它居然会失控，门开不了，各层都不停。我在电梯里按哪个键都不停，最后电梯却在我没按的地下室停了，好不恐怖。最后，我便决定不再坐这个电梯，宁可爬楼了。

班加西位处地中海边的苏尔特湾，北纬32度线上，我绝对没有想到这里会成为世界关注的一大焦点，想不到这里会成为战火纷飞的战场。它是利比亚第二大城市，班加西区首府，原名比林奇，人口不过60多万，相当于中国的一个县级市。它属于利比亚的农业区，当地著名的绿山风景非常迷人，即使是冬天也是碧草青青、绿荫如织。我在海边看这座城市，宁静平和，没有一点喧噪的气氛，眼前的地中海蓝得像一张硕大的地毯铺向远方，远处的海港塔吊高悬，却没有汽笛、机械轰鸣。海岸边的楼房最高7、8层，大多也不封顶，好像永远没有完工的时候。

别看班加西城市不大，历史却很悠久，远可追溯到公元前5世纪的古希腊时代，当时是用对城市兴盛有所贡献的人物来命名，17世纪改为现名。这里自古就是通往非洲内陆的商队贸易集镇，也是利比亚从东至西的必经之路，其位置的重要性不言而喻。埃及人、罗马人、汪达尔人、拜占庭阿拉伯人曾先后占领这里，从1578年开始，土耳其人更是在这里统治达300年之久。接下来从1912年到1942年被意大利人

▸ 路上遇到的一队军车

侵占，第二次世界大战期间同盟国与轴心国在这里激烈争夺，班加西曾5次易手，最后英军在1942年 11 月占领了这座城市。

听霍利多说起一件趣事，大概是前几年恰逢意大利入侵利比亚90周年之际，卡扎菲前往国立法蒂哈大学发表演讲，宣布这天是纪念日，要求全国的机场、港口和电信的国际业务关闭一天以示纪念。好多不明就里的人那天就奇了怪了，怎么电话也打不通了，飞机也不飞了，轮船也不开了，难道又赶上美国封锁了吗?

在意大利人统治期间，东部地区和班加西在很大程度上是自治的，这里主要由瓦法拉部落统治。他们是利比亚三大部落中人口最多的一个部落，约有100万人，其它两个较大的部落是图阿里、卡达法。图阿里约有50万人口，是利比亚第二大部落。卡达法则是卡扎菲的直属部落，早先也曾流落在利比亚东部昔兰尼加地区。这些部落成员都过着游牧式生活，这直接影响了卡扎菲的性格和生活状态。

1969年卡扎菲上台后，他不仅迁都到的黎波里，将利比亚的政治重心向西转移，还在一些关键的军事部门安插了不少卡达法部落成员，对东部的事务他基本上采取不管不顾的态度。由于他在经济政策上过于关照西部，长期忽略了东部人的利益，1993年10月，瓦法拉部落举行了大规模抗议活动，将东西部地区部落之间的矛盾公开化。我到利比亚的这一年，瓦法拉部落又再次挑起了一场激烈的冲突。这也难怪我在利比亚东部旅行时，在平静生活的表面，略略会感受到一丝内在的紧张，比如安全人员不主张我们夜晚赶路、沿途经常看到军车驶过，以及某些地方会有手持武器的军人警戒等等。

在班加西度过平静的一夜后，我们转天继续出发，前往苏尔特。从班加西到苏尔特的车程约600公里，经过的基本都是荒漠地带，偶尔有骆驼出现。这里的风景不再像此前经过的绿山区那样宜人，如果没有右边不时出现的蔚蓝色地中海作为参照，那我满眼全是枯黄的一片，会疑心自己进入了撒哈拉沙漠中。

途中我们在一片荒漠中停下来野餐，野餐的食物当然非常简单，这样在野外随便吃点东西然后继续开车奔波也不是第一次。不过我对那片地方饶有兴趣，那里零零落落生长着一些枯树和绿树，地上爬着一簇簇干草，远处的铁丝网内有几幢建筑，据说是一所大学，但根本看不到人影，也让我颇感纳闷，为什么大学要办到这么荒凉的地方来?

吃饱喝足，继续跑路，接下来我们一口气跑到苏尔特，进城时已经夕阳西下，来不及细看这座城市的模样。

苏尔特是卡扎菲的出生地，人口不多，只有13万多，它距首都的黎波里约400多公里，处于利比亚西部与东部交接的中间位置，利比亚政府军在此设有多处军事基地，其重要的战略地位不言而喻。虽然利比亚名义上的首都是的黎波里，但实质上政府已迁到苏尔特办公，因此的黎波里是利比亚的法定首都和文

▶ 的黎波里的手榴弹造型大厦（右）

化、经济中心城市，苏尔特才是实质的行政首都。

没想到的是2011年，利比亚政府军和反对派就在这座城市对峙，城内也遭到多国联军的连番轰炸。我在这座小城住了两晚，粗粗来看，城内的建筑都比较低矮，似乎没什么高楼，偶尔有些造型奇异的建筑，不过这里的道路修得齐整，没有多少行人，车不算多，人们把车都开得飞快。也许是因为我对它了解不多，看的地方太少，当时一点也没有觉得这座城市的位置有多重要，也没有看到这座城市有什么吸引人的特色。当然，我也没有去问，生在这里的卡扎菲是否有什么故居供人参观，想想他是出生在游牧部落中的人，也许根本不会有什么故居吧，那时，他也许就诞生在某个帐篷中。如果不是几年后这里发生了战事，我真的很难去回想这座小城的模样。

12月12日，我离开苏尔特开车前往首都的黎波里，这是一段比班加西到苏尔特更舒心养眼的过程。走过工业重镇米苏拉塔后，天色开始变阴，行至胡姆斯已是大雨滂沱，让我领略了利比亚雨季的风光。中午，我们进入山间的一个山庄稍事休息，那里绿树婆娑，鲜花怒放，空气清新。放眼望去，绿草地顺着山地铺展开来，橄榄树、棕榈树、仙人掌以及其它不知名的植物参差伫立在错落的山间，很像一幅刚画好的油画，充满柯罗风景画的韵味。

接下来，从山庄到的黎波里的130多公里道路两旁，更是画意盎然，景致迷人。有时我们行驶在绿色披离的山地上，蓝色的地中海就在山坡下荡漾；有时我们行驶在地中海岸边，高高的棕榈树、矮矮的白房子与舒卷自如的云彩构成一幅长卷风景画。

下午5点多，我们终于到达的黎波里，住在五星级的海门饭店旁边。从这里一眼就能看到近在咫尺的五座67式木柄手榴弹造型大厦，我们戏称它们为“倒酒瓶大楼”，因为这几座大厦上粗下细，看上去像几个酒瓶倒立在地上。当然，在这个阿拉伯国家，人们一般不会将它们联想成酒瓶，那容易犯忌，在我看来，这几座大楼的设计者和建造者还是非常有创意的，居然能用这个造型颠覆人们惯常的思维。这忽然让我想起在喀土穆看到的利比亚政府送给苏丹的那幢大楼，那可是一个橄榄球形状，两头细，中间鼓，与这手榴弹造型大楼有得一比，堪称“怪楼双璧”了。

的黎波里就用这样几个硕大的“手榴弹”给了我第一个深刻的印象。我不知道这些大楼如今是否完好无损，是否能躲过多国联军精确制导炸弹的轰炸，我期望这几个“手榴弹”仍然艺术地矗立在地中海边，永远不要爆炸。

遇上了几件麻烦事 19

因为有个开车折返的过程，实际上我在利比亚曾经两度进入的黎波里、苏尔特、班加西这些城市，从的黎波里到塞卢姆的道路，我开车走了两遍。稍微不同的是，我第一次进入的黎波里是开车去的，但第二次进的黎波里则是从机场进入的，这次进关还发生了一点有趣的事情。

那天下午两点十五分左右，我在卡萨布兰卡乘上摩洛哥皇家航空的AT 580航班前往的黎波里，这是一架波音737—700，不知是否是因为过节，还是去利比亚的人本来就少，坐这趟航班的乘客只有20 人，机舱内空位非常多，让人感觉就像坐上了专机。

飞行两小时五十分钟后，飞机抵达的黎波里机场，利比亚当地时间已是晚上19点50分。我们准备进关前，机场警察看到摄像师提着摄像机，顿时就紧张起来，一个劲地盘问我们：“你们到利比亚来干什么？”

那些人中会说英语的不多，好不容易找来一个英语讲得不错的小伙子，我跟他简单介绍了我们的情况，并告诉他说：“有人在机场门外接我们，麻烦你先带我去跟他见个面。”他们就把摄像师留在里面，让一个警察带我到机场门口去找人。不巧的是，我到了门口张望了老半天，居然没找到来接我们的人，我只好跟那警察说：“真奇怪，可能他迟到了，他肯定会过来的。”

我返回办入关手续的地方，正在没辙的时候，接我们的哈桑先生赶来了，原来他在机场门口看到了我，那里我是唯一的中国人，他认出了我，我却不知道他，等他要过来时，

的黎波里港口

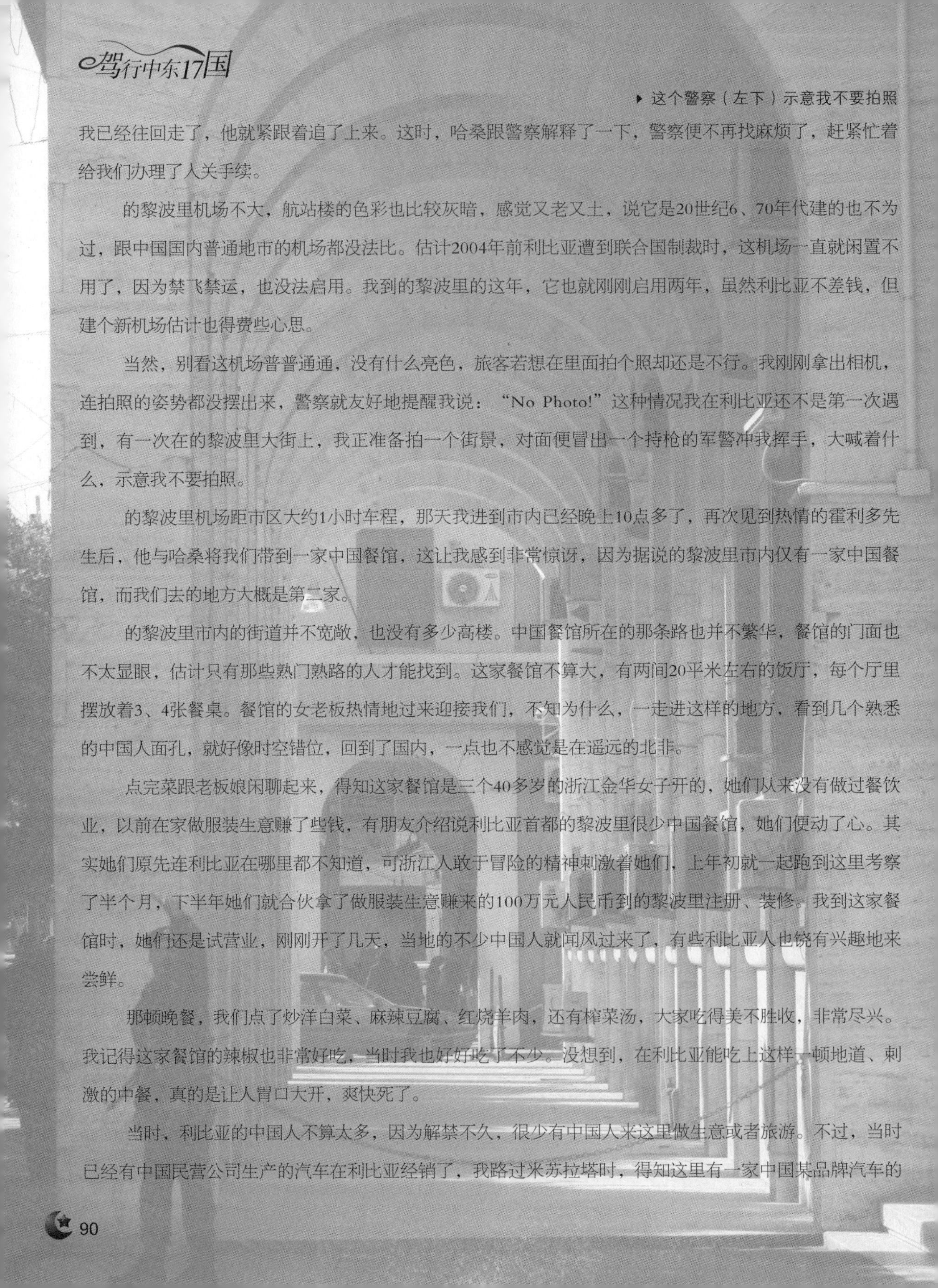

这个警察（左下）示意我不要拍照

我已经往回走了，他就紧跟着追了上来。这时，哈桑跟警察解释了一下，警察便不再找麻烦了，赶紧忙着给我们办理了入关手续。

的黎波里机场不大，航站楼的色彩也比较灰暗，感觉又老又土，说它是20世纪6、70年代建的也不为过，跟中国国内普通地市的机场都没法比。估计2004年前利比亚遭到联合国制裁时，这机场一直就闲置不用了，因为禁飞禁运，也没法启用。我到的黎波里的这年，它也就刚刚启用两年，虽然利比亚不差钱，但建个新机场估计也得费些心思。

当然，别看这机场普普通通，没有什么亮色，旅客若想在里面拍个照却还是不行。我刚刚拿出相机，连拍照的姿势都没摆出来，警察就友好地提醒我说："No Photo!"这种情况我在利比亚还不是第一次遇到，有一次在的黎波里大街上，我正准备拍一个街景，对面便冒出一个持枪的军警冲我挥手，大喊着什么，示意我不要拍照。

的黎波里机场距市区大约1小时车程，那天我进到市内已经晚上10点多了，再次见到热情的霍利多先生后，他与哈桑将我们带到一家中国餐馆，这让我感到非常惊讶，因为据说的黎波里市内仅有一家中国餐馆，而我们去的地方大概是第二家。

的黎波里市内的街道并不宽敞，也没有多少高楼。中国餐馆所在的那条路也并不繁华，餐馆的门面也不太显眼，估计只有那些熟门熟路的人才能找到。这家餐馆不算大，有两间20平米左右的饭厅，每个厅里摆放着3、4张餐桌。餐馆的女老板热情地过来迎接我们，不知为什么，一走进这样的地方，看到几个熟悉的中国人面孔，就好像时空错位，回到了国内，一点也不感觉是在遥远的北非。

点完菜跟老板娘闲聊起来，得知这家餐馆是三个40多岁的浙江金华女子开的，她们从来没有做过餐饮业，以前在家做服装生意赚了些钱，有朋友介绍说利比亚首都的黎波里很少中国餐馆，她们便动了心。其实她们原先连利比亚在哪里都不知道，可浙江人敢于冒险的精神刺激着她们，上年初就一起跑到这里考察了半个月，下半年她们就合伙拿了做服装生意赚来的100万元人民币到的黎波里注册、装修。我到这家餐馆时，她们还是试营业，刚刚开了几天，当地的不少中国人就闻风过来了，有些利比亚人也饶有兴趣地来尝鲜。

那顿晚餐，我们点了炒洋白菜、麻辣豆腐、红烧羊肉，还有榨菜汤，大家吃得美不胜收，非常尽兴。我记得这家餐馆的辣椒也非常好吃，当时我也好好吃了不少。没想到，在利比亚能吃上这样一顿地道、刺激的中餐，真的是让人胃口大开，爽快死了。

当时，利比亚的中国人不算太多，因为解禁不久，很少有中国人来这里做生意或者旅游。不过，当时已经有中国民营公司生产的汽车在利比亚经销了，我路过米苏拉塔时，得知这里有一家中国某品牌汽车的经销商，当时那家公司出口了2000辆轿车到米苏拉塔，开售前两天就售出200多台，此后一直持续热销，当地人去看车、预订、交定金的人非常多，这些车在利比亚的销售价格甚至比在中国还要高很多。

米苏拉塔位于的黎波里以东200多公里处，人口不过20多万，自古就是通海口岸和商贸中心，是利比亚的椰枣、无花果、谷物及牲畜等农产品集散地。近年来这里兴建了大型发电厂、地毯厂和两处钢铁企业，逐渐成为利比亚第三大工业中心。它与的黎波里、班加西这些城市，靠1800公里长的沿海干线公路连接在一起，这条公路就是我反复跑过的道路。

应该说，利比亚的这条公路修得还是不错的，虽然不像标准的高速公路，没有护栏，也没有中间隔离带，但因为沿途车本来就少，加上利比亚人开车很疯，这公路就成了名符其实的“高速公路”，一般的车速都在120公里以上，路边的限速标志基本没什么意义，纯粹是摆看的。再说利比亚的道路上根本也没有电子监视装置，我也从来没看到过交警躲在明处或暗处给车测速，所以车能飚多快就飚多快，安全不安全就看开车人的本事了。

在苏尔特，我就亲眼看到一起撞车事故。那天我们在一个路口掉头，我的队友开着一辆车跟在我后面。掉头时，司机需要先注意另一条车道上飞驰而来的汽车，那路口没有红绿灯，所以拐弯掉头时要看清前面没有车时，果断、快速地将车掉过去。我这边一把轮过来了，后面我那队友拐弯时动作稍微慢了一点，就看到一辆飞奔而来的车直冲队友的车屁股过去。“砰”地一声，队友的车尾撞开了花，保险杠当即掉了下来。那撞他的利比亚人也当即傻眼，车前脸凹了个大坑，好在人都没事。

霍利多先生赶紧过去协调，我们也一阵紧张，担心利比亚人胡搅蛮缠，耽误我们的行程。不过，好像商谈并不太麻烦，他们看看没有人伤亡，再看看谁的车受的损失较大，就提出赔多少多少钱，由损失少的一方给损失多的一方。那天，还是我们给人赔了100利比亚第纳尔，约相当于500多元人民币。

据说利比亚警察一般很少掺和交通事故，除非是死了人。就是死了人，警察也是先站在一边等肇事双方协调，实在协调不了时，警察才出面说话。一般来说，事故中受害最多的一方占理，死伤多的一方获得的赔偿就多，挨罚就少。

对利比亚人来说，车真的就是个工具，他们不在乎车的外表，什么刮蹭、脱漆、锈蚀，他们都无所谓，在大街上随意一看，到处都是带伤的车子，只要那车子能跑，就放心去用。我不知道利比亚是否有汽车报废制度，但在这里经常见到年头多久的

▶ 神秘的利比亚

汽车也照用不误。有一次加油时，我看到一辆老奔驰，居然是20世纪60年代的产品，要不是那个熟悉的标志，打死我也不相信那辆锈迹斑斑、缺三少四、光剩架子的车是奔驰。

当然，的黎波里大街上好车也不少见。宝马、奔驰、雪佛兰、沃尔沃，还有比较便宜的韩国、日本车，甚至中国车，应有尽有。车好油便宜，开起来当然玩命。这里95%以上的汽油都是轻质油，纯得如矿泉水一样，含硫量低，蜡油产率高，每升合人民币七、八毛钱，而我们在国内看到的汽油基本上是黄褐色，价格更不用说了。

石油的发现给利比亚带来了极大的利益，也让很多人垂涎三尺。早在1955年，利比亚就颁布了国家石油法，并开始石油勘探。1959年利比亚发现了第一批油田，1961年开始出口原油，便迅速成为世界重要石油生产与输出国之一，石油生产占国民生产总值的50～70%，石油出口占出口总值的95%以上。1985年利比亚石油探明储量达29.18亿吨，产油5000余万吨，已探明天然气储量6053亿立方米。利比亚国家石油公司拥有7条输油管道，有6个石油储备基地，并还在筹划扩建石油储备和炼油基地。

显然，利比亚已成为非洲石油储量最大的国家，但由于缺乏资金和技术，当地一半以上的油田都没有开采。利比亚的天然气开发项目也处在起步阶段，锡尔特盆地就发现了135亿立方米的新气田，其它的还有萨拉赫、那胡拉、法里格、瓦法等气田。尽管如此，到我去利比亚之前的2004年，这年6月利比亚已恢复对美国出口石油，当年利比亚原油产量已达到每天160万桶，国内消费约每天25万桶，净出口约每天134万桶，出口占总产量的83.75%。

从2004年解禁以来，利比亚工商贸易业一改以往的萧条，呈现出空前繁荣的景象。世界银行当时的数据显示，2005年利比亚国内生产总值（GDP）达到387亿美元，人均6618美元。我从利比亚回国后的这几年，利比亚经济更是迅猛发展，到2010年人均GDP已达到12062美元，在世界各国人均GDP排名中居第48位，成了非洲首富。而同年中国人均GDP仅4283美元，排名第95位。这么比较不难看出，利比亚人均收入高出中国两倍。

不过，我那时看到的利比亚，并没有多少暴富的迹象，包括的黎波里在内，城市里的建筑破旧、低矮的居多，街道也并不整洁，很多人出入在穷街陋巷，甚至无所事事。据说利比亚全国总人口不过580万，可在利比亚的黑人劳工就有600万，此前有人告诉我说：“利比亚那里一切工作都是外国人在做，利比亚人每天只做三件事，吃饭，睡觉，做礼拜。”此话虽是戏言，但多少也说出了其中的某些真相。

12月14日，在的黎波里逗留几天后，我继续向西开车经祖瓦拉、塞布拉塔前往突尼斯，半个月后，我再度回到的黎波里，开车向东经塞卢姆关口进入埃及。我想象不到，2011年会有20多万难民拥挤在这个关口，准备逃离自己的故乡利比亚。那是个很荒凉的关口，周边什么也没有，只有一条道路通往另一个国家。

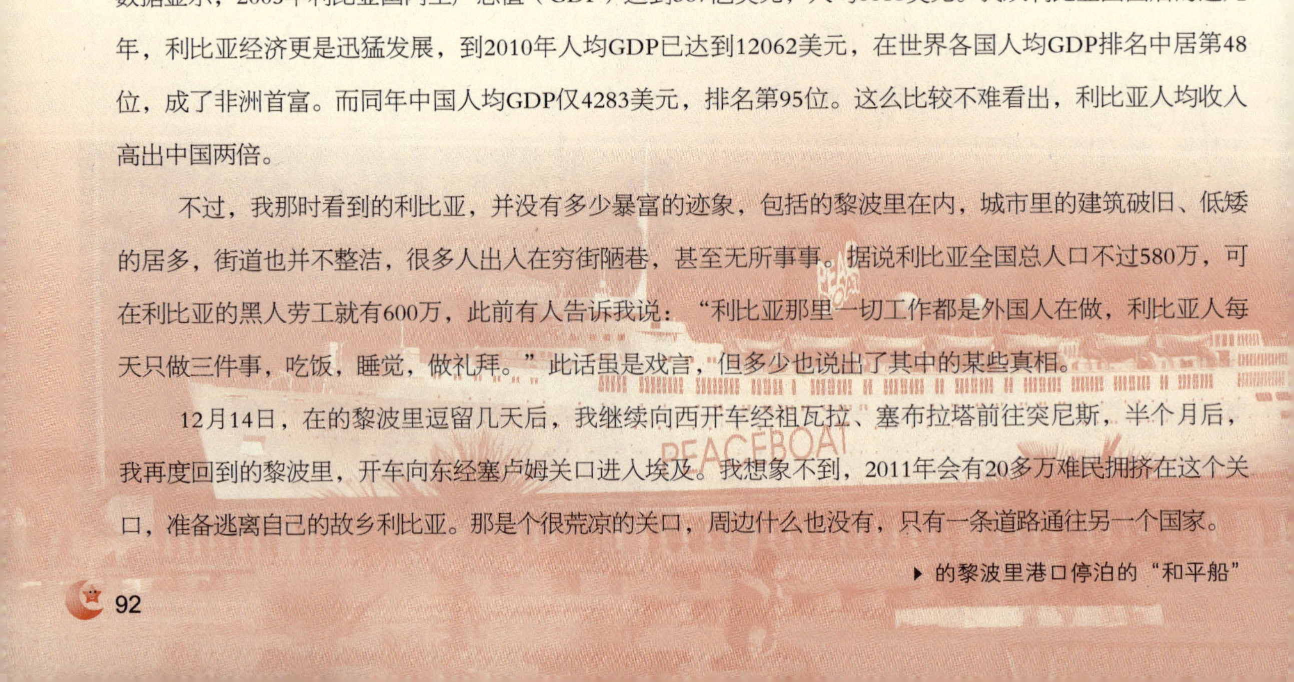

▶ 的黎波里港口停泊的“和平船”

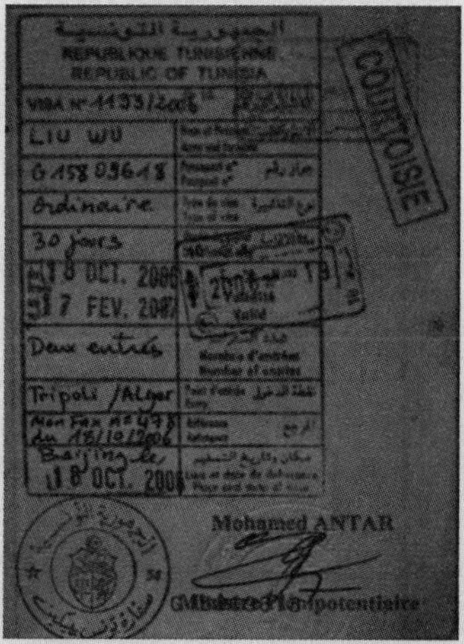

▶ 突尼斯签证

第九章

让人着迷的「茉莉花」国度

乔治·卢卡斯的电影《星球大战》就是在那里拍摄的，天行者的家乡达度尼星球的外景，就取自突尼斯南部的奇特风光——全世界的“星战迷”都梦寐以求想去的地方，对“星战迷”们来说，这里就是他们心中的圣地。这里地势起伏不平，寸草不生，宛如月球表面。

罗马帝国统治突尼斯近600年，罗马人同时将欧洲文明带到了突尼斯，到处修建神庙、竞技场、露天剧场，在苏塞建起了一座拔地而起、凌空而立的辉煌建筑——埃尔·杰姆竞技场，法国著名作家莫泊桑、福楼拜等都曾专程到这里观光，将它描述为“世界美妙绝伦的斗兽场”，“罗马帝国在非洲存在的标志和象征”。这座竞技场围墙的高度是北京故宫城墙的五倍，突兀耸峙，十分醒目，拱廊相连，高大宏伟，气势庄严，看过电影《角斗士》的人们，更是能在这里回想起电影中那些惊心动魄的角斗场面，回味古罗马时代那些壮怀激烈、血雨腥风的故事。

首都突尼斯城甚至被誉为“橄榄之都”，这里的建筑物大多为白色，掩映在绿荫蔽日的枣椰树、棕榈树和橄榄树中，犹如漂浮在地中海中的白莲。

“突尼斯”这个名字，据说源出腓尼基人所崇拜的女神“塔尼斯”的名字。这位美丽的女神被誉为光明的象征，人们普遍认为她能给人间带来繁荣与幸福。后来，几经辗转变化，“塔尼斯”变音为“突尼斯”，并成为这个国家的名称。在阿拉伯语中，“茉莉”的发音是“叶斯敏”，跟英文Jasmine的发音非常接近。严格地说，突尼斯的“茉莉”其实是同属不同种的素馨花。它并非突尼斯的国花，突尼斯的国花实际是油橄榄，但由于突尼斯人喜欢茉莉，认为它是吉祥花，可以给自己和家人带来幸福、平安，因此一些人才会以为它是突尼斯的国花。当然，我没想到的是，2010年底突尼斯骚乱引发的事件中，茉莉花会获得如此关注，因为那场变革获得了一个特别的名字——“茉莉花革命”。

去“星球大战”拍摄地 20

在利比亚的时候，我们的手机信号都被屏蔽了，连续好几天没有跟国内联系，搞得一些朋友以为我们遭遇了不测。后来驱车到突尼斯陆路关口时，才有了突尼斯电信的信号，我赶紧给家里发短信报平安。

说起突尼斯，绝大多数中国人可能对这个北非国家了解甚少，不过每个“星战迷”至少会说：哦，我知道乔治·卢卡斯的电影《星球大战》就是在那里拍摄的，天行者的家乡达度尼星球的外景，就取自突尼斯南部的奇特风光。的确，去突尼斯要是不到《星球大战》的拍摄地去看看，肯定是一大遗憾。我去突尼斯时，是从利比亚的的黎波里开车，经过祖瓦拉后沿着崎岖的山路，来到这片影迷们早已谙熟的地方，寻找电影中熟悉的场景。

那是一处并不很大的地方，可就是在这里，西迪·德里斯（Sidi Driss），那就是《星球大战》第一部中天行者卢克的家，全世界的“星战迷”都梦寐以求想去的地方，对“星战迷”们来说，这里就是他们心中的圣地。如今，这里是一家小饭店，它所有的房间都在地下，进门的墙上用英文写着“星球大战”几个字，并贴有相关的一些电影剧照，让人们当即就能饶有趣味地将现实中的场景去对应影片中的情景。虽然这家小旅店是如此简单、简陋，甚至比不上一个乡村的家庭旅馆，但它独特、质朴的气息让人迷恋。

1977年，美国著名导演乔治·卢卡斯准备为《星球大战》第一部选择一个理想的拍摄地时，他发现突尼斯南部的迈特马塔是拍“星战”的理想场所。这里距加贝斯20来公里，由几个村落组成，不仅有殊异的风景、奇特的建筑，还有适合不同题材、背景的景点和城市，这样，卢卡斯便将《星球大战》第一集中神秘的达度尼星球外景，选择在突尼斯南部取景拍摄，这里地势起伏不平，寸草不生，宛如月球表面。

西迪·德里斯所在的迈特马塔地区，生活的主要是柏柏尔人。公元11世纪，由于阿拉伯人的迅速扩张，原先居住在突尼斯中南部的柏柏尔人被迫南迁，其中一部分居民迁居到今天的迈特马塔地区。这里炎热干旱，夏季气温高达4、50度，聪明的柏柏尔人便在松软的黄土地上开凿洞穴，挖一个大坑当做天井，然后在坑壁上凿洞用来居住。从西迪·德里斯不难看到，这种典型的洞穴式住宅一般分为两层，每一层都有不同的功能。以前，当地居民以从事农业为主，现在他们仍居住在冬暖夏凉的穴居式住宅中，并将居所改成供游客住宿的小旅馆，大受“星战迷”的欢迎，人们在这里可以享受到别有洞天的生活情趣。如果再吃上一份突尼斯特有的美食“库斯库斯”（Couscous），那就更是一种绝佳享受了。

我的午餐便选择在这里享用，坐在卢克的“家”中，主人端上来一份热腾腾的库斯库斯。这是突尼斯人的国食，我们称它为北非小米，它的样子很像中国的小米，也是浅黄色。实际上，北非很多国家的阿拉伯人都酷爱这道食品，它类似意大利的面食，是由小麦粉搓成的小粒面团，里面加上焖煮的牛肉或蔬菜，蒸熟后食用。我感觉它有些像在中国北方农村吃的农家饭，一大盆库斯库斯冒着腾腾热气，饭菜搅和在一起，吃起来非常过瘾。

也许正是由于西迪·德里斯的无穷魅力所致，1997年，乔治·卢卡斯带着250人的剧组重回突尼斯，深入到吐泽绿洲和塔塔因山脉继续去完成他的《星球大战》前传。像他一样对突尼斯南部风景着迷的还有其它著名导演，大导演史蒂文·斯皮尔伯格拍摄《夺宝奇兵》时，也来到这里选景；英国导演安东尼·明格拉拍摄荣获奥斯卡9项大奖的电影《英国病人》时，不仅选择突尼斯的大漠、盐湖作为影片外景地，还把当地热闹的街道当成战时的埃及首都开罗拍进影片中。

众多英美大片在突尼斯的拍摄，给这个国家的旅游业带来了非常可观的影响和利益，突尼斯政府旅游部门对国外媒体更是给予了高度重视。当后来我们驱车来到突尼斯城时，突尼斯旅游部长、突中友协副主席、世界旅游协会轮值主席提坚·哈代先生就亲自设宴接待我们，中国驻突尼斯大使刘玉和与众多在突尼斯工作的华人也出席了欢迎活动。

我单独采访了突尼斯旅游部长提坚·哈代先生，哈代先生特意谈到了他对中国的观感与印象，并热情地向我介绍中国旅游者到突尼斯如何旅游，他强调突尼斯文化具有极强的开放性。他说：“与其它阿拉伯国家不同，突尼斯的文化受欧洲文化的影响比较深远，加上突尼斯政府对民族、宗教政策所持的宽容态度，因此，突尼斯的文化融合了各种民族、文化的特性，能够相互尊重、宽容、理解。”

进入突尼斯的第一晚我们住在加贝斯，然后开车到突尼斯第二大城市斯法克斯，再前往第三大城市苏塞。这一路天气阴霾，细雨绵绵，苏塞的景致很有法国、意大利小城的韵味，雨后的城市空气清新，天气有些阴冷，但感觉非常舒适。当地人闲适、懒散、舒服的生活状态，让我不会想到2010年12月这里一个售卖水果的青年因抗议执法人员粗暴对待自焚身亡而引发突尼斯全国性的骚乱。

▸ 那里贴着电影《星球大战》中的这张剧照

柏柏尔人剽悍、大方

苏塞的古罗马斗兽场是让我印象深刻的地方。从公元前146年到公元439年，罗马帝国统治突尼斯近600年，罗马人同时将欧洲文明带到了突尼斯，他们在突尼斯到处修建神庙、竞技场、露天剧场，这些遍布各地的遗迹至今犹在。公元3世纪初，罗马人就在苏塞建起了一座拔地而起、凌空而立的辉煌建筑——埃尔·杰姆竞技场，法国著名作家莫泊桑、福楼拜等都曾专程到这里观光，将它描述为"世界美妙绝伦的斗兽场"，"罗马帝国在非洲存在的标志和象征"。这座可以与意大利罗马城内的竞技场媲美的建筑，高达36米，建有500个门，可容纳4万人，目前位列世界三大古竞技场之一。

这座竞技场围墙的高度是北京故宫城墙的五倍，在几乎没有什么高楼的苏塞城内突兀耸峙，十分醒目。场内周边层层拱廊相连，高大宏伟，气势庄严，让人行走其间感觉特别渺小。我拾级而上进入各层的观众席后，俯身向下看去，整座竞技场犹如一口平放的大锅，中间人与人、人与兽角斗的空地上，平展宽阔，壁垒森严，毫无逃遁之处。虽然现在满眼是残垣断壁，但我还是能从那些厚大石块砌成的墙基，粗大断折的花岗石圆柱上，依稀感受当年这座巨型建筑的规模和辉煌。看过电影《角斗士》的人们，更是能在这里回想起电影中那些惊心动魄的角斗场面，回味古罗马时代那些壮怀激烈、血雨腥风的故事。恍惚那一瞬间，我几乎忘记自己是处在北非的突尼斯，而以为自己身处意大利的罗马，或者远古的罗马帝国。

当地的居民说起这座竞技场来，自然是异常自豪和骄傲。一位女学生对我说："我们每天都经过这座竞技场，当然对它的历史比较了解。我们很高兴自己的身边有这样一座古迹。"

另一位女学生说："它是一种象征和说明，它意味着我们这座城市非常古老，也说明我们这里的文化早就受到罗马人的影响。"

从古代人竞技战斗的场地，到幻想中外星人征战的地方，突尼斯的风景融合了历史、人文与自然的神韵，充满浪漫、神奇、梦幻的色彩。从突尼斯南部沿着地中海一路向北行进，途中许多不经意间看到的建筑和景色都会令人赞叹不已，印象深刻，那些以蓝色调为主的咖啡馆、海边的现代雕塑公园、绿树成荫的橄榄林、悠闲唯美的港口步行街，都让人感觉别致生动，韵味无穷，意犹未尽。这也难怪有人说：在突尼斯不用任何特技效果就能拍出广阔、丰富的景观。而从《星球大战》等大片拍摄后，突尼斯政府就为国际电影拍摄提供了很多特权，近年来更在国内兴建了面向世界的电影摄制中心——电影城哈马麦。一部《星球大战》给突尼斯带来的影响和效益，也许怎么估价也不为过。而我感觉突尼斯真是个值得再来游览的国家，超乎我对一些北非国家的想像。

苏塞古罗马斗兽场

21 我在突尼斯城迷了路

离开苏塞前往首都突尼斯城的途中，我到处看到整齐的橄榄树林。突尼斯是世界橄榄的主要生产国之一，我们沿途驱车而过，道路两旁到处都是橄榄林，成片成片，一望无际。橄榄是突尼斯的主要经济作物，上个世纪80年代以前，突尼斯出口的主要商品为磷酸盐、石油和橄榄油，占国家出口总额的70%以上，该国年产橄榄油10多万吨，居世界第四位。首都突尼斯城甚至被誉为“橄榄之都”。

我在突尼斯乡下旅行时，感觉有些像进入了法国或欧洲某些作家描写的乡村。阴冷的气候、并不明朗的天空和闲适的村民，时而路过一个满是白色房屋的小镇，时而经过一片茂密的橄榄林，时而看到放牧着几只绵羊的牧人，抑或看到路边披着深色毛毯男人和各色花布的女人，当地人的生活非常闲适，路边的小店外总是坐满了聊天、喝咖啡的人。我只想说，作为一个异国旅人来说，即使那里的景色非常一般，但感觉仍然会非常美妙。

到达突尼斯城后的当晚，中国驻突尼斯大使馆请我们到使馆吃了一顿难忘的自助中餐，大使刘玉和特意从利比亚买来白菜，倍受我们欢迎，自从我这次出国后，真的还没有在阿拉伯国家吃过白菜。第二天晚上，华为驻突尼斯公司的朋友又请我们吃了一次热气腾腾的火锅，气氛热闹得就像回到了中国，大家喝起二锅头，唱起卡拉OK，其乐融融。二锅头啊，大家也是久违了，那种辛辣、刺激的感觉让人特别怀念北京的生活。

那天晚上突尼斯城依然下雨，第二天依然是阴天，早

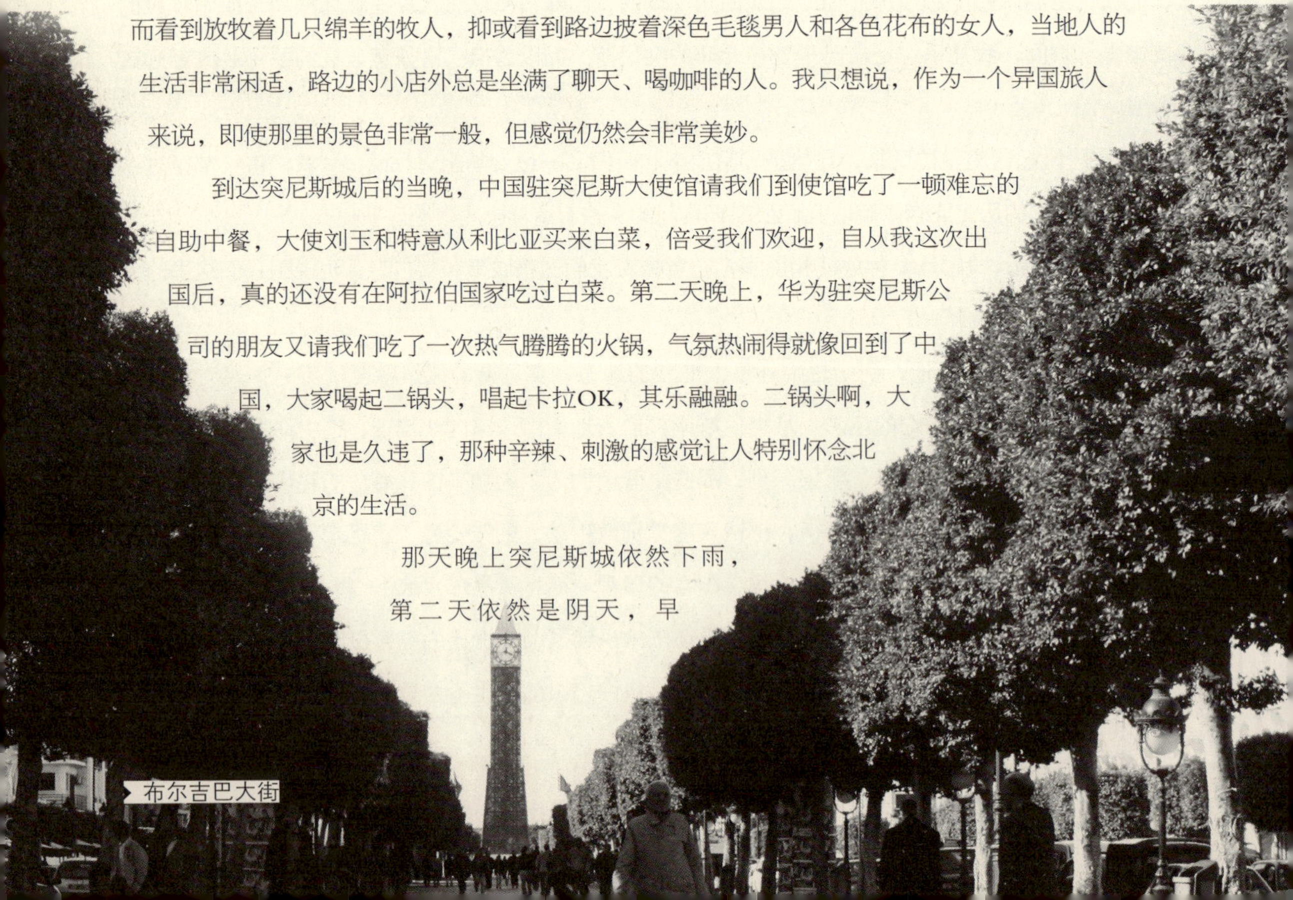

布尔吉巴大街

▶ 与刘玉和大使合影

饭后9点钟左右，天有些放晴，能透过白云看到蓝天，但顷刻间又是倾盆大雨，让人猝不及防。短短四、五天的突尼斯行旅，让我对突尼斯有了相当直观的了解。

突尼斯是非洲经济较发达的一个国家，这里90%以上的是阿拉伯人，其它为柏柏尔人、犹太人和其他少数民族。伊斯兰教是国教，仅少数人信奉天主教。尽管如此，在突尼斯的城镇中，人们现在穿传统阿拉伯服装的已不多见，这里的阿拉伯商人更是相当西化，不仅年轻人把西装、牛仔裤等作为日常服装，其社会上层及知识界人士也多穿西服。女性则基本上不穿长袍戴头巾，而是穿各种欧美流行的服装，即使身穿奇装异服的摩登女也屡见不鲜。其开放度与自由度可见一斑。

像中国人一样，突尼斯人十分热情好客，包括政府在内都对旅游业高度重视，其旅游基础设施相当不错。目前，突尼斯全国的旅游饭店超过800家，其中四星级以上饭店占35%，床位总数超过21万张。法国、德国、意大利等欧洲各国是突尼斯旅游业的主要客源国。据官方统计，进入21世纪以来，突尼斯每年接待的外国游客都超过500万，创汇超过15亿美元，近年来更是与日俱增。如今，突尼斯也与中国签订了旅游合作协议，很多中国人也开始把突尼斯作为自己的旅游之地。

在中国驻突尼斯使馆我采访了大使刘玉和，据他说，目前在突尼斯的华人仅有20多人，每年到突尼斯旅游的中国人不过4000多人。他说："突尼斯政府很希望有更多中国人到这里来，他们的旅游部长还表示要多开一些中国餐馆，这样能让更多中国游客有宾至如归的感受。我相信，随着中国经济的发展和人民收入提高，他们会更多选择到突尼斯旅行，感受这里奇异的风光。"

在突尼斯时，我也采访了一些在当地工作的中国人，他们也对突尼斯的开放程度和美丽景色表示赞叹，觉得非常出乎他们的意料。一位经营贸易的商人对我说："我在这里适应得很快，觉得非常自由和快乐。"

另一位到这里学习的女孩说："这里的中国人比较少，突尼斯人对我们非常热情，到哪里我们都很受欢迎。"而一位旅游者说："我来这里工作的时间不长，但突尼斯的风景让我感觉非常亲切，觉得这里的景观层次非常丰富。"

突尼斯风景的丰富性及其文化的开放性，源于其悠久、浪漫的历史。自古以来，这里的建筑物大多为白色，掩映在绿荫蔽日的枣椰树、棕榈树和橄榄树中，犹如漂浮在地中海中的白莲。希腊神话中传说尤利西斯带着船员在海中漂浮，他们看到这朵白莲花后就决定在这里扎根繁衍了。突尼斯的历史可以追溯到公元前1000多年前，当时以航海经商著名的腓尼基人在地中海边建立了迦太基城，并发展成为强盛的迦太基帝国，如今的突尼斯城那时还是迦太基城近郊的一个临海小村镇。

刘玉和大使说："腓尼基人在这里生活了很长时间，创造了辉煌的文化，至今还留下了迦太基城遗址，非常壮观、美丽。"

在腓尼基人之后，罗马人闯入这里，烧毁了迦太基城，给这个国家留下了更多印迹。公元698年，倭马亚王朝在如今的突尼斯城这里大兴土木，开建新城，并兴建港口和船坞，原来迦太基城的居民便迁居到这里。公元13世纪初到16世纪末的哈夫斯王朝正式定都突尼斯城，兴建了宏伟的宫殿、阿拉伯市场等，使突尼斯城成为马格里布地区的文化中心。

刘玉和对我说："突尼斯是个文化交融的十字路口，腓尼基人、罗马人、阿拉伯人、拜占庭人，都在这里生活过，形成了突尼斯复杂、多层次的文化景观。"由此，大使解释了在穆斯林国家中，突尼斯为何如此开放的原因，他说突尼斯的妇女不仅有选举权，而且社会地位较高，突尼斯实行一夫一妻制，女人也不用围头巾。通过大使的介绍，我对突尼斯有了更多了解。

我在突尼斯城住的酒店距中国使馆不远，拐个弯就能到。我的窗外面对的是一个公园，里面绿树葱茏，鸟鸣幽幽，在繁杂的汽车轰鸣中，让人能感受到幽静平和。市内著名的贝尔韦黛公园就座落在一片树木繁茂的丘陵上，即使在每年12月份，也是芳草如茵，鲜花盛开。这个公园被誉为植物标本国，凡是地中海一带的树木花草，在园内都可以见到。

突尼斯城临近地中海南岸的突尼斯湾，在突尼斯湖的顶端，是一座阿拉伯古老建筑与现代化建筑艺术融为一体的城市，其人口已突破118万。这里举行过多次阿拉伯世界的重要会议，1979年，阿拉伯联盟总部由开罗迁到这里，其重要性日渐明显，由于它也靠近欧洲，因此便经常成为国际会议的地点。

突尼斯城内让我印象深刻的路有两条，一条是被誉为突尼斯的"香榭丽舍大道"的布尔吉巴大街，它相当于上海的南京路和北京的王府井，是突尼斯城最繁华的商业区，道路中间是人行道，树木四季常青，街道两边，咖啡店、商场、饭店一家挨一家，建筑以欧洲风格为主，街的两端是共和国广场和独立广场，广场上高高矗立的钟塔像一支硕大的方形铅笔。

这条大街以突尼斯第一任总统的名字命名。1957年7月25日，制宪会议通过决议，废黜国王，废除君主制度，建立共和国，同时任命哈比卜·布尔吉巴为第一任总统。1959年11月布尔吉巴在首次普选中当选总统，1976年4月成为终身总统。1987年11月7日，军人出身的总理本·阿里宣布，因布尔吉巴年迈久病，失去了管理能力，由他接任总统职务，布尔吉巴黯然下台，迁居故乡莫纳斯蒂尔，颐养天年，直到2000年4月6日病逝，享年97岁。我没想到的是，到2011年1月，靠政变上台的本·阿里也会因突尼斯国内骚乱放弃总统权力，离开突尼斯前往沙特阿拉伯。

另一条路我说不出名字，它距我住的酒店不算远。我意外发现突尼斯城内还有古老的有轨电车，便沿着长长的电车轨道慢慢前行，边拍照边一路欣赏宜人的景致。这里的轨道是双向的，车轨中也可走人，电车则漆着阿拉伯人最喜欢的绿色或蓝色。有的地方轨道与汽车行驶的马路并行，有的地方则只有轨道通行。有意思的是，我居然在路边看到杨紫琼的一个飞身而起的动作广告。那条电车轨道通向突尼斯老城，老城那边的房子低矮，也不规范，两三层楼高，很多呈多边形修建，其中一些建筑的外墙也被粉刷一新。街边多是小咖啡店、商店，以及涂抹得乱七八糟的广告牌。

突尼斯旧城区，当地人称为麦地纳。在阿拉伯语里，“麦地纳”意为“城市”，也有“城中之城”的解释，主要是商业、手工业、住宅区，颇有中世纪的遗风，还保持着古色古香的阿拉伯东方色彩。旧城区的城墙虽已不存在，但仍保存有近10座城门，其中有新旧城相接的海门以及旧城与郊区相连的苏卡门等。旧城区里的市场充满着浓厚的阿拉伯乡土气息，到处是手工作坊发出的锵锵声和小商小贩的叫卖声，传统的铜器、金银首饰、香料、地毯、橄榄木制品、皮革、马鞍、嫁妆等，样样俱全。由于麦地纳旧城区是城市规划最协调均匀的典范之一，反映了精湛的阿拉伯建筑艺术，1979年它被联合国教科文组织列入世界文化与自然遗产保护名录。

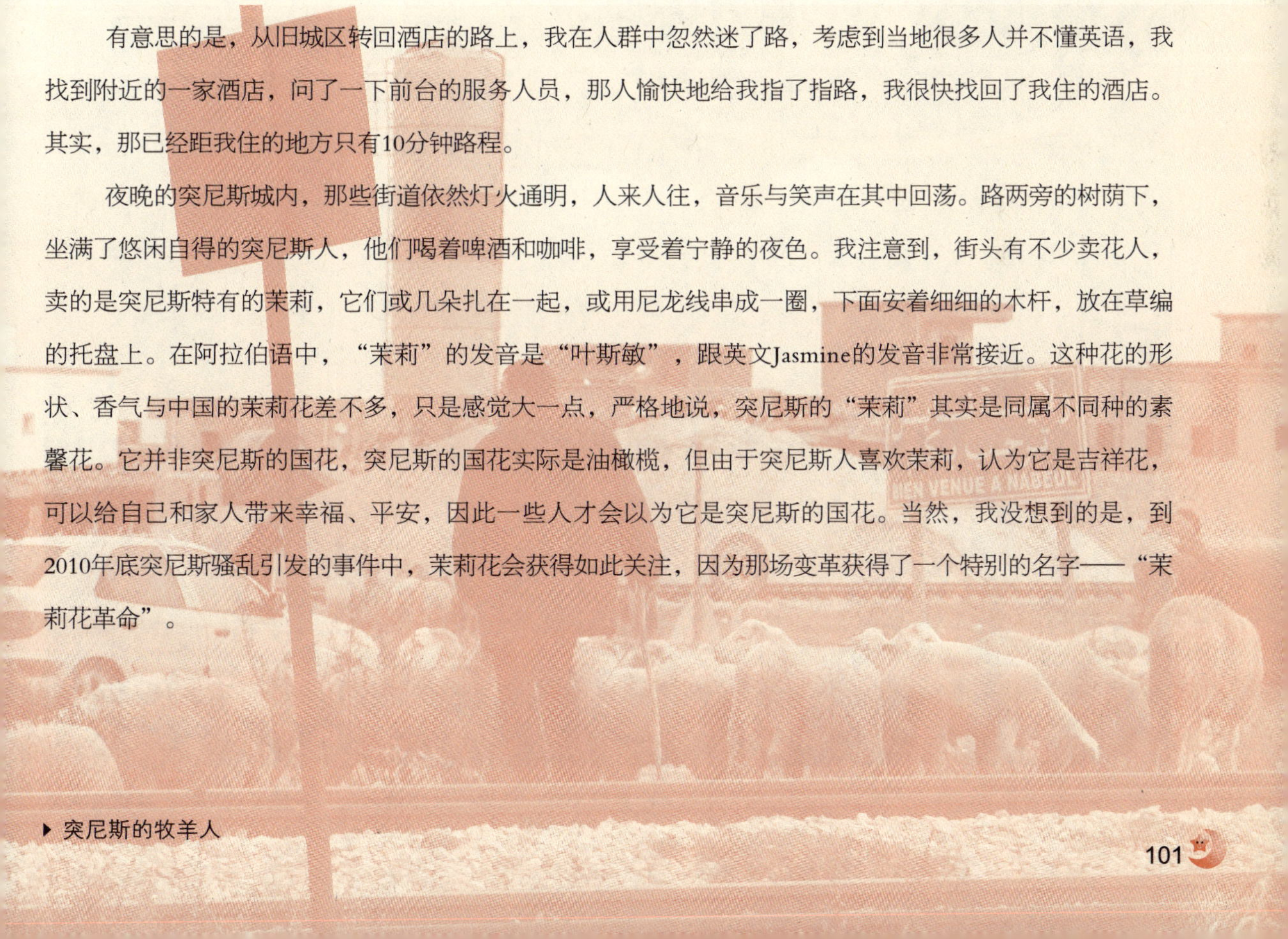

有意思的是，从旧城区转回酒店的路上，我在人群中忽然迷了路，考虑到当地很多人并不懂英语，我找到附近的一家酒店，问了一下前台的服务人员，那人愉快地给我指了指路，我很快找回了我住的酒店。其实，那已经距我住的地方只有10分钟路程。

夜晚的突尼斯城内，那些街道依然灯火通明，人来人往，音乐与笑声在其中回荡。路两旁的树荫下，坐满了悠闲自得的突尼斯人，他们喝着啤酒和咖啡，享受着宁静的夜色。我注意到，街头有不少卖花人，卖的是突尼斯特有的茉莉，它们或几朵扎在一起，或用尼龙线串成一圈，下面安着细细的木杆，放在草编的托盘上。在阿拉伯语中，“茉莉”的发音是“叶斯敏”，跟英文Jasmine的发音非常接近。这种花的形状、香气与中国的茉莉花差不多，只是感觉大一点，严格地说，突尼斯的“茉莉”其实是同属不同种的素馨花。它并非突尼斯的国花，突尼斯的国花实际是油橄榄，但由于突尼斯人喜欢茉莉，认为它是吉祥花，可以给自己和家人带来幸福、平安，因此一些人才会以为它是突尼斯的国花。当然，我没想到的是，到2010年底突尼斯骚乱引发的事件中，茉莉花会获得如此关注，因为那场变革获得了一个特别的名字——“茉莉花革命”。

▶ 突尼斯的牧羊人

中国人吸引了她们的目光

麦纳麦的房子以白色为主

我是“第一亿零一个过桥人”——望不到头的巴林跨海大桥

第十章

警车护送下的旅行

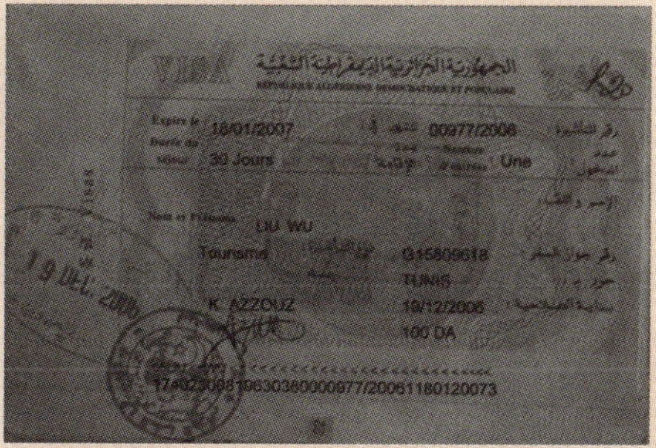

▶ 阿尔及利亚签证

阿尔及利亚全境大致以东西向的泰勒阿特拉斯山脉、撒哈拉阿特拉斯山脉为界，山脉得名于古希腊神话中的大力士神阿特拉斯的名字，海拔在2000米左右。塞提夫是一座神秘而颇有韵味的小城，它还是一座古城，建于公元前一世纪，曾是法军的要塞。马路上装饰的古朴路灯早早点亮，发出昏黄的光影。我喜欢眼前的这种景致和情调，仿佛身在一幅刚刚画完尚未干的油画中。在阿拉伯语里，阿尔及尔和阿尔及利亚同属一个单词，意为“白色的岛屿”。阿尔及尔素有“花园城市”之称，殖民者的色彩在这座城市的建筑中保留下来。

22 那夜住在神秘小城

12月19日上午十点多，我从突尼斯城开车继续向西，前往阿尔及利亚。从突尼斯城到阿尔及利亚边境约200公里，这条路类似国内的县级公路，开始比较平缓，后来基本上是山路，弯道极多，忽上忽下。道路两旁的山地一片葱绿，乡间景致极其美妙，造型感极强的绿树、白色的屋子、绿色的山坡和湛蓝的天空，构成油画般的风景。路上车不多，行车相当轻松，一开始天色晴朗，接下来风云密布，大雨滂沱，山间云色瞬时变幻，令人陶醉，当然驾车也得格外小心。进入山地后，气温渐冷，到了山头上的突阿边境，好几个队员都忙着加衣服。那里的突尼斯海关与阿尔及利亚海关近在咫尺，相距不过2、30米，这个关口是我此行中看到的最美丽的关口。

阿尔及利亚全境大致以东西向的泰勒阿特拉斯山脉、撒哈拉阿特拉斯山脉为界，泰勒阿特拉斯山脉以北为地中海岸的滨海平原，两个山脉之间为高原地区，撒哈拉阿特拉斯山脉以南属撒哈拉大沙漠，约占全国面积的85%。我开车走过的正是这两个山脉的东段，山脉得名于古希腊神话中的大力士神阿特拉斯的名字，海拔在2000米左右。这个关口估计也是我此行中经过的海拔最高的关口。

办理完所有手续已经是傍晚5点多钟，进入阿尔及利亚后，当地派军队开车护送我们，六、七位军人荷枪实弹，跟我们寸步不离。前天晚上在中国驻突尼斯使馆采访时，使馆的工作人员便告诫我们，阿尔及利亚安全形势不好，出首都阿尔及尔就必须有军人保护，不然风险极大，有可能遭到恐怖分子袭击。

原以为阿尔及利亚也会像利比亚一样通讯受到限制，不过入境后发现手机在这里仍有信号。黑夜中，我们驱车在弯弯的山道上行驶，先到距边境最近的一个城市吃了晚饭，这时大家都已经饿得不行，接我们的阿方向导当天早上8点多就已经到了边关，一直没有吃饭，估计早就肚皮贴后背了。本来按计划我们要到离边境300公里远的一个城市住宿，因山路不好行驶，向导决定就地找酒店歇憩，我们便在一个叫EL Tarf的小城歇下来，住在La Marsa Hotel中。我的房间是一个三人住的小屋，室内基本没有装饰，就是一般的白墙加瓷砖地板。晚上在这里睡觉居然越睡越冷，颇感山地的气温确实很低。

在突尼斯的那些天，每天已经听不到穆斯林通过大喇叭传出的诵经声，可到阿尔及利亚后，早上6点，满耳便是拉长音调、声调重复的诵经声。有时，再有很好的睡眠，也会被这些高亢的诵经声搅醒，让你感觉自己这时身在一个穆斯林的世界中。

EL Tarf是个山地小镇，房子依山而建，基本上都裸露着墙砖的原色。我发现这里的建筑也像埃及的民居一样，很多都是半成品，只建一半，楼上没有封顶，不知是否也因为封顶的房子就要收税。

转天的早餐只有一小杯浓咖啡、几片面包和果酱、奶酪。匆匆吃完早餐后，8点准时开车出发，经过北非历史名城君士坦丁后在一个小镇停下来吃中饭，原计划直接去首都阿尔及尔，考虑到安全问题，向导又改口说今天在塞提夫城休息，这段行程只有300多公里，跑得非常轻松。我估计比较紧张的是前后护送我们的军人，沿途最多时他们派有5辆军车跟着我们。

早几年我就听说阿尔及利亚局势不太稳定，尤其在山地和南部沙漠地区，有反政府武装和基地的分支机构组织。在这种危险地区，很多人不会冒险来游玩，倒是由于中国医疗队长期在这里工作，中国工程队在这里援建了很多大型工程，当地人对中国人比较熟悉，见到我们会比较友好地注视或招手，甚至用中文说“你好”，而不会把我们看成是日本人或韩国人。

塞提夫是一座神秘而颇有韵味的小城，是塞提夫省省会。这里属于泰勒阿特拉斯山区，海拔1096米，人口只有20万左右。说起来，它还是一座古城，建于公元前一世纪，曾是法军的要塞。2010年奥斯卡最佳外语片提名电影《法外之徒》中就展现了发生在塞提夫的一次屠杀事件。我们进入塞提夫时，天色已经黑了，当时又下起了小雨，明显感觉有些寒冷，我赶紧拿出毛衣、运动裤穿上，又换了厚厚的旅游鞋。好在我入住的EL Rabie酒店房内有暖气，身体很快暖和起来，我住的酒店前是个小广场，旁边有一座教堂，俯瞰下去，树叶有些发黄，另一些树叶色泽深红，被雨一淋，颜色更深。马路和广场上人们来来往往，汽车在雨水中开过，天阴沉着，灰度很浓，湿意很重，马路上装饰的古朴路灯早早点亮，发出昏黄的光影。这种景色我似乎在哪里见过，感觉熟悉而亲切。我喜欢眼前的这种景致和情调，仿佛身在一幅刚刚画完尚未干的油画中。

晚上我发现酒店的插座不好用，便想上街去买一个转换插头，刚刚走到酒店大堂，负责保护的警卫便将我拦住，告诉我晚上不要单独外出。他找来向导，让他带我外出，自己也紧随着我。其实那商店就在酒店门口不到200米处，我就在他们两人陪伴下，找到一家小店，买了大小共3个插座，总共花了不到500阿尔及利亚第纳尔，其中小的插座每个100第纳尔，约合人民币11元，大的约合人民币20多元。

冒着细雨回到酒店后，我原以为这里能无线上网，不料网络有故障，怎么也上不了网，跟前台打听了一下，据说阿尔及利亚从周三到周五是周末，所以网络有问题暂时也没有人去检修。那天恰好是星期三，我享受了阿尔及利亚的周末待遇。

在塞提夫，给我印象深刻的是那些穿着长袍、戴着连衣帽的柏柏尔人，他们有些像神秘的修士，那种衣服是用粗麻布做的，一般染成深褐色或深蓝色。柏柏尔人约占阿尔及利亚总人口的20%，其余的绝大多数是阿拉伯人，另外还有姆扎布族和图阿雷格族等少数民族。据了解，阿尔及利亚人普遍性格豪爽，勇敢无畏，待人热情大方。不同的是，他们与其他信仰伊斯兰教的部族相反，在这个国家，女人反而不戴面纱，而且出入自由。而男人到了25岁左右，就要

▶ 塞提夫城

用布将全身遮住，只露出双眼，行动也更加谨慎。不过，据我观察，当地的男人很多穿着都很现代，女性确实不戴面纱，不穿黑袍，但一般会包着头巾，上衣长长的盖过臀部。

在我居住的酒店外，距清真寺不到200米的地方，就有一座坐立的裸体女人像，可惜毁坏得有些严重，雕像的鼻子和身体都有不同程度的损毁。雕像的风格是古希腊罗马式的，上面镌刻着阿拉伯文和英文，似乎这是一位名叫弗朗西斯·圣维达尔的女性，生活的年代应该是1898年前后，碑文显示雕像在1997年进行过维修。这雕像背后有什么故事我不知道，但从她距清真寺如此近距离这一现象来看，当地人对女性的态度应该没有那么保守。

第二天离开塞提夫后，我继续前行，直奔首都阿尔及尔。从塞提夫到阿尔及尔只有300多公里，但山路弯多，并不好走，车子跑不快。一开始天很晴，走不了多远便开始下雨，有的路段雾气很大，有的路段一边是高山，一边是悬崖。就这样小心翼翼，到达阿尔及尔已经快下午3点了。那时，我听说当地正在建设从阿尔及尔到突尼斯边境的高速公路，全长1000多公里，其中一部分由中国公司承建。据报道，2010年10月，阿尔及利亚东西高速公路W8标段已经通车，通车典礼在位于阿尔及利亚和摩洛哥交界的小镇马格尼耶举行。当地官员说，随着W8标段开通，阿尔及利亚实现了一个伟大梦想，阿尔及利亚政府在随后的五年计划中还要将东西高速公路与当地所有港口联通，并连接未来将建设的中部高原高速公路和国内主要快速路。

到达阿尔及尔后，我入住的地方面对地中海，打开阳台门就见到美丽的海景。那天海浪很大，阳光璀璨，海边的房屋沐浴着金黄色，极其炫目。而地中海上的云彩更是壮观，西边的晚霞映射过来，涛声阵阵，眼前景色令人震撼。

阿尔及尔城是在十世纪的时候由阿拉伯人和柏柏尔人建立起来的，它南靠雄伟的泰勒阿特拉斯山脉北麓，座落在宛如一个半圆形剧场的乌艾德·哈腊和乌艾德·马扎法兰两大海湾之间，沿地中海阿尔及尔湾西岸伸延16公里，市区全长75公里，街道房屋大都建筑在山丘上，迂回起伏，犹如一颗明珠闪耀在地中海南岸。

在阿拉伯语里，阿尔及尔和阿尔及利亚同属一个单词，意为“白色的岛屿”。当地人很喜欢给我们介绍这个名称的来历，它有一段美丽的传说。相传很早以前，有一批阿拉伯人不畏艰险，长途跋涉来到这儿，只见海面上涌现出星星点点的一些岛屿，海水随风扬起，冲击着岛边的岩石，激起层层白色的浪花。其实这些人不知是到了什么地方，有个人脱口大声喊道：“阿尔及尔！阿尔及尔！”这意思是“快瞧呀！那些白色的群岛。”可大家以为这地方就叫“阿尔及尔”，从此这个名称便一直沿用到今天。

阿尔及尔素有“花园城市”之称，这里气候温和，终年绿草如茵，林木茂盛，花开不断，站在高处俯视全城，近处郁郁葱葱，远处水天相接，景色优美迷人。殖民者的色彩在这座城市的建筑中保留下来，街道两边的房子，红的、白的、绿的，颜色很杂，却很和谐，产生了良好的视觉效果。那些老建筑以法国式样的居多，起码有半个多世纪的历史，上面往往有复杂的绘画，古色古香，主楼多是白色或淡黄色，窗子多漆成醒目的蓝色或红色。

转天离开阿尔及尔时，这里又是阴雨连绵，外面一直在下雨，开阳台门遥看地中海，海浪翻滚，波涛汹涌，海燕翻飞。整个阿尔及利亚在我心中也如同这天气一样，变幻莫测，颇有些神秘紧张，不知什么时候会风云激荡。

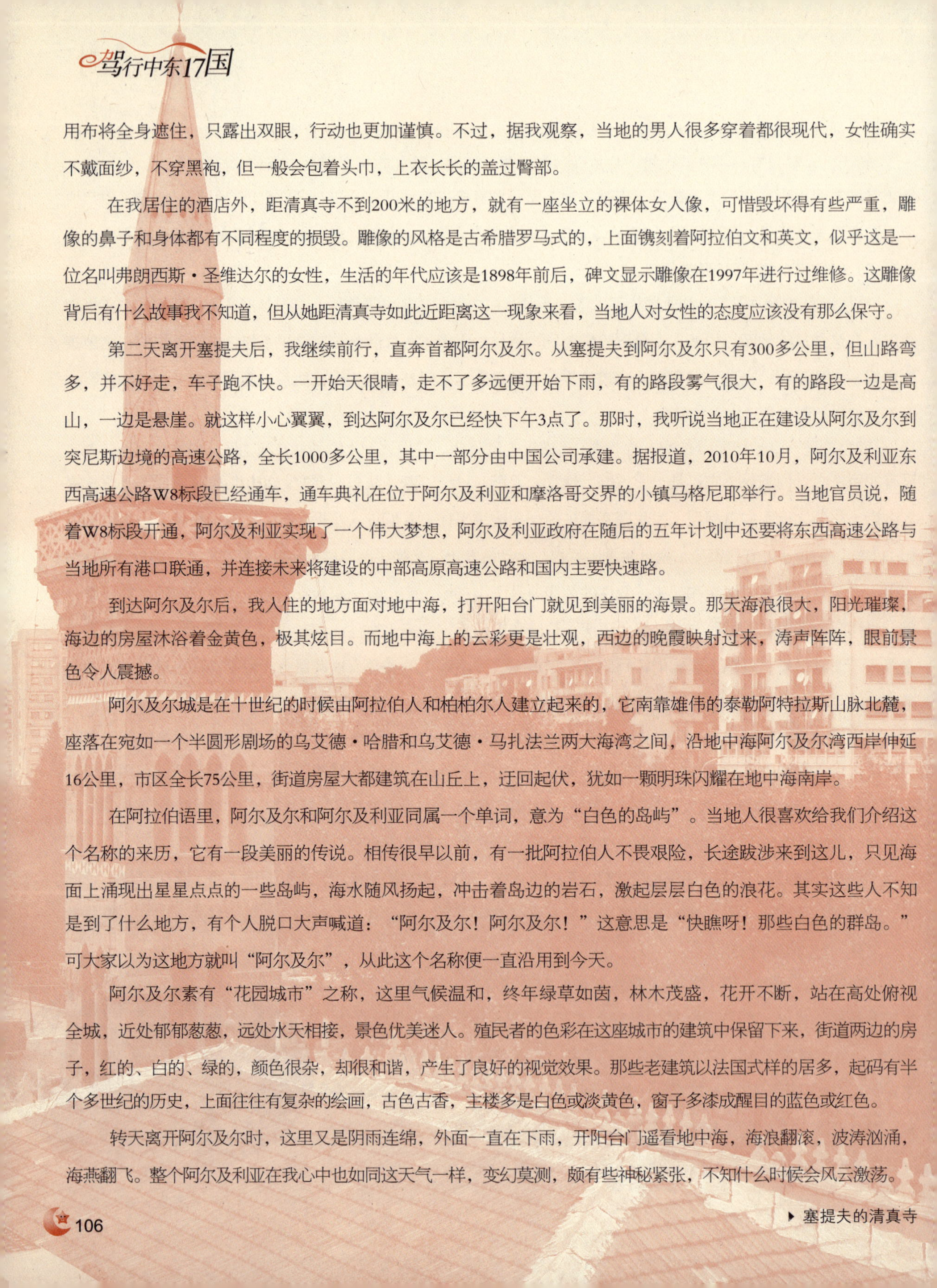

▶ 塞提夫的清真寺

标注：利比亚塞布拉塔的古罗马剧场。

海边剧场

那圆弧状的古老剧场，
早已残破、荒废，
阶梯上的余温渐冷，
观众走得一个不剩，
古罗马的多少场好戏，
就在这里热烈谢幕。

冬季的阳光依然温暖，
与两千多年前没有区别，
舞台背靠蓝色的海洋，
听得到阵阵涛声传来，
空无一人的台上，
只有海风轻轻吹过。
剧场沐浴着金色的夕阳，
恍惚一场大戏即将开幕。

我独自坐在阶梯上，
享受着地中海的微风，
想像高亢的歌声，
伴随海风从这里飘逝。
裙裾飘动的女子，
曾赢得多少观众爱慕，
演艺高超的男优，
曾博得多少贵族青睐。
那些星光灿烂的夏夜，
海腥味、香水味、青草味

混合着利比亚水烟的味道，
流淌在宽敞的剧场内。
一阵阵欢笑声、呼喊声，
穿过好几个世纪，
回响在我耳边，
让我不知身在哪个年代。

我抚摸着冰冷的石块，
细看台帮上的浮雕，
那些生动、细腻的人物，
好像仍在我面前呼吸。
他们曾亲历了那些岁月，
欢乐凝聚在他们脸上。
他们用无声的语言，
向我讲述当年的故事。
当繁华与喧嚣消失，
石柱支撑的城市变成废墟，
就像鲜花迅速凋谢，
潮水退去留下一片狼藉。

从那些残存的石片中，
我试图读懂那个遥远的时代，
古罗马的宏伟、大气，
就这样保留到今天。
即使剩下断垣残壁，
依然不失王者风范；
即使舞台上空空荡荡，
也会传来舞者的笑声；
即使石头不会唱歌，
也能显出迷人的风采。
有地中海的涛声相伴，
这古老的剧场从不会寂寞。

于利比亚图卜鲁格城

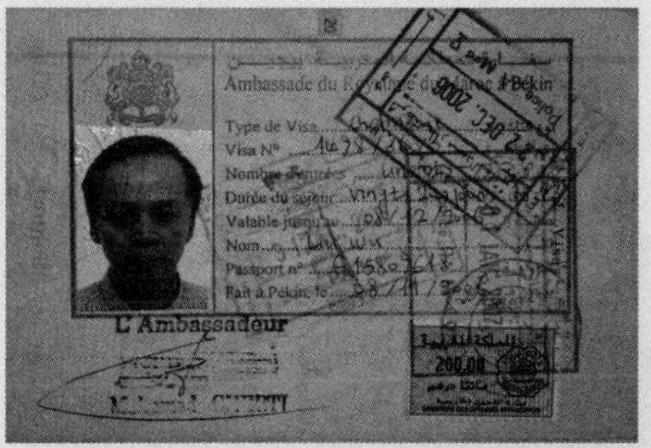

▸ 摩洛哥签证

第十一章

那是非洲的西北角

由于斜贯全境的阿特拉斯山阻挡了南部撒哈拉沙漠热浪的侵袭，摩洛哥常年气候宜人，花木繁茂，享有“烈日下的清凉国土”的美誉和“北非花园”的美称。这里是冲浪爱好者和风帆驾驭者的故乡，人们来到拉巴特海滨，不难感受到大西洋海浪的独特。从50万年前以来，摩洛哥所在的地方就是非洲和欧洲之间的一条交通要道，3000多年前，腓尼基人在非洲

西北部大陆，发现了这个拥有雪山、海洋和灿烂阳光的灵秀之地，他们就决定在这里生活，并给这个地方取了“摩洛哥”这样一个美丽的名字，它在阿拉伯语中的意思是“太阳下去的地方”，有人也译为“休养胜地”。

非斯最早称为“法斯”，在阿拉伯语中，“法斯”意为“金色的斧子”。据说当年伊德里斯二世主持非斯城的破土奠基时，在面向麦加圣城的方向发现一把金色的巨斧，他感觉这是吉祥的征兆，当即便给城市定名为“法斯”，后来演变成“非斯”，并一直沿用到今天。

非斯是摩洛哥第一个伊斯兰王朝伊德里斯王朝的都城，物产丰富，故有“肥美的土地”之称，而这恰好也是阿拉伯语里“法斯”的另一种含义。走进非斯老城，绝对让人有种穿越时代，回到中世纪的感觉。

非斯老城北面山坡上的城堡已改建成兵器博物馆，里面陈列着摩洛哥历朝历代自造的和外国赠送的宝剑、马刀、枪炮等，其中有把宝剑上刻有汉字，传说是古代中国皇帝赠送给摩洛哥国王的礼物。

世界上的清真寺数不胜数，但论名气、论古老、论规模却只有很少的几个，其中以拥有270根圆柱的卡拉万纳清真寺和摩洛哥最古老的寺院之一——昂达吕西昂清真寺最为著名。如果要说现代化程度最高、地理位置最独特，那就不得不数卡萨布兰卡的哈桑二世清真寺了。它位于所有阿拉伯国家的最西端，更令人叫绝的是，它坐落在大西洋岸边，其中1/3的面积建在海面上，因此人们俗称它为“海上清真寺”。

谁不知道卡萨布兰卡 23

12月22日，我从阿尔及尔前往摩洛哥，仍是警车在前面开道带我们去机场。到机场后，发现居然前后有三道安检，比在菲律宾机场检查还严，另外这里通用的只有法语和阿拉伯语，用英语问话大都会碰一鼻子灰，麻烦自不待言。当时检查行李后需要盖一个章，我不知道在什么地方，就用英文去问一位工作人员："麻烦你懂英语吗？"那女士反问我："你懂法语吗？"真的是好不幽默。

说起摩洛哥，不少中国人都知道那里有座著名的城市——卡萨布兰卡，原因很简单，那是因为有一部与这个城市同名的美国电影曾经影响了众多中国观众。在中国，那部电影也译名为《北非谍影》。

我到摩洛哥的第一站就是卡萨布兰卡，那时已临近圣诞节和元旦，穆斯林的"宰牲节"也在这个时候。出于对电影的喜爱，我难免不在这座城市到处寻找《北非谍影》中留下的画面。

卡萨布兰卡是摩洛哥最大的港口城市，濒临大西洋，这里树木常青，气候宜人。南北绵延几十公里的细沙海滩，是最好的天然浴场。沿岸一排排整齐、高大的棕榈树下，掩映着各具特色的旅馆、饭店和各种娱乐设施，很是绮丽独特，引人入胜。如果从海上眺望这座城市，上下是碧蓝无垠的天空和海水，中间则夹着一条高高低低的白色轮廓线。"卡萨布兰卡"这个名字原出于西班牙语，意为"白色的房子"或"白色宫殿"。据说，当地人认为白色代表真诚、纯洁，因此喜欢穿白色的长袍，建白色的房子。其实，这座白色之城本名叫"达尔贝达"，由于《卡萨布兰卡》这部电影让这座城市闻名世界，知道它原来名字的人反倒不多了。

卡萨布兰卡距位处东北方的首都拉巴特88公里。500多年前，这里原是安发故城，15世纪中叶遭葡萄牙人破坏，1575年又被葡萄牙人占领，改名为"卡萨布朗卡"。1755年葡萄牙人离开后，它被称为"达尔贝达"。到18世纪末，西班牙人在得到这个港口的贸易特权后，开始称它为"卡萨布兰卡"。20世纪初，法国人占领了这个城市，仍然称它为卡萨布兰卡。直到摩洛哥独立后，它才恢复了"达尔贝达"的名称。不过，人们仍习惯地称之为卡萨布兰卡。

站在卡萨布兰卡的市中心广场上，我忽然发现这座城市的不少建筑很像中国的天津，洋楼显得有些陈旧，街道非常狭窄。与我以前想像的非常浪漫的卡萨布兰卡不同的是，这座城市其实是一座工业城市，充满浓厚的商业气息。

卡萨布兰卡的钟楼

卡萨布兰卡是摩洛哥的经济中心，集中了全国2/3的现代工业，工业产值占全国的80%。它还以一年一度的国际博览会闻名，商业十分繁荣，是进出口商品的集散地。卡萨布兰卡港是非洲第二大商港，设备现代化程度很高，这里有货运、石油和磷酸盐3座码头，每年进出港船只达1万多艘，吞吐量超过2000万吨。这座海鸟飞翔、能闻到海的气息、听到海涛声的城市，是摩洛哥重要的渔港、铁路、公路和航空交通枢纽。

像我一样，到卡萨布兰卡的很多人，都有某种愿望试图在这座城市寻找到与那部经典电影相关的拍摄场景。世界上恐怕很少有几个城市像卡萨布兰卡这样因为一部电影名扬天下，也很少会有几部电影能把一座名不见经传的城市渲染得如此令人神往，人们忍不住要问，到底是什么原因，让这座城市别具魅力，充满美丽、浪漫的色彩，令人动情不已。

12月底，我一走进梦幻之城卡萨布兰卡，就开始寻找电影《北非谍影》当年拍摄的外景地，以及与这部电影有关的故事。可以肯定地说，在此之前，也有不少人做过这样的努力，但他们难以将这种寻找过程通过影像再现。

60多年前的1942年，正值二次世界大战白热化阶段，美国华纳兄弟公司邀请英格丽·褒曼和亨弗莱·鲍嘉拍摄了这部传世之作。在片中，亨弗莱·鲍嘉扮演的美国人里克·布莱恩在卡萨布兰卡开了一家人气很旺的咖啡馆，并拥有两张宝贵的通行证。在这里，他偶遇当年在巴黎的女友——由英格丽·褒曼扮演的伊丽莎，但伊丽莎已经是捷克地下阵线领导人维克多·拉塞罗的妻子，他们两人正遭到纳粹少校史特劳塞因的追踪。心情复杂的里克几经思考，最终决定帮助他们逃离卡萨布兰卡。在机场，里克将通行证交给维克多，并开枪射死了打电话阻止飞机起飞的德军少校，然后目送自己心爱的女人离开。

鲜为人知的是，华纳兄弟公司最早邀请的是后来成为美国总统的罗纳德·里根来主演这部影片，因为嫌剧本过于糟糕，里根与另一位女演员双双退出了剧组。但世事难料，由英格丽·褒曼和亨弗莱·鲍嘉主演的这部影片却点石成金，成为一部不朽的名作，并获得第16届奥斯卡金像奖最佳影片、最佳导演和最佳剧本三项大奖，而且让这部影片成了这个城市名副其实的一张名片。

我先在卡萨布兰卡一条普通的街道上找到一家门面，据当地人说，影片中的里克咖啡馆当年就搭建在这里。不过遗憾的是，如今这里已改建成一家酒吧，丝毫没有影片中的浪漫风情。在当地人的帮助下，几经寻找，我又终于找到了皇宫附近的霍布斯街，据说《北非谍影》中开头的部分场景就是在这里拍摄的。

走在霍布斯街上，我恍惚走进了那部电影中。这个电影中的外景地，现在已经变成了旅游地，每年有很多游客到这里来感受电影中的情景。

▸ 霍布斯街具有浓郁的阿拉伯风格

▶ 这里原是穆罕穆德五世的离宫

这是一条充满阿拉伯风情的街道，尖顶的楼房、圆拱形的门楣、挺拔的棕榈树、高耸的宣礼塔，还有穿着长袍走过的行人，都能让喜爱《北非谍影》的人们满足自己所有的想像。电影开头那个热闹、繁华又显得有些混乱的市场，就是这里。从众多熟悉的景物和细节中，人们不难回想起电影中的情景。即使对电影不太了解的人，在这条小街上也可以寻找到自己的所爱，街道旁那些琳琅满目、风格独特的工艺品、装饰品，无疑会吸引住时尚青年和怀旧人士的目光。

我在这条街边的小商店里转来转去，欣赏着商店里陈设的那些颇具民族风情的摩洛哥工艺品和饰物，与此同时，不少人坐在街道边的咖啡馆外，一边悠闲地品尝着咖啡，一边回味着电影中的场景。

其实，早在20世纪70年代初，有位沙特阿拉伯富翁曾在当地最豪华的五星级酒店凯悦酒店内，开设过一个“卡萨布兰卡”主题酒吧，其规模、陈设、营造的气氛与影片中的“里克咖啡馆”相差无几，让走进这里的人感觉就像一步踏入了电影之中。不过遗憾的是，当我找到凯悦酒店后，里面的“卡萨布兰卡”酒吧早已没有了。

不过，功夫不负有心人，在中国驻摩洛哥大使馆文化参赞王宝义协助下，几经打听，我们又在卡萨布兰卡港附近寻找到一家名叫里克的咖啡馆，这家咖啡馆完全仿照电影中的布景建造，依然是白色的外墙、圆拱形的门楣、充满阿拉伯风情的灯具，相比而言，只有咖啡馆内的空间和规模略小一点，吧台边的老式钢琴变成了红木的颜色，而电影中黑人山姆弹奏的那台钢琴则是白色的。

坐在里克咖啡馆的吧台边，我很随意地就从这里感受到电影中的那种场景，老式的钢琴，拱形的门楣，都有让人时空错乱的感觉，好像一不小心走进了那部老电影中。

这家咖啡馆还多出了一个明亮的天井和二层小楼，二楼餐厅的墙上张贴着《北非谍影》的多张老电影海报，那上面有亨弗莱·鲍嘉和英格丽·褒曼迷人的头像。一台大屏幕电视每天都会反复播放《北非谍影》这部经典影片，让客人们边用餐边回味那个动人的爱情故事，让人们回想英格丽·褒曼和亨弗莱·鲍嘉在电影中精彩的表演。

说到这里，还要提到一件有趣的轶事。据1982年当地的报道，在《北非谍影》这部电影上映40周年之时，摩洛哥影视界特地邀请了片中女主角伊丽莎的扮演者英格丽·褒曼到卡萨布兰卡参加庆祝活动，还有意安排已届古稀之年的她旧地重游。据说，当褒曼来到那座仿照电影场景修建的白房子门前时，就已经情不自禁、感慨万分了。当她进入咖啡馆时，只见影片中扮演山姆的那位黑人演员，还同当年一样坐在钢琴边弹奏那首著名的《时光流转》，这时，吧台旁走出一位头戴黑色礼帽的男人，他身穿米黄风衣，酷似男主角的扮演者亨弗莱·鲍嘉。这时的英格丽·褒曼只觉得乾坤旋转、时光倒流，旧日的情景似乎再度重现，其实她知道亨弗莱·鲍嘉这时早已不在人世。

▸ 咖啡馆内到处有那部电影的海报

Bertie Higgins演唱的《时光流转》是我非常难忘的一首歌曲，它正是《北非谍影》中的那首著名插曲，令人久听不厌。其中高潮部分的歌词是这样的：

Oh a kiss is still a kiss in Casablanca

But a kiss is not a kiss without your sigh

Please come back to me in Casablanca

I love you more and more each day as times goes by

我曾把这段歌词翻译成一首五言诗句：

“甜吻在卡城，转眼人无踪。时光任流逝，爱你情更真。”走进里克咖啡馆时，那段旋律和歌词便在我心中荡漾开来。

有意思的是，如今这家里克咖啡馆也是一位美国人开的，年过半百、笑容可掬的女老板凯瑟·克里格女士欣然接受了我的专访，聊起了她与这部电影的不解情缘。她说：“我非常喜欢这部电影，看过不下100遍，非常欣赏英格丽·褒曼的表演。我在咖啡馆每天晚上从6点开始放这部电影，让人们重温熟悉的画面和音乐。”

凯瑟·克里格女士告诉我，这家咖啡馆是在新世纪之初开设的，来这里的人除了一般游客外，还有不少阿拉伯富豪与国际名流。咖啡馆的生意除了斋月外，平时基本爆满，如果不提前预订，有时都找不到座位，这当然都是托了《北非谍影》这部电影的福。不过，除了对《北非谍影》格外喜爱之外，她开这家咖啡馆还有其它愿望。她告诉我说：“我原来在美国驻卡萨布兰卡的外交机构工作，911事件之后，我开设了这家咖啡馆，其中的一个想法是，希望通过这种方式增进阿拉伯人与美国人的交流，促进摩洛哥与美国之间的沟通。”

凯瑟·克里格女士还表示，已经有不少中国人到过这家咖啡馆，她不仅对中国有所了解，还因为工作需要去过中国，印象非常深刻。她说：“我最早就从事旅游业，1972年尼克松访华时，我当时在日本供职，对中国香港和中国南方城市非常熟悉。我在这里接待过不少中国人，他们都知道《北非谍影》这部电影，我毫不感到奇怪。”

虽然身在遥远的大西洋沿岸，但凯瑟·克里格女士依然对中国抱有浓厚的兴趣，甚至期望能与中国企业家合作，在中国开设同样风格的里克咖啡馆。她恳切地对我说：“如果有中国朋友愿意合作，我们可以在中国开办里克咖啡馆的连锁店，还可以做一些延伸产业，比如制作阿拉伯传统工艺品，在文化产业上进行延伸合作等。”

离开里克咖啡馆之前，凯瑟·克里格女士非常高兴地与我们一起合影。那么多中国人对这部曾被誉为

“最伟大浪漫的爱情电影”之一的《北非谍影》情有独钟，相信里克咖啡馆有一天真的会落户中国。虽然还有另一种说法，说《北非谍影》这部影片根本没在卡萨布兰卡现场拍摄，只是在好莱坞搭的景。但对喜爱这部电影的人来说，相信那些故事发生在卡萨布兰卡，比不相信更有趣味和意义。

如今，卡萨布兰卡风景依旧，但《北非谍影》的两位主演英格丽·褒曼和亨弗莱·鲍嘉却都早已告别人世。1957年1月14日，亨弗莱·鲍嘉因喉癌在美国洛杉矶去世，他一生共演出过80多部影片，从1943年主演《卡萨布兰卡》后，他多年来一直是好莱坞十大卖座明星之一，曾在1951年获得奥斯卡最佳男主角金像奖，1954年再获奥斯卡最佳男主角提名奖。鲍嘉扮演的孤独、低沉、愤世嫉俗的银幕形象，代表了第一次世界大战后美国“迷惘的一代”。在他死后，他的银幕形象被60年代的青年当成偶像，大加崇拜，一时形成“鲍嘉热”。很多人认为，他是以有说服力的反英雄形象名垂电影史册的。

25年后的1982年8月29日，与他搭档的瑞典籍著名演员英格丽·褒曼也在英国伦敦寓所去世，终年67岁。巧合的是，她逝世的这个日子正是她的生日。在40年代好莱坞的全盛时期，她拍摄了包括《北非谍影》在内的许多优秀影片，其中很多被列为美国影坛上的“经典之作”，虽然《北非谍影》这部影片没有为她争得电影大奖，但她却先后因主演其它影片三度获得奥斯卡金像奖，其中两次获得最佳女主角奖，一次争得最佳女配角奖。

确实，有过这样一部电影，卡萨布兰卡的名声就足以不朽，无论它背后的故事如何，也无论这个城市的真实面貌如何，它已经注定与浪漫结缘。在我看来，卡萨布兰卡的浪漫是潜藏在当地人最普通的生活中的，没有丝毫装佯或作态的感觉。即使《北非谍影》这部影片的声名如此显赫，卡萨布兰卡人也并没有刻意拿它多做表面文章，或以此为由头搞什么主题公园之类的东西，也许在他们看来，电影就是电影，生活仍是生活。

非常戏剧性地一幕是，当我准备离开摩洛哥时，司机由于看错机票误把我们送到了首都拉巴特的机场，等我发现走错地方重新驱车赶往卡萨布兰卡机场后，已经办好出境手续和登机手续的我却眼睁睁看着飞机离港，我就此体验了一把电影《幸福终点站》中的主人公维克多·纳维托斯基的尴尬感受。当担任接待工作的英迪莎小姐帮我们重新入关，并将我们接回卡萨布兰卡时，她幽默地说：“看来是摩洛哥爱你们，卡萨布兰卡爱你们，所以才让你们留了下来。”

也许是一种缘分，也是一种留恋，那个新年元旦，我就是在卡萨布兰卡这座美丽的城市度过的。因为有了《北非谍影》，有了这次误机，卡萨布兰卡让我更加难忘。

老板娘是《北非谍影》的超级粉丝

24 走进“海上清真寺”

世界上的清真寺数不胜数，但论名气、论古老、论规模却只有很少的几个，如果要说现代化程度最高、地理位置最独特，那就不得不数卡萨布兰卡的哈桑二世清真寺了。它位于所有阿拉伯国家的最西端，更令人叫绝的是，它坐落在大西洋岸边，其中1/3的面积建在海面上，因此人们俗称它为“海上清真寺”。从卡萨布兰卡沿海远远遥望这座清真寺，它就像一艘停靠在岸边的巨轮，迎着起伏不停的波浪，正准备驶向大海深处。

12月26日，我来到这座独一无二的清真寺。也许是因为天气有些寒冷，也可能因为并非礼拜的时候，这座清真寺外并没有多少人，硕大、高耸的建筑下宽阔的广场更显冷清、空旷。

环绕着哈桑二世清真寺的广场，建有颇具伊斯兰建筑风格的长长回廊，回廊的圆柱和方柱上分别装饰或雕刻着各种美轮美奂的花纹。这个空旷的广场可容纳8万人，加上主体建筑内的礼拜堂，整个清真寺可容纳10万人，相当于北京天安门广场容纳的人数，其壮观、浩大不难想像。这座清真寺的建造与摩洛哥已故国王哈桑二世有着直接关系，他曾从1961年至1999年在任近40年，这期间摩洛哥国泰民安，全国民众都非常敬服他的威望。哈桑二世曾十分豪迈地表示：“我要在穆斯林世界的最西端建一座清真寺，在北非建设一座标志性的大规模建筑，就像美国的自由女神一样”。

▶ 哈桑二世清真寺

据说，这座清真寺的建设是源于哈桑二世国王的一个梦，在梦里国王曾接获安拉的真言说：“真主的宝座建在水上。”

为实现国王的梦想，也是为了创造伊斯兰世界的一个奇迹，摩洛哥筹措了5.4亿美元的建筑资金，这些经费3/5由国内外捐赠，其余由摩洛哥政府拨款。1986年，总占地面积9公顷的哈桑二世清真寺开工建设，法国著名建筑设计师米歇尔·潘索承担设计任务，整个工程由法国一家公司承包，建设期间累计有3.5万名工人和技术员参与，经过5年施工建设，到1993年8月30日哈桑二世国王60大寿那天，这座清真寺正式建成启用。国王的梦终于化为现

▶ 寺内底层的沐浴厅

实，哈桑二世清真寺从此成为卡萨布兰卡的一个新标志。

这座举世无双的清真寺的名声虽比不上自由女神，但其现代与古典、信仰与科技的完美组合却堪称世界之最。除宽阔的广场外，其寺区面积为2公顷，长200米、宽100米、高60米，共分4层。最上面一层的活动屋顶，只要按动电钮，寺顶就会在几分钟内自动开启，阳光直射寺内。200米高的宣礼塔高耸入云，远远高过埃及的大金字塔和罗马的圣彼得大教堂，堪称宗教建筑物中的世界之最。人们可以乘坐电梯直达上面，塔尖装有激光设备，夜间激光灯打开后，35公里长的耀眼光束直指穆斯林圣城麦加的方向。由于这座清真寺的1/3建在大海上，海水和海风造成的腐蚀、寒冷不可避免，因此，清真寺内的大理石地面不仅有常年供暖设备，25扇自动门也全部由钛合金铸成。

我在礼拜大厅外脱下鞋子，走近由钛合金做成的大门，这种自动门约有六、七米高，厚达十多公分，并有防海水腐蚀的作用。从这里进去，就是朝拜者进行礼拜的大厅。

平时，这个礼拜大厅并不对外人开放，非穆斯林当然也不能进入。通过中国驻摩洛哥大使馆的沟通、帮助，这座清真寺的安保人员特意请我们摄影队参观拍摄了这个面积近2 万平方米、可供2.5万名信徒同时祈祷的大厅。大厅内，大理石的地板光可鉴人，式样华丽的吊灯倒映在地板上，如同水波中荡漾的光华。那些雕刻着、描画着伊斯兰经典图样的石柱和穹顶，同样华美、精致，让我看了不觉目眩神迷，不得不钦佩那些建筑装饰工匠高超的手艺和精心的制作。

我还下到清真寺底部，参观了那个6000多平方米的洗浴厅，它能容纳1400人同时沐浴或洗礼。这其中整齐的廊柱也都极具阿拉伯风格，出水的地方也设计得非常精妙、独到，恍如一排排整齐的荷叶，铺在廊柱之间。此外，清真寺内还配有先进的自动灭火装置、广播通讯系统和监控系统，因此，说它是当今世界上设备最先进的清真寺一点也不为过。

实际上，哈桑二世清真寺的落成是世纪之交伊斯兰教勃兴、发展、开放的一个象征。哈桑二世国王梦想让这座清真寺与自由女神齐名的愿望，也意味着伊斯兰文化与西方文化的一种抗衡。作为世界上最年轻的一大宗教，伊斯兰教从阿拉伯半岛传播开来后，到20世纪末不仅已经成为世界性的一大宗教，在世界各地拥有无数信徒，而且伊斯兰教本身也在逐步开放，变得更加包容、多元。在摩洛哥这样一个受到多重文化影响的国家，伊斯兰教的开放性更为明显。

我在采访中国驻摩洛哥大使龚元兴时，他告诉我说：“摩洛哥的伊斯兰教非常开放、包容，摩洛哥的女性与海湾国家的女性不同，像年轻的女性穿着都非常时髦。而且这里的阿拉伯人也非常包容，别人在这里不信伊斯兰教、吃猪肉、喝酒，他们都不会干涉。”

有兴有废、潮起潮落，这是再自然不过的事情。作为一个王国，摩洛哥历史上曾强盛一时。这里最早的居民是柏柏尔人，从公元前15世纪开始到公元6世纪，摩洛哥先后遭受腓尼基人、罗马人和拜占庭人的统治。公元7世纪阿拉伯人进入这里，并从8世纪建立起王国。到15世纪，欧洲各国先后入侵摩洛哥，1912年3月，摩洛哥沦为法国的“保护国”，直到1956年，法国、西班牙才先后承认摩洛哥独立。这期间历经12个世纪，到今天为止，整个摩洛哥的近3000万人口中，除了最早的柏柏尔人约占20%外，其余约80%的都是阿拉伯人，伊斯兰教成了这个国家最主要的宗教，阿拉伯语成为国语。

距卡萨布兰卡只有一个多小时车程的拉巴特，虽然是在摩洛哥独立后才成为首都的，时间不过30多年，但它却是摩洛哥的四大古城之一，这座城市最早的历史几乎都保留在1980年被列为摩洛哥国家重点保护文物的舍拉城堡中。12月23日一早，我就来到这里，虽然早就通过有关部门办好了拍摄许可，但看门人还是小小为难了一下我们。

向导哈利德先生告诉我说：“这里的管理非常严格，一般不允许拍摄，因此要确认一些手续才能进去。”

经过联系和交涉，我们终于顺利走进这座梅里尼德王朝时期的城堡。站在城堡的高处向远方看去，城堡位处静静流向大西洋的布赖格赖格河旁。梅里尼德王朝时期修筑的外围城墙都已经残破不堪，浓密的绿荫中到处遗落着大大小小的石块。这片废墟遗址上保存的是古罗马时期的台地园、凯旋门、元老院、论坛、法院、公共浴池等建筑，还有后来修建的清真寺、宣礼塔、放生池等。在摩洛哥的古语中，舍拉的意思是“土地”。舍拉古城原来是腓尼基、迦太基和古罗马帝国时代北非地区的重要港口城市，它与摩洛哥境内的沃吕比利斯古城和伯纳萨古城齐名，到公元5世纪就已经荒废。公元12世纪，梅里尼德王朝的君主“黑苏丹”阿布·哈桑定都在拉巴特城后，他便在舍拉古城遗址基础上修筑起城墙，将它圈定为皇陵。他本人及其妻子、儿子死后便都下葬在这片城堡内。

城堡中的一位管理人指着平地上的墓碑告诉我说：“这里有三个墓碑，其中埋葬的是哈桑王与他的妻子和儿子，这中间埋葬的是哈桑王，那这块墓碑下埋葬的就是哈桑的妻子，这里埋葬的是他的儿子。”

与中国帝王陵墓浩大的排场相比，哈桑王的陵墓实在是太不起眼了。由于1775年那场以葡萄牙首都里斯本为震中的著名大地震的影响，舍拉城堡中的许多建筑被夷为废墟，如今，这里树木丛生、绿草茵茵，成了鹳雀、野猫栖息游乐的天堂。放眼看去，那些肆意走动的各色野猫很是无所顾忌，它们不会躲避人们的视线，甚至会有些过分顽皮地跟人们嬉戏、玩耍。而抬头看那些树顶，上面便有鹳雀所筑的巨大巢穴，鹳雀们自由自在地在这里栖息、飞翔，让人感受到大自然的和谐美丽。

我在那里随意就捡到一片鹳雀羽毛，那里的鹳鸟实在太多，不小心就会有羽毛从我的头顶上飘落下来。

在荒芜的城堡内，还仍然保存着清真寺、宣礼塔等残破的建筑，那座高耸、突出的宣礼塔是一个长方形建筑，它的顶上也被鹳雀占领，筑了一个巨大的雀巢。从这些遗迹中，有心的人们不难看到伊斯兰文化的深远影响。

我走到宣礼塔下，细细察看这片荒废的建筑，塔下的这片地方原来是信徒们洗浴的地方，现在也都已经废弃，但还能看出当初的大致模样。

在高耸的宣礼塔背后，有一条绿荫蔽天的小路通向一处隐秘的地方，那是这个城堡的后花园，从这里可以发现古代摩洛哥人与东方各国交往的证据。

沿着那条小路，我走进桑塔露其亚花园，意外地发现这里有不少从埃及、印度等国家引进的植物，还有据说是从日本引进的竹子。

有意思的是，在花园中的这片小竹林里，我发现竹子上也有许多历史的遗迹。这些竹子上刻有许多字，而且是不同国家的文字，非常有意思，像有些竹子上刻的就是人名、年代，或者祈福的话，显然时间已非常久远。

这个花园的建成体现了安达卢西亚文化的影响。这种文化与摩洛哥有着长期、密切的联系，当西班牙人从1085年占领安达卢西亚的小国后，安达卢西亚的阿拉伯人就开始迁往马格里布地区。随着西班牙人的进一步扩张，这些阿拉伯人迁移的规模也越来越大。从利比亚东部的德尔纳到摩洛哥的丹吉尔的城市、乡村显然都受到了安达卢西亚移民的影响，如今摩洛哥的一些地方仍保留着安达卢西亚农业生产的痕迹。我在中国驻摩洛哥大使馆采访时，文化参赞王宝义也兴致勃勃地谈到了这一文化对摩洛哥的影响。他说：“安达卢西亚文化出现在阿拉伯世界比较兴盛时期，那个时期的遗迹比较多，当时有‘翻译运动’，哲学家伊本·亨顿有许多著述，记载了当时的历史、政治，这样的思想家不少，在摩洛哥到处都能见到安达卢西亚建筑，风格独特。这种文化还影响到音乐、婚丧嫁娶、文学等方面，这是一种无形的文化遗产，一直延续到今天。”

如今，舍拉城堡外还有艺人表演那些独具民族风味的歌舞，那些古老的穿着、简朴的乐器、有节奏的舞步，都会将人们带入一种遥远的回忆中。其实，舍拉城堡的面积并不大，但从这里人们仍然不难发现，阿拉伯文化、欧洲文化和东方文化都不同程度地影响到这里，在这里交融，并留下了不少明显的痕迹。虽然那些古老的王国一个个消亡了，古老的建筑变成了废墟，但从古至今影响着人们生活、精神的文化却一直延续下来，而且愈发蓬勃兴盛。

25 在大西洋边看海浪

熟知卡萨布兰卡的中国人，大都对摩洛哥的首都拉巴特知之甚少，甚至连名字可能都不太清楚。其实，从卡萨布兰卡到拉巴特只有120多公里，走高速公路只有一个多小时，跟天津到北京的距离差不多。我到卡萨布兰卡的当天，就先到首都拉巴特与中国驻摩洛哥大使馆文化参赞王宝义进行了交流，听取了他对采访的一些建议。

拉巴特是摩洛哥的历史名城之一，始建于公元12世纪。说起拉巴特这个名字，其中便有许多故事。它源于阿拉伯语，字面本身的含义就非常多。其中流传较广的说法有两个，一种说法认为“拉巴特”的意思是“捆绑”。那为什么一个国家的首都会有这样一个令人吃惊的名字呢？原来在很早以前，这里不过是发配犯人的地方，国王命令士兵将逮捕的犯人和掳来的战犯，用绳子捆绑起来后押送到这里干苦役，由于这些被送来的人都是捆绑而来，而且越来越多，这个大西洋畔的小村子便逐渐扩大成为城市，并获得一个奇怪的名称“拉巴特”。

而另一种说法是：1150年，摩洛哥穆瓦希德王朝的开创者阿卜杜勒·阿里·穆明为出兵阿尔及利亚、突尼斯，渡海远征西班牙，便在沿海的古罗马城市萨累的废墟附近建立了一座军事要塞，取名为“里巴特·法特赫”，简称里巴特。这座军事要塞便是至今依然保存着的乌达雅城堡，也称乌达雅要塞。在阿拉伯语中，里巴特的意思是“营地”，法特赫意为“出征、开拓”，因此，“里巴特·法特赫”意为“出征的营地”。12世纪90年代，国王雅各布·曼苏尔下令将要塞扩建为城市，久而久之，“里巴特”逐渐形成为一座城池，其名称也一直沿用下来，演变成今天的“拉巴特”。

▸ 从这里走进历史

乌达雅城堡位于拉巴特老城东面，布赖格赖格河进入大西洋的入海口旁。历史上，它曾先后被柏柏尔人、阿拉伯人、葡萄牙人和法国人占领。现存的乌达雅堡有三个区域对外开放：一是伊斯梅尔国王在17世纪时修建的院内花园，它花木繁茂、小巧玲珑、幽雅精致，具有安达卢西亚园林建筑的典型风格；二是博物馆，其中主要展出历代珠宝乐器和历代民族服装，包括古代红铜、土陶器皿以及柏柏尔人、撒哈

▶ 摩洛哥的土著

拉人、摩洛哥犹太人的服饰；三是高空平台，这是古代空中市场的遗迹。我站在这个平台上俯视布赖格赖格河，遥看它从远处蜿蜒而来，流经舍拉城堡，然后从乌达雅城堡下从容流入大西洋中。在傍晚金色的阳光下，我看到河流的色彩不时发生着变化，河对岸白色的建筑上如同披上了金光。

乌达雅城堡内还保留着柏柏尔人的民居和街道，这些低矮的房子外墙上刷的颜色都非常醒目，上半部分全是白色，下半部分则是天蓝色，狭窄的街道都用石块铺成，弯弯曲曲，上下起伏，走进去感觉如同迷宫一样，别具风格和韵味。整体来看，乌达雅城堡的气质非常脱俗，虽然这里是游览地，却一点也没有旅游点的世俗，不需要任何门票，没有人兜售任何纪念品，也没有任何收费者，城堡内的居民依然从容、自在地享受着古朴的生活。

从海边回看乌达雅城堡，绿地之上便是长长的斑驳陆离的城墙，白色的房屋和墓碑点缀在其中，十分醒目，悠闲的人们就在城堡下的墓地旁散步或踢球。在布赖格赖格河的入海处，当地人修建了两条伸向大海中间的护堤，海浪拍打着护堤两侧的巨石，我跟随当地人沿着堤面向大海深处走去，在这里欣赏海景，享受海风。

站在海堤上，能明显感受到这里的海风比岸边强烈得多，从这里可以看到对面高高的古堡。拉巴特的很多青年男女都到这里来谈情说爱，所以海堤上也有不少卖玫瑰花的小伙子。

静静坐在拉巴特的海边观看大西洋风景绝对是一种享受。摩洛哥有几千公里长的海岸线，它北靠地中海南部，西临大西洋东部。由于斜贯全境的阿特拉斯山阻挡了南部撒哈拉沙漠热浪的侵袭，摩洛哥常年气候宜人，花木繁茂，享有“烈日下的清凉国土”的美誉和“北非花园”的美称。这里是冲浪爱好者和风帆驾驭者的故乡，人们来到拉巴特海滨，不难感受到大西洋海浪的独特。除了乌达雅城堡下平和的沙滩外，拉巴特海滨更多的是叠嶂起伏的山岩，这些坚硬的岩石上留下了一个个被海浪冲击出的石窝，一群群的海鸟们飞到岩石上，在这里歇息、觅食，当看到有人走过来时，它们又会一起振翅高飞。当地人经常来到这里，在高高的悬崖边垂钓、聊天、散步，看那海浪一阵又一阵地有节奏地冲击着岩石，抛洒出千堆雪一般的浪花，那些海浪去而复返，来来回回，如同一群不屈不挠试图攻占城池的战士，每一次都惊心动魄地奔过来，在落荒而逃后，又再次聚集力量，发动海潮一般的进攻。苏东坡所谓“乱石穿空，惊涛拍岸，卷起千堆雪”，描写的就是这样一种景象吧。

我走在海边的岩石上，脚下有很多石窝，这都是被海浪多年冲打出来的，非常让人惊叹海浪的力量，站在这里看海浪，真的是非常壮观，让人心潮澎湃。

▶ 拉巴特的穆罕穆德五世大道

应该说，摩洛哥的历史也像这些海浪一样波澜壮阔，惊心动魄。从50万年前以来，摩洛哥所在的地方就是非洲和欧洲之间的一条交通要道，考古发现这里很早就有人居住了。3000多年前，腓尼基人在非洲西北部大陆，发现了这个拥有雪山、海洋和灿烂阳光的灵秀之地，他们就决定在这里生活，并给这个地方取了“摩洛哥”这样一个美丽的名字，它在阿拉伯语中的意思是“太阳下去的地方”，有人也译为“休养胜地”。因为当年腓尼基人到达这里时，他们认为已经到了世界的尽头。摩洛哥的土著居民是柏柏尔人，他们骁勇善战，尤以骑术而闻名非洲。如今摩洛哥举行盛大庆典，还会请柏柏尔人组成的马队前去助兴，数百名骑士挥舞长枪大刀劈天盖地过来，烟尘滚滚，杀声震天，其声势就像这滚滚而来的波浪，其壮观、豪迈不难想像。

中国驻摩洛哥大使馆文化参赞王宝义告诉我：“当时的国王哈桑让很多土著人、安达卢西亚人、柏柏尔人都皈依伊斯兰教，现在在每年的赛马节等活动中，我们都会看到他们骑马打枪的飒爽英姿。”

事实上，拉巴特成为摩洛哥首都的历史并不长，1912年法国人侵占摩洛哥古都非斯后，为了割裂摩洛哥人对祖国历史和民族文化的联系，便把首都从非斯迁到拉巴特。从1912年到1956年，在长达40多年的时间内，摩洛哥都由法国人统治。1956年摩洛哥独立后，仍沿袭已有的格局，将首都正式定在拉巴特。

如今的拉巴特由两个紧连的姐妹城组成，即拉巴特新城和萨勒旧城。新城中，宽阔的街道两旁绿树成荫，街心花园比比皆是，各种阿拉伯民族风格的精巧住宅和楼房掩映在花树丛中。值得欣赏的是，这里并没有什么过高的建筑，楼房一般都在六、七层左右，外墙都以白色为主。而旧城萨勒则用红色的城墙包围，城内许多历史古迹迄今保存完好。除众多古香古色的阿拉伯建筑和清真寺外，后街小巷还有很多手工艺品作坊，这里的居民生活和生产方式依然保留着浓厚的中世纪风采。

建于1785年的拉巴特王宫就位于萨勒旧城中，它占地两平方公里，是一座典型的阿拉伯宫殿建筑，大门上有用黄铜雕成的图案，屋顶采用的是传统的绿玻璃瓦，宫内有很多式样各异的宫殿，其中有前国王哈桑二世接见宾客的里亚德宫尤为宏丽，此外还有哈桑二世的父王穆罕默德五世的陵墓。穆罕默德五世于1961年逝世，其墓地从1962年开始修建，到1971年竣工。墓室里面两侧分别是哈桑二世及其弟弟阿卜杜拉亲王墓，以及相关生平陈列馆，这里藏有阿拉维王朝历代君主的画像、穆罕默德五世遗物以及他担任国王时的历史资料和文献。墓地的左侧建有清真寺和讲经台。

与穆罕默德五世陵墓正对的是拉巴特的象征——哈桑塔及哈桑大清真寺遗址。我走进这片遗址，看到大门两旁仍有两位身穿古代服饰的骑士手持旗杆、身披白色披风，骑着白色的高头大马威严地站立在那里。建于12世纪的哈桑大清真寺原是北非最大的清真寺，传说当年由国王亲自监督建造，它总长183米、宽

139米，四周原有16道门，据说它毁于15世纪的一次大地震，另有一种说法是，它在1775年那场以里斯本为震中的著名大地震中遭到致命的毁灭。如今，这里只留下312根高低不一的大石柱，和几堵残破的院墙。不过，人们依然能从这些残存的遗迹中想象哈桑大清真寺昔日的雄伟、壮观。在这片大石柱旁边，著名的哈桑塔成了其中保存得最好的建筑，它占地16平方米，高达44米，加上塔顶共计69米，完全用玫瑰色石块砌成，塔墙的四周雕刻着风格鲜明的图案，极具摩洛哥传统艺术特色。这孤零零高耸在这里的宣礼塔简朴庄重、雄浑典雅，体现了阿拉伯优美的建筑风格和装饰艺术。

显然，哈桑塔的位置非常好，站在哈桑塔下，人们就可以远远地看到布赖格赖格河从这里流过，一直流入一望无际的大西洋中。

拉巴特不仅是个新城与旧城并立的城市，人们从它的建筑中还会不难发现，与高耸的清真寺和宣礼塔同样挺拔的，还有天主教教堂。这也能从一个角度再次说明，在阿拉伯人占绝大多数的这个城市和国家，对其它的宗教也抱着开放、宽容的态度。像拉巴特市中心的这座天主教堂，应该是法国人占领时期的建筑，年代不算久远，但教堂的规模非常宏大，大门两旁高耸如云的塔尖非常壮观，主教堂建筑外的式样和花纹也非常别致，可以与那些同样高度的宣礼塔媲美。人们看到这座著名的教堂，就不难感受到，摩洛哥的宗教文化的确非常丰富，整个社会非常开放。

从作为首都的拉巴特可以看到，摩洛哥不仅有着如此优美壮丽的自然环境、深厚古老的历史遗迹，而且还拥有开放包容的文化理念，这使摩洛哥成了许多旅行者的乐园。如今，旅游业已成为摩洛哥经济收入的重要来源之一。从2004年以后，摩洛哥每年吸引的境外游客已超过600多万人次，旅游收入在40亿美元左右。我在中国驻摩洛哥大使馆采访时，龚元兴大使和王宝义参赞都不约而同地谈到摩洛哥旅游业的前景。

王宝义对我说："摩洛哥的旅游资源非常丰富，它有得天独厚的地理位置，靠着地中海、大西洋，内陆还可以滑雪，还有著名的四大皇城，拉巴特、马拉喀什、非斯、梅格内斯都是王城、古都，还有好多海滨城市，欧洲游客来这里主要是休闲旅游，因为这里没有任何污染。另外距首都600多公里的阿加迪尔，一年四季都可以游泳。"

龚元兴说："目前中国尚没有人组团到摩洛哥旅游，事实上，摩洛哥具有丰富的旅游资源，每年吸引外国游客在600万人以上，计划到2010年达到1000万人次。近年来，摩洛哥也意识到中国游客的重要性，认为发展中摩旅游交往潜力很大。"

俗话说："窥一斑而知全豹"，从拉巴特这个不到70万人的城市，我深深感受到摩洛哥特有的魅力，古老遗迹与现代建筑、自然环境与人文历史、欧洲文化与阿拉伯文化，这些不同特质的元素融合、汇聚在一起，值得世界各地的人们到这里细细欣赏、品味。

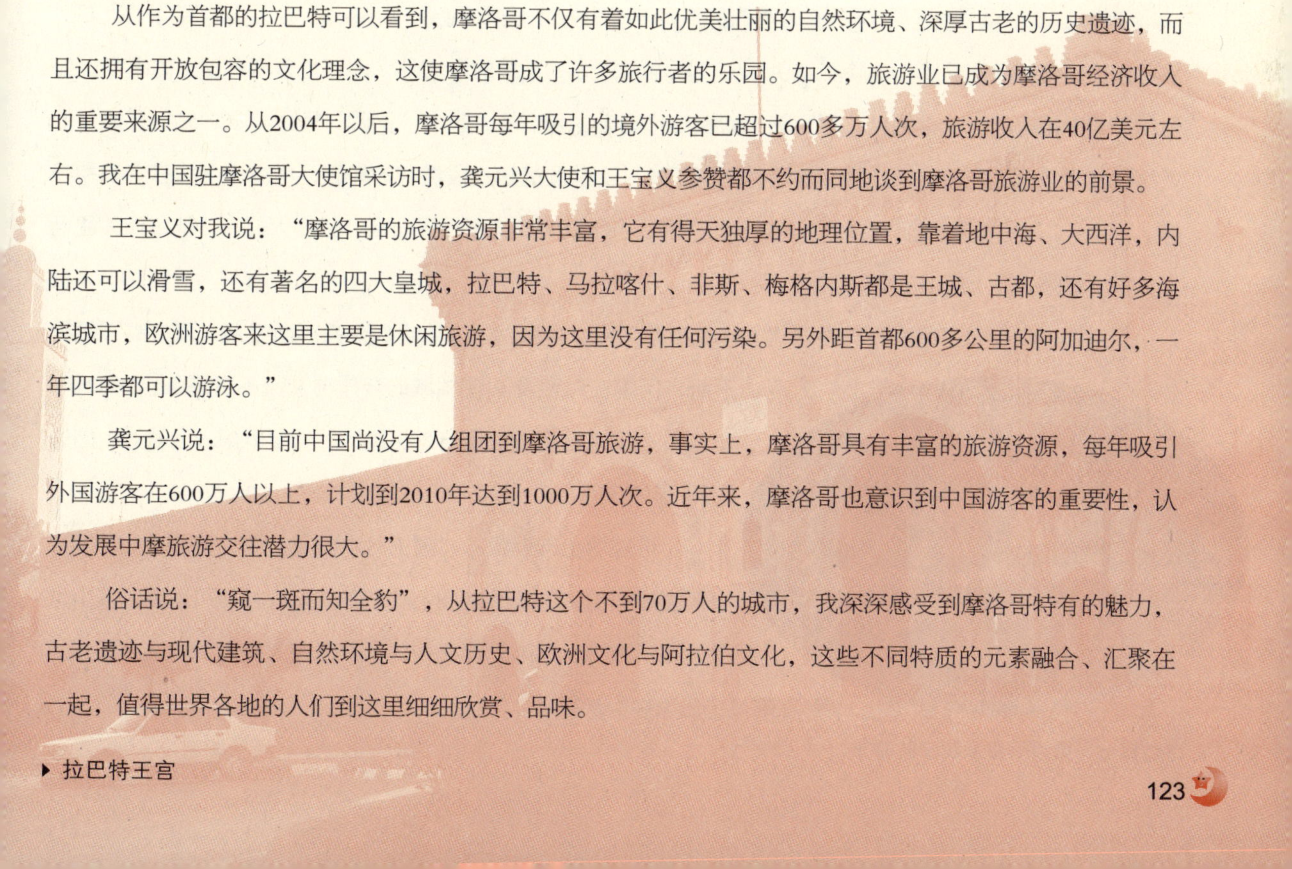

拉巴特王宫

26 他给国王当过老师

摩洛哥虽然远在非洲西北端，但与中国的交往却由来已久。早在公元8世纪，中国唐朝的杜环就曾爬山涉水到过摩洛哥。在中国古籍中，宋代作者赵汝适在《诸蕃志》中称其为“默伽猎国”。14世纪时，中国的大旅行家汪大渊和摩洛哥的大旅行家伊本·白图泰几乎在同一时期“互访”，也就是在这一时期，中国当时的许多先进成就，如造纸术、火药等，大都是经摩洛哥传到欧洲的。非常遗憾的是，我在摩洛哥采访时，由于行程和时间紧迫，没有来得及去大旅行家伊本·白图泰的故乡丹吉尔看看，但幸运的是，我专访了伊本·白图泰的研究者、摩洛哥皇家科学院院士阿卜杜勒·哈蒂·塔兹博士。

时年86岁的塔兹博士身穿具有摩洛哥民族风格的长袍、头戴毛绒小尖帽，笑容可掬地接待了我们。塔兹博士的身份很不简单，他除了是伊本·白图泰和国际关系史的专家外，他还是摩洛哥国王的老师，先后与穆罕默德五世、哈桑二世、穆罕默德六世三代国王密切交往，享有“国师”地位。从1956年开始，他就给穆罕默德五世国王讲课，后来接着教育国王的子女。回忆起这段漫长的经历，塔兹博士深感荣幸和难忘。他说：“我是国王的老师之一，从国王上小学到中学就陪伴国王，国王是非常伟大的人，他每天关注世界大事，想把世界上的很多事处理好。”

从1958年11月1日摩洛哥与中国建立外交关系以来，中摩两国友好合作关系不断发展，双方高层领导人互访不断，两国在经贸及文化领域的合作与交流不断增强。2002年2月，曾受教于塔兹博士的摩洛哥王国国王穆罕默德六世就对中国进行了国事访问。

塔兹博士告诉我：“国王对中国有特殊的感情，他访问中国时感到非常高兴，摩洛哥与中国的友好交往史可追溯到几个世纪前，穆罕默德五世国王曾在1958年做出重大决定，承认中国，当时在阿拉伯国家中引起震动。”

▶ 塔兹博士：摩洛哥皇家科学院院士

塔兹博士透露说，他至今保存着第一任中国驻摩洛哥大使递交国书的相关资料。说到摩洛哥与中国的友好交往，他又情不自禁地提到了他所研究的伊本·白图泰。他说：“中阿友谊应该说起源于摩洛哥，很多人都是通过伊本·白图泰了解到中国，他的游记现在已经翻译成了50多种文字，比马可·波罗的游记翻译的还多，马可·波罗的游记只被翻译成20多种文字。”

▶ 手绘的伊本·白图泰旅行图（明显可看到他到过中国）

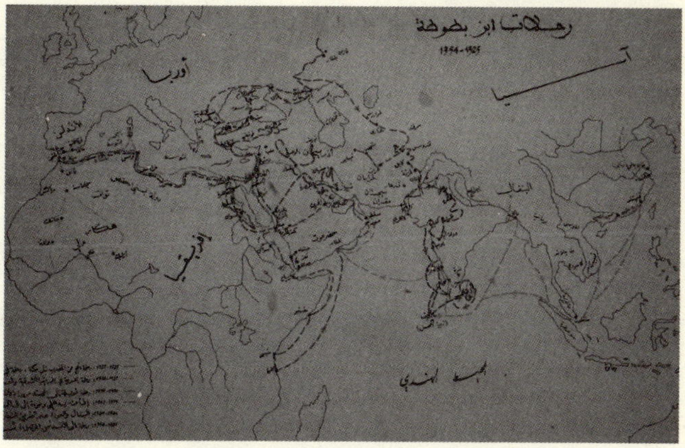

塔兹博士撰写过16卷本的摩洛哥外交史，有关伊本·白图泰的研究著作也有5本。得知中国人对伊本·白图泰的研究和了解较少后，他又恳切地希望中国的某所大学能以伊本·白图泰的名字命名其中的一个学院或研究所。他恳切地说：“我非常重视伊本·白图泰的研究，作为伊本·白图泰的后代，我感谢你们来这里采访。7个世纪前，伊本·白图泰前往中国，把他在中国的经历载入了史册，并带给阿拉伯人民。由于伊本·白图泰的努力，致使摩洛哥人民一直处在对中国的了解之中。”

1304年2月24日，伊本·白图泰生于摩洛哥北部直布罗陀海峡南岸的丹吉尔城，其家族隶属古老的游牧民族柏柏尔族的莱瓦提部落，他们家是伊斯兰教法学世家，可谓书香门第。伊本·白图泰一生中曾三次外出旅行。1325年6月，22岁的他为了进行朝觐，开始了第一次旅行，远行到临近中国的巴基斯坦。他的足迹遍及今天的亚、非、欧44个国家的国土，行程12万公里。《简明不列颠百科全书》称赞他是“蒸汽机时代以前无人超过的旅游家”，与马可·波罗、鄂多利克和尼哥罗康底等齐名，是中世纪四大旅行家之一。1333年，伊本·白图泰来到印度德里，在那里呆了9年，然后流落到马尔代夫。1345年，他找到一艘来自中国的船只，顺利经过马六甲海峡，沿着越南海岸北上，最后到达元朝南中国的主要港口泉州，后来从泉州他又去了杭州。伊本·白图泰声称自己沿着京杭大运河一直北上去了北京，但是，很多历史学家认为这一段只是他的编造。

塔兹博士说：“我研究伊本·白图泰时发现，在他的著作中记载着中国当时就有阿拉伯人在那里生活，这让印象非常深刻。伊本·白图泰去中国的目的是为了与其它民族和平相处，我强调这一点，是因为在我访问中国时，我发现伊本·白图泰留给中国人的印象一直沿袭到今天。”

在近30年的旅游中，伊本·白图泰不仅见识了各国的奇风异俗，而且创造出若干世界第一：他是第一位亲眼目睹并记述《聊斋志异》中《偷桃》魔术的阿拉伯旅游家；他是第一位踏上黑非洲的阿拉伯旅

▶ 摩洛哥众议院

游家；他还是第一位足迹遍及亚、非、欧三大洲的中世纪阿拉伯旅游家。当他周游世界回到摩洛哥后，便向朋友叙述了自己的旅途见闻，他的朋友深感兴趣，就让御前秘书记录并编辑成《旅途各国奇风异俗珍闻记》这样一本书。这本书就是我们熟知的《伊本·白图泰游记》，或简称为《异境奇观》。这部卷帙浩繁、洋洋洒洒数十万言的奇书在1355年12月7日问世。近700年来，这本书被广泛翻译和传播，并引发东方学学者、特别是阿拉伯学术界的强烈兴趣，人们称它是一本关于14世纪上半叶亚、非、欧各国社会历史、地理、经济、民俗、宗教诸方面包罗万象、不可多得的百科全书。在阿拉伯世界，伊本·白图泰获得了崇高的声名，摩洛哥人将其作为英雄加以纪念。几年前，天文学家曾用他的名字命名了月球上的一座环形山。

作为国王的老师和著名学者，塔兹博士也自称是个旅行家，他曾有过1198次空中旅行经历，去过世界上绝大多数国家。不仅如此，他曾经还是个极具反抗精神的人，13岁就被关进过监狱。说起这段鲜为人知的经历，他坦言受到过中国人的启示。

塔兹博士说："我曾在殖民时期坐过5年牢，我从中国人那里汲取了力量。中国现在的发展引人注目，中国人有句俗话：'窗户打开后，阳光、苍蝇也钻进来'。中国人很聪明、睿智，值得我们学习。"

塔兹博士是个睿智、幽默的老人，在采访中，他不仅熟练地用到中国的谚语，如"不管白猫黑猫，抓到老鼠就是好猫"，还时常会小小地幽默一下。比如在我向他提出一个比较有趣的问题后，他会先这样自谦一下说："我好像是在接受一次考试。"

告别塔兹博士后，我又在位于拉巴特穆罕默德五世大道旁的摩洛哥众议院内，采访了时任摩洛哥众议院议长的阿卜杜勒·瓦赫德·拉迪教授。他的职位相当于中国的全国人大委员长，是摩洛哥高层政治管理中极其重要的一员。事实上，拉迪议长并非一个纯粹的政治家，他曾任拉巴特文学院教授、哲学系主任，他也是拉巴特科学研究院的研究员，戴着金丝边眼镜、蓄着白白短胡须的他，完全是一幅学者模样。在欣然接受我的采访时，他一开始就谈到他与中国的情缘。

拉迪教授说："我对中国十分关注，从1949年以来，我们就通过各种方式了解中国，当时曾希望中国的发展给予摩洛哥以启发。1996年9月，我参加了在北京召开的第96届世界议会联盟大会，参观了北京的长城等地方，当然我对中国还不是非常了解，但发现那里真的是欣欣向荣，到处都在兴建。近十年来，中国变化更大，经济增长迅速，在世界上发挥了越来越重要的作用。"

近年来，中国国家领导人也多次访问摩洛哥，给拉迪议长留下了深刻印象。他说："总体来说，中摩各方面关系都非常好，我接待过中国国家主席、总理、委员长，中国政治、经济方面的代表团也经常访问摩洛哥，各方面都有合作。摩洛哥首相也访问了中国，建立了摩中议会友好小组，签订了经济贸易合作协议，我们肩负着让摩洛哥民众更多了解中国的使命。"

▶ 我在采访拉迪议长

在高层频频互访的同时，摩洛哥与中国之间的民间往来也日益活跃。2007年，中摩两国的双边贸易额已接近20亿美元。拉迪议长表示，目前在摩洛哥的中国人虽然不多，但摩洛哥的很多建设项目、产品却都与中国有关。

他说："摩洛哥目前有3000万劳动力，能满足国内需求，所以中国人在这里打工的比较少。不过，中国人帮助摩洛哥修建了公路、水库等多项建设项目，在摩洛哥75万平方公里的土地上，中国人会显得非常分散。现在中国的很多产品也出现在摩洛哥，深受摩洛哥人欢迎。"

拉迪议长相信，摩洛哥与中国的民间往来前景广阔，他也代表摩洛哥政府，欢迎中国企业到摩洛哥投资发展。他说："摩中之间在多个领域都有合作，在旅游领域的合作潜力更大。摩洛哥有3000多公里长的大西洋海岸线，几百公里长的地中海海岸线，很多工艺品也都家喻户晓，相信中国人会喜欢这个新旧交替的国家，我也希望中国企业到摩洛哥投资，希望你们抓住机会。"

年已70多岁的拉迪议长是摩洛哥政坛的元老人物，他是摩洛哥人民力量社会主义联盟的第一副书记。从1963年开始，他就当选为议员，1977年任人民力量社会主义联盟议会党团主席，1993年10月当选为摩洛哥议会第一副议长，1998年1月当选为众议院议长。此后，在2002年10月和2005年4月，他又连续两次连任众议院议长。在采访中，拉迪议长也捎带简介了摩洛哥的政治体制。他说："摩洛哥实行的是君主立宪制，实行中央权力下放地方，国王拥有军事、政治等方面的权力。1962年，摩洛哥颁布了第一部宪法，规定了国王的权力与国家组织形式。议会也是摩洛哥的权力机关，依法治国，解决社会矛盾。我们吸收了英、法、美等国的经验，权力制约方面与法国最为相似，政治上推行民主、平等，保护言论自由，走现代化之路。"

作为一个有影响力的政治人物，拉迪议长还担任了其它职务。1985～1986年，他曾担任阿拉伯——非洲联盟秘书长。1998～2004年，他曾任欧洲——地中海议会论坛共同主席。2001～2004年，他又担任了伊斯兰会议组织国家议会联盟主席，2002～2003年还担任过阿拉伯马格里布联盟咨询委员会主席。在这些组织中，拉迪议长都发挥了自己的积极作用。

拉迪教授说："摩洛哥同北非、地中海、黑非洲等各国都保持了密切合作，通过这些合作，我们主张尊重国际法，坚持通过对话解决各种国际争端"。

27 爱听中国广播的人

缘分，能将相距很远很远的人拉到一起；缘分，能让不同信仰、不同种族、不同语言的人成为朋友。我在摩洛哥采访时，就结识了不少友好的摩洛哥朋友，他们因各种原因与中国结缘，并热心从事摩中友好交流事业。中国驻摩洛哥使馆文化参赞王宝义就欣然介绍了一位这样的朋友。他对我说：“摩洛哥人对中国的看法都非常好，很多人是我们的好朋友，像摩中友协的哈利勒大夫，他在中国的学习了8年，我们之间一直有很好的友谊，现在他为推动中摩友好做了不少工作，我们私人关系也非常好。”

穆罕默德·哈利勒博士是摩中友协秘书长、众议员，得知他跟中国如此有缘，我们便又专程赶赴卡萨布兰卡，走进他开设的诊所中，请他讲述了他与中国的不解情缘。

哈利勒博士回忆说：“1978年，我被派到中国学习，我是摩洛哥派往中国的第一批留学生，当时，我是唯一在中国的摩洛哥学生。我到中国时，刚刚粉碎‘四人帮’，当时还能感受到‘文革’对中国人的影响，最深刻的印象是，当时中国非常封闭，只关心自己的事情，外国留学生与中国人交流有一定限制，但我走到任何一个地方，都会受到尊重和礼遇。”

哈利勒博士是北京医学院和北京中医学院的毕业生，选择学中医对他来说是一个挑战。

他说：“我学习中医是自己的选择，因为我对中国援摩医疗队非常佩服。不过学习中医的确很难，我是在中国学完西医后，才学中医的。”

回到摩洛哥后，哈利勒博士热心向当地人推荐中医疗法，虽然这个过程很曲折艰难，但结果却让他感到非常满意。他告诉我：“我刚回国时，先在军队医院服务了一年半，当地人都不太相信中医，我就先给病人用西医治疗，然后再采用中医疗法。当时，我服务的医院院长是摩洛哥医疗协会主席，他亲眼看到我用中医给人治病，最后就得到了他的认可。”

很快，哈利勒博士就成了摩洛哥的名医，很多重要人物都来请他看病。这时，他就决定自己开办诊所。

哈利勒博士说：“有了这些成功后，我就能给很多重要人物治疗了，我还去过王宫，为国王及王室亲属看病，像以前的国王哈桑二世，我都给看过病。有了这些基础后，我就决定开办自己的诊所，为患者服务。诊所刚开业时，摩洛哥人来得不多，主要是欧洲人。经过几年的不断努力，很多医疗效果得到大家认可，诊所的患者也就应接不暇了。”

有意思的是，哈利勒博士发现，摩洛哥的阿拉伯人实际上很乐意接受中医治疗。一方面是因为有中国援摩

▶ 哈利勒博士住在卡萨布兰卡

▶ 我、王参赞与哈利勒博士（中）合影

医疗队的影响，另一方面则与阿拉伯人治病的方法有关。他说："阿拉伯人也有自己的医疗方法，其中有些与中国拔火罐的方法比较接近，所以他们比较容易接受中医疗法。"

在开办诊所救死扶伤的同时，哈利勒博士也开始热心从事摩中友好交流事业。他说："我从中国回国后，就注意到当时的摩中友协主席，是哈桑二世国王的顾问、部长。我也希望在这方面有所作为，就加入了摩中友协，从事文化交流、开办文化展览等工作。最近7年来，我们接待、推动了摩中之间高层和民间不同层次的互访，其中有中国对外友协、上海友协访问摩洛哥，摩洛哥企业访华等活动。"

近年来，哈利勒博士虽然身兼数职，但主要工作就是一个——推动摩中友好关系发展。

他说："后来，我被推选为众议员、摩洛哥议会摩中友好小组主席，作为议会的各党派召集人，我都努力向有关人士邀请，推动摩中友好互访，各团体运行。另外，我是摩洛哥正义与发展党的政治局委员，我们高层领导也与中国密切发展关系。"

当初在中国留学的8年中，哈利勒博士不仅学习了中国传统医学，而且亲眼目睹了中国的变化和发展。回摩洛哥工作几年之后，他再度回到中国，中国短短几年中的巨大变化让他倍感惊奇。

哈利勒博士对我说："十年后，随首相代表团访华，我发现自己震惊了，完全出乎意料，甚至在中国学习过8年的留学生，都认不出北京了，只能辨认出天安门和北京饭店，至于上海，原来只对租界有印象，后来看到了浦东，对我来说，这是个奇迹。中国取得的成就，充分体现了中国人的信心，值得各国效仿。"

哈利勒博士认为，摩洛哥也是个商机无限、魅力无穷的地方，他热切希望中国企业和游客能到摩洛哥投资、旅行。他介绍说："中国公司在这里可做的事情不少，据我所知，在马拉喀什等地的公路就是中国人修建的，中国人应该去做这方面的生意。另一方面，利用摩洛哥与欧美签订的自由贸易协定，中国企业可到这里开办工厂，这不仅能享受免税等优惠政策，还能将产品直接出口到欧美各国。还有一个重要方面就是旅游，摩洛哥地理位置好，沿海有不少景点，还有白雪覆盖的高山等，同一个时间大家就能领略到四季风光。"

说起摩洛哥的风景名胜，哈利勒博士简直就像如数家珍了，他的目的当然是希望更多中国人能到摩洛哥度假休闲、旅游观光。采访到最后，哈利勒博士欣然用中文写下"摩中友谊万岁"几个字送给我们作为纪念，他还用普通话对我们说："我感谢你们，祝大家新年好！"采访他的那天，距新年元旦只有不到一个星期时间。

告别哈利勒博士后，我们接着赶往摩洛哥的另外两大古城梅格内斯和非斯，那里有一批中国国际广播电台阿拉伯语节目的热心听友，他们组成了中国国际广播电台（简称CRI，以下同）摩洛哥听众俱乐部，定期收听来自中国的声音。

梅格内斯位于中阿特拉斯山北坡，在首都拉巴特与古城非斯之间，距非斯仅53公里。8世纪时，这里仅仅是一个堡垒。到10世纪，巴巴里人的氏族战争才使一些村镇围绕着梅格内斯建了起来。11世纪时，穆拉比兑人的统治者将这里建成为一个军事城市，真正让它进入黄金时代的是摩洛哥的苏丹穆莱·伊斯梅尔，1672年，他将这里定为国都，在城市四周建有高大的城墙和巨大的城门，使整个城市洋溢着雄伟的西班牙—摩尔风格。今天看来，梅格内斯是17世纪马格里布时期伊斯兰和欧洲风格的和谐统一体。

传说穆莱·伊斯梅尔非常喜欢马，他在王宫里养了500匹骏马，不仅每天去马厩巡视，还精心设计建造了大型马厩和一座规模宏大的粮仓，它们至今保存完好，现在每年9月，当地人都要在马厩附近的广场上举行摩洛哥全国骑术表演，大批外国游客和骑术爱好者纷纷前来观看。这位苏丹的功绩在东方和欧洲，特别是在法国国王路易十四的宫廷中曾广为传诵。他当政的这段时间，成了梅格内斯历史上最为辉煌的时期。这座城市中除了城墙、城门等建筑之外，还有西迪清真寺、达尔马克赫宰王宫等，都是他执政时保留下来的遗迹。

如今，梅格内斯是摩洛哥的四大古都之一、伊斯兰教圣地和工商业中心，这座不到50万人口的城市是摩洛哥的油橄榄、柑橘、葡萄的重要集散地，当地以手工编织的精美地毯著名，皮革、制陶、阿尔法草编织等手工业也非常兴盛。通过中国驻摩洛哥使馆文化参赞王宝义的介绍，我在这里找到了友好的伊德内斯先生，他不仅向我们简单介绍了梅格内斯的历史，还主动担当向导，带我们前往50多公里外的非斯古城，到迷宫般的非斯城内参观。令人惊奇的是，中国国际广播电台CRI摩洛哥听众俱乐部就是通过他建起来的。

伊德内斯先生是这个俱乐部的热心组织者，在他的联络和帮助下，我在非斯的一位听众家中采访了这些听友。伊德内斯先生抢先介绍了一下他与中国国际广播电台结缘的经过。

他说："我从1989年就开始听CRI的广播，已经16年了。听众俱乐部是2005年成立的，我们还上CRI的网站，通过它们了解中国。CRI有听众之友栏目，我们也因此认识了不少在摩洛哥的朋友。2005年，国际台阿语组副组长来摩洛哥访问时，我们还一起见面座谈过。"

据了解，CRI在世界各地的这些听友都是自发组织起来的，目前与CRI保持密切关系的听众俱乐部达3615个，它们分布在世界五大洲的57个国家，其中南亚五国听众组织数量最多，非洲听众俱乐部有48个，摩洛哥的这个听众俱乐部是其中规模较小的一个。

伊德内斯告诉我："我们这个俱乐部的人数并不固定，长期联系的有30多位，实际上还包括在其它城市的摩洛哥人，不单在梅格内斯和非斯。我们都非常喜欢中国的文化节目和艺术节目，大家聊得最多的话题都跟电台最近播出的事情有关，政治、经济、历史方面的话题都不少。"

25岁的听众弗阿德·拉格则查是非斯大学文学院一年级的学生，早在2000年，他就开始关注CRI，通过CRI了解中国。他说："我非常关心中国文化方面的情况，我特别喜欢汉语，渴望学习汉语。我还给

与众多摩洛哥听友合影

CRI写过信，希望他们在摩洛哥开设汉语课教程，我们这里很多人都想学汉语。”

同样在非斯大学上学的诺尔丁，是阿拉伯专业的博士，他不仅介绍了他听CRI的感受，还给我们带来一个意外的惊喜。诺尔丁说：“我很喜欢听中国的广播，我觉得，为什么中国人对阿拉伯语那么重视，通过这一点就能显示中国对阿拉伯国家非常重视，对阿拉伯国家非常友好。”

诺尔丁带给大家的惊喜，是他当场用阿拉伯语朗诵了自己写的一首诗歌，这首诗的题目叫《渴望中国》，诗中赞颂了中国的富饶美丽，中国人的勤劳勇敢，以及摩洛哥人对中国的向往和热爱。我虽然听不懂阿拉伯语，但通过诺尔丁充满激情的声音和期待的表情，可以感受到他对中国的热爱，对中国文化的向往，以及对中摩友谊的钟爱。

诺尔丁朗诵的诗歌博得了我们的热烈欢迎。诺尔丁表示，这是他代表摩洛哥听众俱乐部献给中国的一点心意，他将这首诗歌送给我们《兄弟》摄影队，希望中国的朋友感受到摩洛哥人的热情和友好。

接着，26岁的阿拉伯语教师阿布杜勒·阿里·阿姆拉尼也讲述了他与CRI的情缘。他说：“我是2002年开始收听CRI的，我非常关心中国，喜欢中国的文化，经常听有关中国的新闻，了解到中国的经济在近年来发展得非常快。”

阿姆拉尼还特别提到他喜欢收听的一些节目，以及通过这些节目得到的收获。他说：“最近我就收听了有关中国四川的知识竞赛节目，非常有意思，节目里每次都会提出一些知识问答，我通过这个竞赛，知道了乐山大佛，这里还有很多佛教名胜，世界各地的游客都喜欢到四川旅游，特别是熊猫的家乡也在四川。”

另一位听众阿布都·迈基德·杜伊布也较早成为了CRI的超级Fans，说起中国的功夫明星来，他可是津津乐道：“很早就有个朋友跟我经常说起中国，从2001年开始，我收听CRI，我对中国的成龙、李小龙简直是熟悉得不得了，李小龙在摩洛哥被叫做‘杀不死的人’，摩洛哥人都很喜欢中国的武打片，那些电影拍得都非常美，成龙的武打功夫都是真的，没有替身，看起来非常过瘾。”

杜伊布表示，通过收听CRI，不仅结识了很多热爱中国的朋友，还激发了他深入了解中国的愿望。他告诉我：“通过加入听众俱乐部，我与很多朋友建立了联系，我们经常在一起讨论问题，交换对中国的看法。作为穆斯林，我了解到中国也有很多穆斯林，那里的穆斯林也有信仰自由，他们过自己的节日，我感到非常高兴，感觉那里也有自己的兄弟。我有个愿望，希望以后真的能去中国，看看长城、黄河、还有泰山18弯，我会因此感到非常荣幸和幸福。”

据了解，这些对中国有着深厚情谊的摩洛哥朋友，除了经常积极认真收听CRI广播外，还经常向CRI提供收听广播效果和改进节目的建议和要求。平时，他们也举办小型报告会、Party或者展览会，向摩洛哥的朋友介绍中国改革开放和现代化建设情况。我们与这些热心听众告别时，领队叶研情不自禁地脱下自己的外衣，作为礼物送给伊德内斯当做纪念。两个遥远国度的朋友，就在这一瞬间感受到了缘分的可贵和魅力。

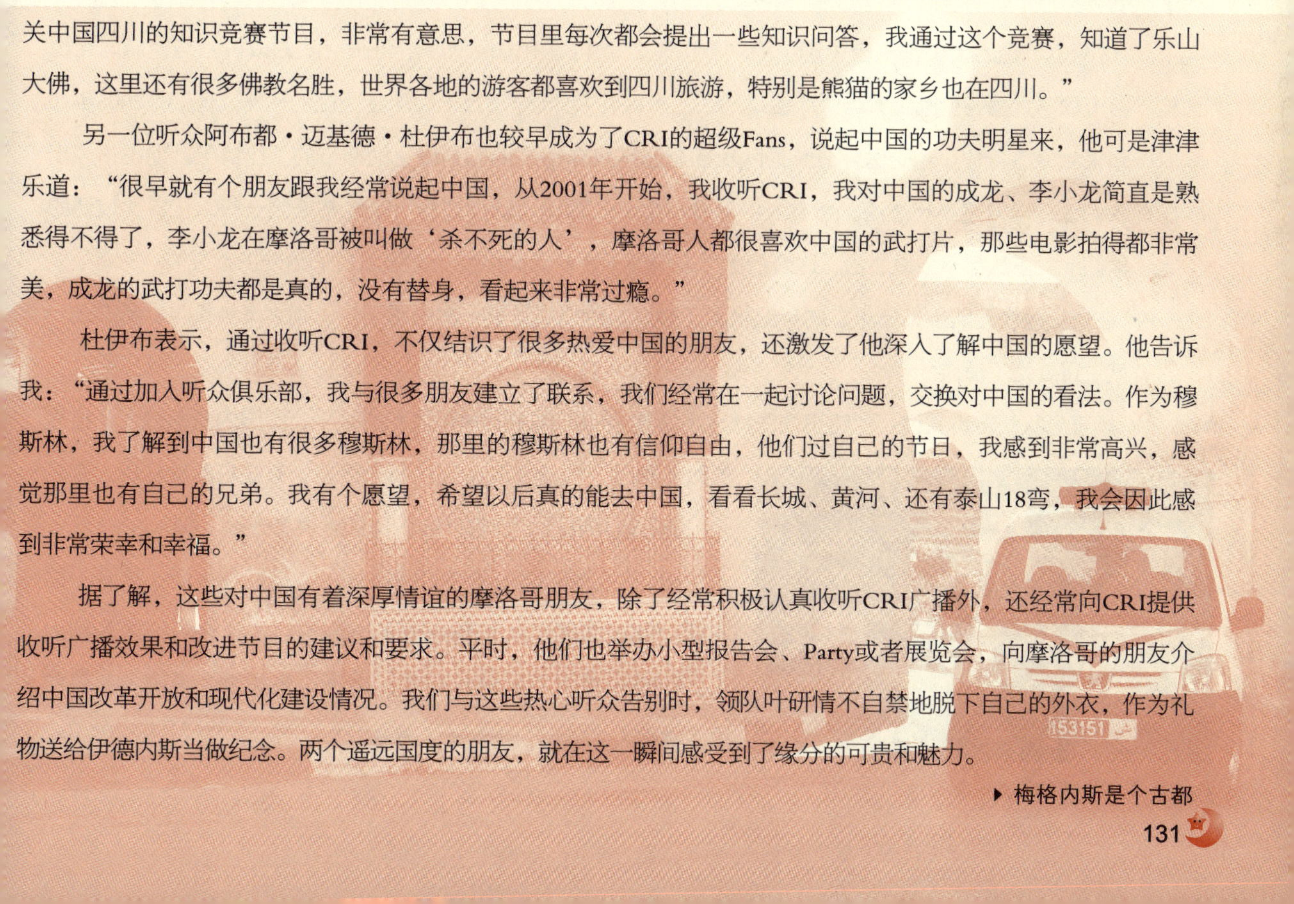

▶ 梅格内斯是个古都

28 这里有很多中国医生

在摩洛哥梅格内斯市穆罕默德五世医院中，我在这里采访时曾拍摄到一组真实的画面。12月30日下午，就在新年即将到来之前，这家医院收治了两个身患急症的婴儿。在急症病房中，一男一女两位大夫迅速赶来，紧急抢救这两个生命危在旦夕的孩子。其中一个刚刚出生不久的孩子，因为呼吸道被脓痰卡住，几近窒息，在两位年轻医生的尽力救治下，孩子咽喉中的堵塞物终于被排出。眼看自己的孩子转危为安、安然无恙，孩子的父母连声向医生道谢说："谢谢，谢谢，非常感谢你们救活了我们的孩子。"

全力救治这两个孩子的是两位来自中国的医生，年轻的杨大夫和28岁的女医生徐丽。面对我们的镜头，徐丽显得有些羞涩，一再躲避我的提问，还是杨医生简单地向我介绍了一下现场的抢救情况，他说："这个孩子很小，因为呼吸道被阻塞，如果不及时抢救，那就非常危险。现在经过我们的救治，已经没有生命危险了。"

这两位年轻的大夫都来自中国上海瑞金医院，他们是中国援助摩洛哥医疗队的成员。与他们同在梅格内斯市穆罕默德五世医院参与医疗援助的，还有另外9名同样来自上海瑞金医院的伙伴，他们是2005年10月一起来到摩洛哥的。这个医疗分队的队长杨惠忠向我介绍了他们到梅克纳斯市的工作情况。他说："出国前我们统一学习过半年法语，所有人中只有一个专业翻译，就诊过程中，经常遇到一些文化层次较低的人，他们绝大多数都不会说法语，这给治疗带来很多不便，因此需要当地懂阿拉伯语的护士帮忙。"

在这支医疗分队中，杨惠忠的年纪稍大，39岁。他们都是第一次出国工作，刚到摩洛哥时，新鲜劲一过，就觉得处处不适应。

杨惠忠队长告诉我说："这里的医疗水平是国内80年代末、90年代初的水平，跟国内差距较大。在需要做手术时，当地的医生无菌概念很差，有些东西反复用，有时一根缝针就用几次，我们就告诉他们应该怎么做。"

除了工作环境和条件不适应外，队员们在生活、饮食上的不适应就更多了。队长杨惠忠无奈地说："饮食跟国内差别太大，物价也贵，没有绿叶蔬菜，肉食以鸡为主，跟国内差得较多，很多人不适应，火气大，溃疡。"

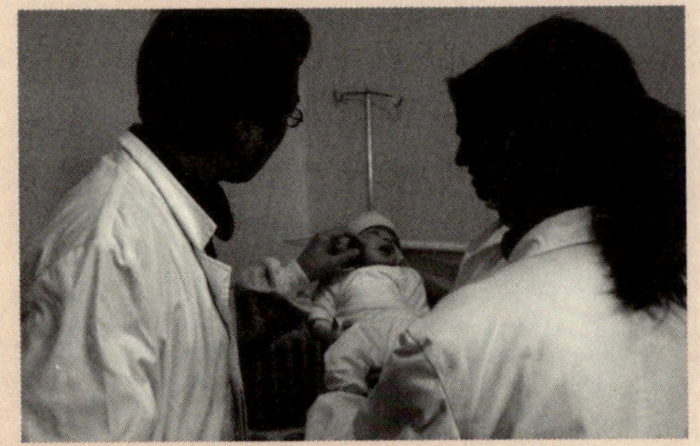

这孩子终于获救了

为了解决队员们工作、生活上遭遇的问题，杨惠忠除了给大家做思想工作外，还要求厨师想尽办法，做出适合大家口味的饭菜。

我特地走进中国驻梅克纳斯市援摩医疗分队半地下室住地的厨房里，询问他们的厨师沈师傅："沈师傅今天做什么菜？"

沈师傅一边做菜一边说："今天做的就是这些菜，你来看看，大家都很喜欢。"

我一看，沈师傅正在做的是一锅鱼丸，另外做好的也不过是一盆蛋汤。

队长杨惠忠跟我说："我们要求厨师尽量在菜品上进行调整，用不多的生活费，主要买蔬菜给大家吃。"

走出厨房，我到队员们的屋子里一看，每间房子大约只有8、9平方米，放一张床、一张书桌，窗户的一半都在地下。不过，幸好队里给每个队员们都配置了电脑和宽带，这样，大家每天都可以通过视频跟在国内的家人见面，网上聊天，解决了大家的思乡之苦。

就在大家逐渐适应这里的工作和生活后，一件意料不到的事发生了，整个分队成员经受了一次严峻的考验。这支医疗分队的医生向军跟我说："2005年5月，我们去海滨游玩，吃了一点海鲜，回来后我就发热了，一检查，得了甲肝。"

分队队长杨惠忠说："他的病比较严重，得知这个情况后，大家心情平静下来，然后分工照顾他，先把他隔离起来，我们只有两个公共卫生间，就把其中一个卫生间给他单独用。"

大厨沈师傅也单独为向军开小灶，炒出一盘盘好菜，保证他的营养供应。沈师傅告诉我说："那时候，每天都问他想吃什么，做他爱吃的东西。"

经过大家的热心帮助和及时治疗，向军很快恢复了健康。分队队长杨惠忠回忆说："那时大家很团结，经过两个多月救治，这个医生康复了，这次回去探亲，大家检查后身体都没有问题。"

向军说起这件事非常激动，他说："很感谢大家照顾我，让我很快恢复了健康。身体好了后，大家又给我理了发，你可能不知道，当地的人都不懂怎么给我们剪头发，我们都是自己相互理发。"

其实，梅格内斯市的这支医疗分队不过是中国援助摩洛哥的12支医疗分队中的一支，其余11支医疗分队分布在摩洛哥的其它地区，工作、生活条件更艰苦。目前，在摩洛哥的中国医疗队员共有117人，总队管理人员4人。在首都拉巴特的中国援摩医疗队总部中，总队长高宏亮向我介绍了医疗队整体的工作情况，他说："医疗队主要分布在偏远山区、沙漠，有的离拉巴特900多公里，比较艰苦，最近的也有70多公里。"

中国援摩医疗队的成员主要由上海各大名牌医院的中层骨干组成，一般每两年轮换一次。从1975年9月份开始，中国医疗队先后持续30多年向摩洛哥派遣了大量医务人员。

中国援摩医疗队总队长高宏亮说："这么多年来累计有118批、1239人次的中国医生来到这里，先后

▶ 梅格内斯的皇宫广场

治疗了470多万摩洛哥病人，产生了很好的影响，受到各方面高度评价。”

时年52岁的高宏亮原在上海市健康教育所任副所长，他也是第一次来到摩洛哥担任医疗总队队长。由于没有在国外工作的经历，一开始他感到压力很大。

高宏亮总队长告诉我说：“2005年上面选拔我到这里来，当时心里也没底，带那么多人带得了吗？压力很大。7月18日离开上海到这里后，花了一周时间看相关材料，然后下医疗队，由远到近，由艰苦的地方到较好的地方，12个队都跑下来了。”

虽然两年工作时间不算太长，但要让从生活条件比较优越的上海来的队员们适应摩洛哥乡下的生活，还是非常困难的。高队长说：“还是国内条件较好，到这里不适应。这里水质不行，环境艰苦，队员要过三关：气候关、生活关、语言关。”

由于总队队部的条件较好，还有一片空地可以种植蔬菜，高队长就让总队的厨师邹爱明从国内买来蔬菜种子，种了好几种蔬菜。不少分队队员回到总部，就会带一些新鲜蔬菜回分队。

在中国援摩医疗队总队的菜地里，厨师邹爱明指着他种的蔬菜对我说：“这是白菜，这是萝卜，我买了不少种子回来，种的这些菜可以供我们平时用。”

高宏亮队长说：“这里一般就吃洋山芋、洋葱、洋鸡肉，吃老三样，维生素等营养比较缺乏，所以我就让有条件的分队自己种蔬菜。”

除了解决队员们的饮食问题，高队长还想方设法让队员们在这里快乐生活。他介绍说：“通过很多努力，我们专门给大家配备了跑步机、卡拉OK等，下面反响很好，解决了大家的枯燥生活，减少了各种摩擦。

客观地说，20世纪7、80年代中国医生到摩洛哥来工作，相比而言，条件和待遇还算不错，因为当时中国国内的工作环境较落后，工资待遇也很低；但随着中国近年来经济的高速发展，许多医生在国内的收入都很高，工作环境也非常好，这时他们到摩洛哥的穷乡僻壤来工作，的确心理反差非常大。加上这两年工作期间也不能带家属来生活，回去探亲还要自己掏往返路费，所以到国外工作的吸引力大大不如以前。

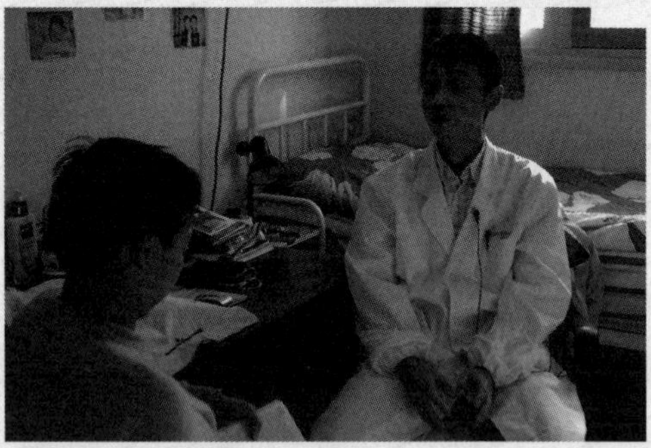

▶ 医疗队员住在半地下室里

但是，为了中摩两国之间的友好交往，为了让摩洛哥人民更深入地了解中国，医疗队员们愿意做出一些小小的牺牲。

高宏亮队长对我说：“当地人将中国医疗队员称为‘白衣天使’，我们主要为平民百姓看病，这里很多地方的医疗条件连国内的乡镇水平都不如，许多人没钱买药，队员们就自己给他们送药，送蚊帐当纱布，甚至送鸡汤。当然有些政府要员和王室成员也成了我们的服务对象。”

▸ 与援摩医疗队成员合影

中国援摩医疗队的工作不仅受到当地群众的欢迎，也受到中国政府的高度肯定。2006年4月，胡锦涛主席对摩洛哥进行国事访问时，就专门会见了中国医疗队的代表。

高宏亮队长回忆当时会见的情形说："当时参加会见的代表共有13个人，我们都非常激动。胡主席向每个人都询问了情况，当时规定会见时间是半个小时，但实际远远超出了这个时间。当时，摩洛哥的首相也在一旁，胡主席听得非常仔细，还做了笔记。"

说起当时会见的情景，高队长对胡锦涛主席的一句问候印象尤为深刻。他说："胡主席对我们说：'你们嘴唇发红，是缺乏维生素C，上火，你们辛苦了。'队员们听了，都忍不住流下了眼泪。"

中国驻梅格内斯市援摩医疗分队队长杨惠忠当时也在会见的代表中，他也清晰地记得当时胡主席跟他握手时的问话。他告诉我说："当时是在卡萨布兰卡的喜来登酒店，我排在第三个。胡主席问我：你在这里都好吗？家里人都好吗？胡主席还对我说：家里人在国内其实也非常辛苦。"

胡锦涛主席的亲切会见和问候，给了中国援摩医疗队队员以极大的鼓舞。此外，上海市还特地为中国医疗队援摩30多年举行了纪念活动。

受到各方面鼓励和关注的中国医疗队员们，本着"救死扶伤，实行革命的人道主义"的宗旨，积极为摩洛哥的普通人看病、治病，还想出了很多治病的绝招。

高队长举例说："像有的病人怕扎针，我们的队员就在自己身上试验，研究出无痛扎针的方法；这里的烧伤病人很多，要做皮肤移植手术，但皮肤缺乏，队员们就研究出将野猪皮移植到病人身上。"

面对中国医疗队的精心救治，很多摩洛哥病人感动之余，也总是拿出一些贵重物品来感谢医疗队员们。高队长就跟我说了这么一件小事："当地送小费是常见的，也有送首饰的。有一次，有位病人给我们的医生送了一件贵重的首饰，我们赶紧给他退了回去。"

风风雨雨30多年，中国援摩医疗队在摩洛哥城乡救死扶伤，给摩洛哥人留下了良好、深刻的印象。许多当地人都是通过他们了解了中国，医疗队员们用自己的医术和热心沟通了中国人与摩洛哥人之间的友好情感。

我在拉巴特专访中国驻摩洛哥大使龚元兴时，他也高度肯定了中国援摩医疗队的成绩和贡献，他说："中国医疗队援助摩洛哥意义非常深远，这是我们对外援助中最经济、最直接、最持久的一种援助方式，相比物质和金钱援助，它更有力量，影响更加深远。30多年来，中国援摩医疗队给摩洛哥人带来了很多良好的印象，让他们更多地了解了中国和中国人。"

▶ 非斯古城

29 从非斯穿越到中世纪

12月28日，我从梅格内斯驱车前往非斯老城，这段路程约50多公里，没有费多少时间。随行的还有刚刚到中国驻摩洛哥使馆工作的小杨，他原是北二外的毕业生，曾在约旦使馆工作了3年半，后又在埃及使馆工作3年半，这回他也是第一次去非斯。

非斯位处摩洛哥北部中阿特拉斯山北麓海拔410米的高地上，距首都拉巴特190公里，非斯河从城市中间流过。它是摩洛哥4座古城中最古老的一个，也是摩洛哥国土上最早建立的阿拉伯城市，已有2800多年的历史，是摩洛哥商业、政治生活及穆斯林宗教文化中心。

非斯是摩洛哥第一个伊斯兰王朝伊德里斯王朝的都城，它建在一个不大的山谷里，郊外丘陵环绕，山坡上橄榄树郁郁葱葱，越过丘陵便是一望无际的大平原，小河沟渠纵横，流水淙淙，气候宜人，植被茂盛，终年常青，物产丰富，故有“肥美的土地”之称，而这恰好也是阿拉伯语里“法斯”的另一种含义。

这座古城右岸部分始建于789年，左岸建于809年，到11世纪两城合并，成为伊斯兰圣城，称为非斯·埃尔·巴里。13世纪时，古城西部另建新非斯，即现在说的老城，当时称做非斯·埃尔·杰季德，占地300公顷。古城和老城多为阿拉伯式建筑，街道狭窄，作坊、商店鳞次栉比，传统市场繁荣。从1981开始，非斯老城被列为世界文化遗产，目前城内分为187个区，有超过20公里的城墙、7千多幢传统民宅、360多座清真寺、9000多条小巷，以及超过8千人的原住民和20万居民。它是今天世界上规模最大的、持续有人生活的中世纪城市。

走进非斯老城，绝对让人有种穿越时代，回到中世纪的感觉。老城标志性的城门叫做巴贝布杰洛德，转天一早我到城门口时，伊德利斯先生也特意从梅格内斯赶来，给我义务当向导，他劝我在城内不要单独行动，以免迷路走不出来。

走入迷宫般的小巷后，我觉得伊德利斯先生的忠告一点也不夸张，那里的巷道有些像中国江浙的古镇，完全没有规范和方向，大巷、小巷横七竖八地勾连着，东弯西拐，三步一斜，五步一转，瞬间就把人弄得晕头转向，找不着北。

这里的巷道非常狭窄，开始那段大概只有3、4米宽，因为第二天就要过宰牲节了，游人格外多，热闹得要命。不一会儿，我看到身穿传统服装的当地人骑着马冲过来，赶紧忙不迭地避让，他们显然是为准备

▶ 非斯山上的兵器博物馆

过节，在那里骑马狂欢，热一下身。这一路过来，我看到不少当地人用小车拖着绵羊，或两人拽着羊走，还有磨刀师在路边磨刀霍霍，老城内洋溢着一派即将过节的喜气洋洋景象。

城内的每个区内都有自己的清真寺、古兰经学校、面包房、汲水池和公共浴室，越往里走，还有更窄的巷道，有的宽仅1米，有的不过数十厘米，只容一人侧身而过。为防止巷道两旁的旧房子倒塌，有的地方用木头支撑起墙壁，游人只能从木架下通过。不过，所谓“曲径通幽”，推开巷道边的任何一扇门，门内便或许有令人惊奇的景色，或是深宅大院，或是古老作坊，或是阿拉伯贵族宅邸。我忽然想起宋代著名词人辛弃疾的那首《永遇乐・京口北固亭怀古》，其中“舞榭歌台，风流总被，雨打风吹去。斜阳草树，寻常巷陌，人道寄奴曾住”这几句，简直是非斯老城的绝妙写照。

伊德利斯先生带我走进一家铜器店，那满店黄灿灿、瓦光锃亮的铜盘、铜壶、铜餐具、铜首饰、铜摆饰真的让我眼花缭乱，店主告诉我这些都是纯手工制作，他当场给我示范，用锤子、凿子在明亮的铜盘上击打出纤细的花纹。据介绍，老城里有上百家制作和出售传统铜器的店铺，这些店铺规模都很小，一般只能容身一两个工匠工作。这些铜器除了具有明显的穆斯林传统装饰艺术特点外，还充满浓厚的北非气息，有些铜器上甚至会有柏柏尔人的传统装饰图案。当然，这些手工制品一般价格不菲，动辄都在上百、上千美元。

伊德利斯告诉我，非斯老城里工匠铺很多，什么铁匠铺、铜匠铺、石匠铺、银匠铺等，应有尽有。这些工匠完全保留着中世纪时的生活习惯、传统手艺，甚至衣着也没有变化，恍惚时光在他们那里停滞了，他们像活化石一样生活在这座老城中。

非斯的皮革业最为有名，接着，伊德利斯便把我带到一家皮革作坊里，让我亲眼目睹了传统皮革制作的过程。那家古老的作坊中到处堆放着褪下来的羊毛，臭哄哄的味道若是在夏天更令人难以忍受。那些原始的羊皮拿到这里后，先要用石灰和碱浸泡、揉搓，直到褪去所有的羊毛；接下来，羊皮经过清洗后，需挂在墙上或架子上晾晒，等晾干水分再放到染池里染色。

伊德利斯说，非斯老城之所以被列为世界文化遗产，这些独一无二的皮革作坊起了很大作用。作坊内的皮革大染缸其实是几十个大石臼排列组合起来的，其中的各色染料不是化学的，而是提炼自天然植物，据说200多年来从未更换过。它们在乱糟糟的作坊中就像一块巨大的调色板，工匠们穿行在各个染缸上，在炎炎烈日下，一会儿将一块块完整的牛羊皮革放进去，一会儿将已浸泡在染缸里的皮革拎出来。

看着工匠们满身污秽，挥洒着汗珠在那里工作，我暗暗想，如果这样的作坊搁在中国，想必会因为脏乱差而遭到取缔，哪里还能让它们保留到现在。传统的东西有时候很粗糙、很落后，没有那么精细、卫

▶ 城堡遗址

▶ 各种精致的铜器

生、环保，如果要保护它们，保留其原生态的面目，就应该容忍它们那些比较原始的做法。

非斯的皮革制品从鞣皮到商品手工成型，每一道工序无一不是严格按照传统工艺要求，采用手工完成，没有机器制作，所有的工人都是以家庭为单位进行生产，这种对传统生产方式的坚持便是非斯皮货质量的根本保证，也是非斯皮革制品享誉世界的原因所在。

接下来像其它的游客一样，我又去游览了老城内的阿纳尼亚伊斯兰高等学校、伊德利斯清真寺，以及卡鲁因大学等地方，让我对这座老城有了更深入的认识。据记载，公元12世纪伊斯兰教全盛时期，非斯城内共有清真寺785座，其中以拥有270根圆柱的卡拉万纳清真寺和摩洛哥最古老的寺院之一——昂达吕西昂清真寺最为著名。建于公元859年的卡鲁因大学是世界上最古老的高等学府，它比英国的牛津大学早390年，比法国巴黎大学早291年，它最初是一座清真寺，其教学方式是学者向教徒们讲解《古兰经》。如今这所大学专门从事伊斯兰教学习和研究，校内的图书馆藏有各类伊斯兰教书籍几十万册，其中珍贵的手抄本8000多册。

行走在非斯老城中，我感觉像步入了电影布景，有点亦真亦幻的感受。这里的商贩不吆喝叫卖，工匠也不夸耀手艺，居民们宁静安详，乐享自己的生活。他们让人感觉生活在另一个时代未必是坏事，落后于现代生活也未必就不幸，在那种古老的传统中，在中世纪的氛围中，他们自享其乐，优哉游哉。

走出非斯老城后，我又爬上城外南面和北面的山坡，俯瞰老城的风景。这两处山坡上分别建有两座城堡，它们修建于公元16世纪的萨阿德王朝时期，迄今依然保存完好，高高耸立，引人注目。伊德利斯跟我说，北面山坡上的城堡已改建成兵器博物馆，里面陈列着摩洛哥历朝历代自造的和外国赠送的宝剑、马刀、枪炮等，其中有把宝剑上刻有汉字，传说是古代中国皇帝赠送给摩洛哥国王的礼物。

伊德利斯先生是内政部的公务员，只有31岁，孩子刚刚几个月，妻子教法语，有个令人羡慕的小家庭。中午我与他一起品尝柏柏尔人的传统食品“库斯库斯”，据他说这道饭菜当地人只有周五礼拜后才吃，儿子娶媳妇前，婆婆要去媳妇家先品尝一下媳妇做的“库斯库斯”，才决定是否同意儿子娶这个媳妇。我笑说：“你妻子的这道菜一定做得非常好，没有让你母亲失望。”

直到这时，我才感觉似乎从中世纪的那个年代重新回到了现在。

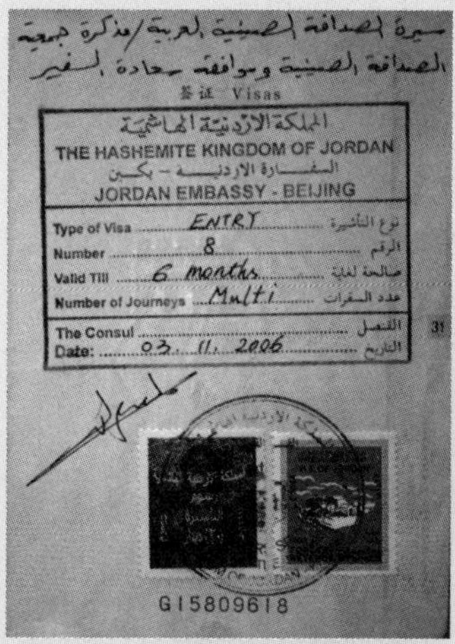

▶ 约旦签证

通往努韦巴的山谷据说有123道弯，没有一处直道，道路两旁峰峦相接，壁立千仞，不知当年摩西带领在埃及过着奴隶生活的希伯来人走出埃及时，是否就通过这条弯曲、狭长、险峻的通道。

瓦迪拉姆是约旦最壮观的沙漠，人们也把它叫做“月亮谷”，因为它像月球表面一样荒凉、宁静、沉寂。开着那些越野性能强的四轮驱动车在沙海中奔腾起来，确实就像驾驶着快艇航行在波峰上一样，颠簸起伏、黄沙飞溅，能给人带来强烈的刺激和快感。

约旦的圣地旅行不仅需要激情和勇气，还需要对当地文化、宗教、历史的深入了解。西部从南到北分布的诸多圣地中，有两个用石头筑建的城市，绝对令人叹为观止，是旅行者一生中50个最值得去的地方之一。

约旦在这样一个复杂危险的环境中，是和平的绿岛，其稳定、安全，具有重要意义。约旦的合格工业园区是美国在海外的四大延伸工业园之一，显然，中国企业进入约旦，是在全球商业贸易的棋局中下了一着好棋。

30 沿着圣地去旅行

▶ “王子”号游轮

从摩洛哥返回后，沿着地中海南岸，我再度进入埃及。在从马特鲁前往开罗的公路上，我们的一位队友开着尾车出了意外，我到现场一看，那辆车窜入了隔离带，右后车轮已经掉了，轮盘完全陷在泥土中，而左前轮则架在矮树枝上，车子的后窗玻璃已全都碎裂，万幸的是车里的两人没有任何损伤。这是我们此行中出的最大的事故。

接下来的行车大家更加小心谨慎。1月11日凌晨1点多起床，收拾停当快3点时，我从塞得港动身，摸黑开车前往500公里外的努韦巴。这次，我驾车从苏伊士运河下面穿过，终于从非洲返回亚洲，然后横穿西奈半岛，向努韦巴前行。那时，我就踏上了圣地之旅，沿着先知摩西走过的路向前行进。

通往努韦巴的山谷据说有123道弯，几乎没有一处直道，道路两旁峰峦相接，壁立千仞，不知当年摩西带领在埃及过着奴隶生活的希伯来人走出埃及时，是否就通过这条弯曲、狭长、险峻的通道。接近努韦巴走出山谷后，眼前豁然开阔，我很快就来到了连通红海的亚喀巴湾，看到了那艘即将带我进入约旦的“王子”号游轮。

亚喀巴湾位于红海北端，水深浪平，海水如蓝宝石般晶莹深邃，由于赤道暖流和海风的影响，即使在冬季，那里的平均水温也在15℃以上，适宜开展各种水上运动。坐船从努韦巴到约旦的亚喀巴港约一个小时，每天都有多趟游轮往返在这片水域上。亚喀巴港正是《旧约·列王记》上所记载的“以旬迦别”，以色列历史上最伟大的国王所罗门王就是从这里派遣使者出国运回黄金的。到16世纪中期，埃及苏丹艾尔·格尔芮在这里建起亚喀巴要塞，保护那些前往麦加或从埃及、叙利亚返回的朝圣者。如今，这里是埃及、以色列、约旦与沙特阿拉伯四国的交界处，也是约旦唯一的入海口，近一个世纪前，阿拉伯的劳伦斯率领起义军经过一番苦战，为约旦赢得了这个宝贵港口。另外，这个狭小的亚喀巴湾还是1967年那场著名的“六日战争”的导火索，当时，以色列拿埃及封锁亚喀巴湾为借口，凭倾巢而出的空军超低空穿过埃及防空网络，摧毁埃及80%的军用飞机，并在此后短短六天内由南向北横扫埃及、约旦、叙利亚联军，夺取了西奈半岛、约旦河西岸和戈兰高地。

▶ 刚刚从努韦巴山谷走出来

40多年过去，亚喀巴湾早已恢复了平静与宁和。不知道摩西当年带领希伯来人渡过红海，是否就是从这里踏上约旦的土地，反正，从他们到来后，约旦就留下了无数神迹，其中的许多著名故事都被记载在新旧约全书中，并传播到世界各地。我到达亚喀巴后，便连夜赶往80多公里外的瓦迪拉姆山谷，在沙漠上搭起的帐篷里度过了难忘的一夜。

瓦迪拉姆是约旦最壮观的沙漠，人们也把它叫做“月亮谷”，因为它像月球表面一样荒凉、宁静、沉寂。这里的沙漠不像撒哈拉沙漠一样平坦宽阔、一望无际，它的周围有许多山峦。沙丘起伏连绵，如同金色的波涛一样，让那些山峦看去就像茫茫大海中凸出的小岛或礁石。令人叹为观止的是，那些石头形成的山峦由于长年风化的作用，呈现出各种奇形怪状、恍如雕刻般的姿态，它们就像一尊尊巨大的雕像，矗立在沙海之中。对富于想像力的人们来说，那些巨石看上去如同远古的怪兽或动物，它们身上的鳞甲、骨骼栩栩如生，好像随时会活动起来，在沙漠中奔跑穿行。

不过，这片沙漠并非真的像一眼看上去的那样沉寂。仔细观察，人们会在沙地上看到一些稀疏的野草、灌木，甚至有小片的树林，至于沙漠上的帐篷组成的营地，显然是为到这里旅游的人们准备的。据说，约旦皇家自然生态保护协会在这里为非洲大羚羊建立了一个保护区，偶尔人们还会在沙地上寻找到狐狸、老鹰的脚印。不难想像，进入春天之后，只要下过一场小雨，沙丘上就会呈现出丝丝绿意，约旦的国花黑鸢尾花以及银莲花、红罂粟等都会在沙漠上次第开放，吸引那些游人、画家、摄影师等从世界各地走向这里。

最让我兴奋和亢奋的是开着越野车在这里进行沙漠冲浪，这可是一件充满挑战、冒险精神的浪漫举动。千万不要小看这茫茫沙漠，一不小心，那些冲浪的汽车就会陷进沙地，黄沙形成的波涛似乎要将舟车吞没。不过，开着那些越野性能强的四轮驱动车在沙海中奔腾起来，确实就像驾驶着快艇航行在波峰上一样，颠簸起伏、黄沙飞溅，能给人带来强烈的刺激和快感。如今，瓦迪拉姆也成了沙漠冲浪者的乐园，在当地向导的引导下，许多驾手像我一样都能在这里充分享受到沙漠行车的快乐。

这片亘古不变的沙漠依然保留着几千年前的原始形态，早在2000多年前，这里曾是纳巴特人的圣地，也许，摩西带领的希伯来人也曾在炎炎烈日下走过这片沙漠。后来，这里成了贝都因人游牧的地盘，他们的后代至今仍生活在这里，不时会骑着骆驼走过沙漠，成为游人或摄影者镜头中的风景。而最让人心往神驰的是，这里还是第一次世界大战期间，T.E.劳伦斯与奥斯曼土耳其人作战的地方。1961年，著名导演大卫·里恩就在瓦迪拉姆沙漠上，拍摄了荣获奥斯卡7项大奖的电影《阿拉伯的劳伦斯》，再现了那个穿上阿拉伯长袍的英国陆军情报官的传奇故事。

有趣的是，在影片拍摄过程中，当时的约旦国王侯赛因曾出借阿拉伯军团协助剧组拍摄，而且这位国王还经常探访片场，并喜欢上剧组中的一位英国女秘书。影片上映的1962年，这位女秘书成了侯赛因的第二任妻子，1999年，他们的长子成为现在的约旦国王。

离开瓦迪拉姆后，我驱车经过海拔1700多米的拉姆山。几天前这里刚刚下过大雪，当我走过这里时，山上仍有不少积雪。这条道路大致沿着约旦西部的山地，从南端一直延伸到北部，古时候本来就是“列王经过的道路”，一般称之为“王道”，许多在《圣经》中曾出现过的地名，就在这条“王道”的旁边。

佩特拉古城附近的摩西泉村据说就是《圣经》里提到的“伯毗珥”，根据《申命记》记载，耶和华亲手将摩西葬在“伯毗珥对面的山谷中，只是到今日没人知道他的坟墓”。相传摩西带领以色列人离开埃及后，30万人在旷野中漂流，没有水喝，摩西就举起手杖击打岩石，泉水从坚固的岩石中流出来，让以色列人饮用。这处“圣泉”据说也是佩特拉古城的水源，当年罗马军队围攻佩特拉时，发现城市的唯一水源是城外的摩西泉，便截断了水道，让那些躲在易守难攻的天然堡垒城里的居民被迫投降。如今，人们来到这处“摩西泉”参观时，当地的导游常常还会请大家喝一口“摩西泉”的泉水，但只能喝一口，多喝无效，因为这口泉水能让人年轻10岁。是不是真有这种神效，也许只有天知道了。

从摩西泉到摩西去世的地方尼波山并不远，途中人们会经过《圣经》里曾多处提到的圣城马达巴，在新旧约时代，这里一直是以色列人、亚扪人和摩押人的争战之地。在拜占庭时代，这里则成了宗教中心。直到今天，这座小城仍是希腊东正教的圣城，这在一个92%以上的居民信奉伊斯兰教的国家中显得让人难以想像。距马达巴约10公里左右的索雅豁有一座海拔870米的小山，它就是约旦最值得敬畏的圣地之一尼波山。根据《圣经》第34节记载，犹太教的创始人摩西在这里度过了生前的最后时光，并在这里去世。

先知摩西是伊斯兰教的六大使者之一，在基督教中则是仅次于上帝和耶稣的重要人物。在《圣经・旧约》中，上帝耶和华吩咐摩西说：“你上这亚巴琳山中的尼波山去，在摩押地与耶利哥相对，观看我所要赐给以色列人为业的迦南地。你必死在你所登的山上，归你列祖去。”这座尼波山是否就是《圣经》上所说的尼波山，至今仍有争论，许多学者和考古学家还在耶利哥的对面努力寻找能更令人信服的“尼波山”。尽管如此，但现在的尼波山上，还是矗立着一块白色的石碑，上面用阿拉伯文和英文写着：“纪念摩西，基督的圣地”等字样。

另一个与摩西有关的纪念物，则是矗立在西面矮墙旁的钢制盘蛇杆，这是意大利佛罗伦萨艺术家吉安尼・凡陶尼1984年的作品，高达7、8米，它象征着摩西手持的牧羊杖，据《民数记》里记载，摩西出埃及时曾高举牧羊杖行使神迹，救出众多希伯来人。在这根钢制盘蛇杆旁边，还摆放着一块刻写着方位和公里数的牌子，上面刻着尼波山到中东各大圣城的直线距离。站在这里向西眺望，死海、约旦河谷尽收眼底。据说在天气晴朗的时候，还可以看到位于约旦河西岸的圣城耶路撒冷教堂的尖顶和历史名城伯利恒、耶利哥，夜晚则可以饱览耶路撒冷城的万家灯火。这块迦南之地在1967年“六日战争”之后，果然应验了耶和华的预言，成为以色列人的占领地，让今天的约旦人如同当年120岁即将临终的摩西一样，只能“远远地观看，却不得进去”。

其实，当年摩西去世时的遗迹现在已经荡然无存。公元2世纪之后，随着基督教的逐渐流传，许多基督教信徒来到尼波山上，建起了一座基督教堂，在这里修行、传教和行医。如今尼波山上的这座教堂是公元4世纪初

尼波山上摩西的纪念碑

期的建筑，原本有高大的石柱和围墙，但现在仅仅保留了一人多高的墙基和铺有拜占庭马赛克画的地板，这些地板上镶嵌着狩猎、畜牧耕种和各种鸟兽的图案，大堂地板上拼出的多幅孔雀图案确实让人叹为观止。而教堂一侧用小石块拼出的十字架图案旁，则摆放着一张罗马教皇到这里拜揖的图片，让人感叹这处圣地的魅力。

离开尼布山后，我驱车半个小时便到达了死海，这里低于海平面471米，根据1995年的测量，它的水面低于地中海海面408米，是地表的最低点。它位于约旦、巴勒斯坦和以色列之间，是世界著名的内陆咸水湖泊。整个死海南北长约82公里，东西最宽18公里，平均深度146米，最大深度395米，面积1050平方公里，是世界上最低的水域，有“地球肚脐”之称。

死海的水中含有很多矿物质，如镁、钠、钾、溴等，由于水分不断蒸发，矿物质沉淀下来，经年累月便成为世界上最咸的咸水。这些海水的含盐量极高，比普通海水含盐量高出5至8倍，普通的生物在这里根本无法生存。不过，这里却是游泳新手们最乐于来的地方，因为死海中湖水的比重为1.172～1.227，而人体比重只有1.021～1.097，含有大量盐份的海水可以轻易地让他们浮起来，这样，人们就是随意躺在水面上也不会沉下去，即使一点也不会游泳的人，也不会被淹死。当我走到死海边时，一位从黎巴嫩到死海旅游的女孩也兴致勃勃地跳入死海中，欢快地浮在海面上，享受死海的浮力。她高兴地告诉我说：“我住在贝鲁特，到这里玩几天，放松一下。死海这里的景色非常好，非常适合休息和疗养。”

死海能成为一个奇特的旅游胜地，还有另外一个原因，那就是由于这里的海水含有丰富的矿物质，能过滤太阳光的刺激，因此，用死海的水和泥洗浴身体具有奇妙的医疗作用。据说，在远古的希洛大帝时，人们就懂得利用它们来医治疾病。跟我聊天时，热心的黎巴嫩女孩就一边示范，一边向我介绍用死海泥敷身的好处。她说：“这些海泥非常好，对皮肤和健康有用，你看，像我这样抹在身上、脸上，非常舒服，这些海泥送给你吧，你可以带回去用。”

死海地区气候酷热，年平均气温在25℃左右，水的蒸发量非常大，夏天每小时平均蒸发1英寸的水，这造成死海水面上总是弥漫和飘散着一层柔柔的水雾。放眼远望，死海的海面平静如镜，沉寂无声，没有一丝波纹，两边的山岩清清楚楚倒映在水中，给海水投上一抹嫩红。海岸对面就是以色列，约旦与以色列的分界线就在死海中央。不知先知摩西当年登临尼波山的时候，是否想过到死海中畅游一番。后来我在采访中国驻约旦大使宫小生时，他就十分精辟地总结了约旦西部这条圣地之路的意义。他说：“约旦的旅游资源很丰富，独特的是真实的古迹，在《圣经》中都有记载，不是杜撰的，在宗教发展史上具有重要意义。前不久，一位周游过列国的朋友来到约旦后很有感触，他认为从约旦到耶路撒冷如果能开通旅游线路，那就不光是一般的游历，而是一种文明的熏陶。”

约旦的圣地旅行不仅需要激情和勇气，还需要对当地文化、宗教、历史的深入了解。

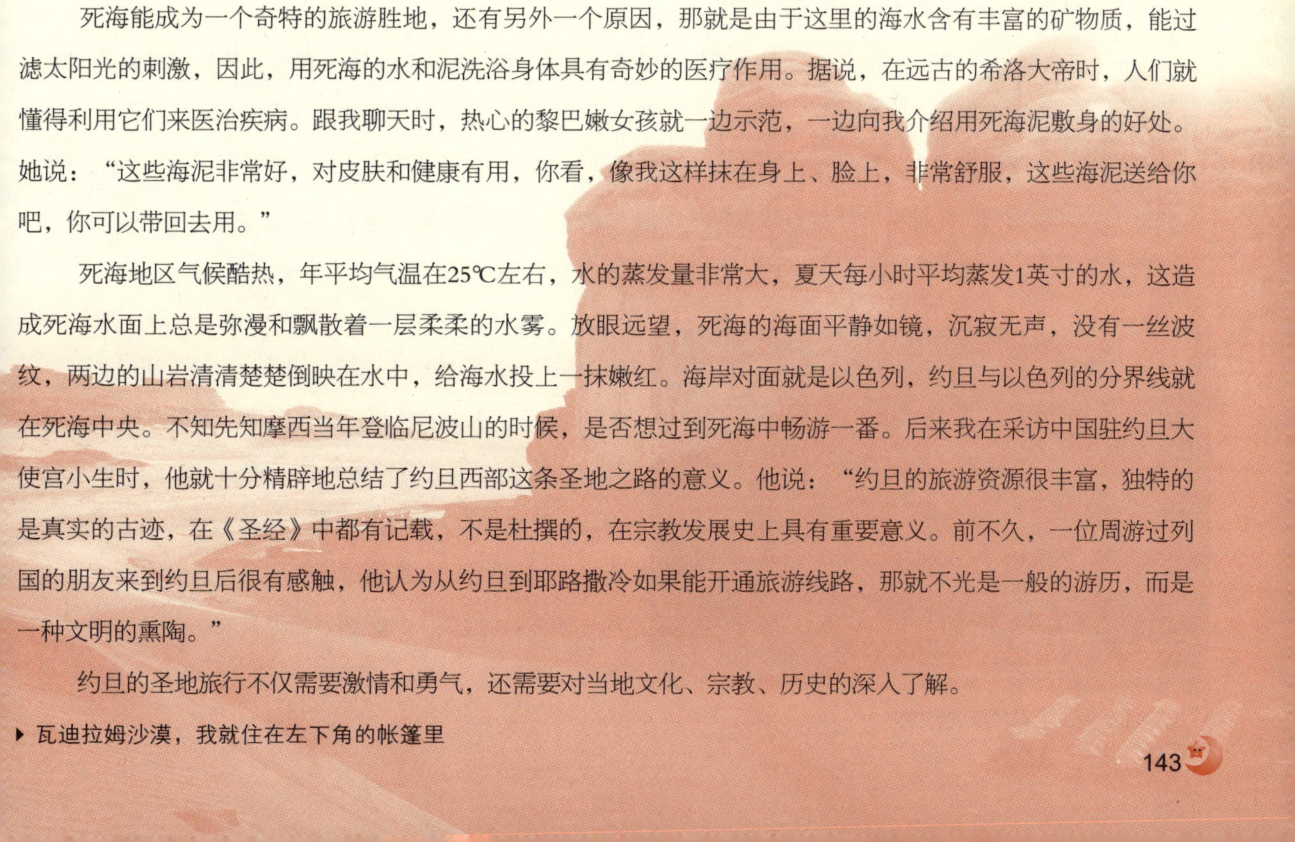

瓦迪拉姆沙漠，我就住在左下角的帐篷里

31 两座传奇的石头城

约旦西部从南到北分布的诸多圣地中，有两个用石头筑建的城市，绝对令人叹为观止。我在约旦首都安曼采访约旦作家协会前任主席黎娜德·哈提布时，她就情不自禁地称赞起其中的一处胜景说："在约旦有很多古迹，有古希腊、罗马的古迹，所有这些都是约旦的宝藏。佩特拉的城市建在岩石里，是玫瑰红，非常漂亮，从狭窄的小道一直走到尽头，可以看到宝库。人们寻找到这个珍宝，不断发掘这些古迹，发现在古城中有市场、坟墓，有政府、城市，发展得非常好，神庙中的石块保存完好，令人惊叹。"

黎娜德·哈提布说到的佩特拉古城，确实是一座非常独特的城市。它坐落在群山环抱的穆萨谷地之间，距基督城马达巴只有一个小时车程。许多人认为这里是旅行者一生中50个最值得去的地方之一。1989年，由斯皮尔伯格执导的电影《夺宝奇兵》第三集《最后的十字军》就在这里取景，更是让佩特拉蜚声世界。如今，在佩特拉古城入口的一些商店门面上，仍张贴着《夺宝奇兵》的电影宣传画，片中主人公印第安那·琼斯的那身行头在这些商店都能买到。

在希腊语中，佩特拉的意思是"岩石"，许多专家认为它很可能就是《旧约全书》中提到的"塞拉"，这个词的意思也是"岩石"。不过也有学者认为《旧约》中所说的"塞拉"只是指石头，而不是城市的名字。在死海古卷中，佩特拉也被称为"瑞肯"（Rekem）。因其岩石上绚烂的色彩，人们常常诗意地称它为"玫瑰城"，这一说法源自19世纪英国诗人威廉·贝根《致佩特拉》中的诗句："令我惊喜的地方藏匿在东方，玫瑰红城见证了古老历史。"

▶《夺宝奇兵》中拍的就是这里

1月12日，我在积着残雪的山道上，驱车越过海拔1700多米的拉姆山来这里。佩特拉古城之所以神奇，是因为它几乎全在岩石上凿刻而成，周围被悬崖绝壁环绕。人们要进入古城佩特拉，首先必先进入西克峡谷，这里也称为"蛇道"。整个峡谷长1500米，最宽处不过7米，最窄处仅能通过一辆马车。两边的石壁高达70～100米，抬头仅能望到一线青天。2004年，英国伦敦的一家建筑公司在这里设计建造了一条造价200万英

镑的游客过道，使整个通道的地面变得平坦、通畅。

佩特拉古城到底是从什么时候开始建造的尚无定论。根据其中半埃及、半希腊样式的陵墓估计，它大概建于公元前6世纪之后。从《旧约全书》中《俄巴底亚书》的描述来看，最早是以东人住在这个地方，因为他们凭着佩特拉地势险要，易守难攻，因此“狂傲自欺”，不把天下人看在眼里，更不念同宗之情，不愿“借路”给摩西，反而威胁摩西出兵。这样，当时以东人就被人诅咒定当灭亡，这些故事在《民数记》里也有详细记载。结果，到公元前582年，来自美索不达米亚的巴比伦军队在征服耶路撒冷后，便顺手将那些专门向阿拉伯商队抢收过路费的以东人消灭了。

从地理位置上看，佩特拉古城北通大马士革，南经亚喀巴湾可到红海和印度洋，西面穿过加沙地区到地中海，东面越过茫茫沙漠可以走到波斯湾。当时，它是阿拉伯商队东西贸易的隘口。到公元前3世纪左右，阿拉伯的游牧民族纳巴特人来到这个贸易据点，据说，他们将摩西泉的泉水引入了瓦迪穆萨峡谷，然后开山凿石，在峡谷之间建起了这座玫瑰红城——佩特拉。我走进西克峡谷后，就从左右两旁的努比亚砂岩石壁上看到被凿开的引水沟。左边的水沟离地1.2公尺，右边的水沟离地却只有半公尺。高的水沟里的水是给畜生喝的，低的水沟里的水则是给人喝的。

佩特拉就这样成为纳巴特王国的首都，纳巴特人在这里依山傍坡凿建了庙宇、宫殿、浴室、住宅等建筑，并仰赖沙岩堆成的小山形成的天然屏障，几度将进犯的希腊人、罗马人拒之门外。这座古城在安然度过了长达500年的繁荣期后，公元106年，罗马军队在城外切断了城内的水源，最终占领了佩特拉，使它成为罗马帝国最繁荣的一个省，称作阿拉伯人佩特拉区。

佩特拉古城在罗马人手里继续扩建，但到公元3世纪时，可能是由于萨珊波斯帝国的崛起和红海海上贸易的兴盛，随着南北商路逐渐被打通，作为陆路交通要塞的佩特拉渐渐衰落，最后人去城空。到7世纪阿拉伯军队到达时，这里已是一座废弃的空城。公元11世纪时，十字军东征建立的耶路撒冷王国统治这里一个多世纪，仍把佩特拉作为一个要塞，一直坚守到1189年。公元12世纪后，曾经成为东、西方商业贸易重镇的佩特拉，由于海运的兴盛逐渐被人遗忘，成为一座死城，只有当地少数的游牧部落知道它的存在。

在19世纪初，佩特拉更是与西方世界完全隔绝，由于战乱，除了当地的游牧民族贝都因人外，几乎没有外人涉足这里，任何试图接近它的西方人都可能招来杀身之祸。1806年，一名德国学者曾试图“好奇地溜进”佩特拉就被惨遭杀害。又过了6年，有一位年轻的瑞士探险家约翰·贝克哈特蓄了长须，装扮成阿拉伯人，还改名叫亚伯拉罕·依布·阿布道拉。他说服了当地一位向导带路去佩特拉的一座墓前敬献一头山羊，凭借一口流利的阿拉伯语和丰富的伊斯兰教知识，沿途居然没有任何人对他产生怀疑。那位向导带着贝克哈特，沿着西克峡谷来到一座令人难忘的建筑物前。

贝克哈特目睹的就是那座被称为“法老的宝库”的艾尔·卡兹尼神殿，传说这是历代佩特拉国王收藏财宝的地方。它完全由坚固的岩石雕凿成形，高50米、宽30米，分上下两层，带有罗马建筑风格。底层由6根直径两米的大圆柱支撑前殿，上层是三组高大的亭柱雕刻，保留着9尊残缺的罗马式神像浮雕。由于整座建筑雕凿在沙石壁里，在阳光照耀下，卡兹尼神殿常常层次生动分明地闪烁着粉色、红色、桔色及深红色，显得无比神奇。在电影《夺宝奇兵》中，这里就是秘藏耶稣圣杯的地方，相信看过那部电影的人都不会忘记这个地方。

话说回来，当时贝克哈特掩饰住内心的激动，不露声色地匆匆巡看了卡兹尼神殿和亚伦墓后，只呆了一天就离开了佩特拉。那一天是1812年8月22日。他是第一个证实了佩特拉存在而自己还能存活的西方人。从这以后，佩特拉光彩重现。1985年12月，佩特拉被列入联合国教科文组织的世界遗产名录。2007年7月7日，佩特拉古城名列最新公布的世界新七大奇迹之一。

我几乎是在匆匆的行走中浏览了佩特拉古城，它就像一幅长长的画卷，让我迫不及待想从一开头就去看到它最后的模样。如果不是行程安排紧张，一个游客至少应该在这里呆上两三天，好好听听佩特拉古城的传奇故事，然后从那些遗迹中寻找历史的印痕。

与佩特拉古城同样神奇的是距它约300公里的杰拉什古城，如果说佩特拉古城是在石头上凿出来的，那么杰拉什古城则是用石头堆起来的。我在约旦作家协会前任主席黎娜德·哈提布家中采访她时，她同样津津乐道地提到这座古城说：“杰拉什古城的石柱街，会让人想像古罗马人如何将这些石柱竖立起来。迄今为止，约旦还保留了许多描写杰拉什的诗歌。”

在《圣经》中，杰拉什被称作“格拉森”，它是约旦境内保存得最完好的古罗马城市之一，有“东方庞贝”之称。相传耶稣曾到过这里，根据《圣经》中的《马可福音》和《路加福音》记载，耶稣在“格拉森人的地方”治好了被污鬼附身的人。有了这段故事，杰拉什古城在基督徒心中的地位可想而知。依据在古城内发掘出的铜器和铁器，今天的人们推测在公元前1600年就有人在杰拉什居住生息。到公元前332年，亚历山大大帝征服这里后开始建城，杰拉什便成为“十城联盟”的10个城邦之一。公元前64年，罗马军队占领了叙利亚及其南部一些城镇后，杰拉什才逐渐按照罗马建筑风格发展，建起了许多神殿、庙宇。公元90年，杰拉什并入罗马帝国，随后繁荣了数百年，并成为当时的基督教中心之一。

公元3世纪初叶，由于罗马帝国政治动乱，杰拉什开始衰败。4世纪时，这里的主教还曾出席过教会史上著名的“迦克墩大公会议”，但此后随着拜占庭帝国的兴起、波斯人入侵和王朝的更迭，杰拉什又几度盛衰。公元8世纪中叶，阿巴斯王朝兴起后定都巴格达，杰拉什远离首都，无人顾及，经济随之衰退，加之佩特拉无怪乎被称作“玫瑰城”

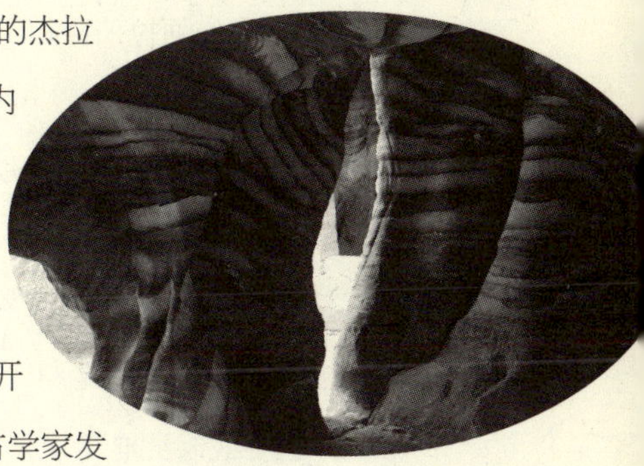

几次强烈地震，这座古城的许多建筑毁于一旦。到9世纪，具有悠久历史的杰拉什就几乎销声匿迹。而最后搞垮杰拉什的还是12世纪东征的十字军，城内的很多建筑被他们拆去当石材建碉堡，后来十字军遭受挫败，杰拉什就此埋入沙堆成为“失落之城”，如同佩特拉古城一样，被人遗忘。

几乎有些巧合，就在瑞士探险家约翰·贝克哈特发现佩特拉古城之前6年，杰拉什古城在1806年被德国旅行家欧里赫重新发现。从1920年开始，考古队就在这里不断发掘，到 1928年，这座沉睡的古城终于被考古学家发掘出来，重见天日。它的修复工作同时从1925年开始，直到今天，这座古城仍在修复之中。

杰拉什古城建在起伏不大的山坡上，我沿着长长的赛马场边向城内走去，穿过三个相连的拱门，就来到了由56根爱奥尼克式巨石柱围起来的古罗马城镇广场。这个广场想必是当年人们聚会、休闲或交易的地方，石板的缝隙间生出稀疏的野草，高高的石柱将巨大的阴影投射在地面上。它的正面是一座毁坏的古庙，如今只剩下高高的台阶和残破的石柱。我站在古庙上俯瞰这宏大的广场，想像当年人声鼎沸、欢乐聚会的情景，该是何等壮观、豪迈。

从露天广场继续向北行走，我便走入了矗立着两排科林斯式巨石柱的“心街”。这条长约1公里、宽约5米的街道全部由大条石铺成，主道两旁建有人行道。据说街道两旁的石柱是罗马水道桥的支柱，当时杰拉什人从城北的山中将泉水引入这里，通过石头修建的水道流向各处，这些石柱则可增强水压。这条街道的一边原是一间间并列的商店，但现在几乎全都坍塌毁坏；街道另一边依山丘而建，除了分开的岔道外，这边分别建有庙宇、剧场等建筑。从那些高高的台阶拾级而上，我走上山丘，眼前顿时豁然开阔，除了能领略杰拉什古城的整体风貌外，还可以看到临靠古城的杰拉什新城。如今，这里仅仅生活着6万多人，杰拉什古城就成了那些人家窗外最古老、奢侈的风景。

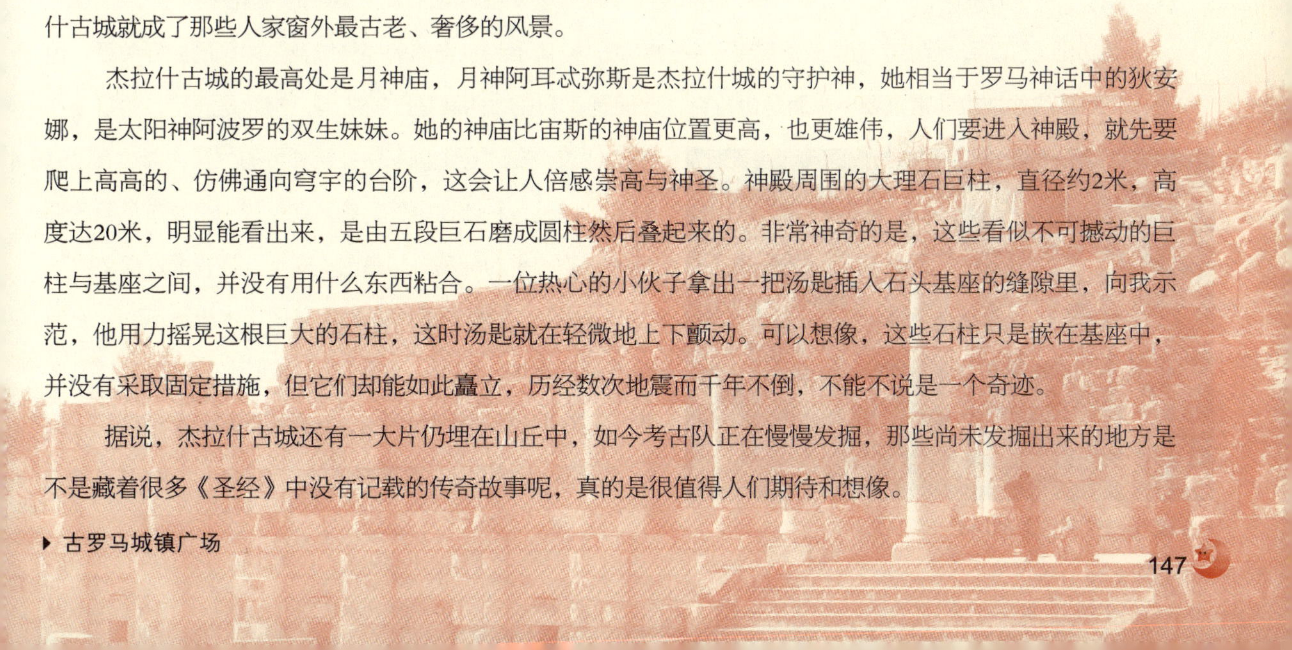

杰拉什古城的最高处是月神庙，月神阿耳忒弥斯是杰拉什城的守护神，她相当于罗马神话中的狄安娜，是太阳神阿波罗的双生妹妹。她的神庙比宙斯的神庙位置更高，也更雄伟，人们要进入神殿，就先要爬上高高的、仿佛通向穹宇的台阶，这会让人倍感崇高与神圣。神殿周围的大理石巨柱，直径约2米，高度达20米，明显能看出来，是由五段巨石磨成圆柱然后叠起来的。非常神奇的是，这些看似不可撼动的巨柱与基座之间，并没有用什么东西粘合。一位热心的小伙子拿出一把汤匙插入石头基座的缝隙里，向我示范，他用力摇晃这根巨大的石柱，这时汤匙就在轻微地上下颤动。可以想像，这些石柱只是嵌在基座中，并没有采取固定措施，但它们却能如此矗立，历经数次地震而千年不倒，不能不说是一个奇迹。

据说，杰拉什古城还有一大片仍埋在山丘中，如今考古队正在慢慢发掘，那些尚未发掘出来的地方是不是藏着很多《圣经》中没有记载的传奇故事呢，真的是很值得人们期待和想像。

古罗马城镇广场

32 我去了恐怖袭击现场

约旦的首都安曼在《旧约全书》中被称作拉巴，《旧约·撒母耳记》下篇中耶和华曾预言："拉巴要成为乱堆"，这个拉巴指的就是安曼。早在3000多年前，安曼便是一个小王国的首都，当时叫拉巴斯·安曼。信奉古埃及太阳女神，即阿蒙女神的阿蒙人曾在这里建都，称它为"阿蒙"，意思是"受到阿蒙女神的保佑"。这座历史悠久的山城座落在7个山头之上，曾先后被亚述人、迦勒底人、波斯人和希腊人占领，公元前4世纪，马其顿国王亚历山大征服这里后，其下属费拉德尔修斯将军指挥扩建此城，并用古埃及托勒密二世的名字称呼这座城市为"费拉德尔菲亚"。后来，罗马人在这里统治了几个世纪，一直沿用安曼这个名字。由于安曼处在东、西方交通要道上，自古这里便是繁华的商业中心。第一次世界大战后，安曼成为约旦的首都。

1月14日抵达安曼后，中国驻约旦大使宫小生和约中友协主席法耶兹·萨赫迈特在大使馆内举办了隆重的仪式欢迎我们，当地文化界、商界、新闻界的众多朋友和华人华侨参加了活动。

宫小生大使说："今年恰逢中约建交30周年，因而此次活动也将作为今年使馆庆祝建交活动的一项重要内容。中约合作前景广阔，相信此访必将促进两国在文化、旅游、经贸等各领域合作关系的全面发展。"

约中友协主席法耶兹·萨赫迈特说："约中建交30周年暨约中友协成立20周年来，两国关系持续发展，合作水平不断提高，今后约方将与中方一起努力，进一步巩固和拓展双方良好的合作关系。"

在欢迎仪式后，宫小生大使欣然接受了我的专访，畅谈了约旦当前的局势以及与中国的友好关系。他说："约旦战略地位非常重要，东面是伊拉克，北面是叙利亚，西面是巴勒斯坦，南面是沙特，约旦处在中心位置，在阿拉伯国家中处于独特的位置，周边有巴以冲突，以及各种流血事件，约旦在这样一个复杂危险的环境中，是和平的绿岛，其稳定、安全，具有重要意义。"

安曼不仅仅有古老的历史

约旦，在希伯莱语中的含义是"水流急下"。它原是巴勒斯坦的一部分，最早的城邦建于公元前13世纪，7世纪划在阿拉伯帝国版图内，16世纪归属奥斯曼帝国。第一次世界大战后，它被英国统治，直到1946年3月才独立成为约旦王国。虽然中东战乱频仍，但约旦从独立以来60多年里，却很少像其邻国那样发生大规模动乱，其原因在于约旦非常善于在夹缝中求生存。在立国之初，它便与美国结盟，成为美国在中东的忠实盟友。另一边，它与长期跟美国对立的伊拉克也有着“兄弟般的友谊”。在现有的阿拉伯国家中，约旦是与以色列签署了和平协议的3个国家之一，这样，面对水火不容的巴以争端，约旦则是少数几个能够调停二者关系的国家。宫大使认为，这是约旦之所以成为中东“绿岛”的原因。他告诉我说：“约旦国民的教育水平在阿拉伯国家中也处于前列，当地物价较低，还有独特的地理环境、政治，与周边国家、欧美关系都很好，发展经贸合作较好。”

不过，近年来，恐怖主义分子也将目光瞄准约旦，刻意在这里制造事端。2005年11月9日晚上9点多，约旦首都安曼的三家美资大酒店丽笙、凯悦和天天发生3起自杀式连环爆炸，造成除3名自杀袭击者外的67人遇难、300多人受伤，让约旦这个中东的“安全绿岛”一夜间蒙上恐怖阴影。令众多中国人关注的是，刚刚到安曼访问的中国国防大学的3位学员孙靖波、张康平、潘伟在这次连环爆炸案中不幸遇难。我专门去了他们遇难的天天大酒店，找到当时的一位现场目击者，请他讲述了当时的情景。他走到酒店门口指着一处地方说：“这里就是三个中国人遇难的地方，发生爆炸时，我就在大堂工作。当晚，有一位自杀袭击者闯到酒店门口，被保安拦住，看到保安对他有所怀疑，这位袭击者就转头向外走，在门口边拉响了炸弹。这时，恰好中国的几位客人回到酒店，他们刚下车就碰上了自杀袭击，三人当场死亡，另外还有一位受伤。”

当时一片狼藉的爆炸现场现在已经完全修复好，但人们心灵的伤痛却难以修复。为纪念这三位在恐怖袭击中丧生的中国同胞，我们摄影队特意在他们遇难的地方献上一盆花，表达我们的怀念之情。虽然这次恐怖袭击并非针对中国人，但也给不少中国人留下了心理阴影。宫大使表示，这一事件并没有影响约旦整体的安全局势。他说：“在中国老百姓眼里，觉得中东很乱，感到害怕，所以约旦的旅游价值在中国就没有体现出来，这是由于很多人看不到这里悠久的文明、欣欣向荣的建设。”

近年来，随着中约关系迅速发展，到访约旦的中国团组非常频繁，加上中约旅游协定的签署和约旦较为稳定的局势，来约旦旅游观光的中国人也不在少数。由于约旦与美国签有自由贸易协定，很多中国商人在这里投资办厂，招纳中国工人。此外，约旦还有不少中国留学生和华人，他们有的从事餐饮服务业、有的从事小商品贸易。宫小生大使说：“现在有13000多中国人在约旦工作，其中投资办厂的很多。”

在距安曼约12公里的萨哈博侯塞因合格工业园区内，我特地采访了一家时装厂。2001年，一家香港企业在这里投资建厂，招收了5000多名内地工人，主要生产CK等名牌服装，其中90%的产品销往美国，其余的销往欧洲，年销售量达800多万件。据了解，由于约旦的合格工业园区是美国在海外的四大延伸工业园之

▶ 约旦是中东的“绿岛”

一，在这里生产的产品被视为“美国制造”，因此，根据约美自由贸易协定以及约旦工业区法规规定，园区内生产的产品享有多项优惠待遇，可以免税免配额进入美国市场。近年来，由于欧美对华纺织品政策充满变数，为绕开美国贸易壁垒，中国内地不少成熟的纺织品服装企业也开始向约旦合格工业园区扩张，投资上百万美元在这里建厂，直接出口产品到美国。

据统计，从1977年中国与约旦建交以来，双边经贸合作不断发展。2006年，两国双边贸易额首次突破10亿美元，其中中国向约旦出口9.7亿美元，约旦向中国出口为5000万美元。近年来，中约双方企业加强了投资合作，截至2006年底，中国在约旦投资1.53亿美元，家电、服装生产、医疗辅料等合作项目逐渐发展。目前，有超过15家的中国公司在约旦投资，投资领域包括服装、食品加工和机械制造等。

宫小生大使告诉我：“中约处于发展新阶段，我们更重视中东，而阿拉伯国家也更看重中国，大的背景下，双方贸易往来频繁，中国市场到处都是，海尔知名度在这里非常高，中国生产的家具、小五金、百货很受约旦人欢迎，还有质量更高的产品进入，如华为进到这里，就取得了良好的效果。”

宫小生大使提到的海尔，是中国企业投资约旦的成功典范。中东市场是海尔早就看好的目标，但由于各国的保护性措施，海尔产品进入中东遭遇了诸多阻力。后来，海尔转变策略，于2001年10月在约旦合作投资500万美元设立海尔中东贸易有限公司，借用当地企业生产线和销售网络，2002年实现销售收入1390万美元。2005年3月，海尔集团与约旦MEC集团合作投资700万美元，在约旦建设的海尔中东电器有限公司落成并投产。这座家电组装厂同样位于萨哈博工业区内，占地面积4万平方米，厂房和仓库建筑面积近3万平方米，安装了彩电、洗衣机、冰箱和空调等三条生产线，具有日生产彩电、洗衣机各800台、冰箱空调机1000台的生产能力。它是中东地区最大的家电厂，也是海尔集团在海外建成的第13座家电生产厂。据了解，该厂规划建筑面积达14万平方米，比海尔在美国的厂还大。

▶ 3名中国人在这里牺牲

根据大阿拉伯自由贸易区协议的规定，海尔在约旦的这些产品，名义上由“中国造”转换成“约旦造”，不仅便于打入中东市场，而且避开了美国对中国产品的反倾销，借用美国对约旦的优惠政策，能堂而皇之进入美国市场。目前，海尔约旦公司的产品主要销往伊拉克、叙利亚和黎巴嫩等周边国家，并开始向美国、欧洲市场渗透。显然，中国企业进入约旦，是在全球商业贸易的棋局中下了一着好棋。

宫小生大使对我说：“据我了解，约旦是兵家必争之地，商务、军事要地，有许多人在这里百年、千年经商。这里的阿拉伯人很会经

▶ 宫小生大使主办欢迎仪式

商，在石油发现之前，中东最富的应该是约旦人了。”

在不少中国人走进约旦经商、旅游的同时，一些约旦人也前往中国，感受中国古老的文化和现代生活气息。阿拉伯国家第一位女作协主席、约旦作协前任主席黎娜德·哈提布就是个非常热爱中国的人，在她担任作协主席的4年中，就曾两次率约旦作家代表团到中国访问。她专门约我们去她家采访，说起那两次难忘的经历，她非常开心。她说：“我很荣幸两次访华，中国的长城让我非常喜欢，我参观了中国的一些城市，从官方到民间的接待都很热情，特别是中国作协的接待非常好。我还去了一个花园之城，在那里生活得很愉快。”

黎娜德·哈提布是一位阿拉伯富商的遗孀，继承了大笔遗产，独自住在一座上下两层达500多平方米的洋楼中。作为约旦著名的社会活动家、教育家，她经常出访欧美及阿拉伯各国，参加各种国际会议和文化活动，上至王室贵族、军政要人，下至黎民百姓、贩夫走卒，她都有深入的接触和了解。如此见多识广的她，对两次中国之行仍是感到非常新鲜。

黎娜德·哈提布对我说：“这两次访问，发现中国变化很大，越来越现代化。我很感叹中国国土面积很大，第二次去参观的地方与第一次看到的，一点也没有重复。”

在她家的客厅中，陈设着世界各国精致的工艺品，其中有许多来自中国。一个2米高的中国大花瓶、一个1米高的木雕布袋和尚，还有地上的中国地毯，足以看出她对中国文化的热爱。她自豪地表示，这个大客厅是约旦与中国友好的象征，是中阿两种不同文化的交融。这次去她家采访时，中国驻约旦使馆的工作人员又给她送去一对春联和灯笼，让她爱不释手。

她告诉我：“中国使馆会经常送我一些书籍，我经常学习，感到中国文学比阿拉伯的文化还要长久、丰富。中国当代的作家作品我也读过一些，感到非常好。”

最后，热情开朗的黎娜德·哈提布还送给我一本她用阿拉伯语写作的著作，书名叫《诗人眼中的安曼》，她还在书上用阿拉伯语给我题写了赠言。她说：“中国是与约旦作协第一个建立联系的国家，我们感到很荣幸，所有这些友好关系都得到了阿卜杜拉国王的支持，以前的国王和王族也很支持，这对发展两国社会、政治、文化都很有促进。”

在约旦这个和平的“绿岛”上，约旦人与中国人的友谊通过旅游、商贸、文化交流等方式，一直在友好地延续、发展。

卡萨布兰卡

这是北非的一座城市，
这是好莱坞的一部电影。
卡萨布兰卡，
你混淆了我的记忆，
当我走进这座城市，
却恍惚走进了电影。
这里有电影中的街景，
有似曾相识的咖啡馆，
琴师跳动的手指间，
流淌出熟悉的旋律，
谍影从记忆深处飘来，
城市的色彩悄然褪去，
迷蒙中掠过的街道，
恍惚就是一部黑白片。

很多人被你的名字迷惑，
连你的本名都已忘记。
那里有白色的房子，
海鸥在电线杆上剔着羽毛；
那里有阿拉伯风情的街道，
挺拔的棕榈树在风中摇曳；
那里有高耸的宣礼塔，
穿着长袍的人们在下面礼拜；
那里还有延绵的海岸，
孩子们在沙滩上踢球；
鸽子在喷泉边飞舞，
扑啦啦搧碎满地阳光，
羞涩的阿拉伯少女，
把欢笑撒在冰冷的空气中。

卡萨布兰卡，
你是北非的一座城市，
还是一首歌的名字？
你会让时光倒流，
还是让昔日重来？
纵然你在非洲的西北角，
你也散发出迷人的光泽，
牵引着那些浪漫的视线。

于卡萨布兰卡

第十三章

在大马士革

住了一夜

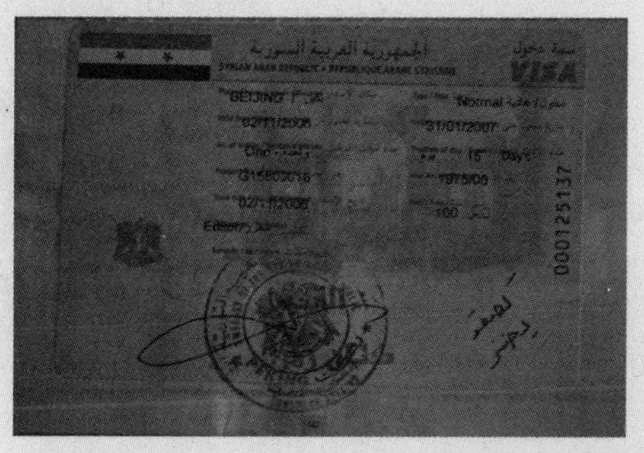

▶ 叙利亚签证

叙利亚是个有着4000多年历史的古老国度，“天国里的城市”美誉的圣城。这片土地上，至少有7个帝国在此轮替。“大马士革”一词是希腊人用希腊文记录下来的阿拉伯语，意为“手工作坊”，另有一种解释说大马士革是“绸缎”的意思。这里是商队东进沙漠，西去贝鲁特的要站，2000年前中国的丝绸之路就到了叙利亚，到了大马士革，然后再从这里往北进入欧洲。传说中阿里巴巴的家就在这里，宗教经典里记载的许多人物如亚伯拉罕、耶稣、保罗等都在这里住过。1979年联合国教科文组织将这座古城作为文化遗产，列入《世界遗产名录》。历史上，大马士革荣获过许多顶级赞誉，如“园林之城”、“古迹之城”、“诗歌之城”、“清真寺之城”、“中东明珠”等，阿拉伯的古籍中曾夸赞说：“人间若有天堂，大马士革必在其中；天堂若有天空，大马士革必与它齐名”，古代阿拉伯的那些文武大臣、王公贵族、富商巨贾都希望活着住在大马士革，死后能安葬在这块土地上，因为有部古书中曾这样写道：“真主宠爱谁，就把谁安顿在大马士革。”

▶ 大马士革不愧为"园林之城"

33 密访中国女大使

1月15日，我从安曼开车前往约旦、叙利亚边境。这里的关口比较宽松，拍张照片、摄个像，也没有人来制止。关口的办事速度也较快，出境手续大约不到一个小时就办好了，我们与向导阿蒙告别，还送给他一件签有我们名字的队服，阿蒙曾在中国留学3年，中国话说得相当流利，当时他说3个月后准备结婚，要去北京旅行，我们便预祝他新婚快乐，并开玩笑说："这件队服就当是送给你的新婚礼物了。"大约两年后，阿蒙真的来到北京，在约旦驻北京的一家公司工作，我们还一起见面吃饭。

进入叙利亚边境后，当地电视台有人来采访我们，关口的工作人员也非常热情，特意带我们到接待大厅休息。接我们的向导哈桑也讲得一口流利的中文，比阿蒙说得还好，他1990年到1994年曾在北京语言大学学习汉语。快到傍晚时，入关手续办妥，我们进入叙利亚境内，在车上哈桑一路向我介绍了叙利亚的历史和现状。

叙利亚是个有着4000多年历史的古老国度，在《圣经·旧约》中就有所提及，公元前3000年已有原始的城邦国家存在，公元前5000年就有人在这里定居。这片土地上，至少有7个帝国在此轮替，1946年4月，叙利亚取得全部独立，建立了阿拉伯叙利亚共和国。叙利亚是个传统的农业国，是阿拉伯世界的五个粮食出口国之一。现代工业只有几十年历史，主要有采掘、加工和水电工业。目前叙利亚人口不到2000万，其中80%是阿拉伯人，另有库尔德人、亚美尼亚人、土库曼人和彻尔克斯人等，居民中85%信奉伊斯兰教，14%信奉基督教。

从约叙边境到首都大马士革大概120多公里，晚上6点多我们来到了这座有"天国里的城市"美誉的圣城。

大马士革位于叙利亚西南巴拉达河右岸，市区建在外黎巴嫩山东麓的克辛山山坡上，面积约100平方公里。它约建于公元前2000年前，公元661年，阿拉伯倭马亚王朝定都在这里，750年后阿拔斯王朝接手统治，再后来由奥斯曼统治4个世纪之久，独立前法国殖民者又在这里呆了30多年。1979年联合国教科文组织将这座古城作为文化遗产，列入《世界遗产名录》。

历史上，大马士革荣获过许多顶级赞誉，如“园林之城”、“古迹之城”、“诗歌之城”、“清真寺之城”、“中东明珠”等，阿拉伯的古籍中曾夸赞说：“人间若有天堂，大马士革必在其中，天堂若有天空，大马士革必与它齐名”，这话与中国的“上有天堂，下有苏杭”有异曲同工之妙。古代阿拉伯的那些文武大臣、王公贵族、富商巨贾都希望活着住在大马士革，死后能安葬在这块土地上，因为有部古书中曾这样写道：“真主宠爱谁，就把谁安顿在大马士革。”这相当于中国人俗话说的：“吃在广州，穿在苏州，玩在杭州，死在柳州。”

哈桑还跟我说过许多人熟悉的一个故事。相传伊斯兰教创始人穆罕默德曾来到大马士革，他从郊外的山顶眺望城市后，赞叹不已。但令人奇怪的是他没有进城，而是从原路返回，随从不解其故，他解释说：“每个人只能进一次天堂，我要是进了这座人间天堂，以后就无法进入天上的天堂了。”

在大马士革，我们受到了中国驻叙利亚大使馆的热情欢迎，令我们有些意外的是，大使周秀华是个飒爽英姿、性格开朗的女外交官，当时她已经60岁了，但看去只有50岁左右。在大使馆中举办完简单的欢迎仪式后，周大使在她的办公室中接受了我的专访。

作为中国为数不多的女外交官，周大使的经历也颇具传奇色彩。她介绍说：“我出生在上海一个很普通的劳动人民家庭，一直在上海读书。很幸运，1964年国家准备派住一批翻译力量到联合国，我很荣幸地被选派上了，当时我只有17岁。”

经过短时间集训后，她先被送到阿尔巴尼亚学习，1966年又去伊拉克的巴格达大学，总共学了5年阿拉伯语。她与叙利亚有着多年的情缘，1977年第一次正式到叙利亚工作时，她的孩子刚刚生下来没多久。此后的1999年至2002年，她担任驻卡塔尔大使。从2002年开始，她上任中国驻叙利亚大使，我采访她之后，她在叙利亚的任期结束。她说：“加上我在国内主管叙利亚工作的3年，我与叙利亚结缘一共14年。”

周大使笑说：“女大使有很多优势，可以跟外国总统、使节夫人接触，比别人多了一层关系。”她举例说，她与叙利亚总统夫人关系很好，在总统访华之前，她要给总统送一些材料，她就不用每次去见总统，有时可以去总统夫人那里送些书、材料和带子，与总统夫人聊天增进感情。

说起中国与叙利亚的关系，周大使说：“叙利亚人对中国人非常友好，因为中国和叙利亚的关系源远流长，他们很多人都知道，2000年前中国的丝绸之路就到了叙利亚，到了大马士革，然后再从这里往北进入欧洲。很多叙利亚人家中会摆放着中国瓷器，女儿出嫁时，妈妈给的嫁妆里就有中国瓷器，从这里可以想象叙利亚对中国人的感情。”

周大使介绍说，近年来中叙双方经贸往来频繁，双边贸易以30%的速度增长，2002年双边贸易额只有2亿美元，现在已经超过12亿美元。中国在叙利亚的经贸项目也越来越多，目前有超过17个品牌的中国车在

▶ 大马士革的白色清真寺

叙利亚销售，每年有2万多辆车出口到这里。此外，中国的石油企业，华为、中兴等通信公司，以及玻璃厂、纤维厂等，都与叙利亚有经贸合作。

据介绍，目前在叙利亚工作、学习的中国人不多，其中中资公司的员工大约有300多人，公费、自费的留学生200多人，此外还有一些从上个世纪60年代过来的华侨，他们都与中国使馆保持着密切的联系。

周大使说，虽然叙利亚有很多古老的旅游景地，但中国人前来旅游的非常少。其中的原因一是因为对叙利亚的历史、文化了解不多，二是因为叙利亚周边地区形势比较严峻，像东边的伊拉克，西边的巴以争端，都是战火不停，致使中国公民不敢前来旅游。

我们这次到叙利亚之前，最新一次持续一个多月的黎巴嫩、以色列武装冲突刚刚过去4个多月，周秀华大使与驻黎巴嫩的女大使刘向华就共同承担了撤离中国在黎巴嫩的侨民的任务。那些日子，相当多的使馆人员、华人华侨都是经过叙黎边界，从黎巴嫩先撤到叙利亚，周大使常常与人一起到边界去接应，在叙利亚给他们安排好日程，请他们吃饭，再把他们送上飞机送回国内。

采访中，我向周秀华大使问了一个敏感问题，周大使婉转地说，要是你不录音、不录像，我就跟你说说。我答应了她这个要求，等正式采访完后，她就像老朋友一样回答了那个问题。这让我看到她作为一个外交官既坚持原则，又能与人友好相处的一面。

后来回国后，我得知周大使几个月后到任，也从叙利亚退职回到外交部。当年外交部授予她“优秀外交官”的称号，那是从100多个回国的外交家中评出的，周大使是8个获奖者中唯一的女性。

那天晚上采访完周大使回到酒店后，我困倦之极，用着用着电脑趴在床上就迷迷糊糊睡了过去。第二天早上，我又精神抖擞地准备去黎巴嫩，等到11点左右，向导哈桑的朋友阿卜杜先生来接我们，他的汉语说得更纯正更流利，1990～1998年，他公派到北京语言大学文化学院学习，一直读到研究生。现在他在叙利亚新闻部工作，经常带队到中国访问，他到过中国除西藏外的各个省、自治区，对中国的情况非常熟悉，其毕业论文的主题就是有关中阿文化比较。

从我所住的酒店到叙黎边境约50公里，阿卜杜先生一路聊天送我们到边境，在叙利亚海关很快办好手续后，我们告别他进入黎巴嫩关口。

▶ 与叙利亚结缘14年的周大使的交谈很轻松

第十四章

再次冒了一把险

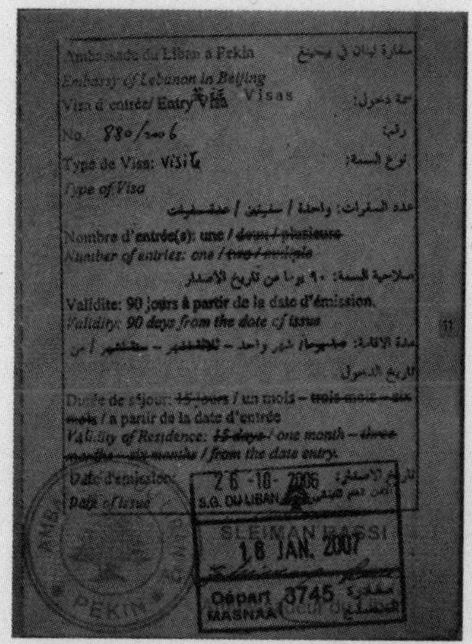

▸ 黎巴嫩签证

说起来，黎巴嫩是唯一一个不缺水、没有沙漠的阿拉伯国家，同时又是唯一一个不以伊斯兰教为国教的阿拉伯国家，67平方公里的首都贝鲁特也一直有“中东小巴黎”之称。弹痕累累的建筑上、公路两侧的电线杆上，黄色的真主党旗帜依然历历在目。黎以边境的本杰贝尔村，整个村子没一栋完整的建筑，除了断壁残垣，还是断壁残垣。

巴尔贝克神庙是世界上现存最为完整的罗马时代的神庙，台基所用的巨石简直令人难以想象。最大的巨石重达2000多吨，它们居然一块块拼得严丝合缝，中间几乎都插不进一根针。今天，考古学家也仍然百思不得其解，因为巴尔贝克的存在，竟有人联想到历史上可能出现过身材远高于人类的巨人。

苏尔这个地方鲜为中国人知道，它在古代叫提尔，被誉为“海中女王”，是赫赫有名的腓尼基人建造的，著名的“丝绸之路”就曾延伸到这里。

贝鲁特最初叫阿什特里特，其意为爱和美的女神，后来因当地居民在沿城墙边缘地带挖掘了许多水井，就被改叫贝鲁特。在古叙利亚语、腓尼基语和希伯来语中，“贝鲁特”便是“多井之城”的意思。

34 “混”过叙黎边境

1月16日那天在黎巴嫩海关办理车辆手续时，关口工作人员质问我手续上的名字为什么写得不一样，由于那上面写的是阿拉伯文字，我也解释不清这个问题。后来黎巴嫩方面接待我们的一个小伙子带我去询问一位官员，那位官员问了我一些情况后说，你们的这辆车不能进入黎巴嫩，你们必须把车停在海关这里，然后步行进去。我问他为什么，他说因为这个车主的名字写得不同。

事后我才知道他是在跟我开玩笑，接下来我跟那个帮我们办手续的小伙子到海关那里，居然什么事没有，他们痛快地盖好章，办好车辆通关手续，然后又让人帮我们办好人员通关手续，放我们进入黎巴嫩境内。

这时我才见到我们的向导海森·法瓦兹，他是个吨位很大的黎巴嫩人，身高至少1米9，一上我们的车，车就被压得朝他那边一歪。他先带我们北上，到距边境45公里的古城巴尔贝克。

我到巴尔贝克的时候，神庙前的道路正在整修，显得有些杂乱。我们先走进神庙对面的一座酒店，这酒店看上去有些年代，一问居然建成有132年。顺着幽暗的楼梯，我拾级而上走到三楼平台，俯看残破的巴尔贝克神庙沐浴在冬日刺眼的阳光下。

这座神庙位于贝鲁特东北85公里、海拔1200米的贝卡平原北部，它是世界上现存最为完整的罗马时代的神庙，甚至让现在的罗马古城都为之逊色。公元前3000年，崇拜太阳神的迦南人在这里修建了一座庙宇，用来祭祀太阳神“巴尔”，这个地方就被称为“巴尔贝克”，意思是“太阳城”。

但现在这个规模的建筑还是后来形成的。公元前47年，凯撒大帝加快了神庙建设，其后奥古斯都皇帝征召两万奴隶，历时数十年在神庙原址上大规模扩建。到公元60年，巴尔贝克神庙才基本竣工，后又经

苏尔的罗马石柱一直延伸到地中海边

▶ 朱庇特神庙光剩下这6根高大的石柱

过300多年续建，才达到如此规模。它虽然被称作罗马神庙，但实际上是腓尼基文明和罗马文明相融合的产物。

海森告诉我，巴尔贝克神庙毁成现在这个样子，并不是因为战争或人力。从1158～1664年，这地方连续经过了4次大地震，神庙大部分倒塌，居民多半也从附近迁走了。

这次行走在中东、北非这些国家，沿途我已经看过不少损毁的古迹，其壮观每每令我惊叹，甚至震撼。在巴尔贝克神庙中，那些庞大的石块再次令我感觉叹为观止，让我想不出如此沉重、巨大的石头怎样能搬运到这里。

从前院向西往里走，便是曾经的祭祀大厅和朱庇特神庙。朱庇特神庙是这一建筑群中历史最久、规模最大、气势最雄伟的一座，它约建于公元1世纪，面积为4860平方米，四面用高大的石柱组成气势雄伟的柱廊。在大殿正面各有10根巨柱，侧面各19根，共计54根。这些石柱的直径在2.3米左右，粗大到3、4个人才能合抱，每根石柱高达20米，都是由3节圆柱镶接而成，柱顶和石柱之间用石榫相接。

朱庇特神庙在地震中坍塌后，只剩6根巨柱参天而立，远望如6尊天神擎举着残破的历史，因其高峻雄伟、古朴庄严，人们常把这6根大石柱与雪松并称为黎巴嫩的象征。

这还不算最令人咂舌。我走到朱庇特神庙下方的基座前，更是被惊得目瞪口呆，包括一旁的巴克斯神殿在内，这些台基所用的巨石简直令人难以想象。从横切面看，一般的巨石宽达10米，高达5米左右，最大的巨石长达21米，宽5米，高4米，重达2000多吨，它们居然一块块拼得严丝合缝，中间几乎都插不进一根针。

直到今天，考古学家也仍然百思不得其解，按照当时的生产力发展水平，罗马帝国的人们是如何采集开凿这些石质构件，又如何运输、组装这些构件的。因为巴尔贝克的存在，竟有人联想到历史上可能出现过身材远高于人类的巨人，他们认为：如果不是一些巨人参与建筑，还有谁能把这些石块垒起来呢？单单就冲着这些巨大的石材，也让人会不难想象到罗马帝国称霸欧亚非广袤疆土的气势，这种宏伟壮阔的庙宇绝对是罗马帝国建筑的典范。

巨石堆成的壮观废墟中，酒神巴克斯神庙和爱神维纳斯庙就显得小了很多，它们分别建于公元 150年和公元245年，其装饰华美，超过了当时所有的神庙。直到今天，它们仍是西亚地区乃至全世界保存得最好的罗马式神庙。

浏览完神奇的巴尔贝克神庙，我们抓紧赶往85公里外的贝鲁特。海森几番主动要求开车，表示他很熟悉沿途的地形，这样会开得快一点。我注意到这个大个子开车时，有个习惯动作，就是经常会耸耸肩，然后甩一下右胳膊。

从巴尔贝克到贝鲁特，中间必须翻越黎巴嫩山脉，当时山顶积满皑皑白雪，我们经过的地方海拔达1300多米，道路弯曲，车辆众多，要是没有海森开车，恐怕会慢很多。黎巴嫩山高达3000多米，虽然山顶上积雪，但山脚下却是果树成林，一片翠绿。翻过山梁，沿坡而下来到地中海边的贝鲁特时，还能看到海滨浴场上簇立的彩伞和穿着比基尼的女孩。

傍晚6点多我们终于到达黎巴嫩首都贝鲁特，转天又驱车到黎巴嫩南方的小镇苏尔，那里距以色列仅20公里。苏尔这个地方鲜为中国人知道，它在古代叫提尔，被誉为“海中女王”，是赫赫有名的腓尼基人建造的。

苏尔城的历史可追溯至公元前3000年，《圣经》对其便有记载。古苏尔城一部分坐落在沿海大陆上，另一部分坐落在一座海岛上，它以腓尼基商人的玻璃、紫英和雪松木贸易而闻名。公元前十世纪，苏尔国王希拉姆填海造地，将陆地部分和小岛连接起来，苏尔一度繁华异常，进入了鼎盛时期，著名的“丝绸之路”就曾延伸到这里。

时至今日，苏尔仍保留了不少古代遗址和风貌，曾经的海上部分仍保留着古罗马城市的遗迹，城里的道路上仍铺有精美的马赛克，环绕城市四周的罗马柱一直延伸至海边。我来到这里，遥望碧蓝的地中海，从海湾的一边可看到相邻的以色列，那些遗址的一部分沉在附近的海底，透过海水居然还能看到那些坍塌的石柱。1989年，联合国教科文组织将苏尔列入了世界文化遗产名录。

熟悉《圣经》的人知道，《圣经》中提及黎巴嫩的地方多达66处，苏尔东南10公里处的小镇迦拿，据说就是《约翰福音》记载的耶稣施行令水变酒神迹的地方。历史上，黎巴嫩曾先后被古埃及、亚述、巴比伦、波斯、马其顿、罗马、拜占廷、阿拉伯、欧洲十字军、奥斯曼等军队占领，同一块土地上留下了不同文明的种种印记。

1月18日，我又从贝鲁特驱车向北，行走40公里，来到另一处同样列入世界文化遗产名录的古城比布鲁斯。这个面对地中海的小城也许是世界上最古老的城市了，从新石器时代就有人在此生活繁衍，7000年前又有第一批渔民在此定居。《圣经》中把它叫做“盖巴勒”或“杰贝勒”，当地人现在还叫它“朱拜勒”，发音与

苏尔的小贩在这里没有多少生意

▶ 对应着这上面的文字，人们可以用腓尼基文写出自己的名字

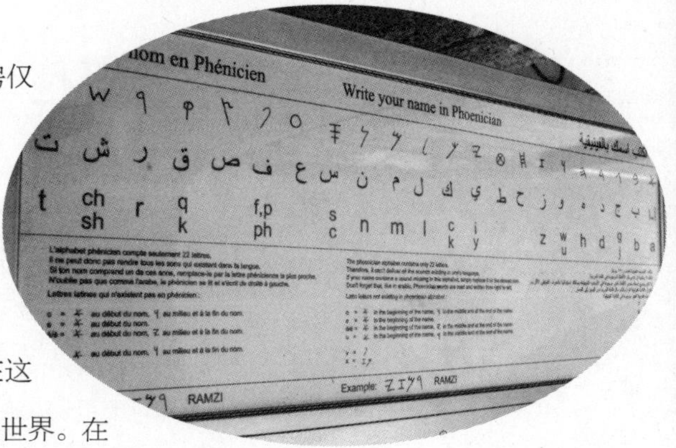

“杰贝勒”接近。

我注意到，比布鲁斯的古代遗址与现代居民的住房仅有一墙之隔，好像这些遗址是他们生活中的一景。那些曲曲弯弯穿城而过的狭窄街道，现在仍然保留完好，与现代的一条条小巷交错，蜿蜒曲折地穿行在一幢幢住宅之间。

公元前3000年前后，黎巴嫩人的祖先腓尼基人就在这里休养生息，他们擅长经商和航海，并将腓尼基文化传遍世界。在这里的一家小博物馆中，我看到当年腓尼基人使用的22个字母，它们就从这里经希腊传遍欧洲，派生出希腊语、拉丁语和斯拉夫语等多种文字，堪称西方各种语言字母的祖先。

大致在公元前15世纪，腓尼基人就开始应用这些字母。1923年，在公元前11世纪刻在国王阿希拉姆墓碑上的文字中，人们发现了最早的腓尼基文字样本，经过解读，这22个字母表示辅音，带有不写出和不固定的元音，自右而左书写。这是迄今为止已经解读并保存的最古老的字母。于是，很多人才恍然大悟，原来“圣经”一词的英文Bible，其语源就来自“比布鲁斯”（Byblos）。

在那些乱石堆砌的遗址门前，我发现了一条拱顶走廊的小商业街，其中的鱼化石店吸引了我的注意。十几年前，当地的一些潜水爱好者在附近浅海中发现了丰富的鱼和其他海洋生物化石，这些化石不属于文物，那些头脑灵敏的商人便开办了鱼化石专营商店，展示并出售这些化石。

鱼化石店的老板热情地向我介绍他收藏的那些宝贝，那些化石真的有点让人感到不可思议，它们如此完美、清晰，小鲨鱼、龙虾、鳖鱼仿佛就在石板上游动，姿态天成，形象自然。有块剖开的石板上竟然有几十条小鱼在群舞嬉戏，另外一块石板上是一只神态活灵活现的大虾，最奇妙的是有一块石板上呈现出一条张着嘴的大鱼，一条小鱼刚刚被它吞进腹中，它们就被不知什么样剧烈的海底突变，定格住了这恣肆多姿的生命形态。

我忽然略有所悟，我从巴尔贝克、苏尔以及比布鲁斯看到的那些历史遗迹，不也像这些大大小小的鱼虾一样，在不知什么样的剧烈突变中，定格在历史的化石上了吗?

▶ 巴克斯神殿的高度也非常惊人

35 黎以边境的弹孔

1月16日傍晚到达贝鲁特后，中国驻黎巴嫩大使馆参赞王书平、文化专员万铤各携夫人来接我们，到一家名叫“小中国”的餐馆吃饭，给我们接风。这家中餐馆坐落在贝鲁特东区一条著名的酒吧街上，这里是基督教信众集中居住的地方，据说是贝鲁特最安全的区域。

贝鲁特最初叫阿什特里特，其意为爱和美的女神，后来因当地居民在沿城墙边缘地带挖掘了许多水井，就被改叫贝鲁特。在古叙利亚语、腓尼基语和希伯来语中，“贝鲁特”便是“多井之城”的意思。

王参赞一见面就问我：“你们感到贝鲁特的紧张空气了吗？”我摇摇头说：“没有啊，好像蛮安全的。”

其实，我们到贝鲁特的4个多月前，最新一次黎以冲突刚刚结束。2006年7月，黎巴嫩真主党在黎以边境地区抓获两名以色列士兵，以色列随即实施报复，入侵黎巴嫩，导致大规模武装冲突。25日下午，以色列又连续对贝鲁特南部的真主党总部大楼发动了3波空袭，这场冲突持续35天，将近2000人死亡。

“小中国”餐馆的老板当时赶紧将妻子和3个孩子送回了中国，他自己留守在餐馆里，关门歇业，静静等待局势变化。他10年前来到黎巴嫩，先做厨师，后来开了这家餐馆，这是中国人在贝鲁特开的3家中餐馆之一。

第二天，我们去中国驻黎巴嫩大使馆采访刘志明大使时，他指着窗外不远处的一幢建筑说：“你们看那座楼，就是真主党总部大楼，隔我们使馆只有1公里远。”我向窗外看去，那座楼已经被炸得千疮百孔，起火燃烧的地方黑魆魆的。

经历过那次轰炸事件的王参赞回忆说，那是7月25日下午4点15分左右，在不到10分钟时间里，传来3声巨响，中国使馆的窗户玻璃都被震碎了。当时，他亲眼看到真主党总部大楼狼烟滚滚，以色列战机在空中掠过。王参赞说：“我在贝鲁特几年了，还是第一次听到这么厉害的爆炸声，估计炸弹非常大，起码在200当量以上。”

图中被炸的大楼就是前总理哈利利遇难的地方

爆炸发生后，使馆工作人员马上躲到地下室中，避免受到伤害。在35天冲突中，他们在地下室持续工作了40天。文化专员万铤告诉我，为了避免以色列空军误炸中国使馆，此前他们还在使馆的楼顶上画了一面硕大的五星红旗。刘志明大使是在那次黎以冲突之后上任的，虽然黎巴嫩国内形势有所缓解，但仍旧面临安全问题，局部冲突、爆炸、暗杀时有发生。他说：“别人一听

▶ 被以军炮火炸断的高架桥

说我是驻黎巴嫩大使，第一句话总是说‘注意安全呀’。”

令人惊奇的是，刘大使是各大国驻黎大使中唯一不坐防弹车，出门不带保镖的大使。有一次，另一国大使在总统府门口碰到他，看他只身一人，便非常惊讶地问：“你出门只带一个司机呀？”

57岁的刘大使说：“我能这样放心不是因为我胆子大，而是因为中国与各方保持着良好的关系，很少有人对中国人抱有敌意。”

刘志明大使的外交生涯大部分在欧洲度过，他3次在法国任职，2次在比利时任职，在欧洲工作十多年。2005年他出任中国人民对外友好协会副会长，2007年上任驻黎巴嫩大使，2010年底卸任大使职务回国。

了解了黎巴嫩的安全局势后，我们执意去黎巴嫩南部的黎以边境看看。1月17日，在向导海森陪伴下，我们通过政府军的重重关卡，开车前往黎巴嫩南部边境。从贝鲁特到黎以边境不到100公里，但我们走得并不顺畅。这一路上，我们绕过了5座在冲突期间被以色列空军炸毁的公路桥，还看到沿途许多被炸毁的房屋。海森告诉我，以军的精确打击能力很强，他们并不狂轰乱炸，而是找准公路上关键的几座桥梁，照准中间轰炸，周围的建筑物一点不受影响，这样黎巴嫩的交通顷刻便陷入全面瘫痪。

当时，黎巴嫩正在抓紧修复被以军炸断的桥梁。我们先到苏尔附近的加纳村了解战后情况，这个村子曾在1996年6月遭到以军轰炸，死伤几十位平民。4个多月前，这个村子再次遭到以色列空军袭击，炸死6、70名妇女、儿童，另有上百人伤亡。站在被炮火夷平的村子前，海森告诉我，这两次轰炸让加纳村为外界所知，舆论称之为“加纳村惨案”，或称“加纳村屠杀”。

接着，从加纳村继续前行，我看到联合国维和部队和黎巴嫩国防军的巡逻车来来往往，弹痕累累的建筑上、公路两侧的电线杆上，黄色的真主党旗帜依然历历在目。我们最终来到黎以边境的本杰贝尔村，这里往前翻过一个山头，就是以色列了。不久前的黎以冲突中，这里首当其冲，以军地面部队曾推进到这里，争夺异常激烈。我放眼望去，本杰贝尔整个村子没一栋完整的建筑，除了断壁残垣，还是断壁残垣。倒塌的房屋里炊具、被褥无人收拾，残破的楼房墙壁上累累弹痕，触目惊心，楼下堆满破砖烂瓦，门窗四裂。村民们没了住处，四方逃散投亲靠友，大部分尚未回迁。

海森先生向我讲述了以军轰炸这里的情况和联合国驻军情况，我问他战后是否来过这里，他说自己的家乡就在黎以边境附近，现在他爷爷、奶奶仍生活在这里。当时黎以冲突爆发时，他正在贝鲁特，想赶回老家，但道路却无法通行。

就在我跟海森聊天时，一位开着出租车的男子停下车，问我是从哪里来的。得知我是中国人，他拿出一个DVD光盘给我们，说里面拍摄了以军轰炸后的情景。我跟他闲聊了一会儿，得知这位名叫哈桑的男子是当地人，他很骄傲地告诉我，他从小知道北京，知道毛泽东，还去过沙特的吉达港，现在靠开出租车维生，这盘

DVD便是他自己拍摄的。

回到贝鲁特后，我查看了一下这盘DVD，原来是用家用DV拍的，虽然画面质量差一点，但真实记录了2006年8月20日至22日本杰贝尔村被轰炸后的情形，那时黎以冲突刚刚结束不久，画面中几乎没有一点完好的建筑，所有的建筑都成了废墟。

在谈到黎以冲突时，中国驻黎巴嫩大使刘志明说。“黎巴嫩本来是个气候宜人、环境优美的国家，一度是地中海东岸的商业、金融、文化中心，也是世界旅游胜地。可由于地处阿以冲突前线，自身教派纷争复杂，加上内战多年，每次中东战争都身处其中，导致战火半个世纪连绵不断，真的是让人深感惋惜！”

在贝鲁特市中心的自由广场旁，我再度感受到黎巴嫩的紧张局势。那几天，当地的反对派在广场内搭起帐篷，示威抗议，军警们荷枪实弹，开着坦克封锁了广场周边的所有道路。我去广场附近察看时，这些示威者已在广场上聚集了45天。我注意到，2005年2月14日黎巴嫩前总理哈利利与另外19人遭到暗杀的大楼，就在广场旁边，那幢楼被一吨的炸弹炸出了一个大窟窿。当时，抗议群众涌入广场示威，50万国旗飞舞，惊心动魄，在两星期内造成政府下台。

黎巴嫩的混乱由来已久，1948年第一次中东战争后，大批巴勒斯坦难民涌入黎巴嫩，至今仍有近50万巴难民滞留在该国，巴方各种武装力量也屡屡从黎巴嫩境内袭扰以色列，由此引发的矛盾直接酿成黎巴嫩内战。同时，亲伊朗的真主党在黎巴嫩南部及贝卡谷地建立反以基地，致使黎巴嫩与伊朗的关系也变得复杂。至于黎巴嫩与以色列则一直处于敌对状态，以军撤出黎南部后，边境局势虽有缓和，但仍存在许多激化局势的诱因。处在这样一种盘根错节的复杂局势中，黎巴嫩自然难以让人轻松。

说起来，黎巴嫩是唯一一个不缺水、没有沙漠的阿拉伯国家，同时又是唯一一个不以伊斯兰教为国教的阿拉伯国家，其国土面积仅有1万多平方公里，人口400万左右；67平方公里的首都贝鲁特也一直有“中东小巴黎”之称，我在错觉中感觉它有些香港的味道，但这里的华人不到200人，中国旅游者很少，其原因除了该国严格控制外来人口外，复杂的周边环境与内乱的局势也让人却步。

很多年前，我熟知的黎巴嫩人只有两个，一个是曾与斯诺共赴陕北，后来一直在中国工作的马海德博士，另一个就是阿拉伯作家、著名诗人纪伯伦。他在一篇著名的散文中曾写道：

“你们有你们的黎巴嫩及其难题，我有我的黎巴嫩及其瑰丽。

你们的黎巴嫩是时日企图解开的政治死结；我的黎巴嫩则是巍峨高耸、直插蓝天的山岳。

你们的黎巴嫩是形形色色的教派和政党；我的黎巴嫩则是攀登岩石、追逐溪流、在广场上玩球游戏的少年。”

不用说，人们喜欢的是“我的黎巴嫩”。

1月18日，结束在黎巴嫩的经历后，我与海森在黎叙边境关口告别，返回叙利亚，一进关，我又见到了来接我们的阿卜杜先生。

▶ 战后的本杰贝尔村

鸟儿与城市

因为鸟儿在飞，
眼前总是有影子掠过。
海鸥与鸽子扇着翅膀，
穿行于亚欧大陆之间，
在高耸的宣礼塔尖中飞翔。

像一条扁担，
博斯普鲁斯海峡
挑起两桶碧蓝的海水。
两大洲的风景夹击着城市，
让人向左看，向右看，
伴随波浪的起伏和节奏，
感受伊斯坦布尔的脉动。

漫步鹅卵石铺成的坡道，
稍不留意就迷失方向，
陷落在楼群狭窄的阴影中，
视线总被海鸥的叫声带向天空。
顺便搭上有轨电车，
从索菲亚教堂旁飞驰而过，
肆无忌惮的各式汽车，
坦然把铁轨当成马路，

游鱼般从电车前后左右躲闪，
每天在这里上映交通奇观。

心情迷乱时坐在广场，
抬头看看那些雕像或塔尖，
鸽子随意歇在顶上，圣像
却对满头的鸟粪视若无睹。
快艇像爬犁耕过海面，
浪花快乐地溅湿海鸥的双翅，
有时想它们会飞向哪里，
从亚洲到欧洲，从欧洲到亚洲，
乐此不疲地凌空旅行，
把“啾啾”叫声留给人们。

伊斯坦布尔，
曾经的拜占庭
曾经的奥斯曼帝国，
像那些飞逝的鸟儿一样，
也把许多猜想留给了人们。

于伊斯坦布尔

第十五章

左走欧洲，右走亚洲

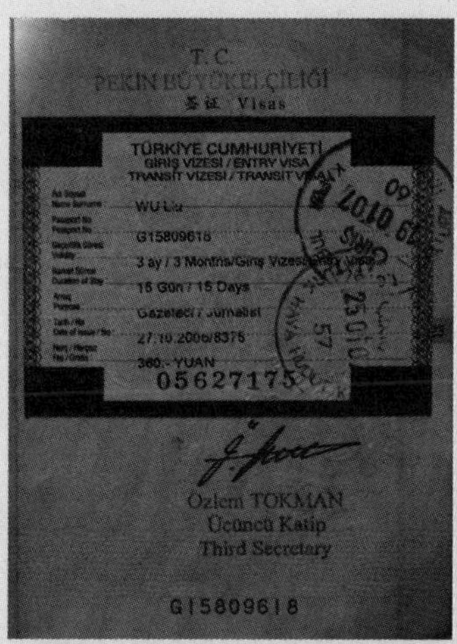

▶ 土耳其签证

我是带着土耳其作家奥尔罕·帕穆克的成名作《我的名字叫红》来到伊斯坦布尔的，他是2006年度诺贝尔文学奖的获得者。在我到达这里6个多小时后，当地《阿戈斯报》总编辑、著名记者兰特·丁克在走出报社门口时遭到枪击，我们无意间走到了新闻的中心。

我回头细想，帕慕克先生的那本书写的就是一桩谋杀案，而我恰好遭遇了现实中的一桩谋杀案。还有一件巧合的事是，那个被杀的兰特·丁克是土耳其民族主义分子的眼中钉，而奥尔罕·帕穆克也因为一些言论得罪了民族主义分子，备受争议。

尽管直接闻到了血腥和恐怖的气息，伊斯坦布尔还是给我留下了非常美好的印象。马尔马拉海是世界上最小的海，向东北方向看，它连通博斯普鲁斯海峡通向黑海，往西南方看，它经达达尼尔海峡通往爱琴海和地中海，我的眼前就是欧、亚两洲的天然分界线。2000多年来，西出中国长安，走过中亚、西亚，最后会走到陆地尽头，丝绸之路北线的陆路商旅就止于这里。

坐在游船上向北行驶，我的左手边是欧洲，右手边就是亚洲，我在两大洲华丽丽的分割线上奔驰。两岸各种不同时代、不同风格的建筑就像两轴长卷一样，在我面前徐徐拉开，呈现出巧夺天工的色彩。博斯普鲁斯海峡地势险要、战略位置突出，这30多公里的狭长水道，是世界上极具商业价值和战略意义的海峡之一，不仅体现出欧亚两洲的近距离对峙，而且紧扼黑海出口的瓶颈。

伊斯坦布尔曾经有很多名字，一个比一个响亮："伊斯兰之城"、"新罗马"、"第二罗马"、"诸城市的女王"等。古代的三大帝国——罗马帝国、拜占庭帝国及奥斯曼帝国都把这里当做首都，古罗马帝国皇帝的战车从这里发轫，可见，他也将伊斯坦布尔视为世界的中心。

土耳其人称公共澡堂叫"哈曼"，后来逐渐成为土耳其的国粹。在当地人眼中，土耳其浴池是真主的圣地，在这里清洗身体是没有任何顾忌和邪念的。土耳其就像一个亚欧混血儿，基因中就具有自我冲突的因子，这有时让他们有点无所适从。

赶上一起暗杀事件 36

1月19日凌晨两点，我离开酒店，阿卜杜先生送我们到大马士革机场，坐上飞往土耳其的航班。当地时间早上6点半，我睁眼一看，飞机已降落在伊斯坦布尔机场，那时城内依然灯光闪烁。

入境时，机场甚至不需要我们填写入境卡，连报关也不用。不过有点失望的是，向导并没有出现在机场，我们只能在机场等待，我坐在那里又小眯了一觉。不知过了多久，有个长得像大鼻子德帕迪约的人过来问我姓名，才知道有人来接我们了，这哥们开着已经跑了20多万公里的宝马将我们带到酒店。我的伊斯坦布尔之旅就这样开始了。

捎带说一句，我是带着土耳其作家奥尔罕·帕穆克的成名作《我的名字叫红》来到伊斯坦布尔的，他是2006年度诺贝尔文学奖的获得者。第一次跟向导安吉见面，我就请求："你帮我找找帕慕克，我想见见他，把这本中文版的小说送给他。"

下午上网得知，在我到达这里6个多小时后，当地《阿戈斯报》总编辑、著名记者兰特·丁克在走出报社门口时遭到枪击，头部中两枪，颈部中一枪，倒在人行道上当场死亡。丁克是亚美尼亚族裔，曾因在"亚美尼亚大屠杀"问题上的言论多次受审，并成为土耳其民族主义分子的眼中钉，这一暗杀事件引起土耳其和欧洲一些国家高度关注。

当晚7点半，天上下着濛濛小雨，向导安吉带我们去吃饭，饭馆就距丁克被杀的地方不远。我们刚吃着饭，便听到外面有人冒雨呼喊着口号游行过来，等我们吃完饭开车到土耳其广播电台门口时，前面的道路已被警察封锁，游行的人在那里聚集成黑压压一片，我们拐到另一条道路上，这里已有装甲车停在路旁。安吉告诉我们，电台后面的希尔顿饭店内，记者无国界组织正在举办招待会，抗议这一事件，土耳其总理、议长以及其它党派领导人也纷纷发表讲话，斥责这一暴力行为。我觉得我们无意间走到了新闻的中心。

3天后，我在伊斯坦布尔大学门口，又碰上了一群游行示威的大学生正在为被杀的兰特·丁克声援，防暴警察列队站在一边，以防发生意外事件。我挤进人群中，看到学生们高喊口号，举拳抗议，神情激愤。一位女大学生当众念了一份宣言，并散发给人们。为兰特·丁克举行葬礼的那天，我又看到众多警察在路边警戒，送葬的队伍将道路堵塞。

后来一直到我离开土耳其，安吉也没有帮我安排好与帕慕克的约会。我有些遗憾，临走时在那本书的扉页上写了几句话，然后交给安吉说："麻烦你抽空把这本书交给帕慕克先生。"我不知道帕慕克是否看到了这本书，这已经不再重要，但我回头细想，帕慕克先生的那本书写的就是一桩谋杀案，而我恰好遭遇了现实中的一桩谋杀案。还有一件巧合的事是，那个被杀的兰特·丁克是土耳其民族主义分子的眼中钉，而奥尔罕·帕穆克也因为一些言论得罪了民族主义分子，备受争议。

尽管直接闻到了血腥和恐怖的气息，伊斯坦布尔还是给我留下了非常美好的印象。在我所住的宾馆7楼，每天吃早餐时，就可以俯瞰窗外马尔马拉海的风景，海面上泛出银光无数，海边有几座清真寺，岸边房屋的屋顶多是砖

▶ 如长卷画一般展开的两岸风景

红色的，数不清的海鸥在屋顶上面翻飞。

马尔马拉海是世界上最小的海，向东北方向看，它连通博斯普鲁斯海峡通向黑海，往西南方看，它经达达尼尔海峡通往爱琴海和地中海，我的眼前就是欧、亚两洲的天然分界线。“马尔马拉”在希腊语中就是大理石的意思，海中最大的马尔马拉岛，据说便盛产大理石。

两千多年来，西出中国长安，走过中亚、西亚，最后会走到陆地尽头，丝绸之路北线的陆路商旅就止于这里。当年在成吉思汗挥鞭指挥下打到欧洲的蒙古人，许多就留在这里，安吉告诉我，当地很多人都自称是成吉思汗的后代。2007年正是成吉思汗去世780年，我便在伊斯坦布尔街头看到很多大幅广告，上面印着成吉思汗的头像和纪念他的文字。

从马尔马拉海边乘船，穿过博斯普鲁斯海峡到黑海入海口，是一段令人心驰神往的经历。那天安吉带了侄女小帕一起游玩，小帕刚刚大学毕业，在乌鲁木齐学国际贸易专业，这回是第一次出国。让我惊奇的是，她不懂土耳其语，居然能听懂不少土耳其话，我仔细一问，原来新疆维吾尔语中有70%的语言与土耳其语近似，这似乎能从另一个侧面证明丝绸之路两端中国与土耳其难以割舍的某种联系。

博斯普鲁斯海峡全长30.4公里，最宽处为3.6公里，最窄处550米，最深处120米，最浅处只有27.5米。传说古希腊万神之王宙斯，曾变成一头雄壮的神牛，驮着一位美丽的人间公主，从这条波涛汹涌的海峡游到对岸，海峡因此而得名“牛渡”，这就是博斯普鲁斯的希腊语意。坐在游船上向北行驶，我的左手边是欧洲，右手边就是亚洲，我在两大洲华丽丽的分割线上奔驰。

行船在博斯普鲁斯海峡上，可以看到东岸上的安纳托利亚城堡，那是当年的军事防御工事。而在西岸，则是色雷斯城堡，同样也是扼守海峡的军事要塞。两岸各种不同时代、不同风格的建筑就像两轴长卷一样，在我面前徐徐拉开，呈现出巧夺天工的色彩。成群的海鸥追逐着游船起舞，船尾划出的浪花和水线在海面上荡漾，几座横跨海峡的大桥不时从头顶掠过，眼前的这片景色极为壮观、美丽，难以用言语来描述。

1973年，第一座跨越博斯普鲁斯海峡的钢铁吊索桥建成，欧亚大陆直接跨海连通。那座桥长1560米，宽33米，高64米，桥上可日通行6万辆汽车，桥下可通行任何大吨位的巨轮。桥头原来默默无闻的小村落，现在被旅游餐馆、酒吧、纪念品商店和时髦的画廊挤满。1988年后，又有3座跨海大桥相继建成，两大洲交通更加便利畅通。座座大桥之间，海峡两岸的别墅、教堂、商业区一字排开，绵延10多公里。

博斯普鲁斯海峡地势险要、战略位置突出，这30多公里的狭长水道，是世界上极具商业价值和战略意义的海峡之一，不仅体现出欧亚两洲的近距离对峙，而且紧扼黑海出口的瓶颈。18、19世纪，获得了大片领土的俄国向东、向南猛烈扩张，处心积虑地朝各个方向寻找出海口。以海军上将乌沙阔夫为舰队司令的沙俄海军大批舰船从海上冲击君士坦丁堡，打了一场旨在打通黑海通道的克里米亚战争。这次战争持续了将近4年，十分明显地表露出俄国从古至今对博斯普鲁斯海峡的觊觎。

为“亚美尼亚大屠杀”言论多次受审的《阿戈斯报》著名记者兰特·丁克遇刺抗议游行的大学生

实际上，自古以来，人们的社会行为从未以“洲”的概念作为和平边界，“洲”的地理划分不过是近代的一种疆域理念，博斯普鲁斯海峡隔开的两块陆地之间曾发生过绵延不断的战争和漫长的多民族文化融合。而这对土耳其人的直接影响，就是一种身份的认同和文化的糅杂，他们常常认为自己属于欧洲，但传统与现实中有许多东西却属于亚洲。土耳其就像一个亚欧混血儿，基因中就具有自我冲突的因子，这有时让他们有点无所适从。

到达黑海入口处时已是中午，我遥看北方的海面，那边就是另一片海域，另一片土地，那里是黑海和俄罗斯。坐在海峡边的餐厅里，我看着海面上翻飞的海鸥和过往的船只，享受了一顿丰盛的午餐。厨师极力向我推荐黑海的海鱼和鱼子，那确是超级鲜美的佳肴，新鲜得令人垂涎欲滴，口感好到就像片片薄冰在水里融化。

相比那些喜欢到伊斯坦布尔看古迹的人，我似乎更偏爱这里世俗的生活气息。土耳其的很多东西，一听就诱人得不行，比如土耳其烤肉、土耳其浴室、土耳其肚皮舞、土耳其软糖等等，让人垂涎三尺，恍惚就能闻到扑鼻的肉香，看到美艳的舞蹈，享受舒坦的揉搓。

像突尼斯城一样，伊斯坦布尔城内也有有轨电车，轰隆隆的电车来来往往，构成伊斯坦布尔城中别致的一景。沿着车道，我转到附近的大巴扎，这里又称Kapalicarsi市场，它就在圣·索非亚大教堂和蓝色清真寺附近。这个市场建于1461年，是奥斯曼帝国占领君士坦丁堡后建的第一座巴扎，建筑充满中亚、西亚风格，它占地达3万平方米，8面开门，庞大得让人转进去找不到出路。当年，中国的丝绸瓷器、印度的香料等上船运过海峡，来到这欧洲的第一站，吸引了欧洲各国商贾纷至沓来，每天车水马龙，人如潮涌，两大洲的货物在这里集散转运的盛况不难想见。

即使到现在，这座市场也是世界各地游客到伊斯坦布尔后的必游之处。平时每天过往人数25万人，节日每天能达到50万人。这里有店铺4500家、20家客栈和65条街巷，其中200多家世界品牌专卖店，100多家金银首饰店占据了最好的位置，更多的是土耳其风格的各种工艺品和产品，如玉石、皮具、地毯、彩瓷盘等。

我在出国前接受了女儿交待的一项任务，她看过电影《纳尼亚传奇》后，记住了女巫吃的土耳其软糖，要求我务必买到。我在大巴扎中左转右转，终于找到了卖软糖的小店。那些软糖真的是五彩缤纷，香甜诱人，我尝过一块后，便赶紧挑选了一堆花样繁多的软糖带回家中。我女儿后来看到那些土耳其软糖，感觉新鲜得不得了，吃了几块后，她才说：“好吃是好吃，就是太甜了！”

土耳其还有一种令人垂涎欲滴的食品就是土耳其烤肉，伊斯坦布尔的步行街上，到处能看到热气腾腾的烤肉。这些烤肉一般做成一团竖立着的大陀螺，每个大陀螺足足有20公斤重，火从侧面喷出，熟一层，削一层，卖一层，烤羊肉的香味飘满街道，金黄油亮的肉棒一看就非常诱人。我在那里特意尝了尝烤肉，的确是有种迷人的味道。

伊斯坦布尔给人的印象就是这样，狭窄的街道、陡峭的石板路、林立高耸的宣礼塔尖、沉静的港湾和大海、汽车与电车交织的道路，还有海鸥与鸽子不时掠过的影子，都会让人流连忘返。而那种有声有色、有香有味、有情有调、有肉有欲的世俗生活情调，更是能让人陶醉。

迷人的博斯普鲁斯海峡

37 每座建筑都有故事

▶ 蓝色清真寺

要是作为普通的旅游者到伊斯坦布尔，单纯去游览一下那些古迹就行，那些老皇宫、新皇宫、圣索非亚大教堂、蓝色清真寺，随便哪座建筑，背后都有一堆故事，一千零一夜也未必能说完。可对我来说，伊斯坦布尔是个得让人咂摸、让人品味的城市。

伊斯坦布尔曾经有很多名字，一个比一个响亮。它始建于公元前660年，当时叫做拜占庭。公元324年，罗马帝国君士坦丁大帝从罗马迁都到这里，改名为君士坦丁堡。1453年土耳其人将它作为奥斯曼帝国的首都，才开始称伊斯坦布尔，意思是“伊斯兰之城”，但当时的西方国家仍习惯叫它君士坦丁堡。除这些名字外，它也曾被称为“新罗马”或“第二罗马”，还有人叫它Vasileousa Polis，意思是“诸城市的女王”。

古代的三大帝国——罗马帝国、拜占庭帝国及奥斯曼帝国都把这里当做首都，如今，有些人误以为伊斯坦布尔还是土耳其的首都，但实际上它已经不承担这个功能了，我感兴趣的是这个城市的“位移”。来到伊斯坦布尔市中心，这里有一处罗马皇帝“巡视世界”的“原点地标”。像中国皇帝把自己的国土称为“中原”一样，古罗马帝国皇帝的战车从这里发轫，可见，他也将伊斯坦布尔视为世界的中心。

算起来，伊斯坦布尔的中心地位延续了几千年。公元313年，罗马皇帝君士坦丁皈依基督教，后来，他将首都迁到拜占廷时，基督教也成为罗马帝国的国教。君士坦丁大帝最后选择拜占廷作为新罗马的首都之前，这个城市平淡无奇。定都后，欧洲带来的财宝充实了宫殿，大街加装了灯柱和喷泉，各种大规模建设，使人对君士坦丁堡刮目相看，到9世纪，这个城市的人口增加到100万，形成世界上与中国长安遥遥相对的两大超级都市。

在当时修建的大型建筑中，圣索非亚大教堂就是其中的“样板工程”，其高达56米的巨大圆顶，被誉为拜占庭式建筑的典范并“改变了建筑史”，它保持着世上最大教堂的地位近千年，直到1519年被塞维利亚主教座堂取代。兴建圣索非亚大教堂时，当时的东罗马帝国皇帝查士丁尼亲自督建。据说查士丁尼皇帝将头靠在一根柱子上治好了偏头疼，于是教徒们更加笃信教堂建筑具有神灵。

▶ 老皇宫中的土耳其浴池

据记载，当时圣索非亚大教堂兴旺鼎盛的数百年间，其内部并不幽暗。当时法事繁多，礼仪隆重，来自世界各地的教众点燃上万支灯烛灿烂辉煌。在大理石光洁的四壁映衬下，整个圣索非亚大教堂在夜空中光芒四射，在当年的博斯普鲁斯海峡上是被航船当作灯塔一样参照的明显地标。

仅仅从这么一座教堂就能看到时代更替留下的强烈印记。东正教的太阳在这里高悬不落，照耀了1000多年后，1453年，奥斯曼土耳其人的铁蹄掀翻了教皇的宝座，苏丹穆罕默德二世下令将大教堂改为清真寺。随即所有教堂上的十字架被拆毁，换上了新月标志，在原教堂周围，一座座宣礼塔的尖顶如雨后春笋先后冒出。

奥斯曼帝国称霸欧亚，600年伊斯兰政教合一的时代开始了。圣索非亚大教堂内，东正教的壁画被涂抹覆盖，因为伊斯兰教不崇拜偶像，所以加装了许多伊斯兰字符。大堂如旧，只是崇拜的宗教内容幡然改变。

当然，奥斯曼帝国并没有止步于对东正教堂的改造。随着疆土扩张，国势兴盛，大规模的清真寺建设热潮随即开始，依据海峡两岸两座半岛的山势，高大的清真寺在脚手架中陆续显现其巍峨身影。尤其是作为城市中心的西岸区，不论从哪个方向望去，城市的天际线都被宣礼塔的尖顶刺破。

与圣索非亚大教堂遥遥相对的苏丹艾哈迈德清真寺就成了这时的重点工程。这座清真寺建于1609年至1616年，有260个小窗，寺内墙壁全部用蓝、白两色的依兹尼克磁砖装饰， 足足有2万多块，铺满地面的丝织地毯计有3000多块，整个建筑居然没有使用一根钉子，而且历经数次地震却没有倒坍。

最传奇的是它那6座宣礼塔，据说当时就违犯了禁忌，因为伊斯兰圣地麦加的清真寺也只有6座宣礼塔。相传在兴建时，建筑师听到苏丹艾哈迈德一世要用“黄金的”命令，没想到“黄金的”和“六根的”音很近，这个建筑师误打误撞，就逾矩造了这6座尖塔的清真寺，从此青史留名。当然，今天麦加清真寺的宣礼塔早超过了10座。

苏丹艾哈迈德清真寺因为大量使用了彩色玻璃，而其中蓝色居多，所以又被人浪漫地称为蓝色清真寺。实际上，在奥斯曼帝国时代，清真寺的建设是个成龙配套的大工程，围绕着寺院主建筑，必须修建王室陵、宣礼塔、洗浴设施、宗教学校和巴扎等多位一体的建筑。如今蓝色清真寺的北边广场上，那些开窗很少的房屋就是奥斯曼帝国的王室陵，离王室陵不远是土耳其浴室，因为伊斯兰教规讲究祷告前净身，所以清真寺附近必有浴室和水亭。

说到底，还是澡堂子最有传承价值，而且千年兴盛不衰，罗马人爱洗澡，阿拉伯人也爱洗澡，到今天，人们还是爱洗澡，难怪土耳其浴室从来没有被人捣毁过。

我去了伊斯坦布尔著名的Cemberlitas浴室，这是一家建于1584年的土耳其浴室，据说是苏丹皇后下令修建的，当年是上流社会沐浴及社交的场所。成龙拍摄的电影《特务迷城》中的部分镜头就在这里取景。不过遗憾的是，我去的那天浴室正在维修，没有开门。

类似的浴室，在伊斯坦布尔有上百家，土耳其人称这种公共澡堂叫“哈曼”，它可以上溯到古希腊罗马时期，后来逐渐成为土耳其的国粹。在当地人眼中，土耳其浴池是真主的圣地，在这里清洗身体是没有任何顾忌和邪念的。据说，以前土耳其的婆婆挑儿媳就要到浴室里去选择，新娘嫁到丈夫家的第一天，也要到土耳其浴室洗浴。

在土耳其浴室洗浴，人们需用浴巾包住身体，躺在加热的大理石平台上，一边蒸一边让人用力搓去身上的污垢，这个过程没有多少尴尬，只会令人浑身清爽。难怪当地人常说，就算不喜欢土耳其的风景，洗过一次土耳其浴，也会爱上这个国家。

说到洗澡，难免要说到用水，到土耳其浴室洗个澡是很费水的事情。虽然濒临大海，但当初的君士坦丁堡仍有缺水之虞。我没有想到，距圣索菲亚大教堂不远，就有一个巨大的“地下水宫”，它由君士坦丁大帝始建，532年又经扩建，原设计是为在战乱时期保障帝国皇宫使用淡水。

完完全全在地下建水库，这可是设计师异想天开的大胆尝试。走进耶莱巴坦地下水宫，一股阴冷之气扑面而来，地面上的喧嚣、燥热完全消失殆尽。它的深厚与宽大，还是让人有些吃惊，如果没有中间的那些石柱，这里面跑几十匹马，开几十辆汽车，甚至踢一场足球都没有丝毫问题。

这座水宫长140米，宽70米，由336根粗大的柱子支撑拱顶，从那些石柱上，我不难看到当年水渍的印记，轻易就能推算出水面曾经的高度。数千平方米的建筑面积乘以12米的层高，使得水库在注满时，可容纳8万立方米水，这些水还是从25公里外的贝尔格莱德森林通过地下管道输送来的。据说水宫中如果蓄满了水，可以供全城人喝一个月。更让人觉得不可思议的是，这样的水宫在伊斯坦布尔不止一个，已发现的有30多个，耶莱巴坦地下水宫不过是其中最大的一个。

地下水宫在奥斯曼帝国时代就被弃置，直到上个世纪60年代才被人发现。据说很长一段时间内，老城的居民夜晚就会听到地下有波涛汹涌的声音，但没有人知道是什么原因。后来它们被考古学家发现，在1987年作为独一无二的文化景观重新开放，人们才惊奇地看到这地下的奇迹。

顺便说一句，因为伊斯坦布尔地下的宝贝太多，这里的地铁只能在深达50米以下的地下通行，而且很多地方还不连贯。

还有一个让我觉得惊异的事情是，地下水宫中那些巨大的石头，据说都是从罗马专门运过来的。而苏丹艾哈迈德广场上的古埃及法老图特摩斯三世方尖碑，则是从更远的埃及卢克索的卡尔纳克神庙中搬运来的。我在卡尔纳克神庙中看到过另外的一座方尖碑，得知其中有一座被罗马皇帝狄奥多西运到了君士坦丁堡，那是发生在公元390年的事。幸运的是，我到伊斯坦布尔看到了这座不远万里运来的方尖碑，但让我百思不得其解的是，当时欧洲的君王在四处攻城掠地洗劫当地后，怎么会有这种把当地的纪念碑拆运回国的癖好，更何况这种纪念碑的分量都重得惊人。难道就像我在黎巴嫩的巴尔贝克神庙看到巨石时，听到有人说的那样，远古的时候真的有巨人？

▶ 地下水宫

安卡拉的“中国通” 38

1月23日上午，我从伊斯坦布尔前往首都安卡拉，一般开车需6个小时左右，飞行1小时。到达安卡拉后，见到我们的向导古尔罕·基里伦，是个满脸络腮胡子的小伙子，说一口流利的中文，他让我们叫他小古。

小古说话慢条斯理，他说自己是在安卡拉学的中文，后来到中国进修了两年汉语，先在北京语言大学，后来到北京师范大学。现在他还在安卡拉大学读博士，业余出来当当向导，顺便复习一下汉语，赚点小费。

安卡拉前几天刚下过雪，山顶上还留有一点雪的痕迹。这是一个山地城市，海拔900米，不少房子依山而建，毫无章法，非常混乱。这里既不靠海，也没有多少代表性的风景，平时游人也很少，一般到土耳其旅游的客人不会到这里来。

小古告诉我，其实安卡拉的历史还算悠久，可以追溯到上古世纪。据说早在公元前13世纪以前，赫蒂人就在这里建立了城堡，当时称为“安库瓦”，或“安基拉”，小古说就是“黑色”的意思。他这么一说，我倒觉得挺恰当，冬天的安卡拉一眼看上去确是又黑又灰。

1923年10月，土耳其之父穆斯塔法·凯末尔宣布成立土耳其共和国，确定安卡拉为首都，其中一个原因是安全因素。共和国成立前，安卡拉不过是个小城，居民也仅有数万人，现在已发展到500多万，成了土耳其的第二大城市。

老城的城堡是安卡拉的制高点，放在古代可算地势险要，搁现在只能当观光平台了。这里并没有人收门票，也没有旅游团过来，城堡下的居民们悠悠然过着自己的生活，破旧的房子，狭窄的石板路，还有一些卖地毯和纪念品的商铺，给人冷

▶ 安卡拉大学

▶ 凯末尔陵的卫士

冷清清的感觉。我沿着那有些陡峭、弯曲的小路，爬了10来分钟到达山顶的城堡。

城堡都是用石料建成的，有雉堞和射击孔，不过一看明显是现在修葺的，用的还是水泥，缺乏古老的感觉。相反，我倒是在山下看到一些人家的石墙，是用古代的石块修建的，那些石块上还刻着罗马字或花纹。城堡上没有多少人，只有几个当地女孩在那里撒疯。

站在城堡上放眼望去，安卡拉老城静卧在山谷中，红砖屋顶的房子漫过丘陵肆意延伸，那些房子都不高，中间点缀着高高的宣礼塔。虽然是晴天，但安卡拉的空气似乎也不好，灰蒙蒙的天空让人难以兴奋。古堡边有一家颇具风情的老店，临窗一瞥就可看到对面的雪山、清真寺和砖红色屋顶的房屋，那里可能是安卡拉最高、最好的一处景观饭店。

80多年来，安卡拉城区经过了大规模的发展扩建，但老城区还是被基本完整地保留下来，老街中保留下的很多老房子，有的被改造成旅馆、商店，也有的被改建成餐馆。老街的门洞，常常会通向开阔的庭院，这些庭院不事张扬，风格依旧，经过简单装饰后，也变成了接待游客的咖啡馆或酒吧。有些老街还保留着石板路面，街边的商铺以经营日用品为主，许多门脸类似于中国的土产杂货店。

老城区内静谧安详，歪歪斜斜的电线杆上拉着凌乱的电线，偶尔有衣着朴素的当地居民走过，也能看到当地的商贩站在反差强烈的光影中，有些无聊或无奈地看着冷清的摊子。

转了许久，我才有些惊喜地发现老城内的一条铜街，那些随意摆放在街边的铜制品无意间会让人回忆起过去的时光。那种经营手工打制的日用品、艺术品的店铺，在中东各地偶尔还见得到，但规模普遍越来越小。安卡拉的这条铜街，据说原来有50多家，如今开张的店铺也不上十家，称之为“铜街”已经稍稍有些勉强了。

进入工业化时代以前，土耳其家庭的炊具、茶具、餐具，多为铜、银手工打制。锅碗瓢盆、大瓮小罐、杯盘镜框、灯盏烛台，以及带有保温加热装置的细嘴大茶壶等，几乎所有的生活必需品都需用铜、铁、铝、银来打制，用量越大，销量也越好。这种金属器皿延续了两三千年后，现在日用品市场被工业制品占据，铜器改成以工艺品为主。像那种很具装饰性的铜版画，土耳其几乎家家户户都会悬挂。另外铜版画很多还挂在旅店的走廊里，用以突出土耳其风情。这些画的图案线条古拙，颜色则由不同矿物质含量的铜来表现，题材多是突厥族穆斯林生活劳动的场景，也有草场、山河等风景和花卉图案。

我跟一家铜器店的店主闲聊起来，这位店主名叫哥尔德利，他告诉我说：“1920年就有了铜街，我是

▶ 土耳其之父凯末尔陵墓

1966年来这里的，干40多年了。我们土耳其人原来用的大壶、大盆现在需求少了，做铜器比较多的是当装饰用。你看这街道现在也没有以前热闹了，原来是本地人来本地人买，现在一般是游客来，有买的，有订做的，每年情况不一样。”

虽然家用铜器的需求越来越少，但随着安卡拉旅游业的发展，铜街成了外国游客经常光顾的地方，哥尔德利的产品甚至在国外也有了订货。在怀旧风格日益浓厚的今天，谁也说不好仿旧的铜制手工装饰品是否会大行其道，铜制手工装饰品到底会有多大的市场空间，会不会进而给这有些萧条的铜街带来新的生机。

第二天傍晚5点多，小古带我们去安卡拉火车站，体验了一次车站饭店的感受，这饭店靠近月台，窗外就是列车，吃完饭就能上车，虽然装修简陋，但感觉甚好。小古推荐我们喝点土耳其白酒，他介绍说这种酒叫Raki，当地人又叫“狮子奶”，酒色纯净透明，但用矿泉水兑上就变成乳白色的。

土耳其的居民中虽然99%的人都信奉伊斯兰教，但在土耳其喝酒却没有什么限制，很多国家的酒，如一般的啤酒、葡萄酒、各式红酒、白酒等，都可以在这里喝到。

Raki一般被译成雷基酒或拉克酒，我们要了一瓶，价格是8里拉，小瓶水是2里拉，加起来约等于8美元。我把水掺进酒中，果然见到那酒的颜色慢慢转化成乳白，我喝了一口，感觉那味道有点像止咳药，略有甜味。小古说，这实际是一种茴香酒，后劲十足，土耳其人认为这是爱神为恋人调制的美酒，是两种清澈的液体调和成的白色爱情。

喝着这别致的土耳其酒，我们跟小古聊起了他的生活。小古说他每月赚700美元，其中200美元租房，其它就花得一干二净，所以他要靠当向导、参加乐队演出再赚钱。1998年他曾去北京，还觉得自己的钱挺值钱，可2004年再去北京时，就觉得钱不够花。他原以为是北京的物价涨得太快，后来才发觉是土耳其的物价变动太大，也就是说土耳其的物价涨得更快。在这里，一大瓶水要7.5里拉，土耳其软糖每斤10里拉，相当于人民币55元，说起来够贵的了。小古说他母亲在20世纪90年代每月赚300美元，还能买许多东西，现在那点钱就不够花了。他的父亲是工人，母亲是护士，有一个哥哥，家就在安卡拉市中心。小古现在自己租房住，还经常去女朋友家蹭蹭饭。他说土耳其人比较喜欢在家吃饭，不像中国人那样爱去饭馆，他说他母亲经常要花两个多小时做一盘指尖大的小饺子，非常精细、好吃，但这在饭馆里通

▶ 安卡拉老城的居民喜欢传统的生活

安卡拉也有时尚的一面

常就吃不到，因为做起来太麻烦。当地人认为饭馆的东西比较大众化，而且卫生状况也不敢保证。

转天上午，我们前往安卡拉大学史地文学院参观了小古的教研室，这所大学正式成立于1946年，是土耳其共和国建立的第一所大学，它由原来的几家专业学院合并而成，现在有近3万名本科生和2600多专科生，教职员工3400多人，而且这也是土耳其唯一有中文教学的大学，其汉学系创办于1935年，是史地文学院最重要的科系之一。

小古的教研室在一幢教学楼的三层，那教学楼也很朴素，没有多少特点。小古的教研室大概只有9平方米左右，相当乱，只有一张办公桌、两个书架、几把椅子。书架上的书多是中文版图书，墙上的白板上也书写着中国字。我跟小古聊了很久，他介绍了安卡拉大学的一些情况和他的研究课题，并表示希望能有机会继续到中国进行教学交流。

接着，他又把我们介绍给他的导师欧凯教授，欧凯是土耳其著名汉学家、安卡拉大学中文系主任。那天，他恰好身体不适，有些感冒，但还是热情接待了我们。他的教研室在另一处教学楼中，非常宽大，一边是整扇墙的书架，书架下是他的办公桌；另一边是一张超大的书画桌，墙上还挂着他画的中国画。

欧凯教授跟我讲述了他与中国的缘分，他的太太高丽娟是台湾人，也在这所学院任教，他们曾一起合编了土耳其《汉语阅读教程》教材。多年前，欧凯先生曾到台湾学习，同时爱上了中国画，经过一番苦练，他现在能用毛笔画出一手不错的国画，写出不错的中国书法。我欣赏着教研室里悬挂的那几幅他的作品，心想作为一个土耳其人来说，能够有这样一手中国字画真的是需要相当的造诣。

与欧凯先生聊完已是下午两点多，我们在安卡拉最好的一家中国餐馆五羊饭店吃完饭后，便与小古告别，从安卡拉机场飞回伊斯坦布尔。在伊斯坦布尔机场，我再次领教了那里超级严格的安检，每次都要解下裤腰带，打开电脑，最后一道安检还要脱鞋。午夜11点，我们从那里转机起飞，前往德黑兰，开始了伊朗的行程。

我与土耳其著名汉学家、安卡拉大学中文系主任欧凯教授，墙上是他画的水墨画

▶ 伊朗签证

第十六章

神秘的古波斯土地

伊朗是世界文明的摇篮，伊朗的拜火教对其它宗教影响很大，这里是世界油库，储存量占世界的65%，1869年，苏伊士运河开通后，伊朗又变成重要的交通要道之一，在西方看来，这里是战略要地。

在伊朗，一年一度有两个特别重要的节日，一喜一悲，喜日是伊朗的春节，悲日就是阿舒拉节。阿舒拉源出希伯来文，意为

"第十天"，意指伊斯兰教历的正月十日，这一天是伊斯兰教的圣日。'阿舒拉节'是伊斯兰教什叶派穆斯林为哀悼穆罕默德的外孙侯赛因遇难的重要纪念日，这天就被定为该派的蒙难日和哀悼日。种种故事和传说，使阿舒拉这个节日变得如此重要和神圣。

到过德黑兰的人们，几乎没有人不知道自由广场和自由纪念塔，它在伊朗人心中的地位就像天安门广场之于中国人。这实际上是伊朗人追求理想的象征。作为德黑兰的门户和标志建筑，塔下有四个向外延伸的支柱，东西侧为古波斯建筑风格，南北侧为伊斯兰建筑风格，非常和谐地融于一体，充分体现了伊朗建筑艺术的精湛。外表被25000块白色巨石包住，每一块巨石都采自伊朗古都伊斯法罕市，自由塔在不同光线的照射下，它会变化出不同的颜色。每个人走到自由塔下，都很容易从心底升腾出某种神圣的感受，显然，在这个伊斯兰国家里，自由并不是人们忌讳的一个名词，它用那些沉重巨大的石块，将这个神圣的词汇夯实地矗立在这里。

波斯书法是公元642年伴随着阿拉伯人的入侵以及伊斯兰教的传播产生的，书法逐渐成为波斯艺术和文化的核心，也成为王公贵族们的修养课程。伊朗人认为书法既是书写者精神的流露，也是穆斯林心灵的体现，每位伊斯兰书法家都必须经受长期的修养和灵魂冶炼，并具有圣贤一般纯洁、坚定的心灵。而每一位书法家同时也是图形设计师，强调笔划的尖锐、刚脆和亮丽，点划的流畅，以及布局的生动。以弧形和折线为主，粗细相间，起笔细腻，落笔飞扬，猛然看上去，就像驼峰出没在起伏的沙漠上，别有一种舒展浪漫的味道。

中国人走进伊朗的足迹，可以追溯到公元前2世纪的汉武帝时代。那时，中国称伊朗为"安息"。在中国的南北朝时代，闻名世界的"丝绸之路"就此开辟畅行，宋朝许多伊朗人又经由海上"陶瓷之路"，来到中国广州、扬州、泉州等地经商，到元朝，中国发行钞票的方法也传到了波斯，据说波斯钞票上还保留了中国文字。

“三巨头”密会的地方 39

说起伊朗首都德黑兰，许多中国人第一印象中就会情不自禁地闪现出当年的老电影《德黑兰43年》中的片段，那是1980年由法国影星阿兰·德隆参演的一部二战题材经典影片，影片以真实的历史为背景，用跨时空手法描写了1943年罗斯福、邱吉尔和斯大林三大巨头在德黑兰会晤期间，以安德列为首的情报人员粉碎德国特工策划的暗杀阴谋的故事。1月26日凌晨，当我进入德黑兰这座古老的都城后，就希望寻找到1943年“德黑兰会议”的旧址，实地感受到电影中那些熟悉的情景。

几经打听，我得知当年三大巨头会面的地方在如今的俄罗斯驻伊朗大使馆内，不过，想到那里去采访拍摄，的确是一件相当不容易的事情。那几天，我正好有机会采访中国驻伊朗大使刘振堂先生，他是个非常热情、热心的人，在采访完他之后，我郑重地向他提出了请求，希望他给予帮助，他当即答应帮我联系。让我颇为感动的是，当天晚上，中国驻伊朗大使馆办公室的康主任就给我打来电话，告诉我通过与俄罗斯使馆的接洽，他们已经同意我们第二天去俄罗斯使馆拍摄、采访，这让我相当兴奋。

1月30日上午，我带着摄影师与翻译走进俄罗斯驻伊朗使馆，来到当年罗斯福、邱吉尔和斯大林三大巨头聚会的地方。这一天距那个历史性的时刻已经整整64年了，这一天也像当年三巨头会晤的时候那样阳光明媚、宁静温和。不过，当年德黑兰的空气中却蕴藏着令人紧张的气氛，不仅主要街道都戒严了，而且游动哨在交叉巡逻，一些暗哨则在隐蔽的地方窥

巴列维国王的夏宫

▶ 德黑兰会议在这个房间召开

视。经过半个多世纪风雨，“德黑兰会议”的旧址如今在外观和内部装修上都有了不少变化，仅仅是大体保持了当年的外观风格。从这幢白色的小楼正门拾级而上，人们走进大厅内，会在内厅的门边看到一张罗斯福、邱吉尔和斯大林的合影，一旁的铜牌上写着相关的介绍。

1943年11月28日至12月1日，英国首相邱吉尔、美国总统罗斯福和苏联领导人斯大林在“二战”中首次会晤，确定美国、法国等在欧洲开辟西部战场，苏联从东部全面进攻德国的计划，罗斯福表示美国最晚在1944年春天投入战斗，这直接导致了“诺曼底登陆”（D-Day）计划的实施。此后，开罗会议、雅尔塔会议和波茨坦会议相继召开，这些会议都是二次大战中具有决定性意义的重要会议。

协助我们拍摄的俄罗斯使馆的工作人员米哈伊·古瑟夫（Mikhail Gusev）先生又热心地向我介绍了一些相关情况。他说：“这里原来是苏联驻伊朗大使馆，当时，三国领导人出于安全考虑，希望在三国之外的地方举行会晤，伊朗当时已被盟军占领，相对来说较为安全，因此，三巨头便选择在这里首次会晤。”

尽管德黑兰相对安全，但事实上纳粹元首希特勒早就通过安排在英国大使馆中的“鼹鼠”得到了确切消息，并事先派遣了大量暗杀小组秘密潜往德黑兰，准备伺机暗杀“三巨头”。这次暗杀计划被称之为“远跳行动”，间谍们分两路进入伊朗后，大多数人都打扮成当地居民模样，身穿长袍，头戴头巾，其中一些间谍甚至能说熟练的波斯语和阿拉伯语，他们先是设想了三套方案密谋炸毁苏联大使馆，计划失败后，又想在三国使馆必经的道路上设下埋伏，狙击美国总统罗斯福。没想到，罗斯福拜访苏联大使馆后干脆在那里住了下来，没有再回美国大使馆。纳粹间谍只好又将暗杀目标锁定在丘吉尔身上，但同样没找到机会。当时美、苏、英、德间的间谍战，其紧张血腥、惊心动魄的程度一点也不亚于二战电影《德黑兰43年》中所描绘的情景。

就在间谍战紧鼓密锣地展开之际，三巨头也在这间会议室中举行了历史性的会见。首次相见的三国领导人都表示了良好的愿望，希望会谈能取得圆满成功。我走进当年的会议室，这个会议室的空间很大，但里面的陈设已不是当年的模样。

我恍惚看到，三国领导人在会议厅中的一个大圆桌前举行会议，邱吉尔当场送给斯大林一个礼物，上面写着：“俄罗斯就像钢铁不可摧毁。”

据说，丘吉尔赠送给斯大林的是一把特地为纪念斯大林格勒保卫战而铸造的宝剑。斯大林郑重地接过宝剑后，轻轻吻了一下，转身递给伏洛希洛夫，让他捧出去交给苏联仪仗队。当时的这段小插曲使“德黑兰会议”一开始就有了一个良好的气氛。会后，三大巨头走出会议室，在这幢小楼的门廊下并排坐在一起，拍下了一张具有历史意义的合影。这张照片几乎成了人们对“德黑兰会议”最强烈的印象。

为了还原当年的历史场景，我特地让米哈伊·古瑟夫先生帮助，搬来三把椅子摆在门廊中，然后面对镜头说：“当时三国领导人就是在这里拍的合影，左边坐的是邱吉尔，中间坐的是罗斯福，右边坐的是斯大林，不过他们坐的椅子跟现在的都有些不一样，整个背景也有一些变化。”

三巨头历史性的会见，改变了世界历史进程，加速了德国法西斯的灭亡。同时，也使不同体制的国家打破了划地为牢的陋习，淡化了意识形态差距，共同承担起道义和责任。正如罗斯福总统所说的那样：“虹是由各不相同的颜色组成的，但它们汇集在一起，就成了一条绚丽夺目的彩带。我们的国家也是如此，我们有不同的习惯、哲学和生活方式。……但德黑兰会议已经证明，我们的理想是可以汇成一个和谐的整体的，我们是可以团结一致地为我们自身和世界人民的利益而共同行动的。当我们结束这历史性的聚会，我们定能在世界的天空上看见那条希望的彩虹。”

一场改变第二次世界大战战局的重要会议就在这里结束了。37年后的1980年，苏联、法国、瑞士、西班牙联合拍摄了电影《德黑兰43年》，再现了这次历史性会议背后鲜为人知的惊险故事。电影中，德国纳粹派遣刺客贝克利行刺在德黑兰举行会谈的美、英、苏三国首脑。苏联情报员安德烈在玛丽的帮助下，一举粉碎了这一阴谋。但是，德黑兰刺杀阴谋被阻止后的30多年，纳粹余孽依然在活动，一个又一个知情者被暗杀，安德烈与玛丽当年的情缘在即将划上圆满句号时，却被一场有预谋的车祸断送掉了。这部影片让很多人再度回想起德黑兰会议和三巨头的会见，片中的经典插曲《让爱情长留人间》悠扬而充满伤感，让许多人感觉回味无穷。

这是我非常喜欢的一首电影插曲，最好听的当然是法语原声的音乐，后来刘欢也曾演唱过一个版本，其中的一段歌词翻译成中文是这样的：“最难忘的歌，有痛苦有甘甜。岁月流失，换一天又一天。往事依旧，沉淀在心田。”

据已经揭密的材料显示，1943年那场腥风血雨的生死谍战时，由于年轻的伊朗国王穆罕默德·礼萨·巴列维仍对纳粹德国持同情态度，致使纳粹间谍能轻易潜入德黑兰。不过，就在三巨头聚会之前的11月初，美、苏等盟国大使在萨德阿巴德王宫与巴列维国王秘密会晤，警告他说：如果“三巨头”在会晤时期发生任何不测，伊朗王室将被立即废黜，伊

▶ 巴列维国王有许多国家领导人的亲笔签名照

▶ 博物馆内的藏品还算丰富

朗将变成共和国。听到这番警告后，巴列维国王立即切断了与柏林的所有联系。事实上，当年德黑兰到底有多少德国间谍在活动目前仍然是个谜，前苏联情报机构估计约有1000人。到目前为止，当时的德黑兰到底都发生过什么，即使是历史学家也所知不多。英国国家档案馆要到2017年才能根据法律解密《德黑兰宣言》发表时的秘密档案，也就是说，德黑兰间谍战的真相，人们至少还要等很多年才能知道。

如今，巴列维国王居住过的萨德阿巴德王宫已经在1979年2月伊朗伊斯兰革命胜利后，改名为“人民宫殿博物馆”向公众开放。爬到德黑兰北部山上，我来到这座王宫，这里空气清新，环境优美，王宫总面积410公顷，始建于凯加王朝，后来成为巴列维国王的夏宫。宫内共有18处宫殿，包括国王、王后、王储、亲王的宫殿等，其中不少建筑的风格颇具欧洲风味，不难看出西方生活方式对伊朗的影响。宫内的陈设、装饰十分豪华，沙发、桌椅、窗帘、吊灯均从法国、英国、捷克、印度等国进口，超大的手织波斯地毯全都做工精细、图案精美，洋溢着古波斯韵味。夏宫内还陈列了各国元首、政府首脑赠送给王室的各种贵重礼品，其中也有不少中国的手工艺品。来到巴列维国王的卧室中，我发现这里还陈列着众多国家领导人的肖像，其中最让我瞩目的就是中国人熟悉的毛泽东主席画像。

据说，1979年2月伊朗伊斯兰革命爆发时，群众冲入王宫后部分珍品流失。现在，王宫内的白宫、绿宫、母亲宫等7处宫殿已被政府辟为军事博物馆、自然历史博物馆、细密画博物馆、考古博物馆等，供人们参观。

作为一个古老国家的首都，德黑兰市内拥有许多博物馆。如果人们想了解波斯文化和伊朗的历史，伊朗国家博物馆能够给人带来许多奇异的感受。这座博物馆中收藏有从古波斯帝国到近代的数千件文物，壁画、石雕、化石、器具等，琳琅满目，让人目不暇接。其中给我印象最深的是“汉谟拉比法典”复制品，这是刻在石碑上的世界上第一部法典，其真迹收藏在法国卢浮宫。这块石碑原先矗立在巴比伦的一座神庙中，公元前1160年后，被统治巴比伦的埃兰王S.纳罕特（Nahhunte）带到了苏萨。1901年，法国的考古学家J.D.摩根（Morgan）在苏萨发现了这块石碑，便直接将它送到卢浮宫博物馆珍藏。不久，法国政府复制了这块石碑送给伊朗。

此外，博物馆中展出的“盐人”（Saltman）遗骨也让我感觉很有意思，玻璃柜中陈列了他长满胡须和长发的头，以及折断在靴子中的骨头等。这是1993年冬天，一个矿工在长约45米的盐矿坑道中部发现的一具尸体。经考古学家用各种方法测定，这个人大约生活1700年前，年龄约37岁，B+血型，身高175厘米，根据他左耳上的金耳环推断，这是个官衔较高的人。而根据他眼睛周围的伤痕，猜测他死前可能遭到重击受害。

伊朗悠久的历史和灿烂的文化给这个国家带来了丰富的文化遗产，大大小小的博物馆都是伊朗人民宝贵的物质和精神财富。不过，伊朗的古迹和文物过于分散，加上自然和人为的破坏，许多文物古迹都残破不堪。同时，从事文物工作的专业人员多数集中在德黑兰，资金又都由中央政府文物部门掌控，因此文物保护始终存在人力、物力严重不足等问题。

为使博物馆逐步走向专业化，伊朗政府在1997年实施了博物馆分类法案。根据这一法案，博物馆被分成国家博物馆、专业博物馆、主题博物馆、私人博物馆等10类，基本上靠政府拨款维持。从那些古老的历史遗迹中，人们不难看到伊朗这个古国的文化特点和重要地位。

在中国驻伊朗大使馆专访刘振堂大使时，他告诉我说：“这个地区是世界文明的摇篮，伊朗的拜火教对其它宗教影响很大，也是东地中海地区及西方文明的发源地。这也是世界上最早发行货币的国家之一，最早把国王头像刻在硬币上的国家，是东西方交流和近代文明交往的重要通道，这里也是世界油库，储存量占世界的65%，这是不可替代的。1869年，苏伊士运河开通后，伊朗又变成重要的交通要道之一，在西方看来，这里是战略要地。”

风云变幻，时光穿梭，2007年的德黑兰因为伊朗核问题又一次让全世界的目光在这里聚焦。这个古老的国家又开始续写它的一段历史，一段从今往后不会令人遗忘的重要历史。

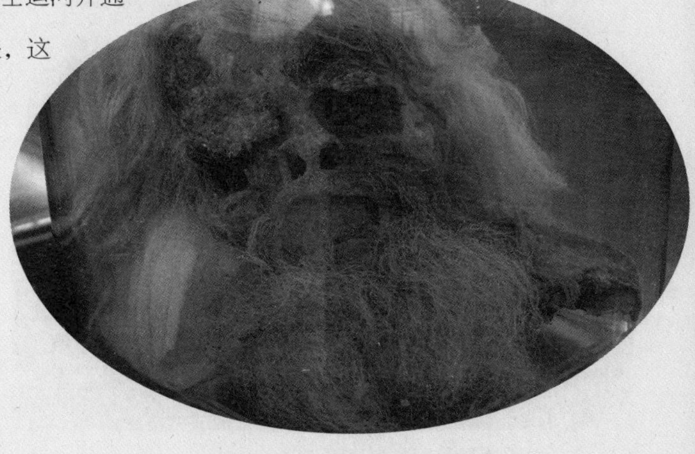

▶ 盐人的头颅依然保存完好

40 赶上两个疯狂的节日

当年1月底，我在伊朗采访拍摄时，恰逢当地两个重要的节日。这时，正是伊朗核问题受到整个世界关注的时刻，伊朗的局势变得尤其严峻，中国国内的朋友、亲人普遍为我们摄影队的人身安全担忧。但是，在那两个欢腾的节日中，伊朗人普遍都展现出欢乐、激动、兴奋的神态，让人感觉他们并不畏惧、担忧当前的局势，并对自己的信仰和文化充满信心。

在伊朗，一年一度有两个特别重要的节日，一喜一悲，喜日是伊朗的春节，相当于中国的春节；悲日就是阿舒拉节，某种程度上相当于中国的清明节。阿舒拉源出希伯来文，意为“第十天”，意指伊斯兰教历的正月十日，这一天是伊斯兰教的圣日。由于伊斯兰教历比公历每年约少10天左右，因此，按公历来说“阿舒拉节”是不固定的。1月29日是阿舒拉节的前一天，当晚，我就看到许多伊朗人迫不及待地走上街头，举着旗帜，抬着花匾，有节奏地敲起大鼓，喊着口号，唱着歌曲，在大街上一圈圈地走来走去。在队伍中，男人们一般走在前面，妇女们则跟在后面。这个活动一直持续到深夜。

第二天，德黑兰的很多人早早起来后，先要做两件事情。一是集体用大锅做好喷香喷香的饭菜，准备免费提供给游行的人们。这一天可以算得上是伊朗人的公共生活日了，人们在外面搭上大棚，无论哪种教派，哪种信仰甚至哪个国家的人，当天都用不着做饭，到吃饭的时候可以不用花钱在街上定点的食品供应处取用饮料或食品。当地翻译萨伊德特意带着我来到德黑兰大巴扎内的消防队里采访，我看到人们升起熊熊火焰，做起了几大锅米饭和肉汤。这里焖饭的方式与我们熟知的不太一样，他们是将炭火放在铁皮盖上，从上面加热焖熟米饭。

人们涌向霍梅尼陵园参加庆祝活动

第二件大事，就是人们要集中到清真寺内进行祈祷。由于当天祈祷的人太多，很多人都坐在清真寺外的街道上。按照伊斯兰的教规，男人与妇女之间需要用东西隔开，分别进行祈祷，妇女们在这一天祈祷时，一律要穿上黑袍，戴上黑色的头巾。她们整齐地坐在街道上，全身上下裹得严严实实，只留出一双眼睛看眼前的一切，让人感受到一种神秘和庄重的气氛。那么，阿舒拉节为什么让伊朗人如此重视，如此倾情参与呢?

翻译萨伊德告诉我说：“‘阿舒拉节’是伊斯兰教什叶派穆斯林为哀悼穆罕默德的外孙侯赛因遇难的重要纪念日。公元680年，先知穆罕默德的孙子侯赛因在卡尔巴拉被倭马亚王朝所杀，这一天正是伊斯兰教历1月10日，即阿舒拉日，这天就被定为该派的蒙难日和哀悼日。每年的这一天，成千上万的什叶派穆斯林都要举行隆重的纪念活动。”

当年，侯赛因对当时的继任哈里发不服，就与家属一行离开麦加，他们在走到今天伊拉克境内的卡尔巴拉时，遭到倭马亚王朝骑兵的追击，侯赛因等人因此全部战死。什叶派认为侯赛因是殉教的圣徒，所以将这个日子作为什叶派穆斯林最重要的纪念日。此外，在伊斯兰世界，还相传这一天是阿丹、努哈、易卜拉欣、穆萨等先知得救的日子，并传说在这一天安拉创造了人、天堂和火狱等，因此，他们把这一天看做神圣的日子。另外在公元622年，也就是侯赛因遇难前58年，伊斯兰教的先知穆罕默德从麦加出走麦地那后不久，曾规定这个日子是全天斋戒日，此后，因穆罕默德又规定以伊斯兰教历的第九个月“拉玛丹”为斋月，因此便保留“阿舒拉”为自愿斋戒日，如今，逊尼派穆斯林仍在这一天斋戒。这种种故事和传说，便使阿舒拉这个节日变得如此重要和神圣。

我看到在祈祷礼拜之后，当地人便开始了一整天的盛大游行。就像中国人庆祝节日时要舞狮耍龙划旱船一样，阿舒拉节游行时，人们也会带着几件非常重要的道具。其中之一是称作“阿罗马特”的大花匾，这种缀满了铁片、花环等东西的大金属架子，一般长达6、7米，高约2米左右，重达近100公斤。如此沉重的东西，按规定只能由一个身强力壮的小伙子扛起来走在队伍的前头，由于它太重，力气再大的小伙子一般也只能扛着它行走2、30米左右，然后大家帮着换上另一个小伙子，继续扛着它前进。如此沉重、庞大的“阿罗马特”大花匾其实每年只用上这么一次，许多小伙子都会庆幸自己能扛起它行走，显示出力量和信心。因为扛着“阿罗马特”的人，一定是游行队伍中最引人注目的人。

游行中的另一件重要道具，就是男人们人手一个的“詹吉什”铁链。这是一种木把上串着几十根细链条的东西，男人们拿着它，几十个人整齐地排成队聚集在一起，由一人领头，大家一边齐声唱着一边向前走，同时节奏分明地挥舞着胳臂，将铁链打在自己的前胸和后背。他们好像在跳一种集体舞，在号子声中人们会有规律地变换队形。挥舞铁链的人群中有老男人，也有小男孩，但女性不能参加这种活动。据说这是一种纪念的仪式，人们通过对自己的鞭打，有的甚至虔诚地要打伤自己，使身体流出鲜血，来怀念曾在战争中牺牲的英雄侯赛因等人，对这些穆斯林信徒来说，这是一种让自己刻骨铭心纪念圣者的方式。

这样热闹、庄严的游行活动要持续整整一天，长长的马里亚斯大街上，游行队伍的长龙延绵不绝，极为壮观。人们沉浸在节日的欢乐之中，有的开着车，有的骑着骆驼，更多的人则追随着队伍，把自己融入

▶ 参加阿舒拉节游行的人们都非常兴奋

男人们身上要拍上泥手印

这条激情、欢乐的人流中。直到傍晚，人们汇聚到马里亚斯大街旁的一片广场上，在满是尘土的空地中间扎起几顶帐篷，立起旗杆，几个精壮的小伙子将碗口粗的旗杆系上旗帜，一起使劲挥舞。他们的胸前或背上都拍上了一个个泥手印，据说这也是一种纪念的象征。

在拥挤的人流中，我挤进广场，与伊朗人一起感受节日的欢乐和兴奋。

在广场的一边，有人通过大喇叭在讲述侯赛因战斗、遇难的故事，还又有人站在汽车顶上表演历史中的那些场景，不少女人感动得流出了眼泪，甚至不顾一切地在人群中哭泣。穿着黑色长袍的女人们围在广场四周，一直看着兴奋的男人们在场地中奔跑、表演，有的人还钻进帐篷中祈祷。这些丰富多彩的仪式一直延续到傍晚，直到太阳已经落山的时候，一个红衣武士打扮的小伙子才拿着火把走进场内，一个一个将那几顶帐篷点燃，热情高涨的小伙子们则围着那些燃烧的帐篷跳跃、呼喊，当帐篷最后烧得一干二净时，大家兴奋地鼓掌喊叫起来。据说这其中的许多仪式都对应了侯赛因当时牺牲的情景，传说中他就是在傍晚牺牲的，牺牲后他的帐篷被战火烧毁。如今人们演绎这些仪式，也许就是一种神圣的情景再现吧！

两天后，我在德黑兰又再次目睹了一个群情激动、万众欢呼的场面，这个场面出现在德黑兰南郊8公里处的霍梅尼陵墓前。伊玛目·霍梅尼是伊朗的宗教领袖，由他领导的伊斯兰革命从1977年开始逐步进入高潮，当时，伊朗爆发了大规模的反对巴列维国王独裁统治的群众运动，随后各地动乱不断升级，到1979年初，巴列维国王终于被迫出走他国，霍梅尼则结束长达15年的流亡生活，从巴黎回到德黑兰接管政权。这场革命使伊朗从一个亲西方的国家迅速走向“全盘伊斯兰化”。而伊朗2500年的君主制也到此寿终正寝，伊朗从此建立了世界上唯一的政教合一国家，赢得伊斯兰革命胜利的穆斯林们，最终选择并在伊朗历史上开创了一个国家政权、法制法律以及社会生活三方面彻底伊斯兰化的共和国时代。

1979年伊朗伊斯兰革命胜利的那些日子被称为“十日黎明”，每年2月1日至11日，当地都会举行大规模纪念活动，庆祝这次胜利并纪念他们的精神领袖。我在霍梅尼陵园前采访时，恰逢“十日黎明”的第一天，热情、激动、兴奋的伊朗人纷纷挤到我们的镜头前，想让中国的观众一起分享他们的喜悦。

翻译萨伊德告诉我说：“今天是伊斯兰革命胜利日的开端，28年前，伊朗宗教领袖霍梅尼就是在这一天回到德黑兰，拉开了伊斯兰革命胜利的序幕。”

这次纪念活动与伊朗当时面临的由核问题导致的紧张状态有关，突出显示了德黑兰民众对伊朗拥有和

伊朗街头的伊斯兰革命纪念雕塑

平利用核能权利的支持。游行聚会的群众举着或挥舞的旗帜中，除写有传统纪念口号以及反对美国、以色列的标语外，更多的口号和标语与拥护伊朗核计划有关。这些标语上有的写着："我国核科学的成功是文明建设的进步"；有的写着："伊朗人民将用一切力量捍卫自己的核权利"；而出现得最多的标语则是："核技术是我们无可争辩的权利。"

当天，进入霍梅尼陵殿的两扇大门前更是人山人海，水泄不通，每个人都要经过严格的安全检查。我与摄影师几经周折，好不容易获得了保卫人员特许，终于挤进人流中拍摄到陵殿内群众聚会、祈祷的场景。1.6万平方米的这个陵殿只有4根柱子支撑，里面坐满了参加活动的群众，几乎没有立足之地。我看到霍梅尼及其亡子的石墓就在陵殿中央，石墓外面罩着一个高5米、长和宽10米的长方形绿色玻璃罩，罩子的骨架采用钢铁材料，呈网格状，并配有各种花草雕饰，体现了伊朗传统的陵墓艺术风格，据说这是由来自伊朗古都伊斯法汗的一位民间艺术家设计的。瞻仰者可以通过玻璃罩看到里面的长方形石墓，石墓上面覆盖着绿色的毡毯，并安放着霍梅尼和他儿子的肖像，以及一部《古兰经》。

陵殿内的纪念活动还没有开始，狂热的民众就已经将那里的气氛渲染到极致。当天，陵殿内还有伊朗政府的重要官员参加纪念仪式，进入陵殿的伊朗民众仍然源源不断，人们参与纪念活动的热情一浪高过一浪。在蜂拥而至的人流中，我感觉伊朗人民对伊斯兰革命胜利的纪念真是极度热情，他们更多的是呼吁拥有核权力，表达他们和平利用核能的希望和信心。

这一天的霍梅尼陵园喧嚣热闹，人气沸腾，东西两侧各占2.2万平方米的大广场也不显得冷清。整个陵区虽然规模庞大、建筑高耸，但却丝毫谈不上奢华。据当地人介绍说，霍梅尼陵园完全是伊朗人民自发捐款修建的，没有让政府掏一分钱，陵园庄重朴素的风格正好与霍梅尼在人们心目中崇高朴实的形象相吻合。目前，这里正在进行大规模扩建，准备建成一个建筑面积大约为1.02万公顷，集大学、研究院、文化、旅游和贸易于一体的现代新型城市"阳光市"。

在德黑兰，与1979年伊斯兰革命相关的那些地方都会激起人们兴奋的回忆，德黑兰大学、革命大道、革命广场、自由大街以及原美国驻伊朗使馆，至今在这些地方还矗立着相关的纪念碑、宣传画，一些建筑物上还涂写着反美标语。在伊朗人看来，那是一个激情燃烧的岁月，这种对革命的狂热激情与他们对圣徒侯赛因纪念的热情似乎是一脉相承的，而更为难得的是，他们的这种热情非常纯粹，非常虔诚。这使那些欢乐的节日散发出神圣的光彩。

他将那些帐篷一一点燃

41 那些女孩很开朗

没有到过伊朗，对伊朗社会生活和宗教信仰了解不多的人，往往会觉得这是一个蒙着面纱的国度，让人难以一眼看透。的确，1979年的“伊斯兰革命”运动，结束了巴列维国王期望用石油美元买一个高速发展的工业化国家的梦想，从那以后，由宗教领袖霍梅尼领导的新政权严格按照伊斯兰教的原教旨推行社会伊斯兰化，以此扶持弱势群体，均衡贫富，将以美国为代表的西方文化扫地出门，从此，昔日原本非常时尚的德黑兰妇女开始穿起了黑袍，蒙着黑色的头巾，连模样都难以看到了。这种神秘、严肃的形象直到今天仍然是许多外国人对伊朗最深刻、最笼统的印象。

▸ 靓丽女记者

不过，进入21世纪后，当外界对伊朗仍是“雾里看花”般难以了解时，伊朗国内却在悄悄发生着许多变化。在伊斯兰革命胜利后的第28年，当我来到德黑兰时，已经吃惊地从伊朗女性身上，发现了这种微妙的变化。虽然伊朗的法律对女性要求较严，但相比中东其他国家还算相对宽松。从历史角度看，伊朗最后一个王朝巴列维王朝曾大力推行世俗化，因此在20个世纪70年代，伊朗社会已经具有颇高的世俗化程度，当时的德黑兰甚至被称为“东方小巴黎”。

1997年5月哈塔米就任总统后，就提出了一系列改革措施，鼓励妇女参政、赞成男女平等，从那时开始，伊朗社会再度出现了前所未有的活跃局面。伊朗女性身穿的黑袍叫“查朵尔”，按伊斯兰法要求，女性在公共场合除了手脚和面部可以露出来外，其他部位一律要藏在“查朵尔”下，而且不能穿紧身衣服显出身体的曲线美。而头巾也是伊朗女性最重要的装饰，这里7岁以上的女孩就必须戴头巾，一直戴到老，头巾与贞操同样重要，将陪伴着伊朗女性度过一生。但近年来，特别是在首都德黑兰，许多时髦的女性不仅开

▶ 她们的头发梳得很有型

始化妆，胭脂、眼影、口红必不可少，还将黑色的头巾换上了花色、品种五彩斑斓的头巾，前额则露出一丛精心设计甚至染过颜色的头发；此外，“查朵尔”也换成了盖过臀部的束腰外套，尽显身体的曲线，而下身一般穿的则是牛仔裤。

更为重要的是，近几年来伊朗女性在社会政治生活中的表现也越来越活跃。伊朗全国人口6500万，妇女占51%以上。很多女性积极接受高等教育、接受职业培训，并走入了职场。据说，在伊朗的大学中，女性占65%以上；而在伊朗的新闻工作者中，近一半也是女性，这些女记者们频频出现在各种新闻发布会以及各种活动中，成为伊朗媒体一道亮丽的风景线。在记者会上，伊朗新闻媒体的女记者伶牙俐齿、大胆提问、话锋凌厉，风头十足，屡屡让人刮目相看。

阳光卫视当时的总裁杨盛昱就当着那些伊朗女记者的面夸奖说：“我真没想到伊朗的女记者这样美丽大方，提的问题也如此尖锐，让我非常佩服。”

伊中商会会长阿斯伽若拉迪也开玩笑地说：“这些中国朋友还以为伊朗女性都非常传统，你们应该当场展现一下自己的魅力。”

为我们担任翻译和向导的伊娜也是一位性情开朗、活泼的女性，虽然她经常穿着“查朵尔”，打扮并不时尚，但办事待人却非常职业化，与男性交往坦率大方，甚至还不时开心地讲讲笑话。伊娜告诉我说，她自己有时也开车，花了7000多美元买了一辆法国和伊朗合资生产的小车，而在担任向导和翻译之外，她甚至还做伊中之间的贸易，从中国采购产品后，到德黑兰销售。其实，像伊娜这样能干的职业女性，在伊朗还有许多，以往以男性为主导的行业，如警察、律师、导演中，都有女性的身影，2003年获得诺贝尔和平奖的希林·埃巴迪就是伊朗的女律师，哈塔米总统执政后甚至让玛苏梅·艾布特考成为伊朗历史上第一位女副总统，而伊朗议会中也有13名女性议员，她们都是很多伊朗女性的偶像。

我在德黑兰西部的恺加公园接触的几位女性，更加印证了伊朗女性正在变化这一事实。恺加公园的名字与伊朗的历史有关，18世纪末，伊朗东北部的土库曼人恺加部落统一了伊朗，建立了恺加王朝。19世纪初，伊朗沦为英国和俄国的半殖民地。恺加王朝到1921年被礼萨·汗推翻，4年后巴列维王朝建立起来。据了解，德黑兰有4个大公园，分别处在在这个城市的东南西北面，每逢假日，德黑兰人就会开车或乘车到这些公园去游玩、野餐。

冬日的恺加公园内显得有些荒凉，但从茂密的树林和灌木来看，不难想像春天的公园内会多么生机勃勃。公园里不允许汽车进入，道路多是土路，显得质朴自然，人工痕迹较少。不过，其中最醒目的就是那条供自行车爱好者练习的车道，它从公园门口一直延伸到公园深处，沿着它慢慢前行，就会来到公园中十分热闹的自行车运动中心。这里是伊朗的青年男女们一起活动的场所，人们在这里可以租用自行车，然后沿着车道慢慢练习，技术较为娴熟的车手则可以到运动中心内的涡型场地玩玩花样，显示一下高超的车技。那些艺高人大胆的车手总是能博得围观者的阵阵叫好声。

这时，一位伊朗女孩出乎意料地主动走过来与我交谈，并介绍她的男友与我认识。这位热情大方的女孩名叫帕瑞萨，来自伊朗南方，她的男友萨姆・赫纳瓦是个生意人，曾到过中国上海，并在日本工作过很长时间。他拥有日本自行车运动协会1996年给他发的证书，是个自行车运动爱好者。帕瑞萨来这里，就是跟随男友学习骑自行车。当我提出采访她时，她爽快地答应了我的要求。

我问她："你学骑车多长时间了？"

帕瑞萨说："没有多长，几个星期吧。"

"为什么想学？"

"好玩呗，大家都喜欢这项运动。"

"那你觉得骑车难不难？"

"也不是那么容易，有一点点难度。"

"你知道有关中国的一些事吗？"

"知道得不太多。"

当我请求帕瑞莎展示一下她的车技时，帕瑞莎先请我表演一下。显然，骑自行车对任何一个中国人基本上都不成问题，我虽然以前没在这种比较专业的涡型场地内练习过，不能玩什么花样，但满足一个好奇女孩的要求还是轻而易举的。接下来轮到帕瑞莎表演了，她又提出了一个有些让人瞠目的要求，请我陪同她一起骑车。一般来说，按照伊朗的风俗，在公众场合，伊朗女性与男性不会主动亲近，相互之间也不能握手。但帕瑞莎似乎没有顾忌这些，我也只好客随主便，借了一辆自行车陪着帕瑞莎绕着运动场地骑了一圈。

骑完车后，帕瑞莎表示希望得到我的一个礼物，我问她为什么想要礼物，她俏皮地回答说："好让我看到这个礼物就会想起你啊。"我在包里找了一会儿，拿出一面中国国旗送给帕瑞莎，并告诉她说这面国旗上有我们的签名，它随着我们这个车队走了18个国家。帕瑞莎满心欢喜地接过了这面国旗，并表示会好好珍藏它。

当我与帕瑞莎和萨姆告别时，帕瑞莎还主动伸出手来与我握手，这更是让我大吃一惊。当我离开这个运动场时，帕瑞莎和萨姆又追上来，请我将帕瑞莎的英文名字写在国旗的大五星中，表示中国在她心中。我认真地接受了他们的建议，在大大的五星中写上帕瑞莎的名字，并把我的名字也签在红旗上。与帕瑞莎交流的这一过程，让我真正见识了伊朗女性热情、大方、坦率的一面，她们的内心也像其它开放国家的女性一样，渴望与男性平等交往，向往自由自在的人生。

对伊朗人来说，恺加公园显然是个放松身心的好地方，尽管是2月初的寒冬时节，他们在周末也要带着一家人到在这里游玩、野餐，尽情享受自由自在的人生。公园的树林里为人们聚餐专门安装了桌椅和烤肉的设备，但更多伊朗人还是喜欢按照他们传统的生活方式，带着帐篷或地垫，围坐在地上来享受这顿阳光下的午餐。

当地人野餐时的食物比较简单，跟他们平时在家里吃没有多大区别，一般都是烤鸡串、烤巴巴、大饼、酸奶、饮料，其中的烤巴巴是伊朗特有的一种食品，用碎羊肉加上调料，再用手捏成条状串在竹签上烤熟吃，味道非常特别。他们烤肉时用的扦子和炉架，与中国人烤羊肉串时用的东西差不多，站在疏密有致的树林中，看着“噼里啪啦”的炭火燃烧，用扦子翻烤着香喷喷的鸡肉，的确是有一种美不胜收的满足感。

伊朗人其实非常好客，并不像我们想像地那样难以接近。我与翻译伊娜等人在树林中野餐时，一旁的一个伊朗人家就十分热情地邀请我们与他们一起野餐，并很开心地与我们进行了友好交流。她们中的一位女士在伊朗北部城市拉什特经营着一家裁缝店，这两天来到德黑兰的姐姐家，与姐姐全家一起到公园里来游玩。她的姐姐告诉我说，她们的邻居中有人去过中国，回来后跟她们介绍过中国的情况，知道今天的中国发展很快。她们表示，中国和伊朗人之间一直保持着良好的关系，希望将来有一天能到中国去游览旅行。

这些伊朗女性与我交流时，同样非常坦率、自然，没有给人任何神秘感和难以接近的感觉。其实，她们就像德黑兰北部延绵600多公

传统浮雕中的伊朗女性非常开放

▶ 自由广场与自由塔

里的厄尔布尔士山脉一样，虽然因为气候、季节等原因，会将巍峨险峻、俏丽多姿的身影掩藏在云层下，但是，它本身就是那样空气清爽、景色宜人，一点都不会拒绝人们到这里休闲度假、登山观光。

到过德黑兰的人们，几乎没有人不知道自由广场和自由纪念塔，它在伊朗人心中的地位就像天安门广场之于中国人。这实际上是伊朗人追求理想的象征。自由广场位于德黑兰西部，呈椭圆形，总面积达5万多平方米，总体设计仿效伊朗的传统花园结构。我来到这个广场上，远远看去，其中央位置的自由塔就象一个巨人一样高高耸立在广场中央，气势雄伟、风格新颖。作为德黑兰的门户和标志建筑，它建于1971年，总高63米，其中18米为地下层，从地表面至塔顶为45米。塔下有四个向外延伸的支柱，东西侧为古波斯建筑风格，南北侧为伊斯兰建筑风格，非常和谐地融于一体，充分体现了伊朗建筑艺术的精湛。其塔身为钢筋混凝土结构，外表被25000块白色巨石包住，每一块巨石都采自伊朗古都伊斯法罕市，其形状和大小不一，有的巨石长达6米。塔的四周种植着各种花草树木，大型喷泉更衬托出自由塔的雄伟和挺拔。

然后，我走近去细细观看自由塔，发现在不同光线的照射下，它会变化出不同的颜色。我相信每个人走到自由塔下，都很容易从心底升腾出某种神圣的感受，他们会从自由塔的造型和命名感悟、领会到伊朗人的内心世界和精神追求。显然，在这个伊斯兰国家里，自由并不是人们忌讳的一个名词，它用那些沉重巨大的石块，将这个神圣的词汇夯实地矗立在这里，照耀着伊朗人生活的方向。

她们的书法他的画 42

来到伊朗的中国人，很容易回想起那个曾在史书中活跃的“波斯帝国”。实际上，早在汉代，中国就将伊朗称为“安息”，其有记载的历史和文化始于公元前2700年，迄今已有4、5000年历史。公元前6世纪，古波斯帝国阿契美尼德王朝更是盛极一时，在第三代国王大流士一世统治时期，波斯帝国的版图东至阿姆河和印度河两岸，西到尼罗河中下游，北至黑海、里海一带，南达波斯湾。直到公元前330年，马其顿·亚历山大终结古波斯帝国后，才建立了安息、萨珊王朝。到公元7至18世纪，伊朗则先后被阿拉伯人、突厥人、蒙古人入侵统治，波斯帝国的风采不复存在。不过，那些光辉岁月依然通过极具波斯风味的音乐、舞蹈以及地毯保存下来，留给今天的人们无限遐想。

波斯艺术中的另一个品种是一般中国人所不了解的。1月31日，我来到德黑兰北部一条偏僻、幽静的小街上，走入伊朗书法中心进行探秘，领略了波斯书法的魅力。

那天是个天气阴冷、细雨迷濛的日子，但仍然有不少热爱书法的女学生按时来到这里上课，虔心学习书法。不难看出，如今热衷学习书法的，大多是女性，她们不仅有较多的闲暇时间来上课，而且这种安静、平和的学习内容也很符合她们悠然的心境。64岁的迦伽什老师是伊朗贵族的后裔，她的爷爷曾是前王朝一个著名王爷的小王子。迦伽什老师正是在美、英、苏三国巨头聚会德黑兰的那年出生在这个城市，她教授波斯书法也有30年历史了。

迦伽什老师告诉我：“我们这里是伊朗书法中心，由哈塔米先生创办并领导。每年都有上百名学生在这里学习、培训，这些学生类型不同，各种年龄段的人都有，学习的内容也有很多区别。”

波斯书法是公元642年伴随着阿拉伯人的入侵以及伊斯兰教的传播产生的，从那时开始，书法逐渐成为波斯艺术和文化的核心，也成为王公贵族们的修养课程。伊朗书法家将伊斯兰书法进行变化，形成了两种主要的本土风格，一种叫纳斯塔利克（Nastaliq）风格，另一种称为什卡斯提（Shekastee）风格，这是他们对伊斯兰文化的贡献，也是伊朗的骄傲。尤其是“纳斯塔利克”风格，几乎成了波斯书法的标志，被称为伊斯兰书法的“波斯新娘”。

▶ 凝神书写

迦伽什老师说："伊朗的书法有非常悠久的传统和历史，在15世纪时达到高峰，形成了非常丰富的书法流派。波斯书法的学习难度很高，书法者需要对伊斯兰文化有深入了解，并与长期的内心修养相结合。"

如同中国古代书法一样，波斯书法在书写时同样是从右到左，风格各异。除标准的纳斯塔利克风格和什卡斯提风格外，还有大气磅礴的穆哈卡（Muhaqqaq）风格、丰润典丽的瑞哈妮（Rihani）风格以及秀雅柔美的撒卢斯（Thuluth）风格。与此同时，伊朗人认为书法既是书写者精神的流露，也是穆斯林心灵的体现，因此，每位伊斯兰书法家都必须经受长期的修养和灵魂冶炼，并具有圣贤一般纯洁、坚定的心灵。

迦伽什老师对我说："波斯书法与宗教有着密不可分的关系，这与伊斯兰教对文字的崇拜密切相关。"

按照伊斯兰的教义，所有清真寺或各种场所都禁止悬挂图像，但是，高悬在上的书法并不在禁止之列。由于波斯书法具有极强的造像能力，伊朗书法家便干脆将文字书写成图形甚至徽章，形成文字偶像，这样，他们对经文的书写，便使波斯书法获得一种神圣的力量。当一个人书写的是"神喻"时，那么书写也就成为神喻的一部份，成为神喻的某种视觉形式，而每一位书法家也就同时成为了图形设计师。

由于波斯书法的学习难度较高，因此现在学习书法的学生越来越少。费洛泽·贾娜丽普是一位初学书法的女士，她到书法中心学习了不到一个月时间，对她来说，看似简单的写字，一旦当做艺术去学习，就需要付出极大的努力。

费洛泽·贾娜丽普告诉我说："我刚刚学了一段时间，感觉学起来真的非常困难，不像想像的那样容易。不过，我们的老师非常耐心，非常好，她会一点一点地教我们如何用笔，如何书写，帮助我们理解书法的美妙和意义。"

在采访中，我还发现，波斯书法采用的工具、材料，与中国书法也很不一样。伊朗书法家的笔一般是用竹子或芦竿削薄后切成斜面制成，他们称之为"知识花园中的柏树枝"。运笔的时候，是用蘸上墨的斜面在纸上划过，由于竹片蓄墨不多，所以书写者要经常蘸墨，一笔接一笔地书写，这样要把笔墨书写得连贯好看，的确有一定的难度。有趣的是，在另一位书法老师成堆的竹笔中，我意外发现了一支中国毛笔。这是一支被削掉毛笔头的中国毛笔，仔细一看，这笔杆上还写着"小白羊 西湖书法笔店"几个小字。从这支笔，就不难看出中国书法与伊朗书法在工具上的差别。

穆罕默德·赫达利是一位经验丰富、书法精湛的老师，每天，他都要亲自指导很多女学生学习书法，为她们讲解波斯书法的书写方法和造型原则。在他的精心指导下，很多学生进步飞快，能写出工整、秀丽的书法作品。一位戴眼镜的伊朗女学生就现场书写了一幅作品，并将它展示给我看。遗憾的是，我不懂波斯文，并不知道她写的内容是什么。不过，从她书写的文字来看，确实非常柔美、漂亮。

赫达利先生有时还一边示范，一边讲述，描述波斯书法的历史发展以及特殊的用笔、书写方法。事实上，波斯书法不仅用笔与中国书法不同，用纸也不一样，它是在硬纸上书写，强调笔划的尖锐、刚脆和亮丽，点划的流畅，以及布局的生动。其形状介乎东方方块字与西方字母的字形之间，其中以弧形和折线为主，粗细相间，起笔细腻，落笔飞扬，猛然看上去，就像驼峰出没在起伏的沙漠上，别有一种舒展浪漫的味道。

穆罕默德·赫达利先生告诉我："波斯书法已有上千年历史，但近600年来，才出现风格各异、手法繁多的现象。这种用硬笔进行的书写，入门较难，但熟练之后，深入就比较容易了。"

在采访结束时，书法中心的这两位老师都不约而同地写了同样内容的书法赠送给我们，以表达他们内心对中国及其文化的热爱和仰慕。据他们自己解释，他们书写的都是《古兰经》上的一句名言，如果直译，其意思是："穆斯林应该学习，不是在他所在的城市，而是应该去中国学习。"而按照意译，这句话就是人们熟知的："求知哪怕远在中国"。

波斯书法让人回味无穷，而画家贾罕巴克什·萨德基的作品更是让人爽心悦目。他的画室就在德黑兰北部的一条小街上，很不起眼，外面几乎没有什么特别的装饰，推开画室大门，就能见到满屋子摆放的绘画作品。这些作品的颜色都非常华丽，无论动物、静物或风景，其中最鲜亮的颜色就是那鲜艳欲滴的水红色。而且，这些作品的画面无一例外都非常美丽动人，让人过目难忘。如果人们不知道这个画家是谁，也许仅仅只会觉得这些作品美得令人惊异，但如果人们亲眼见过这个画家，就更会感觉这些作品令人感动。

走进他的画室，我的内心当即就被这个特别的画家所感动。那个趴在活动轮床上的人就是画家贾罕巴克什·萨德基，他的名字在阿拉伯语中的意思是"生活的天才"。1955年，他出生在伊朗南部城市克尔曼附近的巴夫特，从小学习做面包师。16岁那年，在欢庆伊玛姆·侯赛因生日的那个晚上，他正在街道上装电灯泡，不幸遭遇一场车祸。

贾罕巴克什·萨德基告诉我当时的情况说："这场车祸导致我脖子的第七节椎骨断裂，并使我的身体从脖子以下瘫痪，身体的50%已经残疾，15%的肢体已经失去。"

很长时间内，他的手指不能动弹，身体的85%完全瘫痪，剩下的三根神经中，有一根运动神经暴露在

▶ 萨德基只剩下半个身子

外面。但是遭遇如此的灾祸，并没有让萨德基丧失对美的追求。在经过治疗后，他开始学习绘画，并继续学业和工作，从艺术中他发现了自己的才能。

贾罕巴克什·萨德基说："车祸之后第四年，我开始学习绘画，我发现自己非常热爱画画，我主要画自然、水果、花园，有时也模仿别人。我感觉有许多美丽的东西在我心中。"

从1975年开始学习绘画到现在，30多年中，萨德基创作了2500多幅艺术作品，参加了93次国际、国内画展，而且先后教授了120多名学生，其中有许多女学生。他对我说："国内国外大约有500多万人看过我的画展，我还两次去过卡塔尔，还有科威特、黎巴嫩。我的学生也非常多，其中大多数是女学生，因为我觉得女人更喜欢这样的艺术。"

萨德基不仅受到许多学生和观众的喜爱，而且也受到伊朗领导人的重视和关心。包括英国BBC、美国CNN在内的许多媒体，也曾广泛报道过他的经历和作品。我们摄影队采访他时，是第一家中国媒体报道他的情况，为此，萨德基显得非常高兴。他说："我很高兴中国朋友来采访我，我也希望中国观众能看到我的作品，喜欢我的作品，我很想访问中国，想在中国展出我的作品。"

萨德基总是乐观地相信：如果真主要他存在，他就存在，真主让他这样生活，他不会觉得不快乐，他尽自己所能没有停止活动，终止幸福，而是依靠身体和智慧的能力，以及他的努力证明了自己超人的才华和力量。他对我说："我现在跟兄弟、姐妹一起生活，简简单单，非常快乐。我的生活平和、踏实，充满乐趣，我跟其它人一样生活得有滋有味。"

特别令我感动的是，在我采访时，萨德基先生不顾自己身体不便，总是非常高兴地配合我们的采访和拍摄，他一会儿与我交谈，一会儿执笔画画，一会儿指点自己的学生。在这些过程中，他都不需要别人帮忙，总是自己用手推动车轮，将重重的轮床从这里移动到那里。

从萨德基充满热情的绘画，到书法中心师生展示的波斯书法，我们不难窥探到伊朗艺术的一斑，感受到伊朗艺术的魅力。在我专访中国驻伊朗大使刘振堂时，刘大使就特意谈到伊朗艺术对中国的影响。他说："伊朗有5000多年历史，无论在宗教、文学、艺术等方面，中国都受益非浅。像拜火教、伊斯兰教，以及不下十多种蔬菜，都是从伊朗传过去的。伊朗是个艺术大国，音乐对中国影响更大，从张骞等人出使西域后，我们与伊朗以致罗马的联系就更加畅通。"

飞扬舒展的波斯书法和热情纯美的伊朗油画，也让我深深感受到伊朗人追求自由、浪漫、美丽的心灵。

▸ 书法老师赫达利给学生示范

43 中国人在这里修铁路

▶ 伊朗人把他们的英雄画在高楼上

伊朗的首都德黑兰背倚巍峨的阿尔布尔士山脉，整个城市北高南低，建在一个山坡上，两条宽阔笔直的林荫大道贯穿市区的南北和东西。在古波斯语中，德黑兰的意思就是“山脚下”，它不是一个非常古老的都城，公元9世纪时，这里还是一个掩映在梧桐林中的小村庄，到13世纪开始日渐兴旺。1788年，恺加王朝才把这里定为首都。直到20世纪60年代后，由于石油带来的财富，这座城市获得了空前的发展，在很短时间内成为一座拥有上千万人口的城市。在德黑兰南部的古城里，很多地方仍保留着古代波斯的风貌，那座当年的古城门依然华丽、庄严，高耸在车水马龙的街道旁，几个世纪前，人们就是从这里走进德黑兰这座神秘的城市。

中国人走进伊朗的足迹，可以追溯到公元前2世纪的汉武帝时代。那时，中国称伊朗为“安息”。在有据可查的史书中，当时出使西域的张骞派他的副使来到这里，受到安息王的两万骑兵迎候，其礼仪之隆重可以想像。到东汉末年，安息王的太子、佛教高僧安世高也到中国访问，并呆了多年。在中国的南北朝时代，波斯帝国更是十多次派遣使节到北魏王朝友好访问，从那时开始，闻名世界的“丝绸之路”就此开辟畅行，两国经济文化交流频繁密切。及至唐代，中国与波斯的交往进入鼎盛时期，数以千计的波斯人在长安生活，其中有些人还当上了唐朝的将军、外交官、天文学家、医学家和学者，波斯等国的西域乐舞更是在长安盛行。宋朝之后，由于战乱频仍，陆上“丝绸之路”几度中断，许多伊朗人又经由海上“陶瓷之路”，来到中国广州、扬州、泉州等地经商，有的也在那里安家落户。到元朝，中国发行钞票的方法也传到了波斯，据说波斯钞票上还保留了中国文字。而在明代，中国与伊朗的交流又达到新的高峰，当时的明成祖和波斯的沙哈鲁王子曾先后互派300人和500人的大型代表团互访，郑和船队七次航海访问亚非各国时，有3次访问了波斯湾的忽鲁谟斯，即现在的霍尔木兹海峡。公元1516年，伊朗旅行家阿里·阿克巴尔还撰写了《中国纪行》，成为中、伊友好交往的珍贵史料和重要见证。

新中国成立后，中伊两国在1971年8月16日正式建立了外交关系，两国在各个方面进行了友好交流，特别到最近几年，中国与伊朗的交往开始进入历史上的第三次高峰时期。

在中国驻伊朗大使馆专访刘振堂大使时，他告诉我说：“中伊交往是个整体，伊朗独立后，特别是1979年伊斯兰革命成功后，政治上两国高层互访不断，签订了不下30个协议，经贸、科技等领域，每年都有一、两次磋商，现在两国经济交流处在最好的阶段。28年前，两国贸易额在1亿美元左右，2006年就达到145亿美元，增长了100多倍。”

近年来，中国企业对伊朗市场的拓展开始变得轰轰烈烈，其中最为公众熟知的是德黑兰地铁的建设，其中已通车的1、2、5号线，全部由中国公司承建。这几条地铁成十字形将德黑兰东西南北贯通起来，每天有80万人次的市民乘坐它奔走在这个西亚最大城市的各个角落。被伊朗政府命名为“总统一号工程”的德黑兰地铁，从20世纪70年代采用法国技术开挖隧道，但长达8年的两伊战争让伊朗地铁建设搁置了整整20年，直到1995年3月，在中伊两国政府推动下，中信集团公司与德黑兰城乡铁路公司正式签署合同，独立承建德黑兰地铁1、2号线工程。2000年2月21日，德黑兰地铁一期工程建成，时任总统的哈塔米亲自出席了隆重的开通仪式。此后，每开通几站，当地就会举行一次庆典，这样前后共举行了7次仪式。仅从这一点，就不难看到德黑兰市民对地铁建设的重视和关心。目前，德黑兰已通车的地铁全长达49.1公里，日客流量达80多万人次，累计运送乘客已超过1亿人次。据中国驻伊朗使馆有关官员介绍说，德黑兰市计划建设9条地铁线，目前还有伊朗的另外两大古城设拉子和伊斯法罕也主动邀请中国企业前去进行地铁设计、咨询和建设工作。

除地铁建设外，中国企业还参与到伊

▶ 刘振堂大使（中）在中伊商务合作论坛上

朗铁路建设这一重大项目中来。伊朗铁路始建于1872年，5年后，法国一家公司建造了从德黑兰到莎赫锐拉伊全长8.7公里的铁路。在随后的40年中，伊朗在国内修建了一系列铁路，这其中有许多铁路因技术标准不一等原因后来被拆除，保存下来的不多。1927年，伊朗开始按照轨距1435毫米国际标准对国家铁路网进行改建，首先实施完工的是从南部的霍梅尼港到北部港口城市土尔克曼的铁路线，全长1389公里，于1938年完工。此后由于第二次世界大战影响，其它铁路线都没有开工。战争结束后，伊朗铁路的发展也比较缓慢。到1978年，伊朗全国铁路总长度为4602公里。1979年伊斯兰革命后，伊朗政府制定了新的铁路发展计划。到2000年底，伊朗全国铁路总长度达9420公里，其中正线6688公里，支线2732公里，在正线中电气化铁路达146公里，复线662公里。

目前，伊朗铁路系统控制信号设备和连锁设备还不普遍，大部分机车状况也不能满足每小时160公里运营需要。但伊朗铁路公司正在努力提高列车运营速度，准备建成中东地区重要的铁路运输网络和枢纽，到2009年，他们至少需采购20亿美元的铁路机车和车辆。在世界各国企业对这个市场的争夺中，中国上海金源公司与南车四方公司在2002年4月的竞标中，最终以优越的技术性能和富有竞争力的价格击败意大利、波兰等国公司一举中标。

上海金源国贸公司驻德黑兰办事处代表马生海告诉我说："这个项目是2002年签订合同，2004年生效的。2005年，我们向伊朗国铁RAJA客运公司出口了首批175辆客车，2005年新年后到今天运营了两年时间，客户非常满意。"

当时，中国交付的这批软卧车、餐车和发电车是从2005年3月18日投入运行的，这是伊朗自1979年伊斯兰革命后首批在国家铁路干线上投入运行的国外新造铁路客车，也是中国铁路车辆产品首次进入伊朗国铁，闯入传统上一直由欧洲公司占据的这一市场，是中伊两国继德黑兰地铁项目后在交通领域合作中取得的又一重要成果。这批价值1.25亿美元的机车由中国青岛南车四方机车车辆公司制造，整个配置比中国国内运营的机车还要高档。

中国制造的列车

马生海特意带着我们去德黑兰车站，上他们提供的列车好好看了一会儿。他对我说："这些车厢内部装置区别很大，每辆车内有10个包厢，包厢中的配置非常高档，可以听音乐、MP3，车上免费提供早、中、晚三餐，而且是3150的宽车体，伊方对此非常满意。"

尤为重要的是，这些机车的设计照顾了伊朗特

▶ 我采访伊朗财政部副部长哈扎伊先生（左）

殊的气候条件和宗教习俗，许多细节体贴入微，让我印象非常深刻。

马生海告诉我说："机车的设计很多地方都符合当地气候环境和风俗习惯，它采用的是一流的空调系统，在车外高温50度的情况下，车内温度降低到20度，只要60分钟。像厕所采用的都是蹲厕，而且包厢内也都是男女分开使用。"

相比中国国内的餐车，这里的餐车设计也更符合伊朗人的生活习惯。车上的工作人员对此大加赞扬。一位伊朗的工作人员称赞说："车厢里非常舒适，夏天感觉不热，很凉快，车辆设计得也很漂亮，中国的产品真的不错。"

刚过而立之年的马生海，在大学里学的是波斯语，后来又在伊朗留学数年，在项目谈判、落实、实施的几年中，他常常谈得口干舌燥，跑得两腿发软。这次我采访他时，他又不顾感冒发烧，领着我们实地采访拍摄。他介绍说，这个进口项目是经过3年多艰苦努力换来的成果，它的成功运作对带动中国铁路机车车辆产品向周边国家和地区出口具有明显的辐射效应。由于有第一批车辆项目运作的成功，伊朗方面又向中方企业提出了新的要求。

马生海说："继进口138辆一等软卧客车、12辆高级餐车和25辆发电车后，我们又获得了配套的25辆发电车合同，伊朗方面还要求增加进口43辆餐车和发电车。机车进口项目也在商谈，他们原先用的都是欧洲机车，我们现在已经联合了国内几家生产机车的公司，准备将中国机车用于伊朗的铁路干线。"

像马生海一样，目前有大约有2000多中国人在伊朗生活、学习和工作，其中绝大多数是参加工程建设和进行商贸活动。由于伊朗近年来经济发展迅速，工业增长率达到11%，农业达到5%，服务业则达到6%，其中不少方面超过了一些发达国家的增长水平，因此吸引了众多中国企业。像中石油、中石化、中海油都已进入伊朗，2006年10月，中石化与伊朗方面签订了一项价值21亿欧元的合同，准备打造一个汽油产能达到每天1600万升的炼油厂。奇瑞公司此前向伊朗出口1000辆汽车，销路非常不错，2006年底，奇瑞与伊朗最大的国家汽车工业集团（IKCO）公司合作签订协议，准备在伊朗南部建设一个年产两万辆奇瑞汽车的CKD组装工厂。目前，伊朗街头的摩托车98%都是中国贴牌生产的。此外，伊朗已成为中国企业在海外最大的工程承包市场之一，伊方还让中国帮助筹建100家三星级酒店。近几年来，中伊两国的贸易额每年都以30％至40％的速度递增，2007年两国双边贸易额已突破200亿美元。目前双方正在执行的项目就有100多个，协议金额高达上百亿美元。

在中国企业纷纷进入伊朗淘金的时候，中伊之间的旅游人数却未见增多，常驻伊朗的中国大使馆大使

伊朗的列车上都是男性工作人员

刘振堂认为，这一方面出自人们对伊朗安全形势的担忧，另一方面也是双方民众缺乏了解所致。

刘大使说："中伊之间相互旅游人数不多，伊朗2006年到中国去的约有4.5万人，但多数是经商。从2005年7月双方签订旅游协议后，2006年我们开通了南航到德黑兰的航线。坦率说，伊朗一点也不比中国安全差，以前在尼日利亚、埃及等国旅游地都发生过惨案，但伊朗没有。"

1月26日至27日，在中国驻伊朗大使馆和伊中商会协助下，中国人民对外友好协会和阳光卫视合作在德黑兰举办了"中伊商务合作论坛"活动，数十家中国企业或机构、部分中资企业驻伊朗代表参加了活动，伊朗方面更是高度重视，300多位政府官员、工商界人士等参与了这次论坛，相互探讨了中伊两国在商贸、投资等领域合作的诸多问题。中国驻伊朗大使刘振堂、伊朗财政部副部长哈扎伊、伊朗总商会会长赫穆希、伊中商会会长阿斯嘎尔乌拉迪和伊朗驻华大使曼苏里等在论坛上发表了演讲。

在会上，我专访了伊朗财政部副部长兼外商投资委员会主席 H.E.哈扎伊，他对我说："除了已有的贸易、投资等领域合作外，中伊在高科技领域也在探讨合作，并开始着手一些项目的推进。"

中国驻伊朗大使刘振堂称赞说："这次活动很有创意，我们跟伊朗长期以来相互了解太少，现在伊朗是独立国家，中国人必须有平等看世界的观点，特别希望其它媒体也来做这方面的活动。"

随着中伊两国交往的日益深入，两国经济发展的相互促进，中国与伊朗之间将会再度建起一条融海陆空于一体的新"丝绸之路"。

中伊商务合作论坛

德黑兰，1943

那座城里的道路高低起伏，
那座城里的司机把车开得飞快，
那座城里到处有黑色的影子走动，
那座城里的女人都围着头巾。
波斯猫在阳光下懒懒晃荡，
没有目的，只有享受，
它走过悬挂地毯的商店，
忍不住打了个长长的哈欠。

想起多年前的一部电影，
阴谋在德黑兰的角落里酝酿，
刺客的枪口指向三大巨头，
几页历史几乎要重新书写。
惊险与悬疑构成的城市，
如同黑袍女性一样神秘，
那些不可预见的风险，

已经被人渲染到了极点。

冬天的德黑兰色彩单调，
放晴的天空一直阳光灿烂。
火药的味道隐隐弥漫开，
有人说，仿佛回到了1943年。
留着胡子的男人们面露微笑，
好像没看到身后有导火索点燃，
那只猫随意尿了一下，
就把导火索淋得透湿。

里海的风吹不过厄尔布斯山，
高山积雪延绵绣出长卷画，
拉扯出德黑兰城的背景，
好似屏风静静遮挡了北方的寒流。
这个冬天或许没有理由变冷，
走过革命大道依然步履匆匆，
那个少女将笑容藏在纱巾后，
你没看到，但不能说她不会微笑。

于德黑兰

后记

我和队友结束了整整3个月的中东、北非旅行回到北京，临别德黑兰的那天，天上下着小雨，我们很多人的眼里和心里也已经湿润。

回想2004年夏天，那时我们就有阿拉伯之旅的念头，不料当时我突然因阑尾炎穿孔开刀住院，错过了睦邻之旅的前半段旅程。几个月后，我还是有幸踏上了睦邻之旅，接下来就是这次阿拉伯之旅。

能够完成这段旅程并完成这本书，我要感谢的人太多太多。首先当然要感谢郑鸣、叶研、阿钟以及我的诸多队友，恕我不一一列举他们的名字。书中的部分照片出自他们。

感谢阳光卫视董事长陈平以及阳光卫视参与这次活动筹备、组织、协调的工作人员。

感谢中国驻阿联酋、巴林、卡塔尔、科威特、苏丹、突尼斯、摩洛哥、约旦、叙利亚、黎巴嫩、伊朗等使馆的大使及工作人员的热心接待和帮助。

感谢沿途各国接待、帮助我们的外国政府官员、各界朋友以及华侨华人。

感谢我的好友张建伟、卢跃刚、陈建功、龙一、经纬、胡俊凯、周牧之分别为本书做序或热心推介。

感谢我的好友、南开大学东方艺术系主任赵均教授，他特意创作的插画增添了本书的精彩。

感谢我的好友周义和，书中的部分章节曾在他编辑的《世界文化》杂志上选载。

感谢我的师兄张卫，他在工作上给我提供了最大的方便和最重要的支持。

另外还要感谢刘国辉、方正辉、董兆林、杨进刚、周戮、崔晶等朋友，他们曾对此书的出版给予过关注和帮助。

更要感谢我的老乡钟紫君及相关编辑、制作人员，她们的热心及努力促成了此书的面世。

最后要感谢我的妻子和女儿，她们在背后支持了我的旅行、写作以及出版。

要是各位能读到这里，请记住我从阿拉伯人那里带来的几点生活启示：

1. **简单生活：** 即使每天、每餐吃同样的东西，也要津津有味，百吃不厌。

2. **心存感谢：** 无论遇到什么样的事情，都要记得感谢上天或真主。

3. **从容度日：** 别羡慕紧张的生活，干什么都不必忙忙碌碌，慢点没关系。

4. **平淡是真：** 与刺激的东西绝缘，少埋怨，多祈祷，奇迹总比困难多。

2011年3月15日于北京远洋山水